퓰리쳐상
문장 수업

풀리처상 문장 수업

1판 1쇄 인쇄 2022. 10. 24.
1판 1쇄 발행 2022. 11. 2.

지은이 잭 하트
옮긴이 강주헌

발행인 고세규
편집 김애리·봉정하 디자인 홍세연 마케팅 신일희 홍보 반재서
발행처 김영사

등록 1979년 5월 17일 (제406-2003-036호)
주소 경기도 파주시 문발로 197(문발동) 우편번호 10881
전화 마케팅부 031)955-3100, 편집부 031)955-3200 | 팩스 031)955-3111

이 책의 한국어판 저작권은 대니홍 에이전시를 통한 저작권사와의 독점 계약으로
김영사에 있습니다. 저작권법에 의해 한국 내에서 보호를 받는 저작물이므로
무단전재와 무단복제를 금합니다.

값은 뒤표지에 있습니다.
ISBN 978-89-349-4369-3 03800

홈페이지 www.gimmyoung.com   블로그 blog.naver.com/gybook
인스타그램 instagram.com/gimmyoung   이메일 bestbook@gimmyoung.com

좋은 독자가 좋은 책을 만듭니다.
김영사는 독자 여러분의 의견에 항상 귀 기울이고 있습니다.

The Pulitzer Prizes

퓰리처상 문장 수업

● 잭 하트 지음　　　　　강주헌 옮김 ●

WORD　CRAFT

아이디어부터 퇴고까지 독자를 유혹하는
글쓰기의 12가지 기술

김영사

마냥 기다려서는 영감을 얻을 수 없다.
몽둥이를 들고 영감을 찾아나서야 한다.

_잭 런던

글쓰기에 처음 입문한 사람들은 글쓰기가 흑마술, 즉 신비한 재능을 가진 소수 집단의 것이라 생각하는 경우가 적지 않다. 그들은 전문가의 완성된 글을 읽고, 빈틈을 찾기 힘든 완벽함에 경탄하며 '나는 절대 이렇게 쓸 수 없을 거야'라고 생각한다.

말도 안 되는 생각이다. 내가 그 소수의 일원과 수십 년을 보낸 사람이니 내 말을 믿으라. 나는 지상에서 가장 글을 잘 쓴다는 사람들과 어깨를 맞대고 일했지만, 우리는 한 번도 마녀들처럼 가마솥 주위를 빙빙 돌며 춤춘 적이 없었다. 마법의 주문이 있었다면 도움이 되었을지 모르겠다. 그러나 우리는 어떤 주문도 읊조리지 않았다. 글을 쓰는 데 열중했을 뿐이다.

훌륭한 글쓰기는 흑마술이 아니다. 방법론이 기교를 만날 때 훌륭한 글쓰기가 가능하다. 좋은 글을 쓰는 비결이 정말 있다면, 그

것은 한 번에 한 단계씩 감당할 수 있을 만큼 앞으로 나아가는 것이다. 슈퍼맨이라면 높은 건물도 단숨에 뛰어넘겠지만, 내가 아는 최고의 작가는 키보드 앞에 앉아 한 줄을 쓰고, 또 한 줄, 또 한 줄을 쓴다.

글쓰기를 비롯해 모든 것이 그렇다. 피카소는 풍경화와 초상화를 무수히 그리며 실력을 갈고닦은 뒤에야 입체주의cubism란 미지의 영역에 들어설 수 있었다. 역사상 가장 많은 특허를 소유한 발명가 토머스 에디슨은 혁신을 단계적인 과정으로 나눠서 시스템의 효율성을 높였다. 게다가 에디슨은 "천재는 1퍼센트의 영감과 99퍼센트의 노력으로 이루어진다"라는 유명한 말까지 남기지 않았는가.

글쓰기도 다른 창작과 마찬가지로 어렵다. 언젠가 내러티브 논픽션 콘퍼런스에 참석한 한 작가는 그로브 애틀랜틱 출판사의 사장 겸 발행인 모건 엔트리킨Morgan Entrekin에게 물었다. "저자가 되려면 재능과 노력 중 어느 것이 더 중요하다고 생각하나요?" 엔트리킨은 재능이 중요하다고 대답했다. 그러나 시간과 열정을 적절히 관리할 줄 아는 작가가 장기적으로는 더 나은 결과를 보인다며, 강연장에 모인 작가들에게 마감일을 맞추는 데 최선을 다해달라고 간곡히 부탁했다.

물론 따분하고 난잡하게 글을 쓰는 작가들 중에도 마감일을 충실히 지키는 사람이 많다. 뛰어난 영감을 가졌으나 혼란과 불안으로 가득한 삶을 무절제하게 살아가는 사람이 적지 않은 것처럼 말이다. 그러나 내가 아는 한 성공한 작가들은 생산적이고 효율적인 과정을 완전히 익히고 활용한다. 그 과정이 좋은 글을 쓰기 위한 필요조건이다. 그들은 심리적으로 흔들리지 않는다. 마감일을 지키는 건 말할 것도 없다.

물론 재능은 어떤 분야에나 중요하다. 어떤 분야에서든 초인적인 성과를 내려면 타인과 차별화되는 능력이 필요하다. 글쓰기도 다르지 않다. 그러나 논점에서 벗어나지 말고 여기에서는 글쓰기 방법론에 집중해보자. 단어를 다루는 능력은 현대사회에서 성공하려면 꼭 필요한 자질이다. 보고서를 작성하는 경찰, 보조금을 요청하는 재단 관리자, 대수학 강의에서 마주친 매력적인 선배에게 첫눈에 반해 사랑의 이메일을 보내려는 학생에게도 글쓰기 능력은 필요하다. 우리가 삶에서 원하는 것을 얼마나 얻을 수 있느냐는 그 목적을 달성하기 위해 글을 얼마나 잘 쓰느냐에 달려 있다고 말해도 과언이 아니다.

우리 대부분은 글쓰기에서 자신이 지닌 잠재력을 다 발휘하지 못한다. 좋은 글쓰기를 흑마술이라 생각하는 터무니없는 착각이 주요한 원인이다. 여기에 문제를 악화시키는 학교도 있다. 대부분의 학교가 읽기 능력을 현시대에 꼭 필요하고 또 습득해야 하는 기본적인 역량으로 가르친다. 따라서 학생들은 문학 강의를 의무적으로 수강한다. 문제는 너무도 많은 학교가 글쓰기를 이상한 신비주의로 포장하여 커리큘럼을 더럽힌다는 사실이다. 학생들은 문학 강의에서 위대한 작품들을 읽고 그 작품을 쓴 작가의 천재성에 경탄한다. 작문 시간에는 어설픈 문장들을 이리저리 조합해보려고 진땀을 흘린다. 물론 학생들의 투박한 목소리와 디바diva의 아름다운 가곡 사이에 어떤 관련성이 있을 거라고 기대하는 교사는 없다.

2001년 나와 주기적으로 작업하던 작가인 톰 홀먼Tom Hallman이 특집기사 부문 퓰리처상을 수상했다. 언론계에서 톰은 사회적 사건을 문학적 기법을 활용하여 보도하는 발군의 능력을 폭넓게 인정받고 있다. 톰은 전에도 두 번이나 퓰리처상 최종 후보에 올랐고, 어니파일상Ernie Pyle Award부터 미국신문편집인협회American Society of Newspaper Editors와 미국기자협회National Society of Professional Journalists에서 선정하는 상 등 권위 있는 상을 많이 받았다.

얼마 뒤 나는 톰의 허락을 받고 톰에게 퓰리처상을 안겨준 기사의 원고들이 어떻게 교정되었는지 전국 기자들이 이용하는 웹사이트에 공개했다. 당연하게도 기자들의 관심은 무척 뜨거웠다. 동료 기자들은 최종 기사를 완성하기 전에 원고를 두 번이나 수정한다는 사실을 알고는 깜짝 놀랐다. 그들도 글쓰기를 신비로운 것이라 착각하여, 톰은 키보드에 손가락을 대는 순간부터 금실로 멋진 글을 엮어내는 능력을 지녔을 것이라 짐작했던 것이다. 글쓰기를 신비하게 생각하는 여느 사람들처럼 말이다. 그러나 그들이 웹사이트에서 본 것은 자기만의 글쓰기 방법론을 적용하고 자신의 원고를 끝없이 다듬으며 열심히 글을 쓰는 한 명의 훌륭한 작가였다.

톰의 첫 번째 원고는 원대한 가능성과 많은 아쉬움이 점철된 이야기에 불과했다. 두 번째 원고에서는 미진한 부분들을 탄탄하게 동여맸고, 전반적 구조를 수정했으며, 이야기의 전개 과정을 매끄럽게 다듬었다. 세 번째 원고에서는 언어를 다듬고, 수사에 품위를 더해 최종적으로 탁월한 수준의 글을 만들어냈다. 한 편집자는 "그런 변화 과정을 보는 것 자체가 나에게는 최고의 글쓰기 수업이었다"라고 말했다.

나는 이 책이 독자들에게 그와 유사한 경험을 선사하는 소중한 수업이 되리라고 굳게 믿는다.

나는 글쓰기 전문가로서 알게 된 교훈들을 이 책에 고스란히 담아냈다. 나는 석사 학위를 받은 후에 대학에서 글쓰기 강의를 시작했고, 여러 유명한 대학에서 가르치며 12년을 보냈다. 그렇게 가르치는 과정에서 이론적 토대를 쌓았고, 신진 작가들과 실질적인 커뮤니케이션을 적잖게 나누었다. 그러나 신문사 편집실에서 일하며 매일 마감일을 맞추려고 씨름하기 시작한 뒤에야 글을 쓰고 다듬는 과정의 중요성을 진정으로 깨닫게 되었다. 내가 신문사에서 일하며 알게 된 글쓰기 세계의 현실도 책 곳곳에서 자세히 소개해보려 한다.

이 책을 읽다 보면 독자는 신문사 편집실의 영항력을 실감하게 될 것이다. 대부분의 사례는 내가 26년이라는 시간을 보낸 〈오레고니언〉에서 인용한 것이다. 하지만 여러분이 신문사 기자가 아니더라도 글쓰기 공부를 뒤로 미루어서는 안 된다. 글을 쓰는 사람은 어떤 매체에 어떤 목적으로 글을 쓰든 비슷한 문제에 부딪친다. 여기에 모아 놓은 실질적이고 현실적인 조언은 소설, 보고서, 연애편지 등 거의 모든 종류의 글에 적용된다.

여기에서 인용한 예문의 압도적 다수는 어딘가에 이미 발표된 글이다. 또 이 예문들은 내가 오래전부터 매일 읽은 책이나 신문에서 발췌해온 것이기 때문에 글을 쓰는 사람이면 과거에 다른 곳에서 이미 보았거나 앞으로 만나게 될 가능성이 있는 좋은 문장들이다.

나쁜 예에는 특별한 표시를 하지 않았다. 우리 목적은 실수로부터 배우자는 것이지, 실수를 나무라는 게 아니지 않은가.

신문사 편집실에서 쌓은 경험은 내가 글쓰기 코치로 성장하는 데 중요한 역할을 했다. 나는 운 좋게 〈오레고니언〉에 입사했고, 신문사의 위상을 높이기 위한 긴 여정을 시작했다. 우리는 눈부신 성공을 거두었다. 우리 신문사는 퓰리처상과 해외특파원클럽상Overseas Press Club을 받았고, 비즈니스와 종교를 다룬 보도로도 많은 상을 받으며 전국적인 인정을 받았다. 〈오레고니언〉은 조경부터 음식과 텔레비전 프로그램 논평까지 모든 부문에서 주요한 상을 받았다. 구성원들이 담당한 분야는 서로 달랐지만, 글쓰기와 보도와 편집은 일관되게 높은 수준을 보여주었다.

그 신문사의 글쓰기 코치로서 나는 신문의 질을 개선하려는 경영진의 열의에 부응해야 했다. 글쓰기 기법을 다룬 책들을 샅샅이 뒤졌고, 글을 잘 쓴다고 전국적으로 알려진 명사들을 편집실로 초빙했다. 그들이 공유해준 비결들은 글쓰기를 가르치고 편집하는 내 사무실을 더 풍성하게 채워주었다. 같은 시기 나는 출판계 소식을 다루는 잡지 〈편집자와 발행자Editor & Publisher〉에 칼럼을 기고했고, 또 글쓰기에 대한 교육용 뉴스레터를 제작해 전국에 배포했다. 두 역할을 책임감 있게 해내기 위해서라도 '좋은 글'에 대해 끊임없이 생각하고 분석할 수밖에 없었다.

나는 전국을 돌아다녔고, 때로는 해외에서 시간을 보내며 다른 신문사와 전문가 단체, 대학과 민간 연구소에서 작가들과 많은 대화를 나누었다. 또 음식 평론가, 포도주 평론가, 소설가, 여행 작가, 카피라이터, 탐사취재 기자 등의 모임에 참석해 글을 쓸 때 부딪치는 온갖 유형의 문제들에 대해 대화하기도 했다. 그들은 논제topic 와 상관없이 글을 쓸 때 효과 있는 기법을 찾아내는 내 감각을 다듬는 데 도움을 주었다. 내가 학계를 떠나지 않았더라면, 즉 많은 작가와 이야기를 나눠보지 않았더라면, 내 글쓰기는 교실에 국한되어 있었을 것이다.

나는 오거스타, 오클랜드, 앨버커키 등 여러 지역에서 글쓰기 워크숍을 진행한다. 첫 시간이면 항상 참가자들에게 좋은 글에서 연상되는 것을 간략하게 써보라고 한다. 그리고 "어떤 글에 감동하는가? 어떤 글을 읽을 때 모든 것을 잊고 작가의 세계에 빠져드는가? 당신의 마음을 사로잡는 글이란 어떤 글인가?"라고 묻는다.

표현은 조금씩 다르지만 그 대답에는 예닐곱 개의 공통적인 속성이 언급된다. 그들에 따르면 좋은 글이란 이런 것이었다.

† 좋은 글은 에너지를 발산하고, 독자를 끌어당기는 생동감으로 번뜩인다. 좋은 글에는 내적인 힘, 즉 독자를 감동시키는 힘이 내재해 있다.

† 어떤 분야에서든 좋은 글은 핵심을 정확히 찌른다. 좋은 작가는 독자의 소중한 시간을 낭비하지 않는다.

† 좋은 글은 독자에게 황홀감을 준다. 가을 햇살을 즐기고 발밑에서 바스락거리는 낙엽의 냄새를 맡을 수 있는 곳으로 독자를 데려간다. 달리 말하면, 좋

은 글에는 언론인들이 '색깔 color'이라 칭하는 것이 풍부하다.

† 좋은 글은 개성이 있다. 문체가 주제subject에 적합하면서도 독자를 솔깃하게 만든다. 적절하게 쓰인 단어들이 서로 어우러지고, 글을 읽는 상황의 분위기에도 맞아떨어진다.

† 좋은 글은 춤을 출 수 있다. 좋은 글에는 그 자체로 즐거움을 주는 리듬이 있고, 내용과 상관없이 즐거움을 주는 가락도 있다.

† 좋은 글은 명확하다. 잘 쓰인 문장은 두 번 읽을 필요가 없다. 그 문장을 다시 읽는 즐거움을 만끽하고 싶은 경우가 아니라면!

† 좋은 글은 문법적으로 정확하다. 좋은 작가는 언어라는 도구를 정확히 알고 있어, 문법과 관용 어법, 표기법 등의 실수로 독자를 힘들게 하지 않는다.

좋은 글을 써야 하는 이유에 대해서는 대부분이 동의한다. 좋은 글을 쓰는 비법은 목표와 상관없이 자신의 글을 끊임없이 쓰는 것이다. 달리 말하면, 명확성이나 색깔 같은 포괄적이고 추상적인 목표에서 벗어나, 키보드에 손을 올리고 직접 글을 써보는 습관을 익히라는 뜻이다.

이 책은 당신이 그런 습관을 몸에 익히기를 도우려는 의도에서 쓰였다. 글쓰기 습관을 몸에 익히면 글을 쓸 때마다 필연적으로 내려야 하는 결정들이 그다지 힘겹게 느껴지지 않을 것이다. 그때 글쓰기에 필요한 방법론은 물론이고, 글을 한층 명확하고 설득력 있으며 효과적으로 써내는 기법도 익히게 될 것이다.

이 책에서 얼마나 많은 것을 얻어갈 수 있느냐는 당신에게 달려 있다.

내가 글쓰기 전문가로서 글을 쓰고 이야기를 풀어가는 기술을 가르치며 터득한 거의 모든 것이 이 책에 골고루 담겨 있다. 이 책에 담은 교훈들을 수십 년 전에 알았더라면, 나 자신은 물론이고 나에게 배운 열정적인 학생들, 나아가 모든 뛰어난 작가들도 시행착오를 겪지 않고 큰 도움을 받았을 것이다.

좋은 글을 쓰기 위해 알아야 할 조언들이 이제 당신 앞에 펼쳐진다. 따라서 당신은 나보다 훨씬 유리한 위치에서 시작할 수 있다. 달리 말하면, 나보다 훨씬 높은 곳까지 올라갈 수 있다는 뜻이다. 당신이 좋은 글쓰기의 결실을 내 절반만 누리더라도 좋은 글쓰기를 배우려고 노력한 가치가 있을 것이다.

1부

글을 쉽게 시작하고
끝맺는 법

1 아이디어

2 계획

3 구조

2부

문장으로 독자를
유혹하는 법

1
글을
쉽게 시작하고
끝맺는 법

1 아이디어

내 아버지는 40년 동안 트럭을 운전했지만,
운전에 슬럼프를 겪은 적은 한 번도 없다.

_ 로저 사이먼

글쓰기의 고뇌와 방법론

글쓰기의 고통은 그야말로 어마무시할 정도다. 마감일 전까지 리포트를 제출해야 하는 학생이든 꼼꼼한 보고서를 작성해야 하는 사무원이든 출판 목적으로 글을 쓰는 전문가든 그 고통의 크기는 거의 다르지 않다.

글쓰기 세미나를 개최할 때마다 나는 설문지를 돌린다. 참가자들에게 주로 글쓰기를 어떻게 생각하는지를 묻는 설문지이다. 글을 쓰는 과정은 죽도록 싫지만 글쓰기를 끝내면 너무도 좋다고 말했던 뉴욕의 문학평론가이자 시인인 도로시 파커Dorothy Parker는 거의 언제나 언급된다. 한 참가자는 "글쓰기는 고뇌이자 환희이다. 아이디어가 떠오른 순간, 그리고 글을 끝맺는 순간 글쓰기는 한없이 즐겁다. 다만 그 사이 모든 시간은 극도의 고통이다"라고 말했다.

왜 그럴까? 물리적으로 보면 글쓰기는 상대적으로 쉬운 작업이다. 한여름 따가운 햇살 아래에서 통나무를 배에 싣고, 유정에서 기름을 퍼올리고, 지붕에 콜타르를 발라본 사람이 하는 말이니 믿으라. 작가는 날씨에 아랑곳없이 엉덩이를 깔고 앉아 일하는 사람이다. 칭얼댄다고 누가 들어주기나 하겠는가?

그런데도 글쓰기를 망설이고 회피하는 이유가 무엇일까? 한 작가는 "나는 이야기 주변을 맴돈다. 이야기를 풀어내는 게 어렵다고 생각하기 때문에 선뜻 시작하지 못하고 뒤로 미룬다"라고 말했다. 그는 글쓰기를 '탭 댄스'에 비유했다.

"새로운 글을 써야 할 때 가장 먼저 무엇을 하십니까?"라는 질문에 한 기자는 대답했다.

"커피를 준비합니다. 이야기가 난해하면 더 많은 커피를 마시고, 화장실을 더 자주 들락거립니다. 더 자주 꾸물거리게 됩니다."

다른 작가는 반문했다. "하지만 그게 정말 꾸물거리며 뒤로 미루는 일일까요? 주변을 어슬렁거리고, 커피를 또 마시면서 그 이야기를 어떻게 쓸까 생각하지 않나요? 어쩌면 가능한 이야기, 가능한 글머리, 가능한 전개 등 너무도 다양한 가능성 때문일지도 모르겠어요. 그로 인한 일종의 교착 상태라고나 할까요."

그렇다! 가능성으로 인한 교착 상태. 어떤 과제에 미리 겁먹고 무척 어려우리라고 생각하는 마음이 키보드 불안증을 낳는다. 우리는 글쓰기를 뒤에서부터 본다. 뛰어난 작가들의 완성본을 매일 마주치기 때문이다. 우리는 마음속에서 아름다운 집들로 가득한 거리를 거닐며 감탄한다. 한 번에 한 조각씩 이어 붙인 끝에 그 집들이 만들어졌다는 사실은 까맣게 잊은 채다.

"저 기막히게 멋진 집을 봐! 대단한 솜씨야. 한 군데도 대충인 곳이 없잖아. 크기도 대단하고! 나는 절대 저렇게 짓지 못할 거야!"

또 한 잔의 커피를 마신다.

하지만 글쓰기는 다른 관점에서 볼 수도 있다. 언젠가 1년 동안 나는 우리 집 옆의 부지에 주택 네 채가 지어지는 모습을 지켜본 적이 있다. 공사 때문에 주변이 시끄럽고 지저분했지만 배울 점이 많아 유익했다. 사슬톱을 가져와 나무를 잘라내며 부지를 정리하는 작업부터 지붕널에 못질하며 지붕을 덮는 작업까지, 집을 지어가는 과정 하나하나에 상당한 시간과 기술적인 섬세함이 필요해, 나는 결코 해낼 수 없을 것 같았다. 집을 짓는 비결은 과정에 있지, 완성된 건물에 있는 게 아니었다.

글쓰기를 힘들다고 생각하는 근본적인 이유는 눈앞의 텅 빈 모니터를 완성된 글과 비교하기 때문이다. 그러나 아름다운 글은 한 번에 한 단계씩 완성된다는 점에서 집과 다르지 않다. 첫 단계부터 하나씩 밟아가고, 각 단계를 쉽게 해결할 수 있는 작은 조각들로 나눈다면, 글쓰기의 고통은 사라질 것이다.

"글쓰기는 곧 생각하기"라고 흔히 말한다. 가장 생산적으로 생각하는 방법은 지금 우리가 살아가는 세계를 만든 과학적 사고이다. 과학의 규칙과 논리, 절차가 우리를 소달구지에서 우주 탐사선까지 데려다준 셈이다. 과학자들이 과정을 지나칠 정도로 강조하는 게 그다지 놀라운 일은 아니다. 그들의 주장에 따르면 과학은 과정이다. 학술지 논문에는 저자가 연구를 수행한 방법, 즉 방법론methodology에 대한 자세한 설명이 빠지지 않는다. 때로는 이 의무적인 내용이 결과를 설명하는 내용보다 더 많은 지면을 차지하기도 한다.

방법론은 작가에게도 무척 중요하다. F. 스콧 피츠제럴드F. Scott Fitzgerald는 "천재성은 머릿속에 있는 것을 실행하는 능력"이라고 말했다. 글쓰기에서는 생각을 글로 표현하기까지 상당한 여정이 필요할 수 있다. 하지만 모든 어머니가 입버릇처럼 말하듯이, 천리 길도 한 걸음부터 시작된다.

뒤에서 보는 글쓰기

수십 년 동안 나는 글쓰기의 마지막 단계, 즉 단어를 윤이 나게 다듬는 단계에 집중하며 글쓰기 실력을 키우려고 애썼다. 신문사 편집실에서 주로 했던 일도 그것이었다. 또 내가 신문이나 잡지 칼럼, 워크숍에서 가르친 것도 그에 필요한 기법이었다.

나만 그랬던 것은 아니다. 대부분의 글쓰기 교사, 교열자, 워크숍 조직 위원, 신문사 편집자, 평론가, 심지어 독자도 단어를 멋지게 다듬는 단계에 초점을 맞춘다.

하버드대학교의 교육학 교수 하워드V. A. Howard와 바튼J. H. Barton은 글쓰기 연구를 정리한 책《종이 위에서 생각하기Thinking on Paper》에서 말했다. "글쓰기 능력의 향상을 방해하는 주된 장애물은 글쓰기와 생각 사이에 널찍한 계곡이라도 있는 것처럼, 글을 쓰는 행위를 배제한 채 글쓰기의 최종적인 결과물에만 열중하거나 반대로 글을 쓰기도 전에 너무 깊이 생각하는 버릇이다."

각본가 밥 베이커Bob Baker도 《뉴스싱킹Newsthinking》에서 말했다. "교과서에나 나오는 글, 그 완벽한 결과물에만 집중하는 행위를 당장 멈춰야 한다. 오히려 원인, 즉 그처럼 매끄러운 글을 써낼 수 있었던 사고 전략에 대해 생각해야 한다."

〈로스앤젤레스 타임스〉에서 기자와 편집자로 활약했던 베이커는 글쓰기 과정을 개척한 선구자 중 한 명으로, 내가 새로운 차원의 글쓰기와 편집 방법을 찾아내는 데 많은 도움을 주었다. 퓰리처상을 수상한 뉴햄프셔대학교 교수 도널드 머리Donald Murray에게도 큰 도움을 받았다. 머리의 대표작《독자를 위한 글쓰기Writing for Your Readers》는 미국 글쓰기 강의의 중심축을 결과물에서 원인으로 돌리는 데 결정적인 역할을 했다.

신문사 편집자로 일하고 글쓰기 기법을 강의하면서 나는 베이커와 머리의 가르침이 옳다는 걸 깨달았다. 과정을 분석하고, 또 그 과정을 덜 힘들고 더 효율적으로 개선하는 것이 글쓰기 능력을 기르는 가장 확실한 방법이다. 내게도 그랬다. 여러분에게도 도움이 되리라 확신한다.

글쓰기의 여섯 단계

> 주제를 완전히 장악하라.
> 그럼 단어가 저절로 뒤따라올 것이다.
>
> _ 카토

글쓰기는 한 번에 한 단계씩

독자 대부분은 대학생이었을 때 리포트 제출 마감일 전날 밤 친구와 마주 앉아 두세 시간 만에 리포트를 써냈던 기억이 있을 것이다. 기자이자 극작가였던 진 파울러Gene Fowler는 그때의 상황을 이렇게 회고했다. "우리가 키보드 앞에 앉아 이마에 피가 쏠릴 정도로 골몰하는 동안 다른 친구는 맥주를 마시러 나가고 있었다."

어쩌면 당신에게는 점심 식사 전까지 까다로운 보고서를 뚝딱 만들어내는 동료, 혹은 깔끔하게 정리된 장문의 편지를 그야말로 일필휘지로 써내려가는 친구가 있을지도 모르겠다. 직장을 다니면서 아직 걸음마를 떼지도 못한 두 아이를 키우고, 동시에 하루에 서너 쪽씩 글을 써서 결국 책을 출간한 워킹맘 소설가가 있을 수도 있다.

그들의 글은 모두 횡설수설의 나열일 가능성이 크다. 어깨를 으쓱하며 "기사가 저절로 써졌다"라고 말하는 기자들처럼 깊이 생각할 필요가 없는 공식에 따라 상투적인 문구를 뱉어내는 것일지도 모른다.

하지만 때로 두 시간 만에 작성한 연구 보고서로 A+ 학점을 받고, 순식간에 써낸 보고서 덕분에 승진하는 직원도 있다. 느긋하게 기사를 작성하는 기자가 퓰리처상을 받기도 한다.

그렇다고 크게 놀랄 것은 없다. 대부분의 뛰어난 작가는 큰 불안감에 시달리지 않고 주제와 관련된 글을 효과적으로 써내려갈 수 있는 자기만의 효율적인 지침에 따라 글을 쓰기 때문이다. 노련한 전문가들의 세계에서도 대외적으로 발표된 글이 키보드에서 바로 탄생하는 것은 아니다.

최종 원고가 완성될 때까지 일반적으로 거치는 모든 과정을 살펴보자.

† **1단계** 작가의 마음속에서 글이 될 만한 아이디어가 형성되는 데는 며칠, 몇 주, 혹은 몇 년이 걸릴 수 있다. 그 아이디어는 편집자나 친구와 논의하거나 어떤 자료를 참조하며 구체화된다. 마침내 아이디어는 최선의 형태로 다듬어지고 현실 세계에서 검증받을 수 있는 가설의 형태를 갖추게 된다.

† **2단계** 자료는 어디에서나 수집할 수 있고, 그에 걸리는 시간은 수분에서 수개월까지 천차만별이다. 퓰리처상을 수상한 몇몇 특집기사의 경우 자료를 수집하는 데만 1년 이상이 걸렸다. 광고 회사의 카피라이터들은 멋진 문구를 만들어내기 위해 조사와 인터뷰 및 브레인스토밍을 하는 데 수개월을 보내기 일쑤다. 소설이나 논픽션을 위한 자료 수집에는 수십 년이 걸릴 수도 있다.

† **3단계** 자료 수집이 끝나면 작가는 "그래서 무엇에 대해 써야 하지?"라고 자문해야 한다. 그 무엇은 달리 말해 자료를 수집하는 동안 중점을 두었던 것을 뜻한다.

† **4단계** 수집한 모든 자료, 즉 자료 수집 과정에서 직접 작성한 기록이나 문서 등 원천적인 자료들을 분류하고 정리한다. 이 과

정을 통해 보고서, 논문, 이야기 등이 구체화되고 글을 쓰는 동안에도 실질적인 도움이 된다.

† 5단계   작가가 초고를 쓴다.

† 6단계   작가만이 아니라 완성된 결과물을 제작하는 데 관여한 모든 사람들이 원고를 수정하고 다듬으며 최종 원고를 만드는 데 뛰어들어야 한다.

물론 글쓰기가 위와 같이 이상적인 과정을 완벽하게 따르는 경우는 극히 드물다. 자료를 수집하고 글의 최종적인 논지를 구상하는 과정 중에도 아이디어를 다듬을 수 있다. 원고를 작성하려면 더 유의미한 자료 정리가 필요하기도 하다. 현실 세계에서 작가가 과정을 건너뛰는 경우는 많지만, 처음부터 끝까지 매끄럽게 한 단계씩 옮겨가지는 않는다.

하지만 어떤 글을 쓰느냐에 상관없이, 변하지 않는 사실이 하나 있다. 내용은 거의 언제나 과정의 문제라는 것이다. 적잖은 작가가 '글쓰기 능력 향상을 위한 첫 번째 법칙'을 깨닫지 못한 채 평생 고생한다. 그 첫 번째 법칙은 글쓰기 과정에서 생기는 문제는 바로 앞 단계의 문제가 원인이라는 것이다.

왜 적잖은 작가가 무분별한 정보의 늪에 빠져 허우적대는 것일까? 작가의 원래 아이디어가 적절히 다듬어지지 않았기 때문이다. 왜 적잖은 작가가 중점을 두어야 할 것, 즉 포커스focus를 찾아내지

아이디어
▼
자료 수집
▼
포커스 찾기
▼
자료 정리
▼
원고 작성
▼
글 다듬기

그림 1. 글쓰기의 과정

못할까? 방향을 분명히 정하지 못한 채 자료를 수집하기 시작했기 때문이다. 그 결과, 자료 창고는 쓸데없는 것들로 넘쳐흐른다. 끝으로 수많은 작가가 합리적이고 조직화된 계획을 세우는 일을 힘들어하는 이유는 무엇일까? 무엇에 중점을 두어야 할지 확실히 정하지 못했기 때문이다. 자료가 적절히 정리되지 않으면 좋은 초안을 쓰기 어려울 수밖에 없다. 그리고 초안이 엉망진창이면 퇴고할 때는 수렁에 빠지고 만다.

아이디어를 얻는 다양한 방법

> 내 작업 습관은 간단하다.
> 오래 생각하고 단기간에 글을 써내는 것이다.
> _ 어니스트 헤밍웨이

아이디어를 찾아 세상을 파헤치라

피곤한 기색의 작가가 강단에 오른다. 신간 홍보를 위해 12개 도시를 방문하기로 계획한 순회강연이 어느덧 열 번째 도시를 맞았다. 강연을 끝낸 작가는 질문이 있느냐고 묻는다. 그러고는 피곤에 찌든 표정으로 청중을 둘러보며, 위를 향해 높이 치켜든 손들은 무시하고 뒤쪽에 앉아 미소 짓는 얼굴을 가리킨다. 작가는 강의대 모서리를 두 손으로 꽉 쥐고, 질문자를 날카롭게 쏘아보지 않으려고 애쓴다.

독자가 묻는다. "선생님은 아이디어를 어디에서 얻습니까?"

작가는 마음속으로 투덜대며 몇 번이나 들었는지 셀 수 없는 그 지긋지긋한 질문에 상냥한 목소리로 대답한다. "생산적이고 충만한 삶을 살면 됩니다!"

대중의 입맛에 맞춘 진부한 대답이지만 꼭 틀린 말은 아니다.

경험이 많은 작가는 아이디어도 풍부하다. 따라서 문제는 아이디어를 구하는 게 아니라 이미 있는 아이디어를 다듬는 것이다. 작가는 자기만의 고유한 삶을 산다. 그가 영위하는 삶에는 무수히 많은 길이 있고, 어느 길이든 무한한 아이디어를 제공한다.

노련한 작가들은 뛰어난 독자이기도 하다. 그들은 경쟁자, 친구, 적의 글을 읽는다. 물론 살아 있거나 이미 죽은 위대한 작가들의 글도 읽는다. 소설과 회고록만이 아니라 광고판까지 읽는다. 그러고는 읽은 것에 대해 생각하며 자신의 글에 새로운 아이디어를 어떻게 더할지 그 가능성을 탐구한다.

노련한 작가들은 판에 박힌 독서를 하지 않는다. 우리 대부분이 아침에 일어나 뉴스 피드를 훑고 좋아하는 잡지 한두 권을 온라인이나 종이책으로 읽는 반면, 탐독가는 출판물 전부를 맛보고 싶어한다. 내가 사는 포틀랜드에서는 그렇게 하기가 어렵지 않다. 포틀랜드는 세계에서 가장 큰 서점인 '파월서점Powell's City of Books'의 본사가 있는 곳이기 때문이다. 내게는 '리치시가스토어Rich's Cigar Store'에 들르는 습관이 있다. 그곳에는 향 좋은 담배 말고도 3,000~4,000종의 잡지가 전시되어 있기 때문이다. 어느 때라도 그곳에 들르면 〈아름다운 목공예Fine Woodworking〉, 〈목선Wooden Boat〉, 문학 잡지 〈지지바Zyzzyva〉를 읽을 수 있다.

이 책에 담은 글쓰기 조언은 나 역시 실천하는 것이다. 나는 잡지에 기고할 글을 쓰는 법을 강의할 때 수강생들에게 매주 색다른 내용의 글을 읽으라고 조언한다. 물론 당신이 사는 곳에 초대형 서점이나 담배 가게는 없을지 모른다. 그러나 약간의 의지만 있다면 온라인에서 어떤 글이든 찾아낼 수 있는 시대 아닌가.

색다른 글을 읽는 습관은 날것의 자료를 모으는 데도 도움이 된다. 자료집이 호화로울 필요는 없다. 마분지 덮개를 씌운 투박한 파일이거나, 포괄적인 제목을 붙인 컴퓨터 파일이어도 상관없다. 색다른 글을 읽는 도중 당신의 상상력을 사로잡는 무엇인가를 발견한다면, 그것을 중심으로 하나의 항목을 만들 수 있다. 현재 내 아이디어 자료집에는 '공중 전선', '페이즐리 동굴', '컷스로트송어'에 대한 폴더가 있다.

잘 닦인 길에서 벗어난다고 손해 볼 것은 없다. 충동적으로 옆길로 새어보라. 덕분에 나는 '공중 전선'이라는 항목을 새롭게 만들 수 있었다. 아니면 목적지로 향하는 길에서 잠시 벗어나거나 한 번도 방문해본 적 없는 어떤 회사를 불쑥 찾아가 생면부지인 사람과 대화를 시작해보라.

그런 뒤 그 과정에서 겪은 경험을 글로 써보라. 두 손을 키보드 위에 올려놓는다고 아이디어가 샘솟는 것은 아니다. 우리 주변에는 글을 쓰고 싶어 하는 사람들로 가득하다. 그들은 정말 좋은 아이디어가 생기면 멋진 글을 어렵지 않게 쓸 수 있을 것이라 생각한다. 그렇게 그들은 뮤즈가 찾아오기를 기다리며 평생을 허비한다. 글쓰기 과정에 거꾸로 접근하고 있기 때문이다.

글쓰기는 일종의 순차적 생각, 즉 인과적 사고를 자극하고 우리 정신을 새로운 영역으로 이끈다. 《종이 위에서 생각하기》의 두 저자 하워드와 바튼은 글쓰기에 대한 학문적 연구를 광범위하게 살펴본 끝에 "글쓰기는 생각 자체의 아버지이다. (…) 우리는 생각을 통해 단어를 이어가는 게 아니라 단어를 통해 생각을 이어나간다"라고 결론 지었다.

저널리즘 연구기관 포인터연구소Poynter Institute의 로이 피터 클라크Roy Peter Clark와 글쓰기 코치 돈 프라이Don Fry는 작가의 유형을 '설계자planner'와 '잠수부plunger'로 나누었다. 나와 돈은 설계자 유형에 속한다. 첫 줄을 쓰기 전에 중심점을 파악하고 전체적인 골격을 잡아두기를 선호하기 때문이다. 한편 로이는 잠수부 유형에 속한다. 로이는 논제에 곧장 뛰어들어 머릿속에 떠오르는 것이면 무엇이든 쓰기 시작한다. 그렇게 글을 쓰다 보면 얼마 후에 초점을 맞추어야 할 것이 드러난다. 그러면 도중에 멈추고, 그때까지 쓴 내용 대부분을 버리고 다시 시작한다. 로이는 글쓰기에서 겪는 이런 첫 과정을 '구토형 초고vomit draft'라고 칭한다.

로이의 방식은 점잖게는 '프리라이팅freewriting'이라 불린다. 수십 년 전부터 글쓰기 워크숍의 중추로 여겨진 훈련이다. 프리라이팅은 키보드 위에서 이뤄지는 브레인스토밍이자 아이디어를 따라 자유롭게 글을 써내려갈 기회이다. 내면의 비평가에게 입마개를 씌우고 일정한 시간 내에 최대한 빠르게 글을 쓰기 시작하라. 10분도 좋고 15분도 좋다. 정해둔 시간이 지나면 그때까지 쓴 글을 진지하게 분석하라. 여러 아이디어를 평가하고 가려내다 보면 더 발전시킬 만한 가치가 있는 아이디어를 찾아낼 수 있을 것이다.

글쓰기 과정에서는 아이디어 단계에 적정한 시간을 할애하는 것이 무엇보다 중요하다. 막연한 아이디어를 풀어내고 싶어서 성급히 글쓰기에 뛰어들려는 충동을 억눌러야 한다. 나는 '공중 전선'이나 '컷스로트송어'에 대해 쓰고 싶다며 막연히 뛰어드는 대신 범위를 세부적으로 좁혀 접근하는 편이다.

그렇지 않으면 금세 곤경에 빠진다. 아이디어는 뒤따르는 모든 것의 초석이다. 분명한 목적을 정해두지 않으면 자료 수집을 어떻게 할지, 수집된 자료를 어떻게 정리할지에 대한 계획을 세울 수 없다. 요컨대 잘 정리된 아이디어는 글쓰기에 흔히 수반되는 고통을 완화하는 진통제이다. 글쓰기 워크숍에서 한 작가가 말했듯 "충실하고 탄탄한 아이디어가 있고 자료를 수집하는 동안 사무실 밖으로 나와 세상 사람들과 대화를 나누면, 글쓰기가 한결 쉬워진다."

글을 전문적으로 쓰는 작가에게도 글이 어렵다면 독자가 그 글을 재밌게 읽을 가능성은 희박하다. 아무리 화려하고 정교하게 다듬어진 글이어도 핵심 아이디어가 진부하다면, 독자는 지독히 따분하다고 생각할 것이다.

뻔한 아이디어는 피하라

〈워싱턴포스트〉에 기고한 특집기사로 수상한 신시아 고니Cynthia Gorney는 키보드 앞에 앉기도 전부터 글을 쓰기 시작하는 작가로 유명했다. 고니는 UC 버클리에서 신문, 잡지 및 방송을 위해 자료를 수집하고 기사를 쓰는 법을 가르친다. 여러 유명 잡지에서 자유 기고가로 활동하기도 한다. 얼마 전부터 시작한 팟캐스트에서는 특히 디테일을 치밀하게 활용할 줄 아는 작가로서의 면모를 보여주었다. 한창 현장에서 활동하던 시절 그녀가 성공한 비결 중 하나는 사소한 것도 놓치지 않고 기록하는 습관이었다. 날카롭게 관찰하고 관찰한 것을 간단하게 기록해두는 과정에서 그녀는 최종본에 담을 테마theme, 즉 중심 메시지를 자연스럽게 발견할 수 있었다.

유머 작가 데이브 배리Dave Barry는 주제를 먼저 생각하고 글을 써내려가며 자신의 관점을 찾는다. 또 반드시 재밌는 주제를 선택하는 것은 아니지만, 키보드를 두드리다가 재밌는 농담을 글 사이에 끼워 넣는다. 같은 맥락에서 소설가 코맥 매카시Cormac McCarthy는 "모든 것이 알려진 곳에서는 어떤 이야기도 할 수 없다"라고 말했다.

하워드와 바튼은 글쓰기에 대한 연구에서 글쓰기를 시작하는 방법을 제안한다. "간단히 기록하기, 핵심적인 단어를 나열하기, 의문을 제기하기, 재차 상기하기 등 당신에게 적합한 방식이 무엇이든 일단 글을 쓰며 생각하는 것에서 글쓰기는 시작되어야 한다. 완전한 문장으로 쓰려고 해보라. (…) 이 방법이 당신의 생각을 지키는 동시에 명확히 찾아내고 확인하는 최선의 방법이다."

적잖은 작가가 정확히 이런 이유에서 일기를 쓴다. 일기를 쓰려면 어쩔 수 없이 규칙적으로 글을 쓰게 되는 데다, 일기는 작가가 자신의 생각을 아무런 위험도 없이 마음껏 탐색할 수 있는 공간이기 때문이다. 일기를 쓰면서 꼬리에 꼬리를 물고 이어지는 생각이 자칫 지나쳤을지도 모를 흥미로운 아이디어로 이끄는 경우가 많다.

빌 블런델의 브레인스토밍

〈월스트리트 저널〉의 글쓰기 코치 빌 블런델Bill Blundell은 아이디어를 체계적으로 전개하는 방법을 다음과 같이 설명한다. 그는 어떤 글쓰기 프로젝트에 대해 생각할 때 네 가지 방향을 염두에 둔다.

† **추정**extrapolation 현상의 특정 원인이 또 다른 결과를 빚어낼 가능성이 있는가를 따져본다. 가령 휘발유 가격이 상승할 때 소형차 판매가 증가한다면, 자전거 판매도 늘어날 것이라고 추정할 수 있다. 이를 조사해서 실제로 그렇다는 사실을 확인하면 글 소재를 새로 발견한 셈이다.

† **통합**synthesis 겉으로는 아무런 관계가 없는 현상들을 연결 지어서 새롭고 흥미로운 패턴을 찾아낼 수 있을까? 알파인스키 선수들이 갑자기 넓고 납작

한 스키에 빠진다. 수상스키를 즐기는 사람들이 슬랄롬 스키 대신 웨이크보드로 눈을 돌린다. 윈드서퍼들이 더 짧은 보드를 타고, 추진 장치로 돛보다 높이 뛰고 공중제비를 넘을 수 있는 연을 달기 시작한다. 그렇다면 활공 스포츠는 스케이트보드의 영향을 받아 속도감이나 우아함보다 아슬아슬한 곡예를 더 선호하게 된 걸까?

† **지역화**localization 전국적이거나 국제적인 어떤 현상이 누구도 알아채지 못하는 국지적인 결과를 일으킬 수 있을까? 이란산 캐슈너트의 수입을 금지한 조치가 일부 지역에서 생산되는 개암에 대한 수요를 증가시킨 것일까?

† **투영**projection 이야기의 포커스가 결과에는 어떤 영향을 미칠까? 빌은 충격과 대응이라는 두 갈래의 방향을 주시한다. 이자율이 떨어지면 이자 부담이 적어지니 집을 사려는 사람들이 더 큰 집을 살까? 사람들이 더 큰 집을 사기 시작하면 건축업자는 앞으로 지을 주택의 평균 면적을 넓힐까?

빌이 아이디어를 효과적으로 투영하는 방법에 대해 알아보자. 하얀 백지를 준비하고 중간쯤 '원인에 해당하는 진술causal statement'을 쓴다. 빌은 《특집기사 쓰는 법The Art and Craft of Feature Writing》에서 '의사의 부족 현상'을 예로 들었다. 다음에는 예상되는 결과를 화살표로 연결한다("환자의 관리가 열악해진다"). 다음에는 다른 방향으로 나타날 결과를 예상한다("환자가 부담해야 할 진료비가 인상된다"). 이런 식으로 예상되는 결과를 논리적으로 서너 단계씩 계속 이어간다. 그 끝에 다다르면 현장 검증이 필요한 흥미로운 결과에

이를 수 있다("많은 의사가 병원을 떠나거나 진료 시간을 줄인다").

나는 이 '블런델 사슬Blundell chains'을 좋아한다. 특히 아이디어를 최대한 발전시키는 방안에 대해 조언할 때 이 기법을 자주 소개한다. 그림 2는 앞에서 언급한 '이자율 하락'이라는 아이디어가 어떻게 전개될 수 있는가를 보여준 예이다.

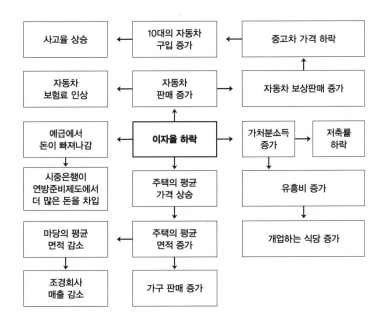

그림 2. 블런델 사슬의 예

블런델 사슬은 종이 정중앙에 쓴 첫 번째 전제로 시작한다. (온라인에서 구할 수 있는 마인드맵 프로그램을 사용해도 상관없다. 그러나 내 생각에는 창의력을 최대로 발휘할 수 있는 느긋한 상태를 유지하려면 편안한 의자에 앉아 종이에 쓰는 편이 더 좋은 듯하다.) 이 경우에는 '이자율 하락'이 첫 번째 전제이다. 첫 번째 전제를 출발점으로 삼아 논리학 교수들이 이야기하는 가언적 삼단논법을 차근차근 이어가면 된다.

예를 들어보자. 이자율이 떨어지면 어떻게 될까?

음… 이자율이 떨어지면, 예금의 기대 수익이 낮아진다. 따라서 소비자들은 더 많은 수익이 기대되는 곳을 찾기 시작할 것이다. 돈이 예금에서 대거 빠져나가면 시중은행은 정책상 금고에 반드시 보관해야 하는 최소한의 금액인 증거금을 확보하지 못할 수 있다. 또 보유하는 돈이 적으면 은행이 기업이나 개인에게 빌려줄 돈도 적어지고, 빌려줄 돈이 적어지면 대출을 통한 수익도 떨어지기 마련이다.

물론 블런델 사슬의 중심에 있는 분명한 사실을 넘어선 진술은 모두 추정에 불과하다. 이자율이 하락하면 시중은행이 연방준비제도에서 차입하는 돈이 증가할 것이라고 확신할 만큼 내 금융 지식이 깊지는 않다. 그러나 흥미로운 의문은 품어볼 수 있다. 만약 그 의문에 대한 흥미로운 답을 찾는다면, 그런 의문을 제기하지 않은 금융 전문 작가보다 더 나은 글을 쓸 수 있을 것이다.

블런델 사슬 이야기를 마치기 전에 다른 방향에서 그 사슬을 추적해보자. 이자율이 떨어지면 자동차 판매가 증가할 것이다. 또 자동차 판매가 증가하면 많은 사람이 보상판매 제도를 이용해 중고차를 팔고 새 자동차를 살 것이다. 그리하여 중고차가 시장에 쇄도하면 중고차 가격이 곤두박질할 것이고, 10대들은 앞다투어 자동차를 사려고 할 것이다. 결국은… 맙소사!

사슬이 중심에서 멀어질수록 논리가 잘못될 위험은 커진다. 블런델 사슬에서 각 고리는 믿음에 기초한 것이다. 현실 세계에서 인과관계는 선형적으로 형성되지 않는다. 사슬이 길어지면 변수가 많아지고, 논리적 추정으로 결과를 정확히 예측할 개연성이 줄어든다.

그래도 상관없다. 블런델 사슬은 하나의 논제를 중심으로 생각을 이어가게 하는 장치이다. 블런델 사슬은 무슨 질문을 던지고 어떤 자료를 참조해야 할지 방향을 제시해준다. 블런델 사슬의 이점은 새로운 의문들을 해결하기 위해 자료 수집을 하게 한다는 데 있다. 때로 여러분은 뜻밖의 답을 얻을 수도 있다. 사슬이 어떻게 끝날지는 모르지만, 흥미로울 거라는 사실만은 확실하다.

틀에 박힌 사고방식에서 벗어나라

정보 사회는 일련의 동심원처럼 작동한다. 달리 말해, 최초의 독특한 아이디어가 밖으로 퍼져나간다. 어떤 아이디어가 〈허핑턴포스트〉나 CNN에 실릴 정도로 퍼지려면, 중간 단계에서 합리성과 정확성을 인정받으며 그 조직의 중심부까지 파고들어야 한다.

그런데 큰 아이디어의 씨앗이 되는 소소한 자료들은 변방에 있다. 전문학술지, 반문화反文化적 성격을 띤 이상한 출판물, 정치색을 띤 특이한 웹사이트, 취미 전문잡지와 팬들이 열광하는 잡지, 블로그와 트위터, 예측을 불허하는 기발한 웹사이트 등이 대표적인 예이다. 주류와 다른 방향을 추구하는 만큼 주변적일 수밖에 없다. 이런 출처를 찾으려면 뒷골목을 뒤져야지, 중심가를 기웃거려서는 안 된다.

틀에 박힌 일상에서 벗어나는 법을 나열하는 일은 누구든 할 수 있다. 다만, 그 목록 작성을 도와줄 수 있는 몇 가지 예시를 소개한다. 각각의 행위들은 여러분의 신경세포에 쌓인 먼지를 확실히 털어줄 것이다.

† 퇴근할 때 몇 분을 더 할애해서라도 평소와 다른 길로 가보라. 대안으로 선택할 수 있는 길을 최대한 많이 찾아보라.

† 항상 자가용을 이용한다면 버스를 타보라. 항상 비행기를 이용한다면 기차를 타보라.

† 가본 적 없는 술집에 들어가 카운터에 앉아 생면부지인 옆 사람과 대화를 나눠보라.

† 텔레비전 지역 방송에 채널을 맞춘 뒤 곧바로 채널을 돌리고 싶은 충동을 참으며 한참 동안 시청해보라.

† 구글링을 하지 말고 가까운 대학교 도서관을 방문해 책이 잔뜩 꽂힌 서가들 사이를 걸어보라. 아무 책이나 꺼내서 읽어보라.

† 도서관에서 돌아다닐 때 자료실을 찾아가, 이번에 제7판을 발행한 《유명한 최초의 것Famous First Facts》을 들춰보며 아이디어를 빼앗아라. 최초의 열기구, 최초의 다이빙벨에 대해 읽다 보면 여러분의 뇌는 새로운 방향으로 굴러갈 것이다. 또 《도시 연감Municipal Yearbook》을 뒤적이며 여러분의 도시가 이런저런 항목에 지출한 비용을 다른 도시들이 지출한 비용과 비교해보라. 《인물 색인Biography Index》에서 고향 사람들의 이름을 찾아보거나, 여러분의

고향에서 태어난 민속 예술가와 과학자, 심지어 현재 거주자까지 찾아보라.

† 프리라이팅을 시도해보라. 키보드 앞에 앉아 빈 화면을 채워도 괜찮고, 펜과 공책으로 편하게 시작해도 상관없다. 머릿속에 떠오르는 모든 것을 지체 없이 써보라. 자기 검열을 철저하게 피하라. 철자와 문법에 신경 쓰지 말고, 정확성을 걱정하지도 말라. 흥미로운 테마가 드러나기 시작하면 그대로 밀고 나가라.

† 광고판이나 신문 헤드라인에서 두 단어를 무작위로 골라보라. 그 두 단어를 '그리고 and'로 연결한 뒤 인터넷에 검색해보라.

† 신문 가판대를 찾아가 처음 보는 인쇄물을 구입해 읽어보라.

† 자동차를 운전해 동네에서 낯선 곳을 찾아가보라. 운전을 멈추고 차에서 내려서 주변을 거닐어보라.

† 자동차를 운전해 시외로 나가 처음 만나는 큰 사거리에서 동전을 던져 진행 방향을 결정해보라. 그 방향으로 쭉 진행해 서너 개의 나들목을 지나서 전혀 낯선 곳이 나올 때까지 가보라. 그곳에서 누군가에게 말을 걸어보라.

† 구글 같은 검색 엔진으로 관심사에 대한 자료를 폭넓게 찾아보라. 그런 뒤 링크를 무작위로 누르며 관심사에 대한 새로운 의견을 찾아보라.

논제는 아이디어가 아니다

내가 언론계에서 막 일을 시작했던 시절, 연방 정부는 점박이올빼미를 멸종위기종으로 지정했다. 그 때문에 우리 신문사도 들썩거렸다. 표면적으로는 작은 선언에 불과했지만, 그로 인한 결과는 그야말로 대서사시였다.

점박이올빼미는 오래된 숲에만 서식한다. 100년 넘게 경제가 성장한 덕분에 북서부 지역도 달라졌다. 점박이올빼미를 보호한다는 것은 결국 오래된 숲에서 행해지던 벌목을 중단해야 한다는 뜻이었다. 즉, 그 지역이 완전히 달라져야 한다는 뜻이었다.

정부의 선언이 있고 수년이 지나지 않아 숲에서 사슬톱 소리가 잠잠해졌다. 법적 소송과 법원의 가처분 명령 및 환경 관련 선언의 영향도 있었다. 벌목촌은 활력을 잃었다. 분노한 벌목업자들은 점박이올빼미 스튜를 조리하는 법을 퍼뜨리며 정부의 선언을 조롱했다.

당시 내가 근무하던 신문사는 고목만큼 이끼로 뒤덮인 상태였다. 일반적인 보도 외에 다른 기획기사는 거의 없었지만, 점박이올빼미 위기에 무관심할 수는 없었다. 스무 명가량의 편집자가 취재 계획을 짜려고 회의실에 모였다. 회의실 밖에서 기자들이 겁에 질린 얼굴로 서성댔고, 회의실 안에서 편집자들은 벌목에 관한 온갖 주제를 생각해내려고 머리를 쥐어짰다. 당시 어떤 대화가 오갔는지 희미하게밖에 기억나지 않지만, 이런 말들을 주고받았던 것은 분명하다.

"올빼미에 관심을 가져야 합니다."

"나는 멸종위기종 보호법에 중점을 두는 게 더 낫다고 생각합니다."

"제재소는 어떻게 하고요? 얼마나 많은 사람이 숲에 생존을 의존하는지도 봐야 합니다."

"연방 소유의 삼림지와 주정부 소유의 삼림지도 비교해서 살펴봐야 합니다."

마침내 난상공론이 끝났다. 편집자들은 기자들에게 무엇을 취재해야 하는지 알려주었다. 그 결과는 분명한 지향점이 없는 기사가 35편 정도 탄생하는 것으로 이어졌다. 따분한 활자가 며칠 동안 계속 인쇄되었는데, 그 괴물을 만들어낸 편집자들도 모든 기사를 정말 읽었을지 의문이다. 여하튼 그들은 옹기종기 모여 앉아 퓰리처상을 기다렸지만, 퓰리처상 선정 위원회에서는 아무런 소식도 들려오지 않았다.

기사의 방향성을 정해줄 마땅한 단서가 없지 않았느냐고 두둔하는 사람도 있을 것이다. 하지만 꽤 많은 단서가 있었다. 없었던 것은 실질적인 아이디어였다. 누구도 냉정하게 생각해서 뒤죽박죽 뒤섞인 논제들을 정리하고 그 핵심을 찾으려고 나서지 않았다. 그러니 의미 있는 기사를 써낼 수 없었다.

예컨대 점박이올빼미의 멸종 위기로 오리건주의 정치 균형추가 지방에서 도시로 옮겨가고 있다는 가정, 점박이올빼미의 멸종 위기로 벌목업자, 농부와 어부, 첨단 분야 노동자 사이에서 문화적 갈등이 생겨나고 있다는 가정, 혹은 점박이올빼미 같은 '지표종indicator species'이 환경주의자들에게 미증유의 영향력을 행사할 수 있는 새로운 도구가 되었다는 가정 등등. 이런 가정들을 중심으로 일련의 기사를 쓸 수 있었을 것이다.

실질적인 아이디어의 부재가 글쓰기 세계의 모든 곳에서 눈에 띈다. 정부 보고서는 뻔한 말을 되풀이하고, 이해할 수 없는 말을 나열하며 알맹이가 없다는 사실을 감추려 한다. 기업의 마케팅 계획서는 무의미한 통계자료를 지루하게 나열할 뿐, 신제품이나 신규 서비스로 기대되는 이익에 대한 독보적인 통찰을 제시하지 못한다. 이런 이유에서 전설적인 광고인 데이비드 오길비David Ogilvy

가 "사람들이 원하는 것은 구멍이지, 구멍을 뚫는 드릴이 아니다"라고 지적했던 게 아닌가! 온라인상의 포럼이나 채팅창에서도 따분하고 지루한 개념과 주장이 반복되고 있을 뿐이다.

이처럼 방향성 없는 글쓰기가 만연하는 근본적인 원인은 논제와 아이디어의 차이를 구분하지 못하는 데 있다. 그 착각은 '한번 살펴보자'라는 무시무시한 구절에서 시작된다. 어떤 작가가 '한번 살펴보자'라고 제안할 때마다 독자는 따분한 설명문과 맞닥뜨리게 된다. 설명문은 특정한 방향성이나 강조점 없이, 또 놀라운 정보도 없이 논제 주변을 맴돌기 십상이기 때문이다. 세상사에 대해 무언가를 의미 있게 말하려면 인과관계를 설명할 수 있어야 한다. 그런데 '한번 살펴보자'에 뒤따르는 글에는 그런 것이 없다.

'한번 살펴보자'는 정보를 수집할 때 흥미로운 것을 발견할 가능성을 방해한다. 당신이 어떤 논제를 한번 살펴본다고 치자. 논제와 별 관련이 없는 정보조차 의미 있다고 생각하며 모든 정보를 퍼담을 것이다. 결국 당신은 기자들이 '노트북 덤프notebook dump'라고 부르는 죄를 범하게 된다. 요컨대 자료라고 수집한 모든 것을 쏟아내며 장황하고 두서없는 글을 써낼 뿐이다.

처음부터 치열하게 브레인스토밍하고, 새로운 자료가 주어질 때마다 끊임없이 수정하는 행위야말로 좋은 글을 쓰는 유일한 비결이다. 달리 말하면, 뻔한 이야기를 넘어 혼돈 속에서 이치에 맞는 패턴을 찾아내고 독특한 통찰을 제시하는 원고가 좋은 글이란 뜻이다.

좋은 글이 아니었기에 35편의 연속 기사로도 아무런 결실을 얻지 못하고 독자들을 괴롭히기만 한 것이다.

바람을 순풍으로

옛 동료들은 내가 즐겨 인용하는 구절들에 진절머리를 낸다. 16세기 프랑스 수필가 미셸 드 몽테뉴Michel de Montaigne가 말한 "목적지가 없는 사람에게는 어떤 바람도 순풍이 아니다"도 그런 구절 중 하나다.

궁금증("서쪽 수평선 너머에는 무엇이 있을까?")으로 시작해 글의 주제를 찾아낼 수 있다. 그러나 그 궁금증을 주장("서쪽으로 40일 정도 항해하면 인도 제국에 도착할 것이다")으로 바꾸지 못하면 목적 없는 방황에 불과하다. 궁금증을 주장으로 전환할 때 행동 방침이 결정되며, 설령 주장이 오류로 판명되더라도 목적의식이 분명하고 생산적인 여정을 진행할 가능성이 높다.

항해든 글쓰기든 좋은 아이디어는 가정의 형태를 띤다. 자료를 생산적으로 수집하려면 핵심 연구 과제를 설정해 프로젝트의 범위를 제한하고 연구 과제와의 관련 여부를 구분하는 기준이 있어야 하기 때문이다. 이런 점에서 가정은 작가가 무질서에서 질서를 찾을 수 있게 해주는 여과 장치인 셈이다. 글을 쓰는 동안 가정은 미세하게 조정되거나 완전히 재정비될 수 있다. 그러나 사전에 수집된 좋은 자료에 근거한 가정은 그 이후의 연구, 즉 글쓰기에서도 효력을 유지한다.

좋은 아이디어는 진공 상태에서 불쑥 튀어나오는 게 아니다. 그것은 현실 세계를 체계적으로 조사할 때 드러난다. 그러니 편집자들이 최고의 아이디어 창고는 아니다. 편집자들은 사무실에 처박혀 지내지만, 작가들은 세상 밖에서 온갖 것을 마주하며 좋은 아이디어가 될 만한 무언가를 찾아 돌아다닐 수 있지 않은가.

작가가 이상하거나 희한한 것, 혹은 자극적인 것을 맞닥뜨릴 때, 대부분의 좋은 아이디어가 거치는 순환 과정이 시작된다. 〈월스트리트저널〉의 중국 특파원이었던 옛 동료 어맨다 베넷Amanda Bennett 이 인용하는 사례는 무척 흥미롭다. 육체노동자로 일하던 한 영국인이 중국어를 배워 중국 노래를 부르기 시작했고, 결국 중국 중년 여성들의 우상이 되었다는 이야기였다.

흥미로운 수준을 넘어 매혹적인 이야기이다. 그런데 이 이야기가 무엇을 함축하는 걸까? 베넷은 중국어로 노래하는 영국인 가수라는 개인의 사례로 시작해, 현실 세계의 보편적인 현상으로 넘어갔다. 베넷의 표현을 인용하면, 다음과 같다.

> 세계화는 대중문화의 이동을 제약하던 과거의 장벽을 무너뜨렸다. 그로 인해 접촉할 수조차 없던 사람들이 서로 만나고, 한때 난공불락으로 간주되었던 경계는 허물어졌다.

그 다음 베넷은 자신의 대담한 가정을 뒷받침하기 위한 논거를 설득력 있게 제시했다.

베넷의 이야기는 하나의 사례에서 시작해 일반론적인 주장으로 이어진다는 점에서 귀납적이다. 그러나 글쓰기에 좋은 아이디어는 귀납적인 동시에 연역적이다. 좋은 아이디어는 개별 사례에서 찾은 일반화된 결론으로 이어진다. 그렇게 일반화된 결론은 현실 세계에서 추가로 발견되는 증거로 검증된다.

학계에서 증거가 이론을 구축하는 데 도움을 준다면, 글쓰기에 서는 테마를 결정하는 데 도움을 준다. 명확하게 정해진 테마는 글 쓰기 과정을 쉽게 만들어주는 가장 강력한 도구 중 하나이다.

완벽한 첫 문장이라는 신화

첫 문장을 완벽하게 쓰기 위해 힘써야 한다는 게 편집실의 신조이 다. 완벽한 첫 문장만 있으면 나머지 이야기는 그로부터 용암처럼 흘러나온다는 전설이 있을 정도다.

천만의 말씀이다! 〈로스앤젤레스 타임스〉의 기자이자 편집자, 글쓰기 코치였던 밥 베이커Bob Baker의 말을 빌리면, "첫 문장이 나 머지 이야기를 이끌어주고 단락을 적절하게 배치할 수 있게 하는 신비한 불꽃이라고 우리는 굳게 믿는다. 승산이 없는 도박이 그렇 듯 이런 믿음도 가끔은 맞아떨어진다."

첫 문장을 멋지게 시작하겠다는 욕심은 의과 대학에 막 입학해 뇌수술부터 시작하겠다는 것과 같다. 우리는 첫 문장이 가장 중요 하다고 배웠기에 첫 문장부터 겁을 먹는다. 첫 문장을 선뜻 쓰지 못하고 안달복달하며 자꾸 뒤로 미룬다. 혹은 본론은 쓰지도 못한 채 처음 몇 줄을 쓰고 또 쓰며 시간을 하염없이 보낸다. 힘겹게 첫 단락을 끝내면 신경이 날카로워지고 피로감이 몰려온다. 마음이 편안하고 즐거워도 흘러나올까 말까 하는 창의성까지 날려버린 셈이다.

그뿐만이 아니다. 글이 엉뚱한 방향으로 치달을 가능성도 높아진다. 첫 문장은 뒤로 이어지는 글에 방향을 제시해주는 표지판이다. 그런데 자료를 정리하기 전에, 포커스를 찾기 전에, 혹은 실제로 글을 쓰며 생각을 자극하기 전에 첫 문장부터 쓴다는 건 그야말로 길을 잃는 지름길이다. 글쓰기에 앞서 준비되어야 할 것은 매끄럽게 다듬은 첫 문장이 아니라 명확하게 정리된 핵심 메시지, 즉 테마이다.

헤밍웨이의 《노인과 바다》에서 첫 문장은 두 역할을 완벽하게 해낸다. 첫 문장을 완벽하게 써내야 한다는 압박감에도 헤밍웨이는 전체 이야기를 구성하는 기본적인 요소인 무대와 주인공과 곤란한 상황을 첫 문장에 잘 압축해냈다.

> 그는 멕시코 만류에서 조각배를 타고 홀로 고기잡이를 하는 노
> 인이었고, 고기를 한 마리도 잡지 못한 날이 어느덧 84일째였다.

중심을 찾아라

물론 단순함과 명료함은 글을 쓰는 과정 내내 중요하지만, 중심을 찾고 자료를 정리할 때 특히 중요하다. 이 단계에 이르렀을 즈음, 당신은 자료에 압도되고 주제에 강하게 몰입한 상태일 것이다. 그러나 사소한 것들에 마음을 빼앗겨 서로 다른 요소들을 하나로 묶어주는 공통점은 전혀 찾지 못한 상태일 수 있다. 어쩌면 당신이 처음 이 주제에 관심을 가진 이유 자체를 잊었을 수도 있다.

이런 혼란스러운 상태에서 첫 문장을 쓰려고 안달하는 대신, 한

걸음 뒤로 물러나 나무가 아닌 숲을 보려고 하는 편이 낫다. 정작 당신에게 필요한 건 단순한 문장이다. 사소한 것들에 연연하지 않고 당신이 진정으로 말하고픈 핵심을 명확히 보여주는 단순한 문장인 것이다. 달리 말하면, 글의 목적이나 주장을 잘 드러내는 중심 문장, 즉 주제문theme statement이 필요하다.

좋은 주제문은 짧고 간결하다. 대부분의 글쓰기 대가는 한 줄을 권한다. 주제문은 공개할 것이 아니기 때문에 첫 문장을 쓰는 것만큼 겁이 나지 않는다. 주제문을 적절히 이용하면 첫 문장 쓰는 일을 마지막까지 미룰 수 있다. 한 줄의 주제문에서 글쓰기를 시작해도 괜찮다. 글을 쓰다 보면 어느 순간 완벽한 첫 문장이 머릿속을 스칠 것이고, 그때 그것으로 주제문을 교체하면 된다.

내 경험에 따르면, 최고의 주제문은 타동사를 포함하는 질문과 그 질문에 대한 목적어를 포함하는 대답으로 구성된다. 예를 들어 "잭은 무엇을 때리는가?", "잭은 공을 때린다"와 같은 식이다.

타동사로 구성된 주제문은 현실에 단단한 기반을 둔 주장을 담고 있다는 점에서 설득력 있게 다가온다. 또 타동사는 'A는 B의 원인'이란 사고법을 요구하는데, 인과적 사고법은 진정한 가정을 특징짓는 기준이다. 지금까지 우리가 이야기한 주제문은 이렇게 요약될 수 있을 것이다.

"'완벽한 첫 문장'이라는 신화(주어)는 포커스와 구성의 중요성(목적어)을 퇴색시킨다(타동사)."

〈AP 통신〉의 특집기사 기고가였던 태드 바티머스Tad Bartimus는 언젠가 다른 기고가들에게 "당신의 이야기를 여섯 단어로 압축해보라"고 조언했다.

주제문의 형태보다 주제문을 쓴다는 사실 자체가 더 중요하다. 적어도 나는 글쓰기에서 주제문 쓰기를 종교적 계율처럼 생각한다. 언젠가 편지를 쓸 때도 주제문을 활용한 적이 있었다. 내가 사는 지역에 악영향을 주는 쟁점을 다루던 계획위원회로 탄원서를 쓸 때였다. 나는 짤막하면서도 설득력 있게 요점을 전달하고 싶었다. 당시 내가 쓴 탄원서의 제목은 "신흥 주택단지로 안 그래도 과밀한 도로가 더욱 복잡해질 것이다"였다.

나는 글의 주제와 상관없이 똑같은 방법론을 따른다. 내 컴퓨터 모니터에 가장 먼저 쓰이는 단어는 '주제theme'이고 그 뒤에 쌍점(:)이 더해진다. 그러고는 가만히 앉아 생각에 잠긴다. '무엇에 대해 쓰려는 글인가?' 혼잣말로 묻고는 주제문의 주어를 쓴다. 그다음 '이것에 대해 무엇을 말하고 싶은가?'라고 물은 뒤 타동사와 목적어를 쓴다.

좋은 주제문은 재료를 압축해 본질로 만든다는 장점이 있다. 따라서 압축한 결과가 뻔한 말이 아닐까 걱정할 필요는 없다. 좋은 주제문이 있을 때 섬세하고 명쾌하며 세련된 글쓰기가 가능하다.

지금까지 내 글에 믿음직스러운 방향을 제시해준 몇 가지 주제문을 예로 들어보자.

† 빅혼 산맥은 서부 지역에서 초기에 행해진 플라이낚시의 특징을 보존하고 있다.

† 언론계의 교육자와 전문가는 사소한 다툼은 그만두고 공통점에 초점을 맞

추어야 한다.

† 프리랜서로 성공하려면 스스로 편집하는 데 숙달해야 한다.

† 아버지는 내가 전쟁의 복잡함과 모순을 깨닫기를 바랐다.

주제문은 내 컴퓨터 모니터에서 항상 최상단을 차지한다. 나는 글을 쓰다가 때때로 주제문으로 되돌아간다. 잠시 휴식을 취한 뒤 컴퓨터를 다시 켤 때도 주제문을 가장 먼저 본다. 주제문은 내가 올바른 방향으로 나아갈 수 있도록 도와준다.

나는 초고를 끝내면 주제문을 지워버린다. 쓱! 그렇게 주제문이 사라진다. 그러니 다른 사람이 주제문을 보고 비판할까 걱정할 하등의 이유가 없다. 주제문은 내가 글을 쉽게 쓰도록, 또 기왕 쓴 글을 쉽게 폐기하도록 도와줄 뿐이다.

주제문은 최종적인 결론은 물론이고, 글을 쓰는 도중에도 글의 흐름과 맞아떨어져야 한다. 때로 글을 쓰는 과정에서 주제문이 헛다리를 짚었다는 사실이 드러나고, 때로는 더 나은 주제문을 찾아내기도 한다. 혹은 테마에 대한 첫 해석이 완전히 잘못되었음을 깨닫기도 한다. 그렇다고 큰일은 아니다. 주제문이 잘못되었으면 지워버리면 그만이다. 다시 새로운 주제문을 쓰고, 이미 써놓은 글을 수정하면 된다. 기존의 나침반이 제대로 작동하지 않으면 새로운 나침반을 마련하면 되지 않겠는가. 중요한 것은 항상 나침반을 손에 쥐고 있어야 한다는 점이다.

포커스를 찾으라

예술 작품에는 일종의 포커스가 있어야 한다. 이것보다 중요한 명제는 없다.
예술 작품에는 모든 빛이 모이거나, 모든 빛이 발산되는 곳이 있어야 한다.

_ 레프 톨스토이

렌즈를 조절하라

"글쓰기에서 가장 큰 세 가지 문제는 포커스와 포커스, 그리고 포커스다!" 글쓰기 코치들 사이에서 유행하는 농담이다. '포커스fo-cus'란 대체 무엇일까? 많은 작가가 포커스 찾기를 힘겨워하는 이유는 또 무엇일까?

현실적으로 대답하면, 포커스는 글이 중심으로 삼아 돌아가게 하는 축이다. 어떤 글이든 모든 것이 포커스를 중심으로 돌아간다. 또 모든 것이 어떤 식으로든 포커스와 관계가 있다. 포커스는 아이디어를 떠올리고 가정을 세운 뒤 자료를 수집할 때 수반되는 생각의 산물이기 때문에 글을 쓰는 과정에서 드러난다. 포커스는 완전하게 정리된 테마이며, 언론인들이 흔히 '너트nut'라고 부르는 핵심 개념이다.

어떤 작가라도 포커스를 찾을 때는 끊임없이 의문을 제기하는 마음가짐이 필요하다. 처음에 세운 가정이 현실 세계와 충돌할 때마다 다시 검토하는 과정이 있어야, 가정이 도리어 증거를 왜곡하는 편견으로 변질하는 사태를 방지할 수 있기 때문이다. 무수한 사실 중에서 진정으로 중요한 것을 통찰하고 탐구의 방향을 결정하려면 이런 마음가짐이 무엇보다 중요하다.

작가는 마음속으로 질문과 대답을 주고받듯 사고한다. 가령 당신에게 특정 논제가 주어졌거나, 어떤 논제가 당신의 관심을 사로잡았다고 해보자. 그럼 당신은 논제를 중심으로 맴돌며, 그 논제에 대해 생각하기 시작한다. 그 과정에서 대답을 찾으면 다시 의문을 제기하고, 쟁점들을 치밀하게 살펴보며 예비적 가정preliminary hypothesis을 세운다.

자주 인용되는 시애틀 추장Chief Seattle의 연설을 예로 들어 설명해보자. 탁월한 부족장이던 시애틀—도시 시애틀은 그의 이름을 딴 것이다—은 태평양 연안의 북서부 지역(오리건, 워싱턴, 아이다호 북부 등지)에서 지금도 유명하다. 시애틀 추장의 연설은 땅을 존중하지 않는 백인의 태도를 호소력 있게 비판하며 환경 문제에 대한 관심을 촉구했다.

그 연설을 처음 접했을 때, 나는 그 안에 담긴 마음에 정서적으로 동조했다. 그러나 이성적으로는 옳다는 생각이 들지 않았다. 무엇이 잘못된 것일까? 나는 조금 더 자세히 읽어보았다.

그 연설은 퓨젓사운드 만灣을 지배하던 부족장의 연설이라고는 좀처럼 믿기지 않았다. 시애틀 추장의 활동 무대에서 1,500킬로미터 이내의 지역에서는 자라지 않는 잣나무가 언급되기 때문이다. 죽은 들소들로 뒤덮인 광활한 초원도 언급되는데, 들소도 그곳으로부터 아득히 먼 곳에서 서식했다. 머리 위를 복잡하게 지나가는 전선도 신랄하게 비난하지만, 연설은 전기와 전화가 시애틀에 도입되기 전에 이루어진 것이었다.

한마디로 연설은 가짜였다.

자연스레 다음 궁금증으로 이어졌다. "왜 선량한 사람들이 이 명백한 가짜 연설을 계속 묵인하는 것일까?"

환경주의자들이 순전히 바보이기 때문일까? 시애틀 추장의 고장에서 오랫동안 산 사람들은 그렇다고 동의할 것이기에 이는 독창적이지 않은 주장이다. 게다가 "환경주의자는 바보다"라는 가정은 구조적으로 합당하지 않다. 타동사가 없어 인과관계를 진술하지 못하기 때문에 이 가정은 세상이 어떻게 작동하는지에 대해 아무것도 말해주지 못한다.

무엇보다 나는 예나 지금이나 환경주의자를 자처한다. 이 자부심을 유지하는 유일한 방법은 조사 범위를 확대해 한층 더 통찰력 있는 포커스를 찾는 것이었다. 나는 시애틀 추장의 연설이 의도적으로 꾸며진 거짓이고, 환경 보호라는 열렬한 대의를 위해 냉소적으로 계산된 것이란 가정을 세워보았다. 이렇게 해석하면, 목적이 수단을 정당화한다고 믿는 열성분자의 위험성을 꾸짖는 멋진 관점이 될 것 같았다.

그러나 시애틀 추장의 연설은 진부한 테마였고 인과적 진술도 없었다. 또한 연설이 어디에서나 호응을 얻고 있다는 점에서 의도적으로 꾸며진 엉터리 거짓말이라는 주장은 설득력이 부족했다. 더구나 많은 사람이 이런저런 이유로 늙은 추장의 편을 들었다. 그들이 손잡고 거창한 음모를 꾀할 이유도 없었다.

선량하고 정직하며 영리한 사람들이 정녕 사기극을 묵인하고 있는 걸까? 만약 그렇다면 믿고 싶은 무언가가 있을 때, 우리는 지성이나 선의와 관계없이 명백한 반증마저 무의식적으로 무시한다는 뜻일까?

이런 의문은 흥미로웠지만 완전히 독창적이진 않았다. 그러나 이는 시애틀 추장의 연설에, 또 내가 아는 한 미국 환경주의에 제기된 적 없는 가정이었다. "열성적인 신념은 선량한 사람들을 위험한 길로 이끈다"라는 가정은 흥미로운 포커스가 될 수 있었다.

이렇게 검증할 만한 가정이 완성되면 이제 본격적인 조사를 시작할 차례다. 다른 사람들에게 그 논제를 어떻게 생각하는지 물어보고, 당신의 생각을 알려주며 그들의 반응을 살핀다. 객관적 사실과 수치를 근거로 당신 생각이 얼마나 합당한지를 점검한다. 그 과정에서 원래의 가정을 조금씩 수정하며 모든 현상과 의견을 포괄하는 더 나은 가정을 만들어나간다.

다시 시애틀 추장의 가짜 연설로 돌아가보자. 치밀하게 조사한 끝에 나는 훨씬 더 강력한 가정을 세울 수 있었다. 연설이 날조되었다는 사실을 밝혀내는 데는 오랜 시간이 걸리지 않았다. 사실 그 연설은 1970년대 텍사스의 한 환경주의자가 지구의 날Earth Day을 맞아 라디오에서 쓴 것이었다(하기야 텍사스에는 잣나무가 많다!).

그 당시 그는 자신이 시애틀 추장이었다면 이렇게 말했을 것이라며 연설을 소개했다. 그런데 다른 사람들은 연설의 진짜 출처를 언급하지 않고 인용했다. 나중에 몇몇 평론가가 사실을 확인하고 그 결과를 공개적으로 발표했지만, 시민운동가들은 그 발표를 무시해버렸다. 나는 시애틀 추장의 연설에 기초해 어린이책을 발간한 출판사 대표를 만나 인터뷰한 적이 있다. 출판사 대표는 "그래서 어쩌라고요? 전하려는 메시지가 중요한 거 아니겠어요?"라고 반문하는 듯한 태도를 보였다.

나는 기겁하지 않을 수 없었다. 열성분자는 코앞의 증거를 무시할 뿐 아니라 어린아이를 겨냥한 거짓말까지 옹호하고 나섰다. 지적인 게으름의 악취가 물씬 풍겼고, '너에게 최선인 것이 무엇인지 우리는 알고 있다'라는 전체주의적인 의견이 눈에 보였다. 이런 판단을 토대로 나는 이 최종적인 가정에 도달했다.

"시애틀 추장의 연설을 조작한 선의의 사고와, 사악한 독재나 무자비한 이데올로기를 허용하는 심리는 근본적으로 같다."

이는 곧 내 글의 포커스, 즉 〈오레고니언〉에 실린 특집기사의 근거가 되었다.

한 뉴스 통신사는 내 특집기사를 읽고 큰 관심을 보였다. 덕분에 기사는 미국 전역의 주요 신문에 다시 게재되었고, 지금도 많은 강의실에서 토론의 소재로 사용되고 있다. 한편, 시애틀 추장의 연설을 인용하는 사례는 크게 줄어들었다.

적시생산방식

적시생산방식just-in-time은 미국 기업의 획기적인 혁신이었고, 미국 기업이 세계에서 가장 생산적으로 변신하는 데 일조한 컴퓨터 시대의 혜택이었다. 모든 것이 적시에 공급될 수 있도록 생산과 유통 시스템을 조정하는 것이 '적시생산방식'의 핵심이다. 정교한 컴퓨터망은 생산의 전 과정을 추적하며 필요한 부품이 제때 원만하게 공급될 수 있도록 조정해주었다. 따라서 값비싼 원자재를 대량으로 비축해두거나 창고료까지 부담해가며 재고를 창고에 쌓아둘 필요가 없었다. 시간과 에너지와 돈을 낭비하지 않는 방식이었다.

작가에게도 이와 똑같은 전략이 효과가 있다. 확고한 가정에서 출발하여 중간중간 포커스를 조절하면 글쓰기를 원만하게, 지속적으로 진행할 수 있다. 중요한 자료에 집중하고 관련이 없는 것은 무시해야 한다. 조사를 효율적으로 하지 않아 덧없이 시간을 죽이는 일도 최대한 줄여야 한다. 또한 유기적인 과정을 단순화하여 불필요한 정보를 수집하는 수고도 덜어야 한다.

무엇을 생략하고 무시해도 될지 알려주는 것이 바로 포커스다. 불순물을 제거하면 의미 있는 중심 메시지가 드러나고, 글은 한결 명료하고 강력해진다. 이런 맥락에서 트루먼 커포티Truman Capote는 "나는 연필보다 가위를 더 믿는다"라고 말했고, 엘모어 레너드Elmore Leonard는 훨씬 더 간단명료하게 "사람들이 건너뛰는 부분들"을 지워버린다고 말했다.

물론 가장 효율적인 작가도 글을 쓸 때 실제로 활용하는 것보다 많은 자료를 수집한다. 이렇게 과도하게 수집된 자료 중 일부는 작가가 글쓰기 방향을 놓치지 않게 하고, 전체적으로 핵심을 지키고 있다는 확신을 주기도 한다. 내 워크숍에 참가한 한 성공한 작가도 자신이 "지나치게 많이 쓴다"는 사실을 인정하면서도 "이야기를 통째로 공책에 쏟아 넣지 않는 한 잉여 자료도 중요하다고 생각한다. 잉여 자료는 느낌 등을 얻는 데 도움이 된다"라고 덧붙였다.

맞는 말이다. 하지만 '잉여 자료'가 포커스에서 벗어나지 않고 보완하는 경우에만 그렇다. 같은 워크숍에 참가한 다른 작가는 지나치게 많이 쓰는 것이 본인 글쓰기의 주요 문제라는 사실을 인정하며 "그 때문에 주요 논점을 불충분하게 다루고 핵심에서 벗어나 옆길로 새는 경향이 있다"라고 말했다. 그 역시 옆길이 언젠가는 유용하지 않겠느냐고 합리화했다. 그러나 그 '언젠가'는 작가를 하염없이 꾸물대게 만드는 적이다.

마감일을 지키지 못하는 무능한 작가들은 글쓰기가 신비로운 과정이기에 서둘러서는 안 되는 것이라 착각하는 경향이 있다. 마감일을 못 지키더라도 자신의 책임으로 여기지 않는다. 그들의 뮤즈가 잘못했다는 것이다. 심지어 뮤즈는 변덕스럽고 예민한 피조물이라 다그쳐서는 안 된다고 생각한다.

그들은 글쓰기가 지체되는 이유를 이런 식으로 변명한다. 그들은 영감에 사로잡힌 글쓰기가 가능하다고 굳게 믿는다. 자료를 끝없이 조사하면서도 검증할 가치가 있는 가정을 명확히 세우지 못한다. 어떤 의문을 품고 어떻게 질문해야 할지 모르기 때문에 이 답 저 답을 찾아 헤맬 뿐이다.

글쓰기는 물론이고 다른 부문에서도 생산성은 효율성에서 비롯된다. 제조업자가 적시생산방식을 통해 더 낮은 비용으로 더 많은 제품을 공급할 수 있다면, 작가는 같은 방식으로 더 많은 단어를 써낼 수 있다. 요점은 끝없이 고뇌하지 말라는 것이다. 무엇을 말할지 아는 것이 먼저이고, 그다음 그것을 매끄럽고 효율적으로 말하는 법을 개발하는 것, 그리고 이를 적시에 개발하는 것이 글을 잘 쓰는 비결이다.

한 번에 한 단계씩 _____

> 문학에서 가장 위대한 걸작은
> 알파벳 순서대로 정돈되지 않은 사전에 불과하다.
> _ 장 콕토

작은 것에서 위안을 찾으라

당신은 아이디어를 다 정리했다. 그럼 이제 글을 써야 할 시간이다.

앞에는 온갖 위험이 도사리고 있다. 글쓰기를 되돌아보는 일은 어떤 단계에서든 할 수 있다. 다만 이 과정은 반복할수록 지치고, 처음에 품었던 용기도 꺾이게 된다. 또 당신의 초보적인 초고를 전국적인 잡지나 인정받는 책에 실린 깔끔하고 완벽하게 다듬어진 글과 비교하기 시작한다.

이런 비교 심리를 이겨내라! 자신의 능력을 믿고, 한 번에 하나씩 처리하라.

마음속 아이디어 조각을 한 편의 글로 풀어내려면 어떤 자료가 필요한지 알아내야 한다. 이렇게 단계적으로 과정을 밟으면 과도한 불안에서 벗어날 수 있다. 필요한 자료를 수집하는 단계가 끝나면 포커스 단계로 넘어가, 모든 자료를 차분하게 살펴보고 분류한 뒤 체계적으로 정리하여 원고를 쓴다. 식은 죽 먹기 아닌가!

짧막한 기사나 단신 혹은 가을에 판매할 상품의 제안서를 쓸 계획이라고 해보자. 자료 수집에 한두 시간이 걸릴 테고, 자료 수집을 끝낼 때쯤 포커스가 명확해질 것이다. 그럼 20분 내에 자료를 분류하고 한 시간 정도를 투자해 초고를 써보라. 6시에 퇴근하고,

다음 날 아침에 출근해서 그 원고를 매끄럽게 다듬어보라.

아니면 5년이라는 오랜 시간을 투자해 논픽션 한 권을 쓸 계획이라고 해보자. 걱정할 건 없다. 기본적인 원칙은 똑같다. 자료 조사가 많이 필요한 책이라면 항구는 아득히 먼 곳에 있다. 그러나 여정은 똑같은 단계로 나누어지고, 각 단계마다 해야 할 일은 동일하다. 이 과정을 완벽하게 습득하면 글쓰기의 항해를 마치고 항구에 도착하는 결실을 맺을 수 있다. 글쓰기를 좌절과 피로감이 반복되는 악몽이 아니라 의욕을 북돋우는 즐거운 도전이라 생각하는 여유롭고 생산적인 작가가 될 수 있음은 물론이다.

내 글쓰기 수업 참가자를 대상으로 한 설문조사에서 한 작가는 글쓰기가 '즐겁다'고 했다. 그는 자료 조사도 좋아하지만 글쓰기도 좋아하며, "글을 쓸 때는 내가 사라지기 때문"이라고 답했다.

다른 답변에서 이렇게 대답했던 이유를 찾을 수 있었다. 그는 자신을 "무척 충실한 사람"이라 평가했다. 쉽게 말하면, 조사를 다소 지나치게 하는 편이지만 수집한 거의 모든 자료를 유용하게 여기는 작가였다. 그는 스스로에게 임무를 할당하는 방식으로 글을 썼다. 완성된 글은 일정한 분량의 짧은 글이었지만, 초고는 상당히 길었다. 그는 "초고를 부담스러울 정도로 충실히 쓴 후에 깎아낸다"라고 말했다. 그 과정에서 편집자와 주기적으로, 그러나 간략하게 의견을 주고받았다.

글쓰기를 시작하는
5가지 방법

글을 잘 쓰는 비결은 글을 쓰는 과정에 있지, 완성된 글에 있는 것이 아니다. 키보드 앞에 앉아 훌륭한 작가들의 완성된 글과 자신의 글을 비교한다고 글쓰기 능력이 늘지는 않는다. 글쓰기에 접근하는 관점을 바꾸어야 한다. 글쓰기를 효과적으로 시작하는 몇 가지 방법을 소개하면 다음과 같다.

1. 먼저 생각하라. 글쓰기는 나중이다.

모니터 앞에 멍하니 앉아 아무것도 쓰지 못하고 스트레스만 받을 거라면, 그토록 서둘러 키보드 앞에 앉을 이유가 있는가? 초고를 어떻게 쓸 것인지 대략적인 계획을 세워라. 수집한 자료를 면밀히 살펴보며 글의 중심축을 이루는 핵심 개념들을 적어보라. 궁금증을 갖고 이런저런 의문을 제기하라. 글 쓰는 데 걸릴 시간이 두 시간이라고 하면, 그중 한 시간을 준비하는 데 할애하라. 마감 시간이 15분밖에 남지 않은 상황에서도 5분 동안은 생각하라.

2. 주제를 두고 대화하라.

길든 짧든 대화만큼 머리를 맑게 해주는 것은 없다. 키보드 앞에 앉기 전 당신이 하고 싶은 이야기를 동료나 주변 사람들에게 말해보라. 동료를 귀찮게 하거나 친구와 맥주를 마시며 즐거운 시간을 보내라. 아니면 부모님께 전화라도 걸어보라.

3. 주제의 범위를 좁혀라.

글쓰기를 막 시작할 때 우리 대부분은 지나칠 정도로 야심만만하다. 이 때문에 우리는 '미주리강 유역 분지 현상'을 경험하게 된다. 폭은 1.5킬로미터로 넓지만 깊이는 2.5센티미터에 불과한 야트막한 강물에서 허우적댄다는 뜻이다. 당신의 글은 독자들이 물장구를 칠 수 있을 만큼 깊어야 한다. 여러 주제 중 가장 흥미로운 것, 흔하지 않은 것, 혹은 기발한 것을 골라 깊이 파고들어라.

4. 무엇이든 끄적거려라.

약간의 시간을 내어 글로 쓰려는 아이디어를 시각화해보라. 공책을 들고 안락의자에 편히 앉으라. 주제에 대해 알고 있는 단어 하나를 공책에 적으라. 그 단어를 네모난 칸에 넣고 화살표를 그려 다른 칸과 연결하라. 첫 상자에 쓴 단어에서 연상되는 단어를 새로운 칸에 쓰라. 다시 화살표를 그리고 또 다른 칸과 연결하라.

5. 주제문을 쓰라.

첫 문장을 완벽하게 써야 한다는 강박만큼 겁나는 것은 없다. 그런 강박은 잊으라! 글을 쓰다가 언제라도 앞부분으로 되돌아갈 수 있다. 글을 시작하는 데 필요한 것은 주요 아이디어를 압축한 명확하면서도 짤막한 문장이다. 형식은 걱정하지 말라. 당신이 말하고 싶은 것의 핵심을 인과적인 문장으로 쓰면 된다. 그 문장, 즉 주제문을 방향키로 삼아 당신이 써야만 하는 것을 쓰라. 그리고 글이 완성된 후에는 주제문을 지워버려라.

2 계획

> 글쓰기는 탐험이다.
> 맨주먹으로 시작하고, 탐험하는 과정에서 배운다.
> _E. L. 닥터로

시작하라

아이디어가 있다는 것은 당신이 어디로 향해야 할지 안다는 뜻이다. 그렇다면 이제 움직일 시간이다. 진짜 작가와 작가 지망생은 이렇게 구분할 수 있다. 진짜 작가는 실제로 글을 쓰는 반면, 작가 지망생은 글을 쓰고 싶어 할 뿐이다. 그렇다고 당신이 서둘러 키보드 앞에 앉아야 한다는 뜻은 아니다.

당신은 아이디어에 살을 붙이며 잠정적인 주제문을 공들여서 썼다. 주제문은 일종의 가정이다. 가정을 검증하려면 실험하거나 현장으로 나가야 한다. 기자는 수첩을 들고 사무실 밖으로 나와야 하고, 소설가는 버스에서 사람들의 말소리를 녹음하거나 역사적 자료를 뒤지며 당시의 정보를 세세히 수집해야 한다. 혹은 광장에 나가 사람들을 관찰하며 그들의 특징을 기록할 수도 있다. 기업 경영자에게는 통계자료를 살펴보는 일, 부서장에게는 사실 확인을 지시하는 일일 것이다. 어떤 글이든 가치가 있으려면 자료에 기초해야 한다. 작가라면 어디서든, 또 어떻게든 자료를 수집해야 한다.

자료 수집이 끝난 뒤에야 당신은 완전한 원고를 향한 다음 단계로 옮겨간다. 먼저 당신이 수집한 자료를 살펴보며 가정을 재점검하라. 자료를 수집하며 얻어낸 근거로 본래의 결론을 보충할 수 있지만, 핵심 논지를 더 강력하게 함축한 문장으로 주제문을 다시 쓸 수도 있다. 글을 쓰는 과정에서 핵심 논지는 복잡한 현실 세계에 부합하는 더 좋은 아이디어로 다듬어진다.

다음 단계는 당신이 짤막하게 끄적거려둔 기록들을 분석하고 자료를 범주별로 분류하며, 자질구레한 것으로 가득한 미로에서 길을 탐색하는 과정이다. 체계적으로 정리하는 단계는 지루할 수 있다. 어려운 프로젝트인 경우에는 더더욱 따분하고 싫증 난다. 나는 이 단계를 거실에서 처리하는 편이다. 수십 장에 달하는 손바닥 크기의 참고용 메모들을 내 앞에 펼쳐놓는다. 유료 온라인 글쓰기 강좌에도 이렇게 체계적으로 정리하는 과정을 가르치는 커리큘럼이 있지만, 이제까지 나는 그런 강좌가 필요하다고 생각해본 적이 없다.

대체로 나는 주요 논제나 사건을 목록으로 만들어 컴퓨터 파일로 정리해두고, 관련 구절을 찾아 첫머리에 통째로 옮긴다. 당신이 어떤 식으로 자료를 정리하든 상관없다. 다만 자료를 체계적으로 정리하는 것이 중요하다. 이 과정에 필요한 만큼 시간을 투자하지 않는 것이 글쓰기에서 많은 사람이 흔히 저지르는 실수 중 하나이다. 자료를 목적에 따라 정리하지 않으면 글쓰기 과정에서 가장 겁나는 단계, 즉 초고를 쓰는 단계에서 혼란과 좌절, 그리고 불안에 시달리게 된다.

이렇게 준비 작업을 마치면 초고는 상당히 쉽게 써질 것이다. 특히 전문가가 조언한 방법대로 초고를 쓴다면 더욱더 그렇다. 글 길이 막히는 상황, 즉 당신이 의자에 엉덩이를 붙이고 앉았을 때 당신을 엄습하는 마비 증세는 초고가 글쓰기의 한 과정에 불과하다는 사실을 제대로 이해하지 못했기 때문에 생겨나는 것이다.

최종적으로는 글을 다듬는 단계에 들어서게 된다. 이 단계는 글쓰기 세계에서 과도한 관심을 받는 마지막 단계이지만, 글을 완전히 뜯어고치는 단계가 될 수도 있다. 글쓰기를 시작한 뒤로 상당한 시간이 지났다. 앞선 단계마다 필요한 에너지를 투자한 덕분에 당신은 처음보다 주제에 대해 더 깊고 넓게 알게 되었을 가능성이 크다. 과정은 시작점에서 목적지로 향하는 여정이지만, 거의 언제나 당신을 새로운 발견의 길로 이끈다. 결국 과정을 충실히 따라갈 때, 당신과 독자 모두에게 보람 있는 글이 완성된다.

글의 재료는 어딨는가

광택제 같은 글로 사건을 빛나게 할 순 없다.
보도는 사실에 기초해야 한다.
_ 제임스 개넌

작가는 모두 기자다

고등학생 시절, 국어 시간에 반드시 읽어야 한다면서 어떤 책을 추천받았는지 거의 기억나지 않는다. 그러나 그때 이후로 항상 내 곁을 지킨 책은 에밀 졸라Émile Zola의 《제르미날》이다. 전체적인 줄거리까지 기억한다고 말할 수는 없지만, 그 소설이 노동자 계급에 바치는 프랑스 사회주의자의 송가였다는 사실은 분명히 기억한다. 또한 흔들리며 어둠 속으로 서서히 내려가는 승강기, 음습한 열기와 퀴퀴한 공기, 곡괭이가 바위를 때리는 소리 등 광산의 삶에 대한 생생한 묘사도 뚜렷이 기억난다.

작가이자 편집자로서 내 삶의 중심이었던 사실주의의 선구자 졸라는 직접 체험한 세계를 자세히 묘사했다. 손에 수첩을 들고 광산을 찾아가 승강기를 타고 수직 갱도를 내려갔고, 광부들이 막장에서 석탄을 캐는 모습을 지켜보았다. 그 세계를 그대로 자신의 책상에까지 가져와 의미를 부여하여 이야기를 창조해냈다. 언론계의 용어로 표현하면 졸라는 취재 기자였다.

이런 이유에서 모든 작가의 글은 읽을 만한 가치가 있다. 터무니없는 공상의 세계도 우리가 인식하는 현실에 기반을 두어야 한다. 어떤 장면의 디테일, 등장인물의 동기, 장소의 분위기 등 우리를 작가의 세계로 끌어들이는 모든 요소는 현실 세계에서 구한 것이어야 한다.

소설가나 수필가는 실제로 키보드에 손을 올리기 훨씬 전에 수집한 세부적인 자료를 바탕으로 작업할 수 있다. 그렇게 세부적인 정보를 수집하는 일도 취재의 일부이고, 많은 소설가가 어떤 사건이 일어난 시대의 일기나 일지에 기록된 구체적인 사항을 자료로 삼는다.

저명한 언론인이자 작가였던 톰 울프Tom Wolfe는 새로운 저널리즘의 탄생을 선포한 기사 〈특집기사 게임The Feature Game〉에서 "소설, 영화, 논픽션 등 모든 형태의 스토리텔링에서 취재의 역할이 중요하다는 사실은 대체로 무시된 게 아니라 제대로 이해되지 못한 것이다"라고 말했다. 더 나은 작가는 더 나은 기자라는 결론이 나온다.

평범한 작가들은 취재가 끝나면 곧바로 초고 작성에 뛰어든다. 그들은 미흡한 부분이 눈에 보일 때만 더 많은 정보를 찾는다. 작은 구멍을 곳곳에 남겨둔 채 글을 쓰기는 상당히 쉽다. 예컨대 날짜에 대한 확신이 없을 때 '이른 봄' 같은 두루뭉술한 말로 대충 넘길 수 있다.

그러나 〈로스앤젤레스 타임스〉의 전국 담당 통신원 리처드 리드Richard Read는 어떤 것도 어물쩍 쓰지 않았다. 그와 함께 수년 동안 일하며 목격한 바에 따르면, 그는 개략적인 초고여도 취재에 엄청난 시간을 투자한 뒤에야 쓰기 시작했다. 그럼에도 그의 초고는 빈칸과 물음표로 가득했다. 그것은 최종 원고를 제출하기 전에 찾아보거나 확인해야 할 정보와 자료들이었다. 리드는 어떤 장면을 조금이라도 진실에 가깝게 묘사하기 위해서 중국의 소식통에게도 연락해 사소한 부분까지 해소하려 했다. 이렇게 진실성을 설득력 있게 추구한 끝에 리드는 해설 저널리즘 부문과 공공서비스 부문에서 각각 퓰리처상을 받았다.

리처드 리드처럼 자료를 세심하게 수집하지 않으면 어떤 작가라도 중대한 문제에 부딪치기 마련이다. "글쓰기 과정의 어떤 단계에서 일어난 문제는 거의 필연적으로 그 모습을 다음 단계에서 드러낸다"라는 사실을 기억하기 바란다.

불성실하게 자료를 수집한 결과는 체계적으로 정리하는 단계에서 처음 드러난다. 만약 당신이 뒤죽박죽인 기록과 문서, 책상 위에 잔뜩 쌓이고 하드드라이브 곳곳에 흩어진 부수적인 자료에서 어떤 의미도 끌어내지 못한다면, 자료를 수집하기 전에 뚜렷한 목표를 세우지 못한 탓일 수 있다. 합리적인 시간을 투자해 적절한 정보와 자료를 수집하려면 검증 가능한 가정에서 시작할 필요가 있다. 그리고 가정과 관련된 증거—예컨대 새로운 마케팅 전략의 필요성을 보여주는 판매 수치—는 처음부터 상대적으로 명확해야 한다. 당신이 쓰려는 글의 구조는 정보 수집 단계에서부터 유기적으로 드러난다.

팜스프링스 지역에서 발행되는 〈데저트 선The Desert Sun〉의 편집자였던 톰 테이트Tom Tait는 언젠가 나에게 이렇게 말했다. "일반적으로, 형편없는 글은 부족한 취재의 부산물이다. 기본적으로 사실에 부합하지 않는 이야기는 편집하기에 난해하고, 때로는 불가능하기까지 하다. 좋은 글의 재료인 세부 사항들은 수정하고 편집할 수 없기 때문이다. 나라면 사실을 엉성하게 말하는 기자의 글보다 어떻게 사실을 똑바로 전할 수 있을지 고심하는 기자의 글을 편집하겠다."

글쓰기에 필요한 재료들

모든 작가는 적어도 세 가지 형태의 소재로 작업한다.

- † 사람들이 수군거리는 사건(그 사건을 알고 있는 사람들의 증언을 인용)
- † 사건에 대한 기록(통계자료, 데이터베이스, 증언록, 비디오테이프, 신문 기사나 컴퓨터 파일, 사진 등)
- † 사건에서 우리가 목격한 것(무엇을 보고, 무엇을 들었는가. 또 무엇을 맛보고 어떤 냄새를 맡았는가. 요컨대 감각적으로 어떤 느낌이었는가?)

저널리스트들은 인용문이나 공식 기록에 의존하는 경향이 있다. 그러나 관찰력은 상대적으로 약한 편이라, 글을 사실적이고 세밀하게 묘사해서 생명력 있는 글을 쓰는 힘은 부족하다. 반면 다른 분야의 작가들은 거의 전적으로 사적인 기록물이나 개인적인 관찰에 의존하는 편이다.

믿음을 주는 매력적인 글은 세 종류의 소재를 모두 적절하게 이용하며 내용을 보강한다. 예컨대 당신이 경찰서장을 인터뷰하려고 시청으로 걸어가던 중에 운전하면서 휴대전화를 사용하던 운전자가 당신을 거의 칠 뻔했다고 치자. 그 아슬아슬했던 순간을 경찰서장에게 이야기하자, 서장은 안 그래도 보행자 교통사고가 급증하는 현상에 주목하고 있다고 대답한다. 인터뷰를 마치고 돌아와 전국 교통사고 통계자료를 찾아본다. 보행자 교통사고 사망자 수가 매년 22퍼센트씩 증가하고 있다는 사실을 알게 된다. 그렇다! 이런 식으로 당신은 매력적이고 흥미로운 기사 소재를 얻게 된다.

자료가 없이는 글도 없다

언젠가 워크숍에 참가한 한 작가는 어떻게 취재하느냐는 질문에 이렇게 대답했다. "몇몇 인터뷰가 일단락되고 보름쯤 지났는데 갑자기 핵심 인물이 나타나는 경우가 있다. 그러면 나는 그때까지 쓴 모든 글을 폐기하고, 바보가 된 듯한 좌절감에 시달린다. 하지만 따지고 보면 내가 운이 나빴던 것뿐이다."

물론 처음 만난 취재원도 믿을 만한 인물이었을지 모른다. 그러나 당신이 첫 취재원에 접근하는 데 보름이 걸렸음에도 저런 상황이 펼쳐졌다면 충분한 계획을 세운 것이 아니었을 수 있다. 생산적인 자료를 수집하기 위한 전략은 행운의 문제가 아니다. 주제에 대한 경험, 접근 가능한 소식통에 대한 정보, 관련된 핵심 원리에 대한 이해 등을 바탕으로 자료 수집 전략을 세워야 한다.

편집자와 작가는 일을 시작하기 전에 자료 수집 전략부터 세우는 시간을 가지라는 충고를 귀에 딱지가 앉도록 듣는다. 혼자 작업하는 작가는 수첩을 들고 안락의자에 앉아 사색하며 조용히 시간을 보낼 때 상당한 보람을 얻을 수 있다. 완성된 글이 어떤 메시지로 읽히기를 바라는가? 그 목적을 이루려면 어떤 정보와 자료가 필요한가? 그 정보를 어디서 얻을 것인가? 누구에게 연락해야 하는가? 어떤 인터뷰가 필요한가?

인터뷰를 진행할 때도 논리적인 순서가 있을까? 어떤 인터뷰가 당신이 또 다른 인터뷰를 진행하는 데 그 기준을 제시해주는가? 그렇다면 그 방식을 따라 인터뷰를 진행하면 좋을 것이다. 좋은 기자는 취재를 초기-중기-후기의 3단계로 나누어 생각하고, 가장 민감하고 복잡한 문제는 맨 뒤로 미루어놓는다. 당신은 만반의 준비를 끝내기 전까지 부패한 정치인이 뇌물을 받았다고 비난하고 싶지 않을 수 있다.

노련한 작가는 전문가를 만나 논제에 대해 간략한 설명을 듣는 것으로 시작한다. 누가 전문가인지 신문사 편집실은 잘 알고 있지만, 그들이 최종 원고에서 출처로 언급되진 않는다. 전문가는 논제와 관련된 모든 것을 알고 있다. 배경지식을 위해 읽어야 할 참고자료를 추천하고 접근할 수 있는 취재원과 해당 분야의 주요 쟁점에 대해서도 알려줄 수 있다.

전문가는 저널리즘뿐만이 아니라 거의 모든 종류의 글쓰기에 유용하다. 가령 당신이 북서부 지역의 목재 마을에 대한 소설을 쓰려고 한다면, 그 지역의 옛 벌목꾼에게 맥주를 사주며 대화의 물꼬를 트는 게 좋을 것이다. 또는 내년의 마케팅 가능성에 대한 보고서를 작성해야 한다면, 프로모션 담당자와 마티니 한 잔을 기울일 수도 있을 것이다.

전문가는 자료를 조사한 후 다음 단계를 어떻게 진행할지에 대해서도 말해줄 수 있다. 가령 당신이 세계 최고의 토목공학자를 대중 잡지에 소개하려고 한다면, 편집실의 연락처 목록에서 찾을 수 있는 전문가를 찾아가라. 만약 그가 왕년에 토목공학과 교수였다면 당신이 취재하고 싶은 슈퍼스타를 포함해 토목공학 분야에서 두각을 나타내는 모든 인물을 알고 있을 것이다. 그 밖에도 토목공학의 역사에 대한 책을 읽어야 할 것이고, 주요 건물이나 다리, 댐 등 토목공학 건축물이 우리 문명을 어떻게 형성해왔는지 알려줄 문화 전문가도 만나야 할 것이다.

이렇게 당신은 표적에 더 가까이 접근하게 된다. 세계 최고의 토목공학자의 동료나 친구를 만나 이야기를 나누고 그의 배우자와 자녀들을 인터뷰한다. 최종적으로 주인공과 함께 시간을 보내며 당신이 그때까지 알아낸 모든 것을 보강하고 뒷받침해주는 의견을 그의 입으로 듣는다.

이 과정 내내 당신은 글쓰기를 염두에 두고 무엇이 필요한지 끊임없이 생각하며 자료 수집 전략을 조정할 수 있어야 한다. 당신에게 어느 정도의 지면이 주어지는가? 주요 독자층은 어떻게 예상하는가? 그들은 무엇을 궁금해하는가? 편집자는 일화로 글을 시작하기를 선호하는가? 아니면 결론부터 말하기를 좋아하는가?

글의 종류에 따라 보도의 형식도 크게 달라질 수 있다. 경영 보고서는 요약된 자료, 즉 현실을 반영한 수치와 정보, 인용문만으로 구성될 수 있다. 잡지에 기고되는 장문의 기사에는 상대적으로 구체적인 자료, 즉 자료를 수집하며 보고 듣고 맛본 것이 필요할 수 있다.

정보를 수집하는 단계에서 계획이 어딘가 어긋났다는 확실한 징후로는 무엇이 있을까? 취재가 끝난 후에도 전화를 계속 붙잡고 정보원을 괴롭힌다면, 계획이 엉망이었다는 분명한 증거가 된다. 그렇다! 최고의 기자라면 마지막 전화로 단단히 매듭지을 수 있어야 한다. 조사를 더 하겠다는 핑계로 키보드 앞에 진득이 앉아 있지 못한다면, 당신은 체계적이지 못하거나 늑장을 부리고 있는 것이다.

아니면 둘 다일 수도 있다. 체계적이지 못하고 늑장까지 부리는 느림보인 것이다. 취재가 끝난 지 보름이 지난 뒤에야 핵심 인물을 알게 되었다는 불운한 작가를 기억하는가? 같은 워크숍에 참가한 또 다른 작가는 그와 입장이 달랐다. 그는 먹고살기 위해 효율적으로 일할 수밖에 없는 프리랜서였다. 그는 글을 쓰기 전에 취재를 철저히 한다며 "시간이 곧 돈이다. 인터뷰와 조사를 신중하게 계획하기 때문에 내가 수집하는 정보는 대부분 글을 쓸 때 유익하게 쓰인다"라고 말했다.

맞는 말이다! 쓸모없는 자료가 쌓인다면 성실한 작가가 아니라는 증거이며, 편집자가 흔히 '생산성 문제productivity problem'라 일컫는 현상의 주요 원인이다. 달리 말하면, 더 좋은 글을 쓰는 데 써야 할 시간을 낭비한 것이다. 내가 사는 지역에서 꽤나 유명한 제화공이 언젠가 말했듯 무엇인가를 달성하는 최선의 방법은 "일단 직접 해보는 것이다!"

체계적으로 정리하는 법 ─────────────────

글을 쓰기 전 가장 먼저 해야 할 일은 바로 글을 쓰려는 충동을 억제하는 것이다. 긴장을 풀고 편한 상태를 유지하며, 무엇보다도 생각하는 시간을 가져라.
_ 허버트와 질 마이어

혼돈의 고통

체계적으로 정리하지 못하면 많은 부정적인 결과가 뒤따른다. 예컨대 마감일을 놓치고 초고가 지나치게 길어진다. 또 정형화된 글쓰기를 벗어나지 못한 채 느릿하고 비생산적인 작가로 전락한다. 한마디로, 체계적인 정리에 실패하는 것은 작가가 가장 경계해야 할 위험한 실패다.

체계적인 정리는 글쓰기 과정의 한가운데에 있어야 한다. 구체적으로 말하면, 아이디어를 구체화하고 취재를 끝낸 단계와 초고를 다 쓰고 퇴고하는 단계 사이에 이뤄져야 한다. 글쓰기 코치인 로이 피터 클라크Roy Peter Clark와 돈 프라이Don Fry는 글쓰기 과정의 가장 큰 문제는 체계적인 정리 과정에서 발생한다고 말했다.

작가들이 체계적으로 정리를 못해서 문제인 게 아니다. 그들이 정리 자체를 하지 않기 때문에 문제이다. 클라크와 프라이는 "편집자는 작가들에게 (…) 취재가 끝난 순간부터 첫 문장을 쓰기 전까지 한 모든 일을 글에 담으라고 요구한다. 그런데 적지 않은 작가가 커피를 준비하고 화장실에 가는 것을 제외하면 실질적으로 아무것도 하지 않는다"라고 말했다.

편집자는 언론인을 양성하는 학교를 비판할 자격이 있는 듯하다. 수십 년 전부터 언론인 학교는 풋내기 기자들에게 과제를 받자마자 현장에 나가 자료를 수집하고, 사무실로 돌아와 첫 줄을 어떻게 쓸지 고민하고, 곧장 의자에 앉아 키보드 위에 손을 올리고 글을 쓰기 시작해야 한다고 가르쳤다.

기자를 비롯해 글을 쓰는 사람들에게 이런 습관은 재앙의 시작이다. 체계적인 정리 단계를 건너뛰는 작가는 거의 필연적으로 다음과 같은 일을 겪는다.

† 글쓰기가 고통스럽다고 생각한다. 뒤죽박죽인 자료에 어떻게든 방향을 찾아 주는 이정표가 없다면, 글쓰기 속도는 지독히 느릴 수밖에 없다. 결국 잘못된 시작, 우회, 무의미한 노력을 되풀이하며, 글쓰기는 스트레스를 주는 일로 전락한다.

† 초고가 제대로 진척되지 않는다. 체계적으로 정리하지 못하는 작가는 거의 언제나 마감일을 뒤로 미루거나 넘긴다. 그런 작가는 편집자에게 끔찍한 좌절감을 안겨준다.

† 똑같은 내용이 반복된다. 글이라는 커다란 뼈대 안에 자료를 어떻게 배치하겠다는 전반적인 계획이 없기 때문에 동일한 주장이 여러 군데에서 나타난다. 일단 한번 논제를 제기하면 이를 포기하고 새로운 것으로 대체하는 게 거의 불가능하다고 생각한다.

† 앞부분을 넘어가면 글의 질이 현격히 떨어진다. 언젠가 한 신문사의 편집자는 나에게 "우리 신문사에서 최고로 손꼽히는 작가들도 앞부분은 간결하고 명쾌하게 쓰지만, 그 뒤로는 힘이 점점 빠져 진부함을 벗어나지 못한다"라고 불평했다. 당신도 앞부분을 쓰는 데 온 힘을 쏟고 나머지는 저절로 써지기를 기대한다면, 결과는 불을 보듯 뻔하다.

† 하나의 초고 전략을 유지하기가 어렵다. 서두를 하나 이상 쓰거나 자료가 바뀔 때마다 몇몇 단락을 통째로 옮기기를 거듭하는 작가는 체계적인 정리 과정에서 문제를 겪고 있는 것이다. 그런 작가는 물리적 시간과 지적 에너지를

낭비해 자신만이 아니라 편집자까지 힘들게 한다.

† 수집된 많은 정보를 전혀 사용하지 않는다.

체계적으로 정리되지 않은 자료의 무더기를 만나면 위축되기 십상이다. 그러나 글쓰기에 당장 뛰어드는 것보다는 훨씬 더 쉽다. 상대적으로 짤막한 글을 위한 자료를 체계적으로 정리하는 일은 편하고 쉬울 수 있다. 거의 모든 글쓰기 전문가가 키보드에 손을 얹기 전에 다음과 같은 준비를 끝내라고 조언한다.

† 시간을 두고 기록물 및 배경 지식을 자세히 조사하라. 핵심적인 부분이나 특별히 가치 있는 정보는 눈에 띄게 표시하라. 자료를 색상이나 숫자로 구분하거나 별표와 느낌표 같은 부호를 사용할 수도 있다. 공책에 직접 글을 쓴다면 장마다 적절한 제목을 붙여 정리할 수 있을 것이고, 컴퓨터로 작업한다면 굵은 글씨나 기울임 혹은 글씨를 크게 조정하여 요점을 강조할 수 있을 것이다.

† 주요 논점들을 정리해 목록으로 만들어라. 기록을 검토하며 중요한 부분을 표시하는 목적 중 하나는 글을 쓰기 시작한 뒤에 쉽게 찾아내기 위한 것이다. 그리고 이보다 더 중요한 목적은 글의 논제를 파악하고 글의 방향을 결정하기 위한 것이다.

† 핵심 메시지, 즉 포커스를 정밀하게 다듬어라. 기록을 검토하고 주요 논점을 목록으로 만들면, 글쓰기 과정에서 자료를 체계적으로 정리하는 단계의 중

대한 지점에 접어든 것이다. 달리 말하면, 뒤죽박죽인 자료를 논리적으로 정리하여 테마를 최종적으로 완성할 시간이다.

† 정리한 테마를 다른 사람들에게 말해보라. 많은 작가가 과제를 받고 완성된 원고를 넘기기 전까지 편집자와 소통하지 않는다. 프리랜서와 저작자는 홀로 작업하는 경우가 많다. 심지어 원고를 완성하기 전에 작업 중인 글에 대해 발설하면, 글의 마법이 깨진다고 생각하는 작가도 적지 않다. 그러나 자료를 수집하고 글을 본격적으로 쓰기 전 글의 소재에 대해 대화하는 시간은 늘 가치 있다. 편집자와 대화할 수 없다면 친구, 가족 혹은 동료와 많은 대화를 나누라. 신문사 편집실에는 예부터 "기자는 기사를 작성하기 전 현실에서 가능하지 않다면, 머릿속으로라도 엄마에게 그 기사에 대해 말해야 한다"라는 우스갯소리가 전해진다. 당신의 글을 읽는 대상이 누구이든 글쓰기 과정 중 적절한 시점에 테마에 대해 짤막한 대화를 나누면 글의 내용을 머릿속으로 정리하는 데 도움이 된다. 그래야 완성된 글이 현실을 충실히 반영할 수 있다.

당신의 글쓰기 전략을 도식화하라

'개요 짜기outlining'라는 말에 발끈하는 작가가 꽤 많다. 그러나 초등학교 선생님이 우리에게 강요했던 개요 짜기에서 비롯한 부정적인 생각은 완전히 잊기 바란다. 장을 구분하기 위해 사용하던 로마 숫자도 잊고 장 제목이나 소제목도 잊으라. 우리에게 필요한 건 핵심적인 요점들로 간략하게 정리한 개요가 전부이다.

여기에서 '메모형 개요jot outline'라는 용어가 탄생한다. 메모형 개요를 읽으면 당신이 쓰려는 글의 전체적인 골격을 1분 이내에 파악할 수 있다. 메모형 개요는 1장에서 다룬 주제문과 밀접한 연관이 있다. 어떤 글의 주제문이 "메모형 개요는 초고를 단순화한 것이다"라면, 그 글의 메모형 개요는 다음과 같다.

† 개요 짜기에 대한 반발심
† 메모형 개요의 속성
† 편리하고 유익한 것
† 증명

개인적인 기록을 살피다가 다루고 싶었던 주요 논제들을 찾아낼 때마다 종이에 쓰거나 컴퓨터로 타이핑하여 목록으로 만들어라. 컴퓨터를 사용한다면 그 논제들을 이리저리 옮겨보며 논리적인 순서에 따라 재정리하는 것이 좋다.

주요 논제가 몇 개뿐이라도 순서를 한번 정리해두면, 자료를 수집한 이후 종종 부딪치게 되는 잡다한 세부 사항의 혼란에 단계적으로 접근하는 이정표가 된다. 이런 이정표가 있으면 글쓰기가 조금씩 편안하게 느껴지며 두려움도 완화된다. 또한 이렇게 논제의 순서를 정리하는 과정에서 당신은 일정한 거리를 두고 전체 이야기를 볼 수 있다. 이런 이유로 논제의 순서를 정리하는 일은 글쓰기의 긴장감을 완화하는 의식으로도 쓰인다.

마감일이 코앞이라서 요약하고 정리할 시간이 없다고 생각하는 사람도 있을 것이다. 하지만 그런 사람은 언제나 시간에 쫓겨 영영 개요를 써보겠다는 엄두조차 내지 못한다.

체계적으로 정리하는 시간을 따로 마련하지 않으면 글을 본격적으로 쓸 때 엄청난 시간을 허비하게 된다. 시작이 잘못되면 끝은 말할 것도 없다. 체계적인 정리는 생각보다 복잡하지 않고 시간을 많이 잡아먹지도 않는다. 일반적인 글쓰기 과제에서 체계적으로 정리하는 단계는 개인적인 기록을 살펴보는 데 5분 이하, 요점을 메모하는 데 90초 남짓 걸린다.

동부 지역의 규모 있는 신문사에서 특별 기사를 정기적으로 기고하는 한 작가가 내가 진행하는 워크숍에 참석한 적이 있다. 그는 자료 수집이 끝나고 사무실로 돌아가면 만사를 제쳐두고 "내가 다루려고 하는 논점들을 포함해 간략한 개요를 쓴다"라고 말했다. 또 한 음식 칼럼 기고자는 "논점들을 목록으로 작성한 뒤 어떤 순서대로 다룰지 대략적으로 결정하는 매우 대략적인 개요를 써두는 것"이 글쓰기 전략이라고 말했다.

내가 아는 좋은 작가의 대부분은 유사한 글쓰기 전략을 활용한다. 긴 글이든 짧은 글이든 마찬가지이다. 간략한 지침을 메모형 개요라고 부르지는 않을 수도 있지만, 같은 기능을 수행한다. 메모형 개요는 시간을 절약해주고 불안감을 완화시키며, 더 나은 글로 이끈다. 나는 묻고 싶다. 개요를 간략하게 작성하는 잠깐의 시간도 투자하지 않고 굳이 초고부터 쓰겠다며 뛰어들 이유가 있겠는가?

전문가처럼 요점 정리하기

주제문과 메모형 개요는 거창한 것이 아니다. 예컨대 어떤 고등학

교에서 대학교 공학부와 손잡고 토목 관련 프로젝트를 시행한다
고 치자. 이 일을 다룬 특집기사의 요점을 정리하면 다음과 같다.

- † 테마: 지역 학교들은 협력 학습을 권장한다.
- † 프로젝트
- † 관련자
- † 배경
- † 미래

다음은 요점이 조금 더 복잡하게 정리된 예이다.

- † 테마: 지역 경찰이 경비를 전담하는 제도를 1년쯤 시행하자 긍정적인 효과
  가 나타나기 시작했지만, 상당수의 경찰은 여전히 회의적이다.
- † 도입부: 관련 사례
- † 그 제도는 어떻게 운영되고 있는가? 무엇이 다른가?
- † 이유는 무엇인가? 이력은 어떠한가? 옛 시스템의 문제는 없었는가?
- † 반대 의견
- † 공동주택 관리자
- † 지방 검사의 논평
- † 현장 경찰의 경험, 약물에 대한 인식
- † 미래

나를 비롯해 꽤 많은 작가가 컴퓨터 모니터에 간략하게 요점을

정리해둔다. 그들은 가장 위쪽에 요점을 정리하고 각 항목에 해당하는 이야기를 풀어낸다. 글쓰기가 끝나면 요점을 지우고 항목별로 이야기를 정리해 저장한다. 강박적일 정도로 성격이 깔끔한 작가는 각 항목에 해당하는 단락이 완성될 때마다 해당 항목의 요점을 지우기도 한다. 이런 방식은 글의 진척을 보여주는 동시에 성취감을 안겨준다. 또 작가가 남은 요점에 집중하는 데 도움을 주기도 한다.

종이에 요점을 간략하게 정리한 뒤 키보드에서 잘 보이는 곳에 붙여두기를 선호하는 작가도 있다. 어쩌면 당신이 그런 부류일지도 모른다. 의자에 등을 기대고 앉아 두 발을 책상 위에 올린 채 수첩에 무엇인가를 끄적대면 컴퓨터 앞에서 느꼈던 불안감이 사라지고 창의력이 샘솟을 수 있다.

어떤 방법을 선택하든 중요한 것은 간결함이다. 메모형 개요가 지나치게 상세해지면 더 이상 요점 정리라고 할 수 없다. 개요를 지나치게 꼼꼼하게 쓰는 작가는 무턱대고 기사를 쓰기 시작하는 기자와 똑같은 수렁에 빠진다.

요점을 실제로 써보는 일은 간결함 못지않게 중요하다. 의외로 꽤 많은 작가가 머릿속으로 요점을 정리한다고 주장하며, 요점 정리의 필요성을 간과한다. 요점을 군이 글로 적어둘 필요까지 있겠느냐는 것이다. 그러나 글로 생계를 꾸리는 사람들은 손가락이 키보드 위에서 춤을 추며 모니터가 글로 채워지지 않는 한 마법은 일어나지 않는다는 사실을 알고 있다. 때때로 새로운 아이디어가 머릿속에서 흘러나오고 한 번도 진지하게 생각해본 적 없는 주장이 번뜩 떠오르기도 한다. 이런 아이디어와 주장을 습관적으로 글로 정리하면 머릿속에 갇혀 있을 때는 전혀 기대하지 못했던 질서와 조화가 드러난다. 글쓰기는 가장 높은 수준의 사고이다. 그렇기에 글쓰기 과정에서 체계적인 정리가 필요한 것이다.

목수처럼 초고를 쓰라

> 가능하면 막힘없이 글을 쓰고, 모든 것을 종이 위에 쏟아내라.
> 다 쓸 때까지 수정하거나 다시 쓰지 말라.
> 글을 다시 쓰는 건 글을 더 나아가지 못하게 하는 변명이 되기 십상이다.
> _ 존 스타인벡

글 위의 지킬 박사와 하이드 씨

자동차 경주 선수들이 이미 수십 년 전부터 사용하던 전략이 있다. 처음부터 앞서 나가며 긴장하는 대신 앞차 뒤에 바짝 붙어 따라가다가 적절한 기회에 치고 나와 결승점까지 전속력으로 달리는 전략이다. 선수들은 이 전략을 드리프팅drafting ['초고 쓰기'와 철자가 같다-옮긴이]이라고 부른다.

생산적인 작가들은 이와 유사한 전략을 구사해 많은 사람이 초고를 쓸 때 직면하는 시련을 피한다. 그들은 초고를 쓸 때 힘들어하기는커녕 이맛살을 거의 찡그리지 않고도 어려운 글을 너끈히 완성한다. 그들의 초고는 대부분 목표로 하는 분량과 얼추 맞으며, 재밌기도 하지만 대화를 옮긴 듯 자연스럽게 읽힌다.

퓰리처상 문장 수업

그들은 초고를 성공적으로 쓰는 비결을 터득한 작가들이다. 그들은 초고를 쓸 때 다른 것을 생각하지 않는다. 그러나 초고를 다듬고 최종 원고를 완성하는 과정에서는 완전히 다른 접근법을 취한다. 마치 이중인격자와 같다.

그들은 그야말로 하이드 씨처럼 초고에 접근한다. 문명의 제약에 신경 쓰지 않고 초고에 창의력을 거침없이 쏟아낸다. 글쓰기를 멈추지 않고 수정하지 않는다. 뒤돌아보지도 않는다. 주제문과 메모형 개요를 나침반으로 삼아 앞으로 나아간다.

초고를 다 쓴 뒤 그들은 지킬 박사로 돌변한다. 세세한 부분을 면밀하게 살피며 정확성을 점검하고 문장의 흐름을 수정하며 단어 하나하나의 정확한 의미를 검토한다. 이때 그들은 운전대를 잡은 운전자라기보다 섬세한 정비공에 가깝다.

《깨어남》과 《아내를 모자로 착각한 남자》를 쓴 신경과학자 올리버 색스Oliver Sacks는 심리학자 아이번 본Ivan Vaughan의 사례에서 글쓰기와 수정하기에 상반된 측면이 있다는 증거를 찾아냈다. 본은 파킨슨병을 앓았다. 그 병에 걸린 환자는 시간 감각이 느려져 거의 멈추는 지경에 이를 수 있다. 치료제인 엘도파L-DOPA를 복용하면 감각 능력이 활성화된다. 색스는 〈뉴요커〉에 기고한 글에서 본의 사례를 언급하며 이렇게 말했다. "본은 엘도파를 복용한 상태에서 모든 글쓰기를 해내려고 애썼다. 엘도파가 작용할 때 상상력과 정신력이 한층 자유롭고 재빠르게 활동하는 듯 느꼈고 온갖 것이 연결되는 연상 작용도 더 잘 이뤄지는 것 같았기 때문이다. 한편, 엘도파의 효능이 사라지면 본은 '각성 상태' 동안 써낸 글을 다듬기에 완벽한 상태가 되었다. 그때 본은 편집, 즉 수정 작업을 시작했다."

하이드 씨와 지킬 박사, 즉 신속한 초고 쓰기와 신중한 다듬기가 동시에 필요한 글쓰기의 양면성은 많은 연구에서 입증되었다. 특히 하워드와 바튼은 글쓰기에 대한 기존 연구들을 정리한 책에서 "초고 쓰기는 직관과 상상력, 위험 감수, 새로운 생각과 경험의 통로를 향한 돌진"이라며, 초안을 다 쓴 뒤에야 작가가 "냉정한 자세로 의문을 품고 의심하며 논리와 증거를 엄격하게 따져야 한다"라고 결론지었다.

글쓰기 전문가 대다수의 의견을 종합하면, 우리는 초고를 쓸 때 자신에게 요구하는 사항을 줄여야 한다. 우리에게 무엇인가를 요구하는 작은 목소리가 머릿속을 헤집도록 방치하면, 그 목소리는 우리의 자신감을 빼앗고 더욱더 긴장하게 만들어서 창의적인 잠재의식을 마비시킬 것이다. 최악의 경우 이 머릿속 방해꾼은 우리를 완전히 얼어붙게 만들고 글 길을 막아버릴 수도 있다. 이런 이유에서 시인 윌리엄 스태퍼드William Stafford는 "막힌 글 길을 뚫는 방법은 당신의 기준을 낮추는 것"이라고 말했다.

초고를 작성할 때 모든 문장을 완벽하게 쓰려는 노력은 그야말로 헛고생이다. 작은 것에 신경을 쓰기 전에 글을 매끄럽게 다듬는 데 필요한 만반의 준비를 마치라. 초고를 쓰는 단계에서 중요한 것은 상상력의 끈을 놓지 말고 거침없이 쓰는 것이다. 위대한 작품들도 이런 단계를 거쳐서 탄생했다. 워크숍에 참가한 한 작가는 이 과정을 목수의 일에 비유했다.

"수년 전까지 나는 매 문장을 붙들고 질척거렸다. 그러던 어느 날, 한 편집자가 멋진 비유로 내 뒤통수를 내리쳤다. 그는 목수가 가구를 만들 때 한쪽 면을 완벽하게 만들고 반대쪽 면을 완벽하게 만드는 식으로 일하지 않는다고 말했다. 목수는 전체 틀을 짠 다음 처음으로 돌아가 한 부분씩 마무리한다는 것이었다. 이 이야기를 들은 후 나는 내가 쓸 이야기의 전체적인 골격을 불완전하게나마 완성한 뒤에 글을 써나간다. 마감일에 쫓길 때조차도 그렇다."

안타깝게도 한 번에 한 쪽씩 완벽하게 쓰는 접근법을 취할 수밖에 없는 경우가 있다. 예컨대 언론인이라면 초고를 쓰는 매 단계에서 사실과 다른 오류나 잘못된 인용, 명예훼손을 범하지 않으려고 끊임없이 경계할 것이고, 월스트리트의 분석가라면 증권거래위원회의 규정을 유념할 것이며, 요리책을 쓰는 작가라면 독자가 편식하지 않을까 걱정할 것이다.

하지만 많은 작가가 이런 고약하고 못된 악마들을 멀리 쫓아낸다. 처음에 설정한 길을 따라 앞으로 쭉 전진하는 전략으로 불안감을 유발하는 방해꾼들을 억제함으로써 자연스럽고 편안하게 초고를 작성한다. 사실이 의심되면 표시해두었다가 나중에 확인한다. 개인적인 기록물에서 흥미로운 일화나 인용을 발견한다면, 역시 그곳에 표시를 해두고 글쓰기를 계속한다. 이야기가 끝날 때까지 일정한 속도로 꾸준하게 써내려가는 것이 그들의 글쓰기 비결이다.

한 작가는 초고를 쓰는 과정을 이렇게 표현했다. "내 머릿속에서 단어들이 물거품이 이는 시냇물처럼 졸졸 흘러나온다. 활기차고 역동적이고 열정적이며 약간은 경솔하게."

누구든 자유롭게 쓰는 법

초고는 신속하고 편안한 마음으로 써야 한다고 말했지만, 솔직히 말해서 나 자신도 그렇게 못한다. 나는 글을 쓰다가 몇 번이고 처음으로 되돌아가 첫 줄부터 모든 것을 다시 쓰고, 끊임없이 미세하게 조정하다가 앞부분에서 좀처럼 벗어나지 못하는 경향이 있다. 이런 방식에 이점이 있다면 초고를 끝내는 순간이 곧 글을 완성하는 순간이라는 점이다. 나와 비슷한 경향이 있는 한 기자는 언젠가 말했다. "이렇게 완성된 초고는 깔끔하게 다듬어진 기사가 된다."

하지만 이런 방식은 단점이 더 많다. 우선 목적지에 도달하는 데 더 오랜 시간이 걸린다. 또 여정에서 필요 이상으로 많은 수고를 들이게 된다. 긴장을 풀고 편안한 상태에 있을 때 우러나오는 진정한 자아의 매력적인 목소리를 기대하기 어렵기도 하다.

이처럼 바싹 긴장해서 초고를 쓰는 습관을 극복하는 방법 중 하나는 자유로운 글쓰기를 연습하는 것이다. 주제를 정하고 손가락이 움직이는 대로 신속하게 글을 써보라. 오탈자나 맞춤법도, 이야기의 기승전결도 신경 쓰지 말라. 대담하게 나아가라. 잘못된 부분은 나중에 되돌아가서 해결하면 그만이다. 또 어떤 제약도 없을 때 기막힌 영감이 찾아와서 새로운 글을 쓰게 될 수도 있다는 사실을 유념하는 것도 좋다. 글솜씨가 형편없고 단어가 상황에 맞아떨어지지 않으며 모든 문장이 어색하고 서투르게 보인다고 중얼대는 머릿속의 잔소리꾼을 무시하려면 자유로운 글쓰기 연습이 필요하다.

돈 프라이는 이런 연습이 모든 문장을 만지작대는 성향을 억누르는 데 진짜로 도움이 된다고 말한다. 그의 조언은 이렇다. 앞으로 쓰려고 하는 이야기의 요점을 간략하게 정리하고 그 결과를 컴퓨터 모니터에 붙이라. 그다음 모니터를 끄고 타이핑을 시작하라. 모니터에 무엇이 기록되고 있는지 신경 쓰지 말라.

모니터가 꺼진 상태에서는 뒤돌아갈 것도, 체면을 잃을 것도 없다. 무작정 끝까지 나아갈 수밖에 없다. 마지막 문단의 마침표를 찍은 뒤 모니터를 켜라. 이제 당신이 무엇을 썼는지 처음부터 읽어보라.

퇴고는 왜, 그리고 어떻게

> 나는 다섯 단어를 쓸 수 없지만 일곱 단어를 고칠 수 있다.
> _ 도로시 파커

퇴고는 정말 중요한가

어떤 측면에서 퇴고는 글쓰기에서 가장 덜 중요한 단계이다. 글의 핵심 아이디어를 찾아 그에 초점을 맞추고, 자료를 정리하여 글의 심층적인 구조를 결정하는 단계가 가장 중요하며 독자에게 가장 큰 영향을 미칠 가능성도 높다. 퇴고 능력이 뛰어나지 않은 유명 소설가가 수백만 권을 팔 수 있는 이유는 인상적인 등장인물과 고전적인 갈등 구조를 통해 이야기를 흥미진진하게 진행시키기 때문이다. 그의 독자들에게 투박한 문장이나 우스꽝스러운 문법은 그다지 중요한 요소가 아니다.

스토리텔링에 대한 많은 뇌과학 연구에서 다양한 이유로 그 원인을 설명한다. 글은 서술적인 형태를 취하고 흥미진진한 이야기로 독자의 관심을 사로잡는 동시에 시대를 초월하는 교훈을 담고 있을 때 사람들에게 가장 큰 영향을 미친다.

그러나 안목이 비교적 높은 독자들은 어떤 글이든 처음 마주할 때 아름다움의 여부부터 확인한다. 당신의 글이 기발한 아이디어와 탄탄한 서술 구조를 갖추고 있더라도 어울리지 않는 동사, 상투적인 표현, 불필요하게 반복되는 수식어가 섞여 있으면, 무능한 작가라는 딱지가 당신에게 붙여질 것이다. 독자의 교육 수준이 높을수록 어색하고 서툰 문장을 지적할 가능성도 높아진다. 인기가 하늘을 찌르는 소설가라도 단어를 사용하는 기본적인 기법을 도외시한다면 평론가들의 무자비한 비판에서 자유롭기 어렵다.

별로 까다롭지 않은 독자라도 퇴고를 덜 한 문장의 엉성함과 조잡함에 아쉬움을 느끼기 마련이다. 글의 흐름이 지루하다거나 동사의 쓰임새에 맥이 없다는 걸 의식하지 못할 수는 있지만, 무언가가 부족하다는 느낌을 떨치지는 못할 것이다. 아무리 집중하려고 애써도 이야기에 완전히 몰입하지 못한 채 아주 사소한 방해에도 이야기에서 튕겨져 나올 것이다.

스티븐 킹Stephen King은 자신의 문장을 완전히 책임지는 저명한 이야기꾼답게 우리가 단어를 다루는 솜씨에 이야기를 직조하는 능력까지 갖췄을 때 글로 어떤 위력을 발휘할 수 있는지 보여준다.

퇴고는 글의 분량과 관계없이 수많은 작은 결정으로 이루어진다. 시간이 지나면서 어떻게든 기량이 늘기는 하지만, 퇴고의 범위가 워낙 방대하기에 습득하는 속도는 느릴 수밖에 없다. 나는 최종 원고를 다듬을 때 필요한 요령과 재주를 익히는 데 평생이 걸렸다.

앞으로 나는 퇴고할 때 도움을 주는 여러 전략을 자세히 다루는 데 많은 지면을 할애할 예정이다. 퇴고 단계에서 작가는 글을 더욱 압축적이고 설득력 있게, 또 명확하고 흥미진진하게 윤색한다. 이런 과정은 그 자체로 내용이나 구조와는 별 상관이 없다. 그러나 이 모든 것이 어우러져 독자가 글을 받아들이는 양상에 큰 영향을 미친다. 비유하면 퇴고는 작가가 독자 앞에 나설 때 입는 옷이며, 사람들이 작가를 판단하는 외적인 기준이다. 퇴고가 형성하는 글의 질적인 특징은 작가가 글의 세계에 투영하는 자신의 개성이기도 하다.

퇴고가 작가의 대외적인 얼굴을 결정하기 때문에 많은 작가는 퇴고를 지나치게 중요하게 여긴다. 나 역시 글쓰기 세계에 들어설 당시 퇴고가 모든 것이라 생각했다. 그 이후로도 오랫동안 퇴고는 글쓰기 코치이자 편집자로 일하던 나에게 주요 관심사였다. 나는 퇴고에 대해 많은 것을 배웠다. 내가 배운 것 중 하나는 퇴고가 생각보다 작가들을 돕는 데 효과적이지 않다는 점이다.

물론 글에 품격과 색깔을 입히고 활기와 설득력을 더해줄 수만 있다면 수단과 방법을 가리지 말아야 한다. 그러나 크고 작은 논제를 글로 다루는 목적이 퇴고가 만들어내는 겉모습보다 중요하다는 사실을 잊어서는 안 된다. 당신의 의견이 옳다는 걸 입증하기 위해 어떻게 정보를 수집하고 어떻게 체계적으로 정리하는지에 따라 당신이 쓰려는 글의 뼈대와 근육이 만들어진다. 퇴고는 단지 이 위에 껍데기를 덧씌우는 단계이다. 글은 사람과 비슷하다. 정말로 중요한 것은 껍데기 안에 있다는 점에서 그렇다.

글을 체계적으로 쓰는
5가지 방법

대부분의 글쓰기 문제는 글쓰기 과정의 바로 전 단계에서 비롯된다. 초고를 쓰는데 곤란을 겪고 있다면, 자료를 어떻게 정리했는지 돌이켜보라. 만약 자료가 글을 쓰기에 적합한 형태가 아니라면, 자료를 어떻게 수집했는지 다시 검토해보라. 자료 수집이 제대로 이뤄지지 않았다면, 원래의 아이디어를 점검해보라.

글쓰기의 각 단계에서 일어나는 문제를 피하고 싶다면 다음과 같은 방법을 시도해보라.

1. 증명하라.

가정으로 시작하라. 흥미로운 논제만으로는 충분하지 않다. 그 테마에 신뢰성을 더하기 위해 필요한 증거가 무엇인지 생각해보라. 증거들을 방향키로 삼아 나머지 자료를 수집하라. 자료 수집을 위해 누구에게 조언을 구해야 하는가? 어떤 책과 기록을 읽어야 하는가? 어디에 가야 하는가? 무엇을 보아야 하는가?

2. 계획을 세우라.

최소한 몇 분을 투자해 논리적인 순서에 따라 자료를 수집하기 위한 계획을 세우라. 자료의 선후 관계를 기준으로 해야 할 과제들을 초기-중기-후기로 구분하라.

3. 체계적으로 구조화하라.

자료 수집이 끝나고 글을 본격적으로 쓰기 전 잠시 시간을 두고 당신의 개인적인 기록들을 검토하며 글에 담고 싶은 장면이나 강조하고 싶은 요점이 무엇인지 생각해보라. 그것들을 핵심 단어나 문장으로 간략하게 요약하고 논리적인 순서에 따라 정리하라. 그렇게 정리된 '메모형 개요'를 나침반으로 삼아 초고를 써보라. 이때 자료를 깊이 파고 들다 보면 계획해둔 순서가 달라질 수 있다는 점을 염두에 두기 바란다.

4. 초고를 쓰라.

편안하게, 가능하면 신속하게 초고를 쓰라. 초고를 쓰는 동안에는 기록을 참고하지 않고 구체적인 정보가 필요한 곳을 공란으로 남겨둔 채 나중에 보완해도 상관없다. 어떠한 경우든 문장 하나하나를 만지작거리지 말라. 글이 어색하고 불완전하며 거칠게 느껴지더라도 처음부터 끝까지 앞만 보고 계속 써보라.

5. 수정하라.

초고를 다 쓴 다음 부족한 부분을 찾기 시작하라. 훈련 조교처럼 조금의 빈틈도 허용하지 않겠다는 마음가짐으로 초고를 꼼꼼하게 읽어라. 상투적인 표현을 찾아 참신한 비유로 대체하라. 모든 주장에 의문을 품고 미심쩍은 단어를 빠짐없이 점검하라. 모호하고 막연하며 밋밋하게 쓰인 단어를 정확하고 역동적인 단어로 교체하라. 이렇게 퇴고를 마친 뒤 긴장을 풀고 휴식을 취하라.

3 구조

> 구조는 모든 것이다.
> 많은 작가가 나를 찾아와 '작가의 벽writer's block'을 하소연한다.
> 그들이 개인의 인생이나 작업에서 게으름을 피운 탓에
> 미리 구조를 짜지 않았기 때문이다.
> _ 폴 존슨

생각하기와 글쓰기

글쓰기는 체계적으로 생각하는 것이다. 어떤 제약도 없을 때 뇌의 시냅스synapse는 주변의 시냅스와 제멋대로 연결되고, 우리 정신은 일정한 방향성 없이 이리저리 흘러간다. ("그 노래를 지금도 똑똑히 기억해. 전에 쉐보레를 운전하면서 습관처럼 부르곤 했으니까. 줄리와 한창 데이트를 다닐 때 그 차를 탔었어. 그래! 우리는 정말 바람처럼 달렸지. 지금은 무서워서라도 그렇게는 못 달려!")

자료를 체계적으로 정리하는 일은 글쓰기에 질서를 부여하는 첫 단계이다. 이를 통해 정신, 즉 생각에도 질서가 잡힌다. 주제문과 메모형 개요는 글로 다루려는 전체 영역을 한눈에 보이도록 요약한 일종의 지도이다. 그런데 언어학자 새뮤얼 이치에 하야카와Samuel Ichiye Hayakawa가 말했듯 지도가 실재하는 땅은 아니다.

글쓰기에서 실재의 땅은 우리가 단어를 담기 위해 창조하는 구조이다. 글의 구성 요소로 기능하는 단어들을 생각해낼 때 구조는 어렴풋한 형태를 띤다. 가장 기본적인 단위들이 결합하면서 더 복잡한 단위를 만들어가고 구조는 조금씩 더 분명한 형태를 갖추기 시작한다. 예컨대 동사는 주어 뒤에 쓰이며 목적어를 이끈다. 문장은 단락을 이루고 단락은 처음과 중간과 끝을 구성하며 보고서나 이야기로 탄생한다.

구조는 글에 관여하는 모든 것에 영향을 미치기 때문에 그 중요성은 아무리 강조해도 지나치지 않다. 리처드 프레스턴Richard Preston은 에볼라 바이러스를 다룬 책《핫존: 에볼라 바이러스 전쟁의 시작》의 서문에서 편집자와 의견 충돌이 있었다는 사실을 밝히며 "신은 디테일에 있다"라는 주장으로 자신의 의견을 관철했다.

작가의 입장에서는 그렇게 말하는 게 당연할 수 있다. 글을 제대로 쓰려면 눈앞에 보이는 사소한 문제들에 집중해야 하는 것도 사실이다. 단어를 신중하게 선택하고 문장의 흐름을 살피며 이야기의 전환에도 신경 써야 한다. 특히 프레스턴 같은 논픽션 작가는 세세한 부분을 추적하는 데 많은 시간을 투자한다. 개인적인 주장의 정당성을 입증하며 자신만의 이야기를 끌어가려면 사소한 오류도 있어서는 안 되기 때문이다. 다만, 나무를 열심히 살피다 보면 숲은 시야에서 놓치기 마련이지 않은가.

프레스턴의 편집자는 더 거시적인 관점으로 "그렇지 않아요, 프레스턴. 신은 구조에 있습니다"라고 반박했다.

글의 두 가지 형태_____

하얀 토끼가 안경을 썼다. "어디서부터 읽을까요, 폐하?"
왕이 근엄하게 말했다. "처음부터 시작해서 끝까지 읽거라. 끝까지."
_ 루이스 캐럴

리포트이거나 스토리이거나

소설, 장바구니 목록, 백과사전 표제 항목, 연구 보고서, 연애편지,
팟캐스트, 다큐멘터리 대본 등 글의 형태는 무척 다양하다. 정형화
된 뉴스 보도문, 예컨대 화재나 교통사고를 보도하는 글의 형태도
이제는 과거와 상당히 다르다.

글을 분류하는 기준은 복잡하기 이를 데 없지만, 크게 두 범주로
구분하면 유용하다. 형태와 기능의 관점에서 모든 글은 기본적으
로 리포트report이거나 스토리story이다.

주요 목적이 정보 전달이라면 리포트 형식을 선택할 것이다. 넓
은 의미에서 리포트는 다른 사람의 연구 결과를 단순하게 기록하
는 것이다. 이 정의는 지나치게 단순해 보일 수 있지만, 구조적으
로 깊이 함축하는 바가 있다. 리포트는 대체로 논제를 중심으로 구
성되기 때문이다. 리포트는 일종의 개요로 시작해 논제 A, 논제 B
등의 순서에 따라 체계적으로 작성된다. 이런 이유로 우리가 학창
시절에 로마 숫자로 각 항목을 구분하며 개략적인 보고서를 썼던
것이다.

한편 저널리스트는 자신이 쓰는 거의 모든 글을 '스토리'라고 칭
한다. '리포터reporter(기자)'라는 단어가 암시하듯 저널리스트도 논

제를 중심으로 정리된 '리포트'를 작성한다. 이 리포트는 기자가 발견한 결과물을 요약하는 문장으로 시작한다. 하지만 기자는 '요약형 글머리summary lead'에서 머뭇대지 않는다. 곧바로 논제별 소항목으로 넘어간다. 시의성, 접근성, 중요성과 관심도 및 영향력 같은 언론의 전통적인 기준을 적용해 각 논제의 가치를 상대적으로 평가하고 내림차순으로 배열한다.

이렇게 완성된 구조에는 명백한 이점이 있다. 편집자는 밑에서부터 글을 잘라냄으로써 덜 중요한 정보를 먼저 지울 수 있다. 독자는 이야기 구조에 들어와 호기심을 충족시키고 필요에 따라 다른 이야기로 옮겨갈 수 있다. 가장 포괄적이고 중요한 정보를 위쪽, 지엽적이고 덜 중요한 정보를 아래쪽에 배치하는 구조이기 때문에 언론계에서는 '역逆피라미드형 구조inverted pyramid'라고 부른다. 학생들이 저널리즘 학교에서 가장 먼저 배우는 구조이기도 하다.

물론 모든 리포트가 역피라미드형 구조인 것은 아니다. 블로거라면 여정을 간략하게 나열하는 방식으로 여행을 요약하고, 기업 경영자라면 생산 과정을 처음부터 추적하는 방식으로 생산 효율성에 대한 보고서를 작성할 수 있다. 또 군대의 전투 보고서는 전투를 시간순으로 묘사하는 형태를 취할 수 있다. 어떤 경우이든 일반적으로 글의 기능에 따라 글의 형태가 결정되는 경향이 있다.

에세이는 다양한 유형으로 나뉘지만 기본적으로 '리포트'이다. '에세이essay'라는 단어의 라틴어 어원은 "기운차게 전진하다"를 뜻한다. 이 의미는 지금까지도 "시도하다"라는 뜻으로 남아 있다. 에세이 작가들은 아이디어를 분석하는 것으로 시작해 점과 점을 잇고, 한 논제에서 다른 논제로 옮겨가며 독자에게 새로운 통찰을 전달하고자 한다.

에세이와 리포트는 논제에 기반한다는 구조적인 특징 외에도 여러 특징이 있다. 두 유형 모두 작가가 가치 있다고 판단한 의견을 선보인 평론가나 해설자의 말을 직접 인용한다. 에세이와 리포트는 기자의 조사 결과를 요약한 글이기 때문에 시간과 공간이 축약된 단순한 서술로 표현된다.

> 엿새 동안 계속된 비로 사단의 진군은 느려질 수밖에 없었다. 원래의 계획은 195킬로미터를 전진하는 것이었지만 고작 30킬로미터밖에 이동하지 못했다.

리포트가 주로 '정보'를 전달할 목적으로 구조화된다면, 스토리는 '경험'을 재현할 목적에서 구조화된다. 이런 이유에서 스토리의 기본 요소는 논제가 아니라 장면이다. 가장 순수한 형태의 장면 묘사는 영화 대본에서 찾을 수 있다. 영화 대본은 일련의 장소에서 일어나는 행위들을 묘사하고 서술한 글이기 때문이다. 문학적인 논픽션을 쓰는 작가와 스토리식 기사를 쓰는 기자가 그렇듯 소설가가 글을 쓰는 방식도 크게 다르지 않다.

장면을 구조화하는 이유는 독자를 스토리 속으로 끌어들여서 직접 경험할 기회를 주려는 것이다. 단순한 스토리는 독자들에게 일련의 장면을 보여준다. 이때 독자들은 글 읽는 재미를 느낄 수 있지만, 그 이상의 가치를 기대하기는 어렵다. 한편 문학성이 있는 작품은 독자들에게 글 읽는 재미는 물론이고 인생에 대한 깊은 통찰까지 선사한다. 결국 스토리텔링은 정보보다 경험에 중점을 두기 때문에 독자에게 정서적으로 강력한 영향을 미칠 수 있다.

쉽게 말해 장면은 독자가 주인공을 만나고 그에 대해 무언가를 알게 되는 공간이다. 스토리에서 장면은 기승전결의 구조를 따라 이어진다. 주인공은 온갖 도전에 직면하고 결국에는 복잡하기 이를 데 없는 난관을 맞닥뜨린다. 최종적으로 모든 문제가 해결되는 한두 장면이 더해진다. 이런 기승전결의 구조는 대부분의 스토리텔링에 적용된다.

리포트와 마찬가지로 스토리도 구조적인 것 이외의 특징이 있다. 예컨대 스토리는 직접 인용 대신 대화를 포함할 수 있다. 리포트는 각 출처마다 의견을 제시하는 형태를 취하는 반면, 스토리는 등장인물이 서로 대화를 주고받는 형태를 보인다.

간략한 서술은 다양한 리포트에서 찾아볼 수 있는 공통적인 특징이다. 한편 작가들은 극적인 묘사로 이야기를 진행한다. 그들의 묘사는 특정 시간과 장소에서 더욱더 구체화된다. 독자들은 사건이 실시간으로 벌어지고 있다고 느끼기도 한다. 구체적으로 묘사된 장면이 독자의 머릿속에 어떤 이미지를 떠오르게 하기 때문이다.

> 그는 다이빙 보드 끝에 서서 두 팔을 들어올렸다. 그러고는 무릎을 약간 굽히고 두 팔을 내려뜨렸다. 보드가 굽어졌다가 위로 튀어 올랐고, 그 순간 그는 무릎을 쭉 펴고 하늘을 향해 두 손을

퓰리처상 문장 수업

뻗었다. 그는 보드를 박차고 나와 허리를 똑바로 펴고는 아름다운 곡선을 그리기 시작했다.

뇌과학은 극적인 묘사의 힘이 '거울 뉴런mirror neuron'에서 비롯된다는 사실을 밝혔다. 거울 뉴런은 모든 인간의 뇌에 있는 신경세포로, 우리가 이야기 속 등장인물들에 공감할 수 있게 해준다. 직접 다이빙을 할 때와 다이빙 선수가 보드를 박차고 위로 솟구치는 모습을 묘사한 글을 읽을 때 동일한 뇌 영역이 활성화된다. 우리가 영화관에서 느끼는 감정은 마음속 깊은 곳에서 우러나오는 진실한 감정일 수 있다. 거울 뉴런 덕분에 우리는 감정을 실제인 것처럼 느낄 수 있는 것이다.

물론 독자가 순수한 서술에만 정서적으로 반응하는 것은 아니다. 한 가지 이유는 글의 형태가 리포트와 스토리를 구분하는 기준만큼 명쾌하지 않기 때문이다. 글의 구조를 판단하는 넓은 스펙트럼의 양쪽 끝에 순수한 리포트와 순수한 스토리가 위치한다. 두 형태가 섞이고 결합된 형태가 그 사이에 무수히 존재한다.

블로그 글은 정보와 경험 모두를 전달하는 구조를 보일 수 있다. 예컨대 작가가 최근에 행한 행동을 요약("우리는 마우이섬에서 보름 휴가의 대부분을 보냈다")한 뒤에 특정한 장면을 구체적으로 보여주는 방식으로 글을 쓰는 것이다

어느 날 우리는 해변에 앉아 있었다. 나는 우연히 고개를 치켜들었고, 인명 구조원이 감시탑에서 급히 내려오는 모습을 보았다.

간혹 기자들은 장면과 논제 사이를 오가며 설명적이면서도 서사적인 글을 쓰려고 한다. 존 맥피John McPhee와 수전 올리언Susan Orlean 같은 〈뉴요커〉의 기고자들은 양쪽의 장점을 고루 취하는 '레이어 케이크layer cake'[크림·잼 등을 사이사이에 넣어 여러 층을 만든 케이크—옮긴이] 방식의 글쓰기를 좋아한다. 그들이 포착한 장면은 행동과 생생한 디테일로 독자들을 유혹한다. 특히 맥피는 논제별로 구성한 단편적인 장면을 '여담digression'이라 부르며, 정보를 더욱 의미 있게 전달하는 데 도움을 준다고 말했다.

잡지 업계에서 오래전부터 한 자리를 차지하던 1,000단어 에세이에서도 장면과 논제는 뒤섞여 나타난다. 개인적인 에세이는 어떤 사건과 관련된 장면을 묘사하며 일인칭 시점으로 시작하는 경우가 많다.

할머니 댁에서 언덕을 내려가 돌다리를 건너면 이웃집의 목초지가 나왔다. 우리는 매년 여름 할머니 댁을 방문했다. 지난달에도 그곳을 찾았고, 나는 이른 아침에 산책을 나가 돌다리를 건넜다.

650단어쯤 쓰면 작가는 '방향 전환'을 모색한다. 사건에 대한 극적인 서술에서 벗어나 비교적 추상적인 글쓰기, 즉 리포트 방식을 취한다.

사슴이 부드러운 흙에 남긴 흔적은 우리가 살아가며 삶에 남기는 흔적을 떠올리게 했다.

그리고 인간의 삶에 대한 통찰을 제시하는 추상적인 결론으로
끝맺는다.

사슴이 남긴 흔적처럼 우리가 어떤 길을 걸어왔는지 보여주는
흔적도 점점 희미해진다. 그러나….

다른 목적에서도 정보적 서술과 경험적 서술이 다양하게 뒤섞인
다. 한 인물의 성격을 묘사할 때 성장 배경이나 성취와 같은 정보
뿐 아니라 삶에서 찾아낸 장면도 포함할 수 있다. 논평이나 리뷰를
한다면 장면을 묘사한 뒤 정보와 평가를 더할 수 있다.

글의 기본 형태는 상대적으로 제한적이기 때문에 그 수가 많지
는 않다. 그러나 작가는 상상력을 동원해 끊임없이 변화를 시도한
다. 물론 도서관에서 책을 뒤져보면 알겠지만, 글의 형태가 무한한
것은 아니다. 이 책은 과학 논문이나 특집기사의 구조를 짜는 법은
다루지 않는다. 다만 여기서 말하려는 요점은 효율적인 작가는 궁
극적으로 쓰고 싶은 글에 대해 생각하는 시간을 충분히 갖고, 그
글에 적합한 형태를 선택한다는 것이다.

글머리를 쓰는 법 _____

시작이 좋지 않으면 끝도 좋지 않다.
_ 에우리피데스

첫걸음을 멀리 내딛어라

작가들은 글머리lead, 즉 이야기의 무대를 열어주는 첫 단락에 사활을 건다. 좋은 글머리는 곧바로 독자의 마음을 사로잡고 매혹적인 미끼를 던지며 독자를 이야기 속으로 끌어들인다. 밋밋하고 따분한 글머리는 독자에게 영원히 외면받는 지름길이다.

좋은 글머리에는 핵심이 담겨야 한다. 독자는 허튼소리에 쉽게 넘어가지 않는다. 현란한 미사여구가 충실한 정보를 대신할 수는 없는 법이다. 경험 있고 명석한 작가는 글머리를 어떻게 써야 하는지 정확히 알고 있다.

좋은 글머리는 중심 테마를 근거로 하기 때문에 글머리를 분석하면 이후의 이야기가 어떻게 전개될지 짐작할 수 있다. 그런데 이 사실을 대다수의 독자, 심지어 일부 작가는 모르는 듯하다. 내러티브 저널리즘의 감독관 존 맥피는 글머리를 "이야기 속을 비추는 섬광"이라고 표현한 적이 있다. 이 섬광이 목표를 적절하게 비추도록 하려면 수집한 자료를 자세히 분석하고, 자료에 맞아떨어지는 구성 계획을 세우고, 테마가 이야기를 구성하는 모든 이질적인 요소를 종합적으로 담고 있는지 평가하는 절차가 필요하다.

이런 과정이 복잡하고 두렵게 느껴질 수 있기 때문에 글머리를 공들여서 쓰기 전 주제문을 먼저 써두는 편이 낫다. 타깃을 명확하게 인식한 상태에서 모든 것을 논리적으로 묶어줄 끈을 찾아낸다면, 목표에 어울리는 글머리를 쓸 수 있을 것이다.

독자를 유혹하는 글머리

한 명 이상의 작가가 글머리를 평가하는 단 하나의 현실적인 기준은 '독자가 글머리의 유혹에 넘어가 다음 단락을 읽는 것'이라고 주장했다. 그런데 좋은 글머리를 쓰는 비법이란 것을 면밀하게 조사하면 그 비법이 별로 유용하지 못하다는 사실을 알 수 있다. 비법은 수도 없이 많지만 그중 상당수는 독자에게 실망을 안겨주고 심지어 분노까지 불러일으킨다. 예컨대 고등학교 학생 기자가 어떤 칼럼을 '섹스'라고 시작하고는 "이제 여러분의 관심을 끌었기 때문에…"라며 엉뚱한 이야기를 한다고 생각해보라.

독자가 글 전체를 읽도록 유도하려면 작가는 글을 읽는 수고에 대한 보상을 약속해야 한다. 어떤 리포트에 가장 쉽게 접근하는 방법은 리포트의 내용을 요약한 개요를 읽는 것이다. 독자는 개요를 유심히 살펴보며 자신의 삶과 관련성이 있는지 판단한다. 저널리즘에서는 곧바로 뉴스를 전하는 속보형 또는 요약형 글머리가 대부분이다. 저널리즘 밖의 세계에서도 이런 식의 글머리는 마케팅 계획서("올해 우리 전략은 소비자보다는 소매업자에게 신상품을 홍보하는 것이다")부터 자전거 조립 안내서("여기에 소개된 조립법을 충실히 따르면 핸들과 안장과 바퀴를 완전히 조립하는 데 10분이 걸리지 않을 것이다")까지 모든 글에 적용될 수 있다.

요약형 글머리의 성패는 글의 핵심을 얼마나 명료하고 정확히 요약하느냐에 달렸다. 그러나 작가는 여러 이유로 목적을 달성하지 못한다. 첫째로 중점이 아닌 것에 초점을 맞추는 경우이다. 언론계에서는 "글머리를 놓쳤다"라고 표현한다. 둘째로는 작가가 리포트의 중점을 역설했지만, 리포트와 독자들의 삶 사이의 관련성을 명확히 보여주지 못하는 경우이다. 셋째는 개요가 막연하게 작성되어 독자에게 이후의 글이 어떤 내용으로 전개되는지 명확히 알려주지 못하는 경우, 혹은 글머리가 자질구레한 정보들로 채워져 독자에게 적절한 개요를 전달하지 못하는 경우이다. 이런 경우 독자는 리포트를 끝까지 읽을지 말지 망설이게 된다.

스토리를 풀어내기 시작하면 우리는 복선foreshadowing 같은 문학적 장치로 독자의 호기심을 자극할 수 있다. 예컨대 중대한 사건이 곧 일어날 것이라고 넌지시 암시하며 극적인 긴장감을 유발한다.

바퀴가 떨어져 나갔고 날개가 북쪽으로 기울어졌다. 2번 엔진에서 끼익하는 소리가 조그맣게 들렸지만 깁슨은 그 소리를 알아채지 못했다.

영화 제작자들이 음악을 써서 고약한 사건이 닥칠 것이라는 불길한 예감을 조성하듯 작가도 이런 방식을 사용할 수 있다.

문이 삐걱거리며 열렸다. 밖은 칠흑같이 어두웠지만 그녀는 어떤 사람의 어렴풋한 윤곽을 볼 수 있었다. 흐릿한 형체는 천천히 앞으로 다가왔다.

　극적이고 흥미로운 장면을 자세히 묘사하거나("그녀의 눈에 가장 먼저 보인 것은 칼이었다") 지나가는 풍경을 스케치하는 기법("그 강은 판잣집 앞을 지나 굽어지며 둑을 침식해 허물어뜨리고 있었다")을 사용할 수도 있다. 일련의 사건을 나열함으로써 독자가 나름대로 결론을 추측하게 하거나("그는 문을 활짝 열고 비행기에서 뛰어내렸다") 명확한 대상을 알 수 없는 대명사를 써서 독자의 호기심을 자극할 수도 있다. 널리 알려진 예로, 저명한 수필가 조앤 디디언Joan Didion의 "배니언 가街를 먼저 상상해보라. 그곳에서 그것이 일어났으니까"라는 문장이 있다.

　어떤 방법을 선택하든 독자의 시선을 사로잡는 데 작가에게 허락된 시간은 수초에 불과하다는 사실을 잊으면 안 된다. 독자에게는 시간을 재밌게 보낼 수 있는 선택지가 많기 때문이다. 어떤 경우에서든 작가는 세 가지 기본적인 질문을 등한시해서는 안 된다. 하버드대학교의 언어학자 스티븐 핑커Steven Pinker는 스토리텔링에 대한 뇌과학자들의 연구를 종합한 뒤 작가라면 글 초반부의 몇 줄 안에 다음과 같은 세 가지 질문에 대한 대답이 포함되어 있어야 한다고 말했다.

　† 이 글은 누구의 이야기인가?
　† 이 글에서는 어떤 일이 벌어지는가?
　† 무엇이 문제인가?

글머리 어휘집

어휘집lexicon은 특정한 직업이나 연구 분야에서 사용되는 용어 모음집을 뜻한다. 자동차 정비공에게도 어휘집이 있고, 제물낚시꾼에게도 어휘집이 있다. 작가에게도 나름의 고유한 어휘집이 있는데, 다소 모호하고 불완전하며 비일관적인 용어로 그들이 사용하는 기법에 이름을 붙인 경우가 많다. 어휘집에 수록된 용어가 많지 않으면 선택의 가능성이 제한될 수 있다. 예컨대 글을 쓰던 중 벽에 부딪쳤을 때 적절한 극복 방안이 담긴 공구함이 없다면 문제를 해결하기 쉽지 않을 것이다. 글쓰기에 대한 부적절하고 불충분한 어휘는 편집자와 동료 작가들과의 진지한 대화를 방해하는 요인이기도 하다. 애매한 분석과 혼란스러운 조언이 글쓰기 세계에서 넘쳐나는 이유도 어휘가 부족한 데 있다.

글쓰기를 포괄하는 어휘집은 아예 존재하지 않을지 모르지만, 언론계는 본격적으로 글을 쓰기 전에 강렬한 글머리를 선택하는 데 도움을 줄 용어를 만들어왔다. 이 용어들은 오늘날에도 논픽션 세계에서 광범위하게 사용되며, 그 밖의 글쓰기에서도 도입부를 고민할 때 유용하다.

리포트형 글머리

1. 요약형 글머리 summary lead

대학은 더 많은 여성을 더 높은 직책에 임명해야 한다. 그렇지 않으면 연방 정부의 제재를 각오해야 할 것이다.

요약형 글머리에는 기사의 핵심 메시지가 담긴다. 뒤따르는 본문에서는 뉴스거리가 대체로 역피라미드형으로 제시된다. 좋은 요약형 글머리는 명확한 의미를 신속하게 전달한다. 속보와 쟁점을 다룰 때 선호되는 방식이다. 논리적인 관점에서 요약형 글머리는 다른 많은 분야에도 선택될 수밖에 없다. 변호사라면 변론을, 마케팅 관리자라면 연례 보고서를 요약형 글머리로 시작할 수 있을 것이다.

2. 익명형 글머리blind lead

지난 금요일, 국유지 사용을 계획하는 기관은 옛 도시 계획 담당자를 신임 청장으로 선택했다.

익명형 글머리는 혼란을 불러일으킬 수도 있는 세부 항목을 의도적으로 언급하지 않는 요약형 글머리이다. 바로 위의 인용문에서는 국유지 사용을 계획하는 기관의 명칭(국토 보존 및 개발부)을 숨겼다. 상대적으로 알려지지 않았기 때문인지 옛 도시 계획 담당자의 이름도 밝히지 않았다.

익명형 글머리 뒤에는 '포괄적인 단락catch-all graf'이 이어진다. 잡다한 사항까지 언급하는 포괄적인 단락에서는 글머리에서 생략된 구체적인 정보들이 포함된다.

3. 종합형 글머리_{wrap lead}

목요일에 불어닥친 폭풍으로 매디슨의 한 여성이 넘어져 목에
골절상을 입었고, 밀워키의 한 남성은 눈을 치우다 심장마비를
일으켰으며, 그린베이의 한 십대 청소년은 미끄러진 자동차에
치어 사망했다.

"종합하라wrap it"는 편집자의 요구는 여러 사실을 한 문장으로
담아내라는 뜻이다. 기자는 글머리에서 모든 사실을 언급한 뒤 이
어서 각 항목을 자세히 설명한다.

4. 셔츠 자락형 글머리_{shirttail lead}

일요일 오후 2시 15분, 전망대에서 사진을 찍던 남자가 자동차
에 치어 미주리강으로 떨어졌다. (…)
같은 날 세인트루이스에서 발생한 또 다른 사고는 뺑소니 사고
로, 이 사건으로 시카고 남자가 중태에 빠졌다. (…)

셔츠 자락형 글머리는 종합형 글머리의 대안으로 쓰인다. 특정
사건이 기사에서 다루어야 할 다른 사건들보다 중요하고 극적일
때 셔츠 자락형 글머리를 선택할 수 있다. 이때 기자는 가장 가치
가 있고 중요한 사건에 초점을 맞춘 요약형 글머리를 먼저 제시하
고, 그 사건을 완전하게 설명하려는 듯 자세한 설명을 덧붙인다.

그리고 기자는 방향을 틀어 다른 보도를 이어나간다(위의 예에서 "같은 날 세인트루이스에서 발생한 또 다른 사고"). 이렇게 다수의 보도가 저마다 글머리를 앞세우며 얼마든지 이어질 수 있다. 이런 형태를 '셔츠 자락형'이라고 부르는 이유는 부수적인 보도들이 '셔츠 자락'에 매달린 것처럼 앞의 보도와 연결되기 때문이다.

셔츠 자락형 글머리는 회의를 다룬 글에서 전통적으로 사용된다. 첫 번째 글머리에서는 의제에서 가장 중요한 항목을 언급하고, 나머지 항목들은 '다른 안건'인 것처럼 소개하는 식이다.

특집기사와 스토리 글머리

1. 일화형 글머리anecdotal lead

1950년 리처드 리키는 부모님의 관심을 끌려고 징징거리는 여섯 살이었다. 리처드 리키는 그해의 그날에 대해 말하는 걸 좋아한다. 리키 부부는 빅토리아 호숫가에서 유골을 발굴하고 있었다. 그들의 어린 아들 리처드는 놀고 싶은 마음뿐이었다. 리처드는 부모님과 함께 점심을 먹고 엄마가 자신을 껴안아 주기를 바랐다. 또 리처드는 뭔가를 하고 싶어 했다.
아버지는 발굴지 주변에 흩어진 화석 파편들을 가리키며 짜증스러운 목소리로 말했다. "저기 가서 네 뼈를 찾아보지 그러냐."
그 어린 꼬마가 찾아낸 것은 멸종한 거대 돼지의 턱뼈였다. 당시까지 발굴된 거대 돼지의 턱뼈 중에서 보존 상태가 가장 좋은 것이었다. 리처드는 고생물학자였던 부모님의 캠프에서 장난감 같은 치과용 이쑤시개와 칫솔로 그 턱뼈를 조심스레 다듬으며 처음으로 발견의 즐거움을 맛보았다. (캐슬린 메리먼, 〈터코마 뉴스 트리뷴〉)

일화형 글머리는 '처음-중간-끝'이 있는 짧은 이야기이다. 작가가 나머지 글에서 상술하겠지만, 일화형 글머리의 마지막 부분은 특히 중요하다. 마치 사람들의 웃음 포인트를 쿡 찌르는 농담의 펀치라인punchline과 같아야 한다. 다시 말해, 과장되지만 핵심을 찌르며 스토리를 마무리 짓는 구절인 것이다.

일화형 글머리는 스토리의 중심 테마를 명확히 보여준다. 예컨대 캐슬린 메리먼Kathleen Merryman이 서술한 일화에서는 글의 주인공인 리처드 리키에 대한 중대한 사실이 나타난다.

2. 서술형 글머리narrative lead

티마이라 윌슨은 쟁반을 쓰레기통에 던져버리고는 한 손은 스테인리스 철제 카운터 위에 올리고, 다른 한 손은 엉덩이에 붙인 채 반항적인 자세를 취했다. 그리고 얼굴을 내 얼굴과 가까이 들이밀었다. 비밀이나 따끈따끈한 가십거리를 말하려는 듯. 하지만 그녀는 대신 두 눈을 가늘게 뜨고 입술을 슬며시 오므렸다. (레일라 에이타시, 〈클리블랜드 플레인 딜러〉)

서술형 글머리는 일련의 행동을 순서대로 나열한다. 주인공들을 무대에 등장시키고 그들을 어떤 문제로 몰아넣는 이야기를 풀어낸다. 서사적인 스토리에는 서술형 글머리가 더욱더 어울린다. 물론 서술형 글머리는 다른 유형의 스토리에도 효과적으로 쓰인다. 예컨대 서사의 시작과 끝이 있는 특집기사는 짤막한 서술형 문장으로 시작해서 중간부분은 특집기사의 일반적인 형식을 취하며, 다시 서술적 기법으로 돌아와 스토리를 끝낸다.

'시작-중간-끝'이 있는 서사에서, 시험 비행 조종사가 신형 비행기를 처음 이륙시키려는 장소로 옮기는 장면을 묘사하며 도입부가 시작된다고 해보자. 비행기가 활주로 출발점에 도착하고 엔진이 으르렁대기 시작한다. 조종사는 제동 장치를 풀기 위한 만반의 준비를 갖춘다. 그때 도입부의 서술이 중단된다. 작가는 상대적으로 추상적인 보도로 넘어가 그 비행기가 설계된 과정을 살펴보고 신형 비행기의 시장성과 실제 제작 과정을 다룬다. 서사의 마무리는 다시 조종사가 제동 장치를 푸는 장면에서 시작된다. 비행기는 활주로를 질주하다가 푸른 하늘로 솟구쳐 오른다. 그렇게 스토리가 끝난다.

3. 장면 설정형 글머리 scene-setter lead

고뇌로 가득한 눈빛의 여인이 혼잣말로 중얼거리며, D 병동의 휴게실에서 낡은 피아노를 연주한다. 다른 정신질환자들은 베이지색 리놀륨 장판이 깔린 병동에서 느릿하게 돌아다니거나 붉은색과 초록색이 뒤섞인 비닐 의자에 앉아 멍하니 어딘가를 쳐다본다.

가로로 죽 늘어선 창문들은 울타리를 둘러친 마당 쪽으로 열려 있다. 밖에는…. (브라이언 미핸, 〈오레고니언〉)

장면 설정형 글머리는 묘사로 시작된다. 위의 예가 그렇듯 행동이 포함될 수 있다. 그러나 장면 설정형 글머리의 주요 목적은 행동이 전개되는 무대를 소개하거나 특정한 장소에 대한 정서를 불러일으키는 것이다. 브라이언 미핸Brian Meehan의 기사는 주립 정신병원 환경을 다룬 것이었고, 이런 점에서 기사를 시작하기에 적절한 글머리였다.

4. 장면 종합형 글머리scene-wraps lead

스스로 가톨릭 신부라고 주장하는 한 남자가 슈퍼마켓 밖에서 산타클로스 옷을 입고 휠체어에 앉아 '마리아 수도회'를 위한 기금을 모금하고 있다.

도시 건너편에서 남아프리카 사람으로 추정되는 외국인은 크리스마스를 맞아 마음이 들뜬 쇼핑객에게 동네 교회가 어디에 있는지 묻는다. 곧이어 남아프리카인은 복잡한 이야기를 늘어놓기 시작한다. 그 이야기에 현혹된 사람은 은행에서 2,000달러를 인출하며 졸지에 피해자가 된다. (…)

다른 곳에서는 불법 텔레마케팅 회사가…. (짐 롱, 〈오레고니언〉)

장면 종합형 글머리는 비슷한 사건이 여러 장소에서 벌어지고 있다는 사실을 보여주기 위한 기법이다. 이 글머리는 신문이나 잡지에서 특정 현상에 대해 보도할 때 주로 사용한다. 장면 종합형 글머리는 이름 그대로 일련의 장면으로 이루어지기 때문에 '갤러리형 글머리gallery lead'라고 불리기도 한다.

5. 중요 정보 소개형 글머리significant-detail lead

> 비스와강 한복판에 있는 섬의 작은 창고에 산더미처럼 쌓인 고무 튜브 아래에는 그단스크 조선소 안에서 수십 년 동안 우뚝 서 있던 레닌의 조각상이 감추어져 있다. (조지프 A. 리브스, 〈시카고 트리뷴〉)

누구나 예상할 수 있듯 이 기사는 공산주의와 중앙 정부의 계획이 조선소 운영과 폴란드 경제에 지속적으로 미친 영향을 추적한 것이다. 레닌의 조각상에 대한 정보—감추어진 채 여전히 주변에 있는 상황—는 이 기사의 중심 테마를 상징적으로 압축해주는 글머리이다.

6. 단일 사례 소개형 글머리single-instance lead

> 닷새 동안 마약에 취해 있던 앨리스의 남편은 앨리스를 죽이겠다고 위협했다. 그는 그녀를 때리고 성적인 폭력까지 저질렀다.

겁에 질린 채 지내던 앨리스는 탈출할 기회가 생기자 집에서 빠져나와 동네 상점에 들어가 경찰에게 전화를 걸었다. "남편이 나를 죽이려고 해요. 너무 무섭습니다. 남편은 무슨 짓이라도 할 거예요."

경찰은 앨리스에게 힐즈버러의 가정폭력 치료 센터로 연락하라고 조언했고, 앨리스는 조금도 머뭇거리지 않고 그곳을 찾아갔다. (낸시 매카시, 〈오레고니언〉)

단일 사례 소개형 글머리는 하나의 사례를 통해 더 큰 논제의 합당성을 증명하려는 기법이다. 이런 이유에서 단일 사례형 글머리는 '소우주형 글머리microcosm lead'라고도 일컬어진다. 앨리스의 사례는 '가정폭력 치료 센터'라는 더 큰 논제에 접근하는 관문 역할을 한다.

7. 말장난형 글머리wordplay lead

마이클 크라이튼의 전작 소설 《쥬라기공원》에서 열대 섬은 그 생물denizen이 공룡dinosaur인 동물원으로 바뀌었는데, 무책임하게 유전자 조작을 일삼던 탐욕스러운 과학자 집단이 공룡에 생명을 불어넣은 탓이었다. (폴 핀타리치, 〈오레고니언〉)

말장난은 기본적으로 편하게 느껴진다. 말장난형 글머리는 진지하지 않은 스토리에서 최적의 효과를 발휘한다. 말장난형 글머리는 스포츠 기사나 연예 기사에 주로 사용되지만, 다른 유형의 글에서도 독자를 즐겁게 해줄 수 있다.

위험한 글머리

1. 질문형 글머리question lead

> 풋볼 리그 플레이오프를 향해 달려가는 팀에게 최악의 악몽은 무엇인가?

일부 편집자는 독자가 원하는 건 답이지 질문이 아니라고 생각하기 때문에 질문형 글머리를 달가워하지 않는다. 글머리는 전체 이야기를 구성하고 설명하는 중심 테마를 보여주어야 하지만, 질문은 그런 기본적인 역할을 해내지 못한다. 정보를 얻고 싶었던 독자라면 경박한 질문에 분개할 수도 있다.

단, 스토리가 중요한 질문을 다루는 글이라면 질문형 글머리가 적절할 수 있다. 만약 화성에 물이 있는지 의문을 던지고 추적하는 글이라면 "물이 있다면 어디에 숨겨져 있을까?"라고 의문을 제기하며 시작할 수 있을 것이다. 그러나 질문형 글머리가 최선의 시작인 경우는 극히 드물다. 그러니 질문형 글머리를 선택할 때는 신중하고 또 신중하기 바란다.

2. 인용형 글머리quote lead

인용형 글머리를 금지하는 뉴스 편집실도 적지 않다. 그 이유는 질
문형 글머리를 금지하는 이유와 비슷하다. 인용문이 스토리의 테마
를 표현하는 가장 적절한 방법일 확률이 무척 희박하기 때문이다.

그러나 인용형 글머리도 흥미로운 대화 형식을 취하면 효과를
발휘할 수 있다. 〈AP 통신〉의 솔 페트Saul Pett가 저명한 작가이자
재치 넘치는 도로시 파커에 대해 서술한 기사가 대표적인 예이다.

> "결혼하셨어요?"
> "예, 했습니다."
> "그럼, 내 지퍼 좀 올려주시겠어요?"
> 그렇게 지퍼를 올리고 도로시 파커는 인터뷰 진행자와 세상을
> 향해 얼굴을 돌렸다.

3. 논제형 글머리topic lead

> 보드먼 소식. 3,000명을 수용하는 교도소를 설립해서라도 인구
> 를 세 배로 늘리려는 계획이 지난 화요일의 토론을 뜨겁게 달궜다.

논제형 글머리는 글이 어떤 문제를 다루고 있는지만 간결하게
전달한다. 그 문제로부터 어떤 결과가 예측되는지, 독자가 왜 관심
을 가져야 하는지는 전혀 설명하지 않는다. 가령 회의 보고서에서
중요한 것은 그 회의가 열렸다는 사실이 아니라 회의의 결과이다.

핵심 결정은 무엇인가? 그 결정이 왜 중요한가? 그 결정으로 상황이 어떻게 전개될 것이라 예측하는가?

4. 예고형 글머리teaser lead

> 런던 소식. 영국의 전설적인 보험업자협회 런던 로이즈는 엘리자베스 테일러의 눈, 브루스 스프링스틴의 목소리, 마를레네 디트리히의 다리, 심지어 네스호의 괴물을 포착한 사진까지 거의 모든 것에 대한 보험을 판매해왔다.
> 그러나 308년의 역사를 지닌 이 협회는 이제 더 위험한 과제, 즉 자신의 생존을 걸고 보험 증서를 작성해야 할 실정에 놓였다. (로렌스 인그라시아와 데이나 밀뱅크, 〈월스트리트 저널〉)

예고형 글머리는 언론계의 전통적인 글쓰기와 모순된다. '누가-무엇을-어디에서-왜-언제-어떻게'를 따르는 역피라미드형 육하원칙은 결코 독자를 애타게 하지 않는다. 저널리스트는 침실을 뒤지는 밤도둑처럼 신속하게 모든 것을 쏟아내야 한다.

뉴스는 당연히 그렇게 전달되어야 한다. 적어도 뉴스에 대한 독자의 갈구가 2층 창문으로 몰래 들어와 전리품을 노리는 도둑의 욕망과 비슷하다면 그렇다! 선정적인 예고형 글머리로 독자를 애타게 한다면 대부분의 독자가 언짢아할 것이다. 독자는 원하는 뉴스를 신속하게 듣거나 읽고 싶어 한다. 예컨대 일본군이 진주만을 폭격했다는 사실이나 자동차의 정면 추돌로 세 명이 안타깝게 목숨을 잃었다는 사실을 알리는 기사가 예고형 글머리로 시작한다고 상상해보라.

오늘날 대부분의 뉴스가 온라인이나 방송을 통해 신속하게 전달되기 때문에 종이 신문의 기사가 속보로 받아들여지는 경우는 거의 없는 게 사실이다. 신문뿐 아니라 요즘 생산되는 다른 형태의 글도 긴급한 정보를 다루는 경우는 거의 없다. 결론적으로 예고형 글머리는 다음과 같은 경우에 유효하다.

† 글이 뉴스나 정보로서의 가치가 낮을 때. 런던 로이즈는 널리 알려져 누구나 아는 이름이다. 〈월스트리트 저널〉이라면 당연히 이 금융 단체의 붕괴에 관심이 많을 것이다. 이때 보도가 독자들에게 당장 영향을 미치는 긴급한 소식인가? 아니면 흥미롭지만 긴 이야기의 시작에 불과한가?

† 작가가 이야기를 질질 끌지 않을 때. 도입부의 단어 하나하나는 요점으로 이어져야 한다. 요점은 도입부의 펀치라인으로 신속하게 제시되어야 한다. 적어도 작가는 도입부에서 적절한 결론까지 이어지는 매력적인 글머리로 시작해야 한다.

† 한 통의 편지이든 〈월스트리트 저널〉의 특집기사이든 글이 오락적으로 높은 가치를 가질 때. 그 글이 천박해야 한다는 뜻은 아니다. 그러나 긴 글머리를 선보이는 데 내용이 지루하다면 독자의 원망을 각오해야 할 것이다. 글을 읽는 데는 보상이 뒤따라야 한다. 보상이 크면 독자를 애태우는 티저형 글머리가 조금은 길어져도 괜찮다.

우리가 독자를 이야기로 끌어들이는 방법은 많다. 반대로 독자를 이야기에서 멀어지게 하는 방법도 그에 못지않게 많다. 유효성이 입증된 글머리를 쓰는 기법들을 알고 있으면 성공 가능성을 높이는 데 큰 도움이 될 것이다. 같은 이유로 작가들이 공통적으로 빠지는 위험들을 알아두면 실패를 피할 가능성도 높아진다. 저널리스트들은 특히 실패 가능성을 낮추는 기법을 나름대로 개발해왔다.

1. 여행가방형 글머리suitcase lead

> 시의회는 지난 수요일 로저스 케이블 텔레비전 시스템의 특허권을 케이비엘컴으로 이전하는 것을 승인하는 조례를 최종 개정했다. 이번 추가 조치로 시 당국의 규제 위원회는 특허권 이전에 따라 받게 될 455만 달러 중 일부를 향후 청구할 수 있는 권리를 갖게 되었다.

여행 끝자락에 호텔 방에 느긋이 앉아 모든 짐을 아주 작은 여행가방에 억지로 쑤셔 넣는 모습을 상상해보라. 가방을 닫고 위에서 눌러보지만 속옷부터 싸구려 기념품까지 모든 물품이 사방에서 삐져나올 것이다. 이 사태는 당신이 시시때때로 결정을 신중하게 내리지 않았다는 사실을 보여준다. 신중했더라면 짐이 그렇게 많지 않았을 테니까.

글머리의 경우도 다르지 않다. 자료를 수집하고, 적절한 글머리를 선택할 때 자료에서 알곡과 쭉정이를 골라내야 한다. 중요한 것을 찾아내기 위해서라도 자료를 분류하고 정리해야 한다. 덜 중요한 자료는 완전히 폐기하거나 글에서 더 낮은 위치로 옮겨야 한다.

위 예문은 시의회가 케이블 텔레비전의 특허권 이전 허가로 얻는 이익을 확실히 보장받고 싶어 한다는 사실로 요약된다. 그렇다면 이렇게 간단하게 말하지 않을 이유가 있을까? 물론 작가가 뒤에서 이런 내용을 자세히 알릴 수도 있기는 하다.

신문사 편집실의 고참 편집자들은 여행가방형 글머리를 '빨랫줄형 글머리clothesline lead'라 부른다. 갓 빨래한 옷가지를 빨랫줄에 매달듯 작가가 '5W(언제When, 어디서Where, 누가Who, 무엇을What, 왜Why)'를 길게 연결해 하나의 이야기로 만들었기 때문이다.

무엇이라 부르든 이 글머리는 독자에게 좋을 게 없다. 좋은 요약형 글머리는 이어지는 리포트의 내용을 신속하게 개괄적으로 전달하며 핵심 테마까지 넌지시 암시한다. 요약형 글머리가 20~25단어를 넘으면 여행가방은 가득 차서 넘치기 십상이다.

2. 총칭적 글머리generic lead

그들의 말이 맞다. 역사는 되풀이된다.

때로는 얻고 때로는 잃는다. 그리고 다시 승리하기도 한다.

엄마가 가장 잘 안다.

위의 글머리 중 어느 것도 실질적이지 않다. 그야말로 "그래서 새로운 것이 뭐냐고?"라는 반응을 얻기 십상인 뻔한 말이다.

모든 글에 만능열쇠처럼 적용되는 글머리는 없다. 다루려는 이야기마다 딱 맞아떨어지는 글머리를 찾아야 한다. 어떤 글머리가 적절한지 판단하는 검증법은 무척 간단하다. 그 글머리가 다른 유형의 이야기에도 적용되는지 생각해보면 된다. 만약 그렇다면 글의 내용에 딱 맞게 글머리를 수정해야 한다.

3. 상투적인 글머리cliché lead

두려움이 밀려오면 우리는 익숙한 것에 의지한다. 까다로운 글쓰기에서 첫 문장을 생각해내야 할 때 이런 유혹은 이겨내기 힘들 정도로 강력하다. 비슷한 과제와 이미 씨름한 작가들이 있고, 그들은 그럴듯한 선례들을 남겨 놓았다. 익숙한 것에 몸을 맡기려는 유혹을 견디지 못하면 그들의 선례를 따르게 된다.

유혹을 이겨내라! 자포자기하고 진부한 도입부에 만족한다면, 당신이 쓰려고 하는 글의 핵심 테마를 압축한 글머리를 고안하는 단계를 아예 건너뛰는 셈이다. 이 단계를 건너뛰면 결국 목적지를 확신하지 못하게 되며, 글쓰기 전체가 따분한 작업으로 전락할 위험이 생긴다.

몇몇 상투적 글머리는 진부하다 못해 케케묵어서 편집자들의 조롱거리가 되기도 한다. 예컨대 자명종 소리로 시작되는 일기나 단편을 생각해보라. 또 사전적 정의로 시작되는 에세이는 어떤가? "x와 y의 공통점은 무엇인가?"라는 글머리를 떠올려보라.

〈US 투데이〉 발간에 일조했던 전설적인 편집자 딕 티엔Dick Thien은 언젠가 뻔하디뻔한 글머리들을 지루할 정도로 길게 나열하며 매섭게 비판한 적이 있다. 그가 최악으로 꼽은 아홉 가지 글머리는 다음과 같다.

'좋은 소식과 나쁜 소식' 글머리("good news, bad news")

좋은 소식은 온라인 강의가 시작되었다는 것이고, 나쁜 소식은 학생 대부분이 컴퓨터를 갖고 있지 않다는 것이다.

'그것이 무엇이냐면' 글머리("that's what")

상대적으로 글을 쓰기 쉬운 날이 있다고 한다. 그날이 언제냐면, 온라인 연수회에 참가한 열다섯 명의 기자는 월요일이라 대답했다.

'덕분에' 글머리("thanks-to")

버드 패글 덕분에 슈퍼마켓 체인점은 소비자의 편의성을 최우선으로, 판매는 그다음으로 생각하게 되었다.

'한 단어' 글머리('그것이 무엇이냐면'의 변형)

냉소적.
그것이 무엇이냐면, 대부분의 사람이 저널리스트를 생각할 때 떠올리는 단어이다.

'속임수' 글머리("I fooled you")

섹스, 마약, 술. 〈메트로폴리스 데일리 플래닛〉의 이사 켄트 클라크의 말에 따르면 오늘날의 편집실에서는 찾아볼 수 없는 것들이다.

'요즘은 어떤지 살펴보자' 글머리("now look at")

우리 부모님 세대가 처음 집을 마련할 때 담보 대출의 이율은 2퍼센트에 불과했다. 요즘은 어떤지 살펴보자!

'환영한다' 글머리("welcome-to")

편집실 곳곳에서 컴퓨터 키보드가 절거덕거리고 전화벨이 울리며 사람들이 서로를 향해 소리친다. 링컨에 위치한 네브래스카 대학교에서 발행하는 학생 신문, 〈데일리 네브래스칸〉에 오신 걸 환영한다.

'아무개를 만나다' 글머리("meet Jone/Jane Doe")

그들 중 민간 분야에서 일해본 경험이 있는 사람은 손가락으로 꼽을 수 있을 정도이다. 대다수가 수십 년 전부터 정부와 공적 분야에서 일한 사람들이다. 또 압도적 다수가 최상급 의료보험 혜택을 누리지만, 평균 납세자가 그 정도의 혜택을 누리려면 얼마나 많은 보험료를 내야 하는지 모른다. 토요일 주 법원 광장에서 생계비 인상을 요구하기 위해 모인 관료들을 만나보라.

'꿈에도 생각하지 못할 것이다' 글머리("Museum of the Hard to Believe")

> 빌 게이츠는 모래를 가지고 놀던 세 살배기였을 때만 해도 자신
> 이 커서 세계에서 가장 영향력 있는 기업인이 되리라고는 꿈에
> 도 생각하지 못했을 것이다.
> 그로부터 40년 후, 그는 정말 그렇게 되었다.

단락의 힘

> 나는 단락의 힘을 굳게 믿는다.
> 단락에도 짧은 플롯이 있어야 한다는 게 내 생각이다.
> 단락은 이상하고 색다른 것으로 시작해서 중간에서 해결을 시도하고
> 끝에서는 반전을 꾀하며 독자를 다음 단락으로 이끌 수 있어야 한다.
> _노먼 매클린

구조의 기본 구성 요소

지금 당신이 리포트를 쓰고 있다면, 이제 글머리에서 간략하게 요
점을 정리한 일련의 논제들로 옮겨갈 단계이다. 몇몇 글쓰기 코치
는 이런 기본적인 배열을 '화물열차형 구조boxcar structure'라고 부른
다. 각 하위 논제를 다룬 글은 열차의 화물칸처럼 일렬로 늘어선다.

  반면에 스토리를 쓰고 있다면, 기승전결에 따라 장면을 배치할
것이다. 한편 혼합된 형태의 글을 쓰려고 한다면, 장면 묘사와 논
제의 구조를 뒤섞는 방법도 고려할 것이다. 예컨대 '모래시계형'
뉴스 보도는 요약형 글머리로 시작하지만 곧바로 시간에 따른 서

술로 옮겨갈 것이고, 이 서술은 장면 묘사에 초점을 맞출 것이다. 한편 시작과 끝이 있는 서사는 장면 묘사로 시작하지만, 논제를 중심으로 구성된 부분이 뒤따르고, 다시 장면 묘사로 끝날 것이다.

모든 글쓰기 구조의 기본 구성 요소 중 하나는 단락paragraph이다. 단락은 글의 수준이 장바구니 목록보다 복잡하기만 하다면 빠질 수 없는 핵심적인 요소이기 때문이다. 과거 좋은 초중등학교의 커리큘럼에는 단락을 효율적으로 쓰는 법을 가르치는 강의가 빠짐없이 있었다. 예컨대 내가 초등학교 3학년이었을 때 메슬러 선생님은 단락의 공식을 머릿속에 주입했다. 어찌나 반복했던지 우리는 공식을 잠꼬대로 중얼거릴 정도였다. 그 공식은 실로 단순했지만, 내적인 논리 구조라는 측면에서 보면 일리가 있었다. 글의 의미는 구句, 절節, 문장 간의 관계에서 비롯한다. 단락은 문장으로 표현된 아이디어 간의 관계를 구조적으로 보여주는 주요 방법이다. 여러 단락으로 구성된 더 큰 구조와 별개로, 단락은 그 자체로 관심을 기울일 만한 가치가 있는 구성 요소이다.

단락이라는 울타리

단락은 아이디어 간의 관계를 보여주고, 우리는 이런 단락을 통해 개인적인 의견을 제시한다. 몇몇 아이디어가 같은 범주에 속하거나 인과관계로 묶인다는 것을 보여줌으로써 우리는 아이디어를 한 울타리 안으로 모은다. 이것이 메슬러 선생님이 3학년 학생들에게 가르친 전통적인 단락의 핵심이다.

단락은 어떤 주장, 즉 핵심 문장topic sentence으로 시작된다. 그 주장을 뒷받침하는 근거를 포함한 두세 문장이 뒤따르고, 다음에는 논거를 마무리 짓는 결론이 이어진다. 물론 현실 세계에서 단락이 정확히 이런 형태를 취하는 건 아니다. 다만, 단락의 구조를 통해 아이디어 간의 관계를 보여준다는 전통적인 관점은 여전히 유효하다. 이는 독자가 복잡한 내용을 이해할 수 있게 하는 또 다른 방법이다.

미국 소설가 헨리 로스Henry Roth를 다룬 에세이에서 발췌한 단락을 예로 들어보자.

> 로스의 창조적이고 감성적인 삶에서 전환점은 (…) 6일 전쟁Six-day War [1967년 6월에 벌어진 제3차 중동 전쟁 – 옮긴이]이었다. 별안간 로스는 유대인들이 어린 시절 빈민가에서 사귀었던 아일랜드계 아이들만큼이나 용감무쌍한 전사로 보였다. 한편 자신이 한때 이상 국가로 여겼던 소련이 유대 국가를 이 땅에서 없애버리려는 아랍 국가를 편든다는 사실을 알게 되었다. 그 이후로 로스는 고통으로 물든 자신의 역사와 동시에 유대인의 역사, 그리고 그 역사에서 자신의 위치를 받아들이기 시작했고, 그 두 역사가 긴밀하게 뒤얽혀 있다는 사실을 깨닫기 시작했다. (조너선 로즌, 〈뉴요커〉)

메슬러 선생님이 말하는 이상적인 단락에 가까운 글이다. 첫 문장에서 논제―이스라엘과 인접한 아랍 국가들이 1967년에 벌인 전쟁이 로스의 자아에 미친 영향―가 제시된다. 다음 두 문장에서는 로스가 변하게 된 구체적인 이유가 주어지고, 마지막 문장에서는 로스의 작품이 어떻게 변했는가에 대한 결론에 이른다. 요컨대 단락의 구조에서 아이디어들의 관계가 명확하게 드러난다.

많은 저널리스트가 단락의 구조에 담긴 외적인 의미를 제대로 이해하지 못한다. 그 때문인지 꽤 많은 기사에서 90퍼센트 이상의 단락이 한두 문장으로만 이루어진다.

예를 살펴보자.

> 알래스카 호머에 모여드는 바다낚시꾼 무리에게 최고의 타깃은 넙치이다.
> 연어는 낚시라는 오락을 즐기는 무리에게는 부차적인 목표일 뿐이다.
> 실버 폭스 차터스의 회장 피터 우델호번은 낚싯배들이 돌아오면 생선 뼈를 발라내는 행사를 주관한다.
> 낚시꾼들은 호스로 물을 뿌려 일렬로 매달린 넙치들을 깨끗이 씻고, 반짝거리는 넙치의 새하얀 배쪽 면을 기념 사진에 담기 위해 바깥쪽이 보이게 한다.

두 번째 문장은 첫 문장과 논리적으로 이어진다. 첫 문장이 두 번째 문장과 논리적으로 이어진다고 주장할지도 모르겠다. 두 문장을 합치면 작가와 편집자는 '무리'라는 단어를 반복하는 수고를 덜 수 있을 것이다. 네 번째 문장은 논리적으로 세 번째 문장 때문에 존재하며, 머릿속에 멋진 이미지를 떠올리게 한다. 위의 문장들을 굳이 한 단락으로 묶지 않은 이유는 무엇일까?

알래스카 호머에 모여드는 바다낚시꾼들은 간혹 연어를 잡지만, 그들의 주된 사냥감은 넙치이다. 실버 폭스 차터스의 회장 피터 우델호번은 낚싯배들이 돌아오면 생선의 뼈를 발라내는 행사를 주관한다. 낚시꾼들은 호스로 물을 뿌려 일렬로 매달린 넙치들을 깨끗이 씻고, 반짝거리는 넙치의 새하얀 배쪽 면을 기념사진에 담기 위해 바깥쪽이 보이게 한다.

작가가 하나의 단락으로 묶어야 할 아이디어들을 떼어놓아 쟁점을 복잡하게 만드는 것처럼 별개로 다루어야 할 아이디어들을 한꺼번에 소개해 독자의 이해를 방해할 수도 있다.

올룸 총장은 이사회로부터 사퇴하라는 요구를 받았다. 한때 총장을 지지하던 학생들과 교수진 및 직원들도 등을 돌렸다. 현재 총장의 임금은 95,760달러이다.

이 사건에서 연봉은 총장에게 가해지는 사퇴 압박과는 별 관계가 없었다. 그런데도 위의 단락 구조는 둘 사이에 어떤 관련성이 있는 것처럼 말하고 있어 독자를 혼란스럽게 할 뿐 아니라 사태 파악에도 아무런 도움이 되지 않는다.

단락으로 강조하기

단락 구조는 아이디어 간의 관계를 보여주는 동시에 강조할 수도 있다. 길게 늘어지는 단락 뒤에 간명하면서도 강렬한 단락을 느닷없이 덧붙이면 어떤 논점을 강조하는 데 도움이 된다.

> 진은 캔자스를 조금도 그리워하지 않았다. 남편 밀러가 다시 그 곳으로 돌아가자고 말했을 때 그녀는 버럭 화를 내며 "그래요, 나는 고집불통이에요"라고 말하기도 했다. 그러나 밀러는 풀 코트 프레스full-court press를 계속해서 연습했다. 결국 진은 고집을 꺾을 수밖에 없었고, 밀러는 1948년 2월 2일 그 일을 구하는 데 성공했다.
>
> 그로부터 3년 후 밀러는 주 선수권 농구 대회에서 우승컵을 들어올렸다.

짧은 단락은 강조를 함축하기 때문에 좋은 요약형 글머리는 하나의 짧은 단락으로 이루어지는 경우가 많다. 이 기법은 스토리에서 가장 중요한 점을 강조하는 데도 도움이 된다. 편집자의 성향에 따라 다르겠지만, 다음 글머리에서 두 번째 문장을 별도의 단락으로 나누어 강조하려는 편집자도 있을 것이다.

> 3월 28일 클랙커머스 카운티에서는 도서관 지원에 530만 달러가 넘는 세금을 투입하는 안건에 대한 우편 투표가 진행된다. 그런데 교육 지원, 화재, 수질 개선 등 지방 정부가 주민을 위해

고려해야 할 다른 지출 계획도 적지 않다.

앞선 아이디어와 뚜렷하게 대조되는 아이디어를 분리하는 것도 강조 기법으로 활용할 수 있다. 다음 글머리에서 마지막 문장이 별도의 단락으로 쓰였다면 더 큰 효과를 거두었을 것이다.

우리 일상에서 종이는 물만큼 필요하다. 흰색이든 아니든, 법정 규격이든 아니든 종이는 대부분 관심도 받지 못하지만 중요한 역할을 한다. 그러나 마렐 캘린에게는 그렇지 않다.

너트 그래프의 역할

너트 그래프nut graf는 뉴스나 특집기사를 시작하면서 전반적인 내용을 설명하는 단락이다. 이 단락에서 "무슨 뜻이야?", "그래서 어쩌라는 거야?", "누가 신경이나 쓴대?" 등의 궁금증을 해소하는 대답이 주어진다. 또 독자가 번거롭더라도 시간과 노력을 투자해 글을 읽어야 할 이유를 알려준다. 예컨대 〈월스트리트 저널〉의 한 기사는 다음과 같이 시작한다.

뉴욕 스태튼아일랜드 소식. 오래된 화강암 벽의 틈마다 무성한 풀이 삐져나온 톰킨스 요새에서는 뉴욕항 입구에 430미터 높이로 새롭게 조성된 콘크리트 부두가 내려다보인다. 이 요새는 박물관에 전시된 듯 방치된 상태이지만, 아래쪽의 부두는 부산스럽기 그지없다. 머지않아 이곳은 전함 아이오와호의 모항母港이

될 예정이다.

곧바로 너트 그래프가 이어진다.

여기에는 두 가지 쟁점이 있다. 하나는 20세기 말에도 그 전함
이 유용할 것인가이고, 다른 하나는 많은 항구가 이미 잘 기능
하고 있는 데도 많은 돈을 들여 새로운 항구를 지을 필요가 있
는가이다.

너트 그래프는 언론계의 고유한 용어이다. 그러나 언론계 밖에
서도 명칭은 다르지만 같은 개념을 뜻하는 용어들이 있다. '이유를
규명하는 단락', '근거를 제시하는 단락' 등이다. 많은 형태의 글쓰
기에서 너트 그래프와 같은 단락이 유용하게 쓰인다. 과제로 받은
연구 보고서를 쓸 때 과제의 목적이나 과제에서 기대하는 효과, 과
제에 착실하게 임해야 하는 이유를 신속하게 설명하는 데도 너트
그래프를 활용할 수 있다.

다양한 글쓰기에서 효과적인 너트 그래프는 글의 목적을 부각
시킨다. 글머리에서 제기된 문제에 답을 주고, 글이 중요한 이유를
설명한다. 또 무엇이 왜 중요한가를 명확하게 밝혀 우선순위를 보
여주고 작가가 자료를 체계화하는 작업을 돕는다. 너트 그래프는
헤드라인을 쓰는 기자, 교열 편집자, 디자이너에게도 단서를 제공
하고 글의 구조에 집중하게 하여 짜임새를 강화하는 데도 도움이
된다. 무엇보다 너트 그래프의 가장 중요한 역할은 독자에게 해당

기사를 읽으면 얻게 되는 이점에 대한 근거를 제시하는 것이다.

〈월스트리트저널〉의 너트 그래프

〈월스트리트저널〉은 1960년대 저널리즘에서 너트 그래프를 사용하는 표준 기법을 개발했다는 공로를 인정받고 있다. 지금도 일화형 글머리로 특집기사를 시작할 때면 어김없이 너트 그래프를 활용한다.

일화로 기사를 시작하면 일화를 설명하고 이를 확장시키는 한두 단락을 덧붙인 뒤 너트 그래프가 등장한다. 이때 일화에 담긴 거시적인 요점이 명시적으로 언급된다. 너트 그래프는 거시적인 요점이 중요한 이유와 우리에게 미칠 수 있는 영향에 대해서도 설명한다.

〈월스트리트저널〉에서 발췌한 두 가지 예를 들어보자. 글머리로부터 네다섯 단락 뒤에 너트 그래프가 등장하는 경우이다.

> 도쿄 소식. 일본에서 리크루트 스캔들이 터지기 전, 이시즈카 가요코는 후지나미 다카오를 의심한 적 없었을지 모른다. 비로소 밝혀진 그들의 부도덕함은 이멜다 마르코스의 구두 3,000켤레와 다를 바가 없다. (…)
> 계급 의식이 커지고 있다. 작년의 한 여론조사에서 일본인의 90퍼센트 이상이 자신이 중산층이라고 응답했다. 그러나 그중 29.2퍼센트는 하위 중산층이라 응답했다. 이는 20년 만에 가장 높은 수치였다. 민간 경제학자 히사미즈 히로유키는 "빈부 격차는 일찍이 시작되었다. 이제야 대두되기 시작한 이 문제는

향후 5~10년 내에 커다란 사회적 쟁점으로 부상할 것"이라고 말했다.

펜실베이니아 퍼카시 소식. 지금도 수백만의 미국인이 그렇지만, 과거 메러디스 캠벨 부인은 깊이 생각하지 않고 물건을 버리곤 했다. 그러나 이제는 20킬로그램 정도의 쓰레기봉투 하나를 도로변에 내놓을 때마다 1.5달러를 지불해야 하기 때문에 캠벨 부인의 마음가짐은 완전히 바뀌었다. (…)

1978년 이후 쓰레기 매립지의 70퍼센트 이상인 약 14,000곳이 폐쇄된 주요 원인은 쓰레기 매립지가 식수원을 오염시킬 수 있다는 두려움 때문이었다. (…) 이런 현상이 누적되면 결국 미국의 많은 지역이 쓰레기로 뒤덮이고 말 것이다.

인위적인 행갈이는 그만

글쓰기 세계에서 떠도는 가장 이상한 신화 중 하나는 직접 인용을 할 때마다 행갈이를 자동적으로 하라는 것이다.

행갈이는 대화에서 화자들의 말을 구분하는 데 활용된다. 가령 제인이 "나는 당신을 사랑한다"라고 말하고 새로운 단락에서 짐이 "나도 당신을 사랑해"라고 대답하는 식이다. 그렇다고 직접 인용을 꼭 행갈이로 표기해야 한다는 건 아니다. 그러나 이런 식의 글쓰기가 습관이 되면 행갈이에 많은 힘을 낭비하게 된다.

좋은 인용은 한 단락이 끝났음을 알리는 신호로 작용한다. 다시 말하면, 단락을 멋지게 끝내고 독자들이 다음 단락으로 도약할 수 있게 도와준다. 대다수의 인용구는 앞의 글과 자연스럽게 이어진다. 괜한 따옴표나 인위적인 행갈이는 오히려 논리적인 연결성을 흐트러뜨릴 수 있다.

대표적인 예를 들어보자.

넘실거리는 불꽃과 검푸른빛의 음산한 연기가 아닌 잔불에서 길게 피어오르는 흰 연기는 어제 화재가 있었다는 사실을 알려주었다.
"어제와는 완전히 다른 모습입니다." 산림청의 공보관 워런 올니는 말했다.

점과 점을 이어라

독자가 혼동하는 주요 이유는
작가가 신중하게 일관된 방향을 유지하지 못하기 때문이다.
_윌리엄 진서

조각들을 조직적으로 묶어라

현대 영어의 권위자들은 글에서 일관적인 통일성, 즉 독자가 글에서 전체 구조와 그에 밀접하게 연결된 부분을 어렵지 않게 확인할 수 있어야 한다고 강조한다.

연결어transition는 이런 목적을 이루기 위한 하나의 수단이다. 연결어는 단락 앞뒤의 글 조각들을 연결하여 글의 통일성을 형성하는 기능을 한다. 흔히 쓰이는 다섯 가지 연결 장치들을 하나씩 살펴보자.

1. 단락의 첫머리 paragraph hook

단락의 첫머리는 가장 자명하면서 실질적인 형태의 연결어에 속한다. 첫머리는 앞 단락의 마지막 문장과 다음 단락의 첫 문장에 쓰인 핵심 단어를 반복함으로써 두 단락을 잇는 가교 역할을 한다.

> 중국의 광활한 황토 고원의 척박한 비탈에 굴을 파고 60년 동안
> 살았던 이들이 말했다. "먹는 것과 마실 것에 대해 우리는 하늘
> 의 뜻을 따를 뿐이다."
> 작년 하늘은 무심하기 그지없었다. 그 황량한 땅은 어딜 가도
> 까맣게 그을린 농지뿐이었고 밀 농사는 끝장나고 말았다.
>
> 버지니아 종합병원에서 2년 동안 자문역으로 근무하고 나자,
> 그의 어휘에 자기계발과 관련된 어법이 더해졌다.
> 그러나 그런 어법이 돈 문제를 해결해주는 것은 아니었다.

2. 신호어 signal word

독자가 기계적으로 연결어로 인식하는 단어들이 있다. 대표적인 예가 'meanwhile(그 사이에)'이다(예: meanwhile, back at the ranch… 그 사이에 목장의 뒤쪽에서는…). 'however(하지만)', 'therefore(그러므로)', 'thus(따라서)' 등과 같은 부사도 거의 똑같이 기능한다.

'and(그리고)', 'but(그러나)', 'or(혹은)', 'yet(그렇지만)' 같은 등위 접속부사도 다를 바가 없다(영어에서는 여기에 for와 nor가 더해진다).

The owners' association met and decided to go ahead with the landscaping.
But the Bradshaws, who didn't attend the meeting, were already moving ahead with their own plans for the yard.

지주 연합회가 모임을 가졌다. 그리고 조경 사업을 계속 추진하기로 결정했다.

그러나 브래드쇼 가문은 그 모임에 참석하지 않았지만, 자체적으로 마당을 조경할 계획을 이미 세우고 있었다.

3. 대명사 pronoun

대명사는 어떤 상황에서든 앞의 단어, 즉 대명사가 지시하는 명사나 대명사와 자연스럽게 연결된다. 단락이 다른 경우에도 자연스럽게 연결되기도 한다. 아래의 예에서 둘째 단락에 쓰인 대명사 '그것that'은 첫째 단락의 끝부분에 쓰인 명사구를 가리킨다.

What's it like to have a wife and mother gone for six months and maybe longer? Ask Rick Devilbiss and ten-year-old Patty, seven-year-old Jennifer, and five-year-old Danielle Lonely. Scary. An act of faith.
The family has that. Devilbiss says, "We turned everything

over to the Lord when we started.

아내와 어머니를 떠나보내고 6개월, 아니 그보다 더 오랜 시간
이 지나면 어떻게 될까? 릭 데빌리스, 열 살인 패티, 일곱 살인
제니퍼와 다섯 살인 대니얼 론리는 알 것이다. 두렵다. 믿음의
행동.

이 가족에게는 그것이 있다. 데빌리스는 이렇게 말한다. "우리
는 처음부터 모든 것을 주님에게 맡겼다."

4. 비틀기와 연상

단락의 첫머리는 여기저기 기웃거리지 않고 똑바로 나아간다. 달
리 말하면, 점을 논리적인 순서에 따라 직선으로 연결한다. 그런데
단어의 의미를 비틀거나 단어의 새로운 맥락을 찾으면서 글의 전
개를 전환하기도 한다.

경기가 7초밖에 남지 않은 상황, 관객석 다섯 번째 줄에 깔끔한
옷차림으로 앉아 있던 상대편의 팬이 그를 향해 소리쳤다.
"루소, 그만 포기하지 그래!"
루소는 포기하지 않았다. 그러나 그의 동료들은 일찍이 후반전
이 아직 14분 남아 있던 시점부터 포기한 상태였다.

5. 논리의 전개

치밀하게 쓰인 글은 명확한 연결어가 필요하지 않은 경우가 많다.
그런 글들은 한 점에서 다음 점으로 매끄럽게 이어지기 때문에 대

체로 탄탄한 구조를 형성한다.

가장 명확한 예가 시간순으로 구성된 간단한 이야기이다.

이 이야기에서는 '그러고는then', '그다음에next' 같은 명확한 신호어가 없어도, 행동 하나하나가 논리적으로 다음 행동으로 이어진다.

논리적인 순서에 맞게 딱딱 정리된 구조는 이 구조보다는 덜 분명하지만 똑같이 효과적일 수 있다.

> B씨 부부는 자신들의 수정된 태아를 냉동하기 전 계약서에 서명했다. 그들이 사망하거나 이혼할 경우 태아가 대학교의 재산이 되거나 다른 부부에게 기증될 수 있다고 규정한 계약서였다. "그들은 태아를 없애는 선택을 할 수도 있었지만 '기증' 란에 체크를 했습니다." 진 크레이머는 설명했다.
> 그렇다 하더라도 B씨 부부와 그들의 변호사가 다른 식으로 합의했더라면….

좋은 결말을 내는 법

> 시작의 기술이 중요하다.
> 그러나 그보다 더 중요한 것은 끝내는 기술이다.
> _ 헨리 워즈워스 롱펠로

끝나지 않는 이야기

기사 작성에서 최악의 골칫거리는 적절한 결말이다. 물론 이야기를 멋지게 풀어내고 제때 마침표를 찍은 기사에 해당하는 말은 아니다. 그런 기사는 비판이나 불평을 듣지 않는다. 그러나 어쭙잖게 끝난 기사는 독자에게 짜증스러운 궁금증만 남긴다.

인쇄공이 뜨겁게 달군 납으로 활자를 만들던 때부터 이 문제는 시작되었다. 과거 기사가 활자로 조판되었을 때만 해도 기사의 분량을 줄이는 유일한 방법은 밑에서 한두 줄씩 없애는 것이었다. 글쓴이는 이 과정에 개입하지 못했기 때문에 결말을 다시 쓸 수 없었다.

컴퓨터 시대가 도래한 이후로는 글을 끝에서는 물론, 중간에서 잘라내는 것도 그다지 어렵지 않다. 그러나 관습은 쉽게 사라지지 않는다. 저널리스트들은 지금도 결말 부분부터 도려내는 경향이 있다. 그들은 자료 조사에 몇 주를 보낸 뒤 땀과 눈물을 쏟아 글머리를 쓰고 이야기의 복잡한 구조를 구성하고 단락을 조절하며 글을 자연스럽게 매듭짓는다. 그러고는 잡초로 무성한 길이 어느 순간 숲으로 사라지듯 공들여 쓴 기사를 편집자에게 맡기고는 손을 뗀다.

이보다 더 최악의 경우는 작가는 분명 이야기에 걸맞은 결말을 썼지만, 편집자가 아무 생각 없이 습관적으로 글의 밑부분을 잘라내는 경우이다.

사건이 터진 후 책임 소재를 따지는 것은 무의미하다. 강력한 결말이 필요한 이야기를 아무런 결말도 없는 이야기로 풀어내는 것은 기사는 물론이고 어떤 종류의 글에서나 중대한 잘못이다. 결말은 최고의 손질이다. 어떤 글이든 잘 다듬어진 마무리는 글의 완성도를 높이고 독자에게 만족감을 안겨준다.

결말은 독자가 이야기에서 마지막으로 맛보는 부분이다. 독자의 머릿속에 가장 마지막에 들어가기 때문에 가장 또렷이 기억된다. 앞에서 읽은 글에 대한 인식에 영향을 미치기도 한다. 마지막 부분에서 부주의하게 선택한 단어로 원고가 망가진다면, 처음과 중간 단계에서 아무리 공들인들 무슨 소용이겠는가?

원점으로 돌아가기

좋은 결말은 어떤 형태를 띤다고 딱 꼬집어 말할 수 없다. 만족스러운 결말을 보장하는 공식은 없고, 강렬한 피날레를 어떻게 써야 한다고 범주화하기도 어렵다.

다만, 최상의 결말은 처음으로 돌아가 완전한 원을 그리고 이야기 전체를 아우르며 완결성을 자아내는 경우가 적지 않다.

〈오레고니언〉의 독자이자 기고자였던 데이비드 세라손David Sarasohn은 기차 여행을 다룬 한 칼럼에서 이 기법의 효과를 입증했다. 그는 비행기로 다녀야 할 지역도 있지만 반드시 육지에서 봐야 할 명소가 있다는 주장으로 칼럼을 시작했다. 기차가 그런 여행을 하기에 안성맞춤이라 말하고, 여섯 번째 단락에서 태평양 연안의 북서부 지역이 기차로 여행하기에 좋은 곳이라 덧붙이며 다음과 같이 글을 이어갔다.

이곳을 기차로 여행하는 즐거움에 대한 노래—상상해보면 '체할리스행 기차의 칙칙폭폭'이나 '그레셤행 야간열차' 같은 노래

—를 아직까지 누구도 쓰지 않은 유일한 이유는 모두가 너무 바빠서 창밖을 내다볼 여유가 없었기 때문이다.

열두 단락이 그 뒤로 계속되었다. 데이비드는 지난 몇 년 동안 있었던 다양한 형태의 기차 여행에 대해 언급한 뒤 여섯 번째 단락으로 돌아가서 칼럼을 마무리지었다.

Somewhere around here, somebody might even be written a song.
여기 어딘가에서 그 누군가가 노래를 쓰고 있을지도 모르겠다.

좋은 결말은 강렬한 완결성이 느껴질 뿐 아니라 이야기가 끝났음을 암시하는 펀치를 날린다. 이런 이유에서 저널리스트들은 결말을 '키커kicker'라고 부른다.

키커의 위력, 즉 결말의 호소력은 어느 정도 마지막 문장의 리듬에서 비롯한다. 단락의 키커가 그렇듯 기사 전체의 키커는 결말로 향해야 한다. 특히 마지막 단어가 단음절이고 자음으로 끝나면 효과가 배가된다. 여기서 세라손이 마지막 단어를 'song(노래)'으로 선택한 것에 주목할 필요가 있다.

기사에서 기억할 만한 문장이나 묘사가 들어간 결말로 꼭 알려주고 싶은 예시 한 가지가 있다. 웨일스계 미국 언론인 헨리 모턴 스탠리Henry Morton Stanley는 스코틀랜드 출신의 의사이자 선교사인 데이비드 리빙스턴의 소식이 끊기자 〈뉴욕 헤럴드〉의 지원을 받아 그를 찾아 나섰다. 그 과정을 풀어낸 기고문의 끝부분에서 스탠리는 "Dr Livingstone, I presume?(리빙스턴 박사님이시죠?)"라고 썼다. 이 구절은 그가 남긴 가장 유명한 구절로 지금까지도 회자된다.

좋은 결말은 중요한 논점을 강조하는 데 그치지 않고, 그 자체로 독특한 특성을 갖는다. 요컨대 스토리의 출발점이나 앞에서 언급한 중대한 논점으로 되돌아가는 결말은 독자에게 앞서 주장한 내용을 상기시킴으로써 스토리가 돌고 돌아 결국 원점으로 돌아왔음을 불현듯 깨닫게 해준다. 세라손도 글의 끝부분에 느닷없이 '노래'라는 단어를 사용하는 것으로 글의 결론이 더욱더 선명하고 놀랍게 와 닿도록 했다.

세라손만이 예측할 수 없는 기발한 구절로 독자들을 놀라게 한 것은 아니다. 퓰리처상 수상 칼럼니스트인 데이브 배리는 이런 기법의 달인답게 키커를 능숙하게 활용했다.

요즘 청년층은 이미 상당히 보수적으로 변했다. 윌리엄 F. 버클리 주니어William Frank Buckley Jr.[미국에서 보수주의 작가로 유명했던 대중 지식인-옮긴이]조차 호치민 수준으로 느껴질 정도이다. 나는 이런 궁금증이 든다. 그들이 우리 연령대가 되면 어떤 모습일까? 정치적 입장을 바꾸게 될까? 도시에 사는 수백만 명의 전문직 청년들이 갑자기 반체제 히피로 변해 라켓볼 코트에서 마리화나를 피우고 회의실에 체 게바라 포스터를 붙이고 휴대폰을 꽃무늬 스티커로 장식할까? 그런 변화를 기대하는 시간은 실로 흥미로울 것이다. 나야 죽음을 맞이할 계획부터 세워야겠지만.

전국칼럼니스트연합회에서 2003년 최고의 칼럼니스트로 선정한 스티브 듀인Steve Duin도 전혀 예측할 수 없던 뜻밖의 문장으로 칼럼을 끝맺은 적이 있다. 듀인은 기존 법안에 별난 규정이 삽입된 이유를 추적한 끝에 교육위원회 위원장과 그녀의 남편인 주의원이 관련되어 있다는 사실을 밝혀냈다. 그러고는 "침대를 함께 쓰는 사람들이 이상한 정치인들을 배출하고 있다"라는 문장으로 칼럼을 끝냈다.

〈뉴욕 타임스〉가 86세의 백만장자를 소개한 글의 마지막 문장도 독자를 그야말로 깜짝 놀라게 했다. 소개글의 요점은 이 백만장자가 선량한 소시민들에게 자선을 자주 베풀면서도 언제나 익명을 지켰다는 것이다. 그 글을 쓴 더글러스 마틴Douglas Martin은 괄호 안에 '놀랍지 않은가!'라는 문구를 넣어 독자에게 신호를 보냈다.

> 떠나야 할 시간이 되었다. 페트리는 운전기사를 불러 칼럼니스트를 집까지 편안히 모셔다드리라고 말했다.
> 페트리는 운전기사가 듣지 못할 정도로 작은 목소리로 말했다.
> "저 친구에게 100만 달러를 주라고 유언장에 써두었어. 하지만 저 친구는 그 사실을 모르지." (놀랍지 않은가!)

재치를 겸비한 말장난도 독자에게 놀라움을 줄 수 있다. 새로운 형태의 일회용 기저귀를 다룬 한 칼럼은 그 기저귀가 환경에 이롭다는 증거는 없다고 결론지으며 이렇게 칼럼을 끝맺었다. "새로운 기저귀가 항상 새로운 변화를 의미하는 것은 아니다."

닫힌 회로

가장 자연스러운 결말은 스토리의 구조를 이루던 기승전결을 완성하는 결말일 수 있다. 어떤 삶의 스토리는 죽음으로 끝난다. 흥미로운 인물과 함께 보낸 시간을 자세히 소개하는 스토리는 그 인물과 헤어지는 것으로 끝난다. 하루의 삶에 대한 스토리는 그날이 저무는 것으로 끝난다.

휴양 시설에서 보낸 하루를 다룬 한 에세이는 다음과 같이 끝났다.

> 언덕 사이에 그림처럼 세워진 빌라 주변으로 어둠이 내리자 사방이 조용해지고 공기도 썰렁해졌다. 과일나무로 가득한 작은 숲을 따라 조성된 흙길을 부지런히 걷는 사람들이 눈에 띈다. 내게 들려오는 유일한 소리는 멀리서 테니스공을 치는 소리뿐이다.
> 일상의 격정이 순간 사라졌다. 마음이 맑아지고, 기력이 회복된 듯하다.

잠은 거의 언제나 크고 작은 결론을 뜻한다. 퓨마를 추적하며 자료를 수집하는 생물학자들을 다룬 한 스토리는 나무에서 잠드는 퓨마를 묘사하는 것으로 한 장면을 끝낸다.

> 퓨마는 한동안 경멸하는 눈빛으로 우리를 지켜보았다. 그러고는 나무에 네 다리를 딛고 몸을 쭉 폈다. 생물학자들이 기다릴

거라고 생각하는 게 분명했다. 곧 퓨마는 잠이 들었다.

어설픈 끝내기

좋은 결말을 쓰는 비결은 그만둘 때를 아는 것이다. 무언가를 더 쓰려고 하는 마음은 글쓰기에서 피하기 어려운 함정 중 하나이다. "대부분의 작가는 완벽하게 끝낸다. 그러고는 한 줄을 더 쓴다"라는 격언을 반드시 기억하기 바란다.

많은 결말이 마지막 줄을 삭제하면 더 나아지는 것도 사실이다. 초중등학교에서는 에세이는 주요 쟁점을 요약하거나 다시 언급하며 끝나야 한다고 가르친다. 이 잘못된 조언을 지금까지 따르는 사람들이 많다. 이런 식의 요약은 독자에게 결말에 도달했음을 알려주기는 하지만, 이미 말한 것을 되풀이하여 독자를 지루하게 하고 한층 자연스러운 결말로 이끄는 펀치의 힘을 떨어뜨린다.

따라서 마지막 줄을 지워보고 글의 수준이 향상되는지 점검하여, 결말을 재확인하는 절차를 가지면 좋다. 이 간단한 절차만 거쳤더라면 어느 해 '마법같이'가 주제였던 포틀랜드 장미 축제에서 여왕으로 뽑힌 소녀에 대한 글의 결말이 훨씬 나아졌을 것이다.

몇몇 공주에게 가장 마법 같은 순간은 대형 꽃장식 퍼레이드에서 꽃마차에 오르는 것일 테다. (…) 윌슨고등학교 대표 섀넌 스타이스(18세)는 말했다. "여섯 살부터 그 퍼레이드를 봤어요. 꽃마차가 지나가는 모습을 지켜보면서 언젠가는 저 위에 꼭 타고 싶다고 생각했던 기억이 지금도 생생해요. 마법같이 그런 일이

일어날 거에요. 열심히 노력하면 정말 마법같이 그런 일이 벌어
져요."

결말이 인용문일 때

때로는 인용문이 이상적인 결말이 될 수 있다. 적절한 인용문이면
극적인 효과가 배가된다. 이때 인용문은 스토리의 중심 테마를 다
시 언급해야 한다. 결말의 리듬을 위해 인용문을 약간은 수정해도
괜찮다. 인용문의 앞부분을 옮기고 누가 말했는지 밝힌 뒤, 뒷부분
을 덧붙이며 멋지게 마무리하는 방식이다.

> "너도 알겠지만," 브래들리는 큰 비밀이라도 말하려는 듯이 몸
> 을 바싹 붙이고는 말했다. "내가 이 일을 좋아하는 것 같아."

> "지금까지 살면서 그렇게 짙은 안개는 본 적이 없어." 헨리는
> 덧붙였다. "그이는 내가 그 안개를 보기를 바랐던 것 같아."

아래의 예도 작가가 이런 기법을 사용했다면 결말이 더 나아졌
을 것이다.

> 두리틀 공습에 참가한 한 병사가 앤드루에게 말했다. "내가 그
> 임무에서 배우고 그 이후로도 항상 실천하는 단 한 가지가 있
> 어. 결코 자원입대는 하지 말 것."

어떤 경우이든 누가 말했는지를 밝히며 끝맺으면 안 된다. 글이 시원하게 끝나지 않고 늘어지는 느낌이 들기 때문이다. 흥미진진한 특집기사의 마지막에 어리숙하게 발언자를 언급함으로써 글맛을 떨어뜨린 예를 보자.

보스트롬은 특별한 장비가 필요하지 않았다. "나는 그냥 나이키를 신을 뿐이야." 그녀는 말했다.

위의 결말은 그야말로 용두사미가 되었다. 발언자가 잘못된 위치에 놓였으며 적절한 전개 없이 불쑥 튀어나왔기 때문이다. 결말로 쓰기에 적절한 인용문도 작가가 적절히 배치하지 못하면 스토리의 피날레를 제대로 떠받치지 못한다.

결말이 제대로 된 의미를 가지려면 무게를 적절하게 배치해야 한다. 좋은 결말은 스토리의 나머지 부분과 균형을 맞출 수 있을 정도로 핵심을 상당히 많이 포함한다. "강력한 글머리와 강력한 결말을 지닌 글은 양쪽에 손잡이가 달린 물통과 같다." 〈프로비던스 저널 뷸레틴〉의 특집기사 기고자이자 언론상 수상자 캐럴 매케이브Carol McCabe는 말했다. "스토리의 끝이 시작의 무게를 완전히 떠받치는, 전체적으로 균형이 맞는 글을 쓰고 싶다."

결국 만족스러운 결말을 위해서는 균형이 가장 중요한 요소인 듯하다. 대부분의 예술 작품에서 균형은 조화를 만들어낸다. 모든 것이 딱 들어맞을 때 스토리는 보기 좋은 대칭, 즉 균형을 이루며 독자에게 만족스러운 기분을 선사한다.

글을 짜임새 있게 쓰는
5가지 요령

1. 첫 줄에서 맴돌지 말라.

중요한 것은 전진하는 것이지, 앞부분을 완벽하게 쓰는 것이 아니다. 그럴듯한 글머리가 머릿속에 번뜩 떠오르지 않는다면, 핵심 개념만을 간략하게 적어두고 글을 계속 써나가는 게 좋다. 초고를 완성하기 전까지 좋은 글머리가 생각날 가능성은 얼마든지 있다.

2. 단락을 적절히 조정하라.

당신의 쓴 원고에서 한 쪽을 대충 훑어보라. 행갈이 없이 하나의 덩어리인가? 아니면 반대로 한두 줄에 불과한 단락의 연속인가? 첫 번째 경우에는 관련성의 수준에 따라 작은 단락들로 분리할 수 있는지 살펴보라. 두 번째 경우에는 자잘하게 분해된 단락들을 합칠 수 없는지 생각해보라. 이런 과정을 통해 짧은 단락, 중간 길이의 단락, 긴 단락을 기분 좋게 섞어보라. 단, 핵심적인 요점을 강조할 때는 짧은 단락을 사용하라.

3. 핵심 내용을 정리하라.

원고가 그런대로 써진다면 한 걸음 물러서서 기본적인 의문을 제기해보라. 이 글은 무엇에 관한 것인가? 나는 이 글을 어떤 식으로 진행할 예정인가? 이 글은 결국 무엇을 뜻하는가? 이 글이 독자에게 중요한 이유는 무엇인가? 그 답을 하나의 단락으로 정리한 뒤 글머리에서 스무 줄 정도 아래에 끼워 넣으라.

4. 원점으로 돌아가라.

처음으로 돌아감으로써 글이 훌륭하게 완결되었음을 독자에게 전하는 결말은 최적의 마무리일 수 있다. 초고를 거의 다 썼는데도 적당한 결말을 찾기 어렵다면, 글머리를 다시 한번 읽어보라. 마지막 단락에서 반복하기 적합한 단어나 개념이 있는지 찾아보라.

5. 어설픈 끝내기를 피하라.

글쓰기의 케케묵은 함정에 빠지지 말라. 달리 말하면, 습관적으로 한 줄을 더해 완벽한 끝내기를 망치는 잘못을 저지르지 말라. 초고를 끝낸 뒤 마지막 문장을 머릿속으로 삭제해보라. 그 문장이 없으면 결말이 더 나아지지 않는가?

2

문장으로
독자를
유혹하는 법

바른 말은 힘이 있는 법이다!

_ 욥기 6장 25절

독자의 관심을 끌어라

세상이 고개를 돌려 당신의 글에 주목하기를 원하는가? 물리학에
서 그 실마리를 찾아보자. 움직이는 물체가 크고 빠를수록 때리는
힘이 커진다.

단어도 마찬가지이다. 단어의 에너지가 클수록 더 큰 반응을 얻
는다. 군대는 이런 관점에서 병력을 계획하는데, 당신도 그래야
한다.

당신의 설득력은 신뢰도에 영향을 준다. 많은 연구에 따르면 다
음 세 가지 경우 출처의 신뢰도가 높아진다. 주제에 대해 통달하고
있다고 인식되거나, 청중 또는 독자와 유사하다고 여겨지거나, 열
정과 활력 등 강렬한 에너지를 보여주는 경우이다.

따라서 설득력 있고 단호하게 말해야 한다. 글의 내용과는 별개로, 글이 발산하는 에너지에 따라 당신에 대한 신뢰도가 달라진다. 당신을 믿지 않는 사람에게 어떻게 영향, 그것도 의도된 영향을 미칠 수 있겠는가.

글의 에너지가 어느 정도인지 생각하든 생각하지 않든 우리는 늘 에너지를 감지한다. 언젠가 한 범죄자가 헬리콥터를 몰고 교도소에 들어가 과거 동료를 탈출시키려고 시도했다. 한 신문기자는 그 사건을 영화처럼 극적으로 다루며 에너지가 넘치는 묘사로 독자의 눈길을 사로잡았다.

> 마침내 스티븐스는 교도소 마당으로 급강하했고, 크레이머는 헬리콥터의 활주부를 꽉 움켜쥐었다. 그러나 헬리콥터는 요동치며 철망 울타리에 부딪쳤고, 곧이어 바닥에 쾅하고 떨어져 나뒹굴었다.

한편 아래의 구절은 유리 세공을 다룬 특집기사에서 인용했는데, 어떤 강렬함이나 에너지도 느낄 수 없다.

> 취관을 사용해 우묵한 그릇이나 풍선 모양을 만들어낸다. 다양한 형상을 띤 뜨거운 유리들이 합쳐져 새로운 모양을 만들어낸다. 유리는 녹은 상태에서 비틀리고 고꾸라진다. 가루 형태로 색이 더해진다. 급히 식히면 깨질 수 있기 때문에 유리 제품은 가열 냉각 오븐에서 서서히 식혀야 한다. 그 안에서 유리는 점차 대기 온도까지 떨어진다.

퓰리처상 문장 수업

교도소 탈출을 다룬 구절은 독자의 관심을 사로잡는 특유의 기법을 사용했다. 유리 세공을 다룬 구절에서는 그런 기법이 쓰이지 않았다. 결국 독자에게 사랑받는 글을 쓰려면, 독자를 사로잡는 기법에는 어떤 것이 있고 그것을 어떻게 활용해야 하는지 알아야 한다.

먼저 글쓰기를 성격과 관련지어 생각해보자. 우리가 말하는 방식에는 우리 자신의 모습이 어느 정도 투영된다. 따라서 단호한 글에서 강하고 힘 있는 사람의 특징이 보인다는 사실은 놀라운 일이 아니다. 대부분이 동의하듯, 영향력 있는 사람은 아래 특징이 있다.

† **능동적이다.** 자연계에 존재하는 힘을 생각하면 행동을 자연스럽게 떠올리게 된다. 힘이 현실 세계에서 드러날 때 움직임은 필수적으로 나타난다. 힘이 바닥난 게 아니라면 사람은 계속 움직인다. 우리의 글도 그래야 한다. 동사들의 쓰임새를 익히고, 어떤 동사가 가장 강력한 힘을 발휘하고 그 이유는 무엇인지 알아야 한다는 뜻이다. 작가라면 동사가 원래의 에너지를 문장에서 완전히 발산하는 글을 써야 하지 않겠는가.

† **자신감이 넘친다.** 자신감 있게 움직이는 사람은 우유부단하지도 망설이지도 않는다. 글쓰기도 그래야 한다. 부산스럽고 쉽게 집중력을 잃는 독자들도 있다. 길고 지루한 도입부, 종잡을 수 없는 문장, 난해한 구문으로 그들에게 좌절감을 주어서야 되겠는가.

† **근면하다.** 당신의 글에서 안이한 부분을 찾아낼 줄 안다면 실질적인 효과를

발휘하는 단어와 구문으로 대체할 수 있다.

† 군살이 없다. 네로 울프 [추리 소설가 렉스 스타우트가 창조해낸 탐정—옮긴이]는 뉴욕의 벽돌집을 떠난 적이 거의 없다. 이 뚱보 탐정은 합리적이고 설득력 있는 추리에 집중한다. 현장에는 날렵한 조수 아치 굿윈을 보낸다. 두 등장인물은 글쓰기 과정을 그럴듯하게 보여주는 한 쌍의 상징이다. 머릿속에서는 온갖 생각을 펼치되, 현관 밖으로 나서면 군살을 빼고 언제든 행동할 준비를 갖춰야 한다.

이런 특징들이 글에서 구체적으로 어떻게 반영되는지 살펴보기 전에 명심해야 할 것이 있다. 단호한 글을 쓴다고 해서 반드시 목소리가 큰 작가는 아니라는 점이다. 가령 길에서 목에 핏대를 세우며 종교를 전파하는 설교자를 자주 마주치면, 그를 무시하는 방법을 터득한다. 마찬가지로 당신이 모든 것을 강한 어조로 말한다면 독자도 당신을 어느 순간부터 무시할 것이다. 차분한 분위기의 글에서도 강력한 영향력을 행사할 수 있다. 결국 비밀은 목소리의 높낮이가 아니라 전달하는 방법에 있다.

오른쪽으로 가지를 뻗는 문장

> 작가는 펜이 아니라 쟁기를 들고
> 깊고 곧은 고랑을 파듯 문장을 써야 한다.
>
> _ 헨리 데이비드 소로

문장을 만드는 데 필요한 것은 '기본문basic statement'이 전부이다. 기본문은 주어와 동사가 결합한 문장으로, 누군가 혹은 무엇이 어떤 행동을 하는 모습을 묘사한다. 지극히 단순한 문장으로도 하나의 스토리를 말할 수 있다. 예컨대 "말이 서다", "자동차가 충돌한다", "정치인이 말한다"가 기본문이다.

때로는 두 단어가 필요하지도 않다. "뛰어!"처럼 한 단어로 명령하더라도 그 뜻이 이해되는 경우이다. 기본문은 한 단어로도 완전할 수 있다.

언어학자 놈 촘스키Noam Chomsky의 주장에 따르면, 기본문은 인간 사고의 핵심 단위이다. 모든 언어가 기본문에 기초하며, 지극히 복잡한 언어 구조도 기본문에서 시작된다는 게 촘스키의 주장이다. 문장이 작가에게 가장 중요한 도구라는 점에서 문장을 가장 기초적인 수준에서 심사숙고해볼 필요가 있다.

로이 피터 클라크의 에세이 《미국식 대화와 저널리즘의 어법The American Conversation and the language Journalism》은 미국 언론의 글쓰기가 복잡한 문장 구조에서 어떻게 멀어졌는지 추적했다. 알렉시드 토크빌Alexis de Tocqueville부터 조지 오웰George Orwell과 동화작가로 유명한 미국의 칼럼리스트 E. B. 화이트Elwyn Brooks White와 1975년 퓰리처상을 받은 미국의 스포츠기자 레드 스미스Red Smith까지, 그들이 누구라도 사회 문제를 이해할 수 있을 만큼 어떻게 문장을 단순한 형태로 써서 민주주의에 기여했는지 그 과정을 밝혀냈다.

클라크의 분석에 따르면, 현대 영어의 기본 구조는 '오른쪽으로 가지를 뻗는 문장'이다. "A horse reared…(말이 뒷다리로 섰다…)"
와 같은 기본문에 문장의 구성 단위를 덧붙이면서 의미를 더한다
는 뜻이다. "in front of Henderson's saloon(헨더슨의 승용차 앞에
서)"과 같은 전치사구, "yesterday(어제)"와 같이 형용사나 부사처럼
홀로 쓰이는 수식어, "knocking Parson Pugh to the ground(파
슨 퓨를 땅바닥에 내동댕이치며)"와 같은 분사절, "because the parson
failed to notice that(파슨 씨가 못 보았기 때문에)"과 같은 종속절이 대
표적인 예이다. 심지어 "and the sheriff came running when(그때
경찰이 달려왔고)"처럼 하나의 절이 통째로 붙여지기도 한다.

이 구조를 머릿속으로 그려보면 왼쪽에 줄기가 있고 오른쪽으
로 가지들이 뻗는 나무가 연상된다. 다시 클라크의 표현을 빌리면,
주어와 동사로 시작하는 문장은 "의미를 바로 알려주기 때문에"
더 명확하게 느껴진다.

이런 구조의 문장은 어떤 작가라도 추구하는 목표이고, 당연하
게도 뉴스 보도에도 적합하다. 일반적으로 픽션이나 논픽션에서
서술을 시작하는 가장 좋은 방법은 주인공의 이름과 타동사로 시
작하는 것이다.

이 조언을 시급하게 적용해야 하는 분야는 소위 '신문 기사체
journalese'라고 불리는 복잡하고 꼬였으며 난해하게 쓰인 영어 문
장이 아닐까 싶다. 언제라도 〈뉴욕 타임스〉나 〈워싱턴 포스트〉를
펼치면 이 고질병의 증상들을 쉽게 확인할 수 있는데, 글머리에 전
치사구, 종속절, 분사절 등이 길게 나열된 후에야 요점을 어렴풋이
드러낸다. 실제 예를 살펴보자. 어느 날, 나는 〈뉴욕 타임스〉에서

다음과 같은 글을 보았다.

> 이념 충돌과 정책 토론 및 민주당의 대승적인 방향성에 대한 연
> 설 등으로 물든 기나긴 선거 운동이 끝나고 난 뒤, 월요일에 시
> 작될 대통령 예비 선거는 덜 고상하지만 더 시급한 문제, 즉 정
> 치적으로 살아남은 이들 가운데 최고의 적임자가 누구인지 결
> 정하는 문제에 의해 결정될 것이다.

위의 글머리는 대단히 복잡해서 이해 가능한 수준을 넘어선다. 기본문인 "월요일에 시작될 대통령 예비 선거는 (…) 결정될 것이다"는 수동구문인데, 기다란 예비 구절이 나열된 후에야 등장한다. 이런 뒤죽박죽의 글을 정리하려면 핵심을 찾아내 글머리로 표현하되, 오른쪽으로 가지를 뻗는 한 문장으로 압축해야 한다. 그런 뒤 부차적인 문제들을 다루면 된다.

> 민주당 대통령 예비 선거는 결국 하나의 핵심적인 문제로 귀결
> 된다. 수개월 동안의 선거 운동은 이념과 정책과 정당 철학 같
> 은 고상한 쟁점들을 중심으로 이루어졌다. 그러나 이번 월요일
> 아이오와에서 최종 후보가 결정될 것이고, 최종 결과는 유권
> 자들이 그중 누가 도널드 트럼프를 이기리라고 보는지에 달려
> 있다.

살아 있는 단어를 쓰라

진정한 가치가 있는 글을 써내려면
작가는 그 상황에 적절한 열정을 불어넣어야 한다.

_ 제인 그레이

움직이는 동사 사냥하기

행동이 우리 현실을 규정한다. 시간이 흐르는 것처럼 느껴지는 이유는 일련의 사건이 일어났기 때문이다. 글쓰기에서 동사는 행동을 포함한다. 한층 강력한 글을 쓰는 방법 중 하나는 맥락에 가장 잘 맞아떨어지는 동사를 찾는 것이다.

영어로 글을 쓰는 행운을 타고난 작가들에게 가장 강력한 동사를 선택하지 못할 이유는 없다. 선택지가 무수히 많기 때문이다. 영어는 게르만어족과 로망스어족이 혼합하여 탄생한 언어인 덕분에 어떤 경우에도 합당한 동사를 찾을 수 있다. 그래서 'run(달리다)', 'dash(질주하다)', 'dart(돌진하다)'를 다르게 말하고, 걷는 속도에 따라 'jog(천천히 걷기)', 'canter(보통 속도로 걷기)', 'lope(성큼성큼 걷기)'가 구분된다. 또 걷는 것도 'walk(일반적인 걷기)', 'saunter(느긋하게 걷기)', 'stroll(한가롭게 걷기)' 등으로 나뉜다.

적절한 동사를 찾으려면 인내와 정성이 필요하다. 선택지가 많을 때는 하나씩 살펴보는 데도 시간이 꽤 걸린다. 현명한 작가라면 초고를 쓸 때는 적당한 동사로 만족하고, 퇴고하는 과정에서 수정하는 데 노력을 집중할 것이다.

《글쓰기 생각쓰기》의 저자 윌리엄 진서William Zinsser는 단어 자체로 행동을 내포하는 특성의 동사를 선택하라고 조언한다. 'flail(휘두르다)', 'poke(쿡 찌르다)', 'dazzle(현혹시키다)', 'squash(짓누르다)', 'beguile(구슬리다)', 'pamper(애지중지하다)', 'swagger(으스대다)', 'wheedle(구슬리다)', 'vex(성가시게 굴다)' 등 많은 동사의 이미지나 소리에서 본래의 뜻이 연상된다고 덧붙였다.

구체적이고 명확한 동사를 찾으려고 노력해보자. 구체적인 동사일수록 현실 세계를 떠올리게 할 가능성도 커진다. 'run(달리다)'보다 'dash(질주하다)'가 더 구체적이다. 'walk(걷다)'보다 'stride(성큼성큼 걷다)'가 더 명확하다.

탁월한 동사 사냥꾼들이 취하는 전략은 먹잇감에 대한 정확한 지식을 토대로 한다. 그들은 가지각색의 동사를 훤히 꿰뚫고 있어서 맥락에 가장 적합한 동사를 선택할 수 있다. 달리 말하면, 자동사와 타동사, 연결 동사를 구분할 수 있을 뿐만 아니라 각각의 강점과 약점을 활용하는 법을 안다는 뜻이다.

타동사

타동사는 사건을 일으킨다. 행동 동사를 떠올린다면 대개 그 동사와 관련된 사건을 염두에 두는 것이다. 타동사는 주체의 행동을 대상에게 가한다.

Its claws raked her back.
그 발톱이 그녀의 등을 할퀴었다.

He drove two runners home.
그는 두 선수를 차로 집까지 태워다주었다.

The fire swallowed the first floor.
화염이 1층을 삼켜버렸다.

이처럼 타동사는 직접 목적어를 취한다. 전체적으로 타동사를 중심으로 형성된 문장을 예로 들어보자.

The explosion that ripped Mount St. Helens this week gouged a 600 foot-long gash in the crater's lava dome, slammed six-foot rocks into crater walls, and unleashed an avalanche and a mudflow.
이번 주 세인트헬레나산을 찢어놓은 폭발은 종상 화산에 180미터 너비의 분화구를 도려냈고 2미터 크기의 바윗돌로 화구벽을 내리쳤으며 산사태와 이류泥流를 촉발했다.

타동사는 힘의 이동을 표현한다. 그뿐 아니라 누가 누구에게 무엇을 했는지, 그 행동이 어떤 반응을 유발했는지 보여주며 인과관계를 드러내기도 한다. 타동사가 있다면 '무엇'을 찾아야 한다. 문장에서 동사가 '무엇'에게 영향을 주었다고 알려준다면, 그 동사는 타동사이다.

퓰리처상 문장 수업

A boiling pot of glue ignited an ocean of flame.
냄비에서 팔팔 끓던 아교가 엄청나게 큰 불꽃을 일으켰다.

Anderson grabbed a pail of water and threw it on the fire.
앤더슨은 물이 든 양동이를 움켜잡고 불구덩이에 집어던졌다.

아교가 무엇을 일으켰는가? (불꽃) 앤더슨은 무엇을 움켜잡았는가? (양동이) 그리고 무엇을 집어던졌는가? (양동이)

타동사는 문장을 이끄는 힘이 다른 유형의 동사보다 더 강력하다. 물론 항상 그런 것은 아니다. 상대적으로 추상적이고 형식적인 타동사 중에는 문장의 힘을 빼앗는 동사도 적지 않다.

We can purchase supplies from sources outside the
company and effect considerable savings as a result.
외부 공급자들로부터 보급품을 구입한다면, 상당한 비용을 아낄 수 있다.

After a visit to the food court, we completed our shopping in
the two department stores.
푸드 코트를 방문한 뒤 우리는 두 백화점에서 쇼핑을 마쳤다.

조금만 생각하면, 위의 예에 쓰인 맥없는 타동사(purchase, complete)를 대신할 수 있는 생생한 동사를 어렵지 않게 찾아낼 수 있다.

"We can buy supplies(우리는 보급품을 살 수 있다)." "We ate at the food court and shopped our way through the two department stores(우리는 푸드 코트에서 식사하고 두 백화점을 돌며 쇼핑했다)."

자동사

자동사는 타동사 다음으로 행동 동사에서 큰 몫을 차지한다. 자동사로 표현되는 행동은 다른 사람이나 다른 대상으로 이어지지 않는다. 이런 이유로 자동사에서는 비교적 인과관계가 명확하게 드러나지 않는다. 즉, 행동이 있지만 결과가 뒤따르지는 않는다.

Christmas music played faintly as carts rolled over clean linoleum.
크리스마스 노래가 희미하게 들렸고, 깨끗한 리놀륨 바닥 위로 카트가 굴러갔다.

But then the overburdened water flow dwindled to a trickle.
그러나 그 후 과부하가 걸린 물의 흐름은 가늘게 줄어들었다.

대상이 없다고 자동사가 항상 힘이 부족한 것은 아니다. 생동감을 자아내는 구체적인 자동사는 그 동사가 내포하는 행동만큼 강력한 박진감을 남길 수 있다.

Thousands of ground squirrels erupt from their burrows.

수천 마리의 얼룩 다람쥐가 굴에서 쏟아져 나온다.

The room jerked violently. An overpass outside swayed and
split with a loud stereophonic rumble.
방이 격렬히 흔들렸다. 집 밖을 지나던 고가도로가 휘청거렸고
우르릉 소리를 내며 갈라졌다.

연결 동사

연결 동사는 일반적인 동사 개념과 완전히 다르다. 연결 동사는 단
순한 정의에 불과하기 때문에 의견을 전달할 수는 있지만 행동은
나타내지 못한다. 연결 동사는 A와 B가 같거나 다르다고 말해줄
뿐이다.

The moon is blue.
달은 푸른색이다.

The contract talks are tedious exercises in futility.
계약 논의는 따분한 헛고생이다.

The ground felt spongy.
땅바닥이 스펀지처럼 느껴졌다.

연결 동사는 그저 사물을 연결한다. 예컨대 A가 B와 어떤 점에

서 동등하다고 말해준다. 즉, A의 세계가 B의 세계와 일부 겹친다고 일러주는 것이다.

The sound and lights were excellent. Levels were comfortable and the definition of the keyboard-dominated band was fine.
소리와 조명은 훌륭했다. 수준은 평이한 편이었고 건반이 주도한 밴드의 명료함도 괜찮았다.

여기에서 '소리'와 '조명'이라 불리는 것은 '훌륭한'이라는 평가를 받는 것과 일부 겹친다. 위 상황에서 세 가지 요소가 동등하다는 뜻이다.

연결 동사에는 행동이 없기 때문에 돛단배의 닻처럼 기능하여, 날렵하고 신속하게 움직여야 하는 대상을 무력하게 만든다. 영어에서는 be 동사가 다양하게 변형되어 연결 동사로 사용된다.

The dawn was beautiful.
새벽이 아름다웠다.

As the men work, Kim's embarrassment is apparent in her flushed cheeks.
사람들과 함께 일할 때면 김의 수줍음이 상기된 뺨에 또렷이 드러난다.

연결 동사를 사용하면 현실 세계의 생생한 움직임을 드러낼 수 없다. 위의 예에서 연결 동사를 버리고 대안을 고려해보면 좋다.

The sun crested the hills, and rosy beams of light flooded the valleys.
해가 언덕 위로 떠오르자 장밋빛 햇살이 계곡에 넘쳐흘렀다.

As the men worked, the flush on her cheeks betrayed her embarrassment.
사람들과 함께 일할 때 상기되는 김의 두 뺨이 그녀의 수줍음을 무심코 내비친다.

후각, 촉각, 청각 등을 표현하는 감각 동사도 연결 동사로 쓰일 수 있다.

He appeared stunned and saddened.
그는 망연자실하며 슬픔에 잠긴 듯 보였다.

Your home can smell as good as it looks.
네 집은 멋진 외관만큼이나 좋은 냄새가 날 것 같다.

"It feels great to be a part of it," he says.
"나도 참여할 수 있다니, 정말 기분이 좋은데." 그가 말한다.

연결 동사를 피하고 싶다면 인과관계를 생각해보라. 가련한 사람을 망연자실하고 슬프게 만드는 게 무엇이겠는가? 원인이 될 만한 대상을 문장에 더해보라.

The news stunned and saddened him.
그 소식은 그를 망연자실하고 슬프게 했다.

그럼 자연스레 문장에 설득력이 더해진다.

쌍방향 동사

영어는 유연한 언어여서 여러 형태로 활용되기도 한다. 하나의 동사가 때에 따라 타동사 또는 자동사로 사용된다. 예를 들어, 'slow'는 자동사로 "A car slows on the freeway(자동차가 고속도로에서 천천히 달린다)"라고 쓰이거나, 타동사로 "Lisa McConnell slowed her shopping cart(리사 매코널은 쇼핑 카트의 속도를 늦추었다)"라고 쓰일 수도 있다. blast는 자동사로 "The players blasted onto the field(선수들이 경기장으로 뛰어 들어갔다)"라고 쓰이고, 타동사로 "A politician blasts his opponent in a debate(한 정치인이 토론에서 정적을 맹비난한다)"라고 표현되기도 한다. 또 'flee'는 자동사로 "You fled a fire(당신은 화재를 피했다)"라고 활용하고, 타동사로는 "Fallen women, pimps, and white-aproned bartenders fled before the flame(매춘부와 뚜쟁이, 하얀 앞치마를 두른 바텐더까지 불을 보고 달아났다)"으로 표현된다.

퓰리처상 문장 수업

하지만 모든 동사가 여러 유형으로 쓰이는 것은 아니다. 자칫 혼동하면 문장을 잘못 구성하는 실수를 범할 수 있다. 사전을 찾아보는 수고를 들이면 어떤 동사가 타동사이고 자동사인지 쉽게 확인할 수 있다. 예를 들어 'pervade(팽배하다)'를 사전에서 찾아보면 대부분 오로지 타동사로만 쓰인다고 규정한다. 그렇다면 직접 목적어를 취해야 한다. 만약 어떤 기자가 다음과 같이 썼다면 명백히 잘못을 범한 것이다.

A guarded optimism about election outcomes pervades.
선거 결과에 대한 조심스러운 낙관이 팽배하다.

또 'lie'와 'lay'를 헷갈리는 작가가 의외로 많다. 'lie'는 자동사, 'lay'는 타동사로 둘은 명백히 다른 동사이다. 자동사 'lie'는 쓰임새에 따라 lie - lay - lain - lying으로 어형이 바뀐다. 현재는 "I lie on the bed(나는 침대에 누워 있다)", 과거는 "I lay on the bed", 과거 완료는 "I had lain on the bed", 과거 진행형은 "I was lying on the bed"이다.

한편 타동사 'lay'는 쓰임새에 따라 lay - laid - laid - laying으로 어형이 변한다. 현재는 "I lay the book on the table(나는 책을 탁자 위에 놓는다)", 과거는 "I laid the book on the table", 과거 완료는 "I had laid the book on the table", 과거 진행형은 "She was laying the book on the table"이다.

두 동사를 제대로 구분하지 못한 전형적인 예는 다음과 같다.

Once-stately live oaks have been ripped out of the ground and strewn carelessly across paths and parking lots—including a 100-year-old oak tree that is now laying across the picturesque reflecting pool.

한때 위풍당당하게 서 있던 떡갈나무들이 뿌리채 뽑혀 길과 주차장에 아무렇게나 널부러져 있었다. 그중 수령이 100년에 달하는 나무는 이제 그림처럼 햇살에 반짝이는 수영장에 누워 있다.

'laying'이 아니라 'lying'이 쓰여야 의미에 맞다.

동사를 죽이는 악당들

글에서 동사를 죽이면, 쉽게 말해 동사를 명사나 형용사 따위로 변형시키면 글 자체의 생동감이 사라질 수 있다. "Some crooks break into a building(악당들이 건물 안으로 뛰어들었다)"라는 간결한 문장을 "The suspects gained entry by damaging the facility(용의자들이 시설물을 파손하면서 안으로 입장했다)"라고 이상하게 바꿔버리는 작가도 있다.

재미없는 작가들은 동사를 효과적으로 죽이는 방법을 희한하리만큼 잘 찾아낸다. 흥미진진한 뜻을 담은 동사에 모래주머니 같은 접미어를 붙여 둔한 명사로 바꿔버리는 재주를 부리기도 한다. 'use(쓰다)'라는 동사를 예로 들어보자. 이 동사는 짧지만 다양한 맥락에서 활용되는 명확하며 순수한 동사이다. 여기에 접미어 -age를 더하면 'usage(사용)'라는 명사가 된다. 또 'support(돕다)'에 접미어 -ive를 더하면 'supportive(협력적인)'가 된다. -age와 -ive는 많은 동사에 덧붙여지는 접미어가 아니지만, 접미어 -able과 -tion은 상당히 빈번하게 쓰이는 접미어이다. 때로는 -ure를 명사형 접미어로 취하는 동사도 있다. -ance, -ent, -ment도 마찬가지이다.

섣부르게 명사로 바꾸면 동사의 뜻이 완전히 변하기도 한다. 생기발랄한 동사를 노쇠한 명사로 바꾸는 잘못을 저지르는 셈이다. 예를 들어 "fly(비행하다)"라고 쓰면 충분할 텐데 굳이 "engage in flight(비행에 착수하다)"라고 쓸 필요가 있을까? 또 "hit another plane(다른 비행기와 부딪칠 때)"를 "She is in a collision(충돌이 발생했다)"라고 쓰는 작가들도 있다. 그들은 "Plane falls(비행기가 떨어진다)" 대신 "She's beginning her descent(추락을 시작했다)"라고 고집스럽게 표현할 것이다.

이런 동사 죽이기verbicide는 활력이 넘치는 글에서 생명을 빼앗아 'closure(종결)', 'dependent(의존적)', 'acceptance(수용)', 'intrusive(거슬리는)', 'replacement(대체)' 같은 시체를 동사 뒤에 남긴다.

동사에 가해지는 폭력 행위를 멈춰야 한다. 안타깝게도 'pass(지나가다)'를 'passage(통행)'로, 'seize(빼앗다)'를 'seizure(강탈)'로 바꿔 쓰는 작가를 감옥에 가둘 수야 없겠지만, 독자에게는 외면받을 게 분명하다. 글의 세계에서 그 정도면 충분한 벌이다.

한때 살아 있던 동사의 유해를 살펴보고 문장을 교정해보자.

The biggest short-term winners in a breakup may be the computer makers and customers who have been dependent on(→ who have depended on) the software giant.

소프트웨어 대기업의 분사로 가장 큰 이익을 얻을 승자는 그 기업에 의존적이던(→의존하던) 컴퓨터 제조업체와 소비자일 것이다.

Built in 1951, the mill will begin an indefinite closure Thursday(→ will close indefinitely Thursday).

1951년에 세워진 이 제분소는 이번 주 목요일부터 무기한적인 폐쇄에 들어갈 것이다(→ 닫을 것이다).

The company planned the remodeling before the passage of Measure 5(→ planned to remodel before Measure 5 passed).

그 기업은 다섯 번째 안의 통과에 앞서(→ 다섯 번째 안이 통과되기 전에) 리모델링을 계획했다.

Gary Schrader … is supportive of the plan(→ Gary Schrader supports the plan).

게리 슈레이더는 그 계획에 협력적이다(→ 그 계획을 지지한다).

절름발이 동사

절름발이 동사half verb를 활용하는 편이 동사를 다른 품사로 바꾸는 것보다는 낫다. 다행히도 영어에는 절름발이 동사가 상당수 있다. 준동사verbal라고 부르기도 하는 절름발이 동사는 본래의 동사에 담긴 생명력을 유지하면서 다른 품사로도 기능한다.

예컨대 접미사 −ing가 붙으면 동사가 명사로 쓰이는 동명사ger-und가 된다. 'run'은 동사로 "I run around the block(나는 동네 주변을 달린다)"이라고 쓰이는 한편, 동명사 'running'은 "running around the block helps pass the time(동네 주변을 달리는 것은 시간을 보내기에 좋다)"으로 쓰일 수 있다. 접미사 −ing은 분사를 만들기도 한다. "The running dogs of imperialism(제국주의의 맹목적인 추종자)"에서 'running'은 분사로서 형용사 역할을 한다. 동사 앞에 to를 붙이면 부정사infinitive가 만들어진다. "To run is to live(달리는 것이 사는 것이다)"처럼 쓰인다.

아래의 예문은 격정적인 동사 'whack(휩쓸다)'과 분사 네 개를 축으로 만든 문장이다.

Hurricane Frances' wind and water whacked swaths of Florida with fire−hose force Sunday, submerging entire roadways and tearing off rooftops before weakening to a tropical storm and crawling inland with heavy rain.

지난 일요일 허리케인 프랜시스가 몰고 온 바람과 비가 소방 호스처럼 플로리다를 휩쓸면서 도로 전체를 물에 잠갔고, 지붕을 뜯어내다가 열대성 폭풍으로 약해졌는데, 내륙으로 기어가면서 큰비를 뿌렸다.

물론 약한 동사는 약한 준동사를 부른다.

We hope to be in Kansas City by Dec. 3.
우리는 12월 3일까지는 캔자스시티에 있기를 바란다.

준동사는 명사를 대신할 때 본연의 역할을 가장 훌륭하게 해낸다. 앞서 설명했듯 살아 있는 동명사에 접미사를 붙여 명사로 만들면 동사는 시체가 되고 만다. 이때 명사를 준동사로 바꿔준다면 동사가 지닌 생명력을 조금이라도 회복할 수 있다.

The decipherment of Mayan writing(→ Deciphering Mayan writing) indisputably demonstrates that the Western Hemisphere had a rich and complex human history before 1492.
마야 문자의 해독으로(→ 마야 문자를 해독하면서) 1492년 이전의 서반구에도 부유하고 복잡한 문명의 역사가 있었다는 사실이 명백히 입증되었다.

Most of her business colleagues express bafflement
(→ Most of her business colleagues are baffled. 또는 Her actions baffled most of her colleagues. 이 경우에는 후자가 더 낫다.)
그녀의 사업 동료들은 대부분 당혹감을 표현했다.
(→ 당황스러워했다 또는 그녀의 행동이 사업 동료 대부분을 당황시켰다).

About the same time Jerry was preparing for graduation and marriage (→ was preparing to graduate and to marry).

제리는 거의 동시에 졸업과 결혼을 준비하고 있었다.

능동태가 먼저 _____

핵심만 말하겠다.
좋은 문장은 '행위자(주어)가 어떤 것(목적어)에
어떤 행동을 가한다(동사)'라는 형태를 취한다.
_ 존 차르디

글쓰기 권위자들이 선호하는 능동태

한 세기 전 《영어 글쓰기의 기본》의 저자 윌리엄 스트렁크William Strunk는 "능동태 사용을 습관화하라. 능동적인 문장이 글의 설득력을 높인다"라고 조언했다. 그 이후 거의 모든 글쓰기 전문가들이 이 말에 동의했다.

그러나 현실은 녹록지 않다. 글을 쓰다 보면 불안감이 밀려온다. 불안감은 소심한 태도로, 소심한 태도는 흔히 수동적인 문장으로 표현된다. 당신도 마찬가지일 것이다. 키보드 앞에 앉으면 어깨가 굳는다. 그래서 "Lightning struck the airliner(번개가 여객기를 쳤다)"라고 써야 하는데도 "The airliner was struck by lightning(여객기가 번개에 맞았다)"라고 쓴다. 또 "Voters elected Murphy(유권자들이 머피를 선택했다)"가 아니라 "More votes were cast for Murphy(더 많은 표가 머피에게 던져졌다)"라고 쓴다. "A huge snowstorm delayed us(거대한 눈폭풍이 우리를 지체시켰다)" 대신 "We were delayed by a huge snowstorm(우리는 거대한 눈폭풍으로 인해 지체되었다)"으로 표현한다.

동사의 목적어를 문장의 주어로 만들어버리면 동사는 수동태가 된다. 압박감에 시달리는 스포츠 기자는 "The ball was clobbered by the cleanup batter(공은 4번 타자에 의해 때려 맞았다)"라고 쓸지 모른다. 그러나 진실은 "The cleanup batter clobbered the ball(4번 타자가 공을 강타했다)"이다. 자신 있는 작가라면 능동적인 문장으로 쓸 것이다. 그래야 4번 타자의 행위가 배트에서 공으로 순식간에 옮겨가는 느낌을 분명하게 표현할 수 있기 때문이다.

문장이 수동태인지 아닌지는 전치사 'by(~에 의해)'로 알 수 있다. 물론 by가 항상 있는 것은 아니다. 일부 구성 요소가 생략되어 by가 보이지 않더라도, 즉 "The ball was clobbered(공은 때려 맞았다)" 같은 문장도 수동 구문이다.

행위자가 생략된 수동 구문은 많은 혼란을 일으킨다. "The ball was clobbered"라는 문장을 아무런 맥락 없이 읽으면 "The ball is red(공은 빨간색이다)"와 혼동할 수 있다. 이때 "The ball is red"는 힘없는 문장이기는 해도 수동 구문은 아니다.

행위자가 생략된 수동 구문을 구분하는 한 가지 법칙은 '누구누구에 의해'라는 전치사구를 넣어보는 것이다. 그렇게 했을 때 말이 통하면 그 문장은 수동 구문이다. 이를테면 다음의 문장은 수동 구문이다.

The ball was clobbered by the cleanup batter.
공은 4번 타자에 의해 때려 맞았다.

It is expected by the delegates that the session will end early.
대표들에 의해 회의가 일찍 끝날 것으로 예측되었다.

Hanging plants could be seen by any observer in the entry.
입구 쪽에 식물을 매달아 놓음으로써 관람객이라면 누구나 볼 수 있었다.

예를 더 살펴보자.

Within a matter of days, his paperwork is ready to be submitted (by him) to the doctors.
며칠 내에 그의 서류는 (그에 의해) 의사들에게 제출될 준비를 마칠 것이다.

이 문장에 'by him'을 덧붙일 수 있다. 따라서 이 문장은 수동 구문이다.

To many, the West was seen as a utopia.

많은 사람에 의해 서구는 유토피아로 여겨졌다.

서구는 '많은 사람에 의해' 유토피아로 여겨졌다. 따라서 이 문장도 수동 구문이다.

책임 회피

> This Big Ten Conference grudge match is considered too close to call by many…
> 빅 텐 콘퍼런스에서 이뤄질 숙명의 대결은 많은 사람에 의해 승부를 예측하기 힘든 박빙일 것으로 생각된다.

대체 누가 그 승부를 박빙이라고 생각하는 걸까? 라스베이거스의 도박꾼들일까? 스포츠 전문가들일까? 작가일까? 작가가 콘퍼런스에 가던 길에 버스에서 만난 사람들일까?

수동적인 문장의 심각한 문제는 사건의 실제 원인이 드러나지 않는다는 점이다. '많은 사람many'이라는 모호한 주체를 끼워넣는다고 해서 이 문제를 시원하게 해결할 수 없다.

> The president is not expected to make a final decision on a national missile defense before next summer at the earliest.
> 아무리 빨라도 여름 전까지 대통령이 국가 미사일 방어에 대한

최종 결정을 내리지는 못할 것으로 예상된다.

대통령이 결정을 미룰 거라고 예상하는 사람은 누구일까? 왜 작가는 "The president probably won't make a final decision before next summer(대통령은 분명 여름 전까지 최종 결정을 내리지 않을 것이다)"라고 자신 있게 주장하지 않을까?

수동적인 문장은 독자가 글을 읽고 행동하려는 의지를 꺾기도 한다. 예컨대 당신이 환경 운동가인데 이런 글을 읽는다고 해보자.

The draft copy of the environmental-impact statement on a request to expand the twenty-year-old ski area will be released about Feb. 20 according to a U.S. Forest Service official.

미국 산림청에 따르면, 20년 전에 정해진 스키 지정 구역을 확대해달라는 요청에 대한 환경 영향 평가 보고서가 2월 20일경 발표될 것으로 예측된다.

누가 평가를 발표할까? 당신이 이 쟁점에 대해 의견을 내고 싶다면, 산림청과 스키 리조트 중 어디에 전화해야 할까?

작가가 어떤 행위자도 없다는 사실을 감추려고 의도적으로 수동적인 구문을 쓴다면 그야말로 범죄나 다를 바 없다. "~가 예측된다"라는 표현을 남발하는 뉴스를 특히 의심하라. 또 작가들이 그와 유사한 표현들을 얼마나 많이 사용하는지 따져보라.

문장을 느슨하게 만드는 허사

작가의 의무는 언어의 생동감과 상상력의 힘을 유지하는 것이다.

_ 카를로스 푸엔테스

허사란 무엇인가

리처드 닉슨의 워터게이트 스캔들과 관련된 녹취록에서 "expletive deleted(비속어 검열)"이라는 문구를 보았던 사람이라면 'expletive'를 욕설이나 상스러운 말을 뜻하는 단어라고 생각할 것이다. 미국 37대 대통령 리처드 닉슨은 워터게이트 스캔들 당시 녹취록에 포함된 욕설을 모두 'expletive deleted'라는 문구로 대체하라고 지시했다. 그러나 'expletive'는 넓은 의미에서 허사虛辭라는 뜻도 있는데, 사전에 따르면 "의미론적으로 필요하지 않지만 문장에 살을 붙이려는 목적으로 사용되는 단어, 구절 등"으로 풀이된다.

There is a serene peacefulness about the newly renovated sanctuary of Congregation Neveh Shalom.
이번에 새로 보수한 네베 샬롬 회당에는 고요한 평화가 있다.

이 문장을 읽고 어떤 생각이 들었는가? 평화는 고요하기 마련이므로 'serene(고요한)'이라는 수식어는 불필요하지 않을까? 또 'There is(~가 있다)'라는 표현이 현실 세계에 존재할까? 이런 의미에서 두 표현은 문장을 살찌우는 허사이다. 따라서 'there is'는 문장을 살찌우는 구절에 불과하고, 'there is'는 'expetive'가 된다. 이때 'expletive'는 허사라는 뜻이다. 일반적으로 쓰이는 허사로는 "it is", "it was", "there were", "there are" 등이 있다.

문법적으로 보면, "There is a serene peacefulness"에 쓰인 'there'는 부사이지만 아무것도 수식하지 않는다. 이 문장의 진짜 주어, 'peacefulness'는 동사 뒤에 있다.

그러나 이는 문법적 분석에 불과하다. 중요한 것은 허사가 문장의 힘을 약하게 만든다는 사실이다. 허사는 무엇을 특정하여 지시하지 않기 때문에 구체적인 의미도 없으며 독자가 머릿속에 어떤 이미지를 떠올릴 수도 없다. 허사는 문장의 활력도 빼앗아간다. 대부분의 허사가 동사 중 가장 허약한 동사인 be 동사를 포함하기 때문이다. 약한 허사는 없애야 강한 타동사로 문장을 만들 가능성이 생긴다. 다음 예를 살펴보자.

> There were so many visitors at the zoo Monday morning that machines to tabulate attendance were overwhelmed.
> 월요일 아침의 동물원에는 입장표를 등록하는 기계가 과열될 정도로 많은 입장객이 있었다.

여기에서 허사 'there were(~이 있었다)'를 없애면 진짜 주어가 나타난다. 그럼 작가는 "입장객은 무엇을 했는가?"라는 의문과 마주한다. 이런 의문이 제기되면 강한 동사, 즉 타동사를 사용할 수 있다.

So many visitors flooded the zoo Monday morning that they overwhelmed the machines used to tabulate attendance.

월요일 아침의 동물원에 수많은 입장객이 입장표를 등록하는 기계를 과열시킬 정도로 몰려들었다.

다시 쓰인 문장에선 두 번째 'were'까지 사라졌다. 더 역동적인 작가라면 여기서 멈추지 않을 것이다. 내친김에 종속절까지 없애면 문장의 힘이 더욱 강해진다.

A flood of Monday morning visitors overwhelmed the machines used to tabulate zoo attendance.

월요일 아침부터 몰려든 수많은 입장객이 동물원의 입장표를 등록하는 기계를 과열시켰다.

모든 문장이 군더더기 없이 다듬어져야 하는 것은 아니다. 맥락에 따라 허사를 활용하여 느슨한 문체를 구사해야 할 필요도 있다. 우리는 모두 허사를 때때로 사용하고, 몇몇 출판물은 허사로 가득하기도 하다. 대표적인 예가 느슨한 글쓰기로 유명한 〈뉴요커〉이다. 하지만 대부분은 강하고 능동적이며 활력에 넘치는 글을 쓰고 싶어 한다. 그렇다면 허사를 최소한으로 쓰는 편이 바람직하다.

다음 문장을 어떻게 강화하면 좋을지 생각해보라.

퓰리처상 문장 수업

There's not one family car into which she can squeeze herself anymore.

→ She can't squeeze herself into which she can squeeze herself anymore.

그녀가 몸을 비집고 들어갈 수 있는 승용차는 이제 한 대도 없다.

→ 그녀는 이제 어떤 승용차에도 몸을 비집고 들어가지 못한다.

There aren't too many people who even come around to take her places anymore.

→ Hardly anybody even comes around to take her places anymore.

이제는 그녀의 자리를 차지하겠다고 찾아오는 사람이 없다.

→ 이제는 누구도 그녀의 자리를 차지하겠다고 찾아오지 않는다.

It must have been difficult for California coach Lou Campanelli to prepare his players for Friday's Pacific 10 Conference tournament game.

→ California coach Lou Campanelli must have had a tough time preparing his players for Friday's Pacific 10 Conference tournament game.

금요일에 예정된 퍼시픽 텐 콘퍼런스 경기에 맞춰 선수들을 준비시키는 일은 캘리포니아 코치 루 캄파넬라에게 고생스러웠을 것이다.

→ 캘리포니아 코치 루 칼라넬라는 금요일에 예정된 퍼시픽 텐 콘퍼런스 경기에 맞춰 선수들을 준비시키느라 고생했을 것이다.

It is hardly a secret that there is a flourishing drug trade inside all the state prisons.

→ The flourishing drug trade inside all the state prisons is no secret.

모든 주교도소 내에서 활발한 마약 거래가 벌어진다는 것은 거의 비밀이라고 볼 수 없다.

→ 모든 주교도소 내에서 마약 거래가 활발하게 이루어진다는 사실은 비밀이 아니다.

약간만 소심하게

> 작가는 구어를 추구한다. 대체로 소심하게.
> _ 존 업다이크

산문의 연못에 기생하는 벌레들

E. B. 화이트의 표현을 빌리면 이들은 "산문의 연못에 우글거리며 단어의 피를 빨아먹는 거머리"이다. 'rather(다소)', 'somewhat(약간)', 'generally(일반적으로)', 'virtually(실질적으로)', 'pretty(꽤)', 'slightly(살짝)', 'a bit(조금)', 'little(작은)' 같은 불필요하고 사사로

운 수식어를 두고 한 말이다.

작은 거머리가 큰 동물에 달라붙어 생기를 빨아먹는다는 비유는 적절하기 이를 데 없다. 수식어가 하나뿐이라면 문장 전체에 별 타격이 없을지 모른다. 그러나 수천 마리의 목수개미가 몰려들면 집도 무너질 수 있다. 문장에 살금살금 기어든 수식어들은 어느새 우리 글의 토대를 야금야금 갉아먹는다.

글을 쓰고 다듬을 때 수식어를 없앨 기회는 늘 있다. 화이트는 특별히 'rather(다소)'를 겁쟁이 같은 단어로 칭하며 다음과 같은 예를 들었다.

··· somehow the festival's summer opening seemed rather remote and static by comparison.
왠지 이번 축제의 여름 개막은 비교적 다소 생뚱맞고 정적이었다.

··· enduring her much younger and rather madcap mother ···.
훨씬 젊고 다소 무분별한 어머니를 견디는 일은 그녀에게 쉽지 않았다.

··· tanning salons, tattoo parlors, used clothing stores, and a rather wild leather store that caters to sexual fantasies.
태닝 샵, 문신 시술소, 중고 옷가게, 성적 환상을 채워주는 다소 거친 가죽 전문점.

대부분의 사소한 수식어처럼 'rather(다소)'는 특별한 의미를 더해주지는 않는다. 위의 예에서 수식어를 삭제한 뒤 부족한 느낌이 드는지 자문해보라.

최근 미국의 한 언론 평론가가 영국 신문들을 "indeed rather partisan(실제로 다소 당파적이다)"라고 평가했다. 마구잡이로 비난하고 험담하는 영국 정치부 기자들의 글이 그냥 당파적인 게 아니라 '다소' 당파적이라면, 대체 어느 수준이 되어야 당파적이라고 표현할 수 있을까?

'rather(다소)'를 자주 사용하는 것은 나쁜 버릇 정도지만, 'somewhat(약간)'은 거의 강박이다. 군이 수식할 필요 없는 형용사 앞에 '약간'을 아무렇게나 붙이는 경우가 비일비재하기 때문이다. 내 자료집의 글 중에는 '모순되는'이 아니라 'somewhat contradictory(약간 모순되는)'라고 쓴 표현이 자주 눈에 띈다. 예컨대 낚시를 갔다가 허탕 친 날을 무척 실망스러웠다고 표현하지 않고 'somewhat disappointing(약간 실망스러웠다)'이라고 표현한다. 또 경찰이 자신의 오판을 'somewhat sheepishly(약간 겸연쩍게)' 취소했다는 표현도 보인다.

소심한 작가가 '약간'을 토해내기 시작하면 금세 습관이 된다. 아래의 세 예문은 얼음덩어리를 깎아 만든 호텔로 여행을 떠난 이야기를 담은 단편 소설에서 인용한 것이다.

Hallways in Finland's Snow Castle hotel are wide and tall, somewhat dim and definitely chilly.
핀란드에 있는 얼음 궁전 호텔의 복도는 넓고 높으며 약간 어둡고 무척 싸늘했다.

… in a refined, civilized, technically efficient if somewhat
frostbitten way.
세련되고 고상하며 약간 춥지만 기술적으로 효율 있게 작동하
고 있었다.

Instead, the somewhat dark rooms are suffused with a cool
glow from embedded lights.
약간 컴컴한 객실은 매립된 전등에서 흘러나온 서늘한 빛으로
채워졌다.

수식어는 연쇄적으로 수식어를 낳는 듯 보인다. 언젠가 한 기자
는 정부 조사관이 "somewhat harried(약간 곤혹스러워했을)" 뿐만
아니라 "a bit bewildered(조금 당황하기도 했다)"라는 문장으로 기
사를 끝맺었다.
'a bit(조금)'는 약간 자주 쓰이는 정도가 아니라 온 사방에서 눈
에 띈다.

The National Academy of Recording Arts and Sciences
always has been viewed as stodgy and a bit behind the
times when it comes to keeping up with all that is hip in
popular music.

레코딩 아카데미는 대중음악이 전위예술을 받아들이는 측면에서는 항상 따분하고 시대에 조금 뒤처진다고 봐왔다.

A bit hesitant to face the world without drugs but buoyed by completing the four-week treatment program, Mickie asked his counselor for a hug.

약을 복용하지 않고 세계를 마주하기를 조금 망설였음에도 4주간의 치료 프로그램을 마친 미키는 경쾌한 기분으로 상담사 선생님에게 안아달라고 부탁했다.

이 글을 읽고 당신이 글의 모든 수식어를 배제해야겠다는 충동에 휩싸일까 봐 걱정된다. 어떤 주장은 단서나 수식이 필요하다. 얄궂게도 수식어로 절제된 느낌을 주는 좋은 글도 간혹 있다. 장난스러움을 늘 잃지 않았던 E. B. 화이트는 글쓰기 규칙 제8번인 "수식어 사용을 피하라"를 실제 글쓰기에 적용하면서 이 사실을 깨달았다고 한다. 그는 이렇게 덧붙였다.

We all should be very watchful of this rule, for it is a rather important one and we are pretty sure to violate it now and then.

우리는 이 규칙을 지극히 경계해야 한다. 이 규칙은 다소 중요한 것이어서, 우리가 이 규칙을 꽤나 확실히 위배하기 때문이다.

퓰리처상 문장 수업

긍정적으로 생각하기 _____

> "검지 않지 않은 개가 푸르지 않지 않은 들판을 가로질러
> 작지 않지 않은 토끼를 추적하고 있었다."
> 이 문장을 기억해두면 이중 부정을 하는 버릇을 고칠 수 있다.
>
> _ 조지 오웰

호의적인 시각에서

설득력 있고 강력한 글을 쓰는 기본 전략 중 하나는 무엇을 아니라
고 말하지 않고, 무엇이라고 말하는 것이다. 달리 말하면, 부정적인
문장보다 긍정적인 표현을 사용하는 것이다. 긍정문은 더 생생하
고 직접적인 느낌을 전달하며 이해하기도 더 쉽다.

잠시 뒤로 물러서서 독자의 관점으로 다음의 부정적인 구문을
읽어보라.

Conversely, it is not difficult to spot young people who
lack self-confidence.
정반대로, 자신감이 부족한 젊은이를 찾아내기는 어렵지 않다.

이 문장을 긍정문으로 바꿔보라.

It's easy to spot insecure young people.
자신이 없는 젊은이를 찾아내기는 쉽다.

긍정적인 표현은 호소력도 더 크다. 부정적인 표현부터 먼저 보자.

The unidentified woman was added to the list because her body was found near Liles, making it unlikely that the two deaths were unrelated.
신원 미상의 여성이 명단에 더해졌는데, 그 여성의 시신이 라일스 지역 근방에서 발견된 데다 다른 두 사망 사건과 관련되지 않을 가능성이 거의 없었기 때문이다.

위의 예문을 긍정적으로 수정한 대안을 보자.

Police added the unidentified woman to the list because the killer left her body near Liles, making it likely the two deaths were linked.
경찰은 신원 미상의 여성을 명단에 더했는데, 살인자가 그녀의 시신을 라일스 지역 근방에 놓고 가서 다른 두 사망 사건과 관련 있을 가능성이 컸기 때문이다.

좋은 뉴스와 나쁜 뉴스라는 맥락에서 긍정적 표현과 부정적 표현의 차이를 따지는 게 아니다. 우리가 모든 것을 호의적으로 해석하는 영업 사원이 될 필요는 없다. 다만 명쾌하고 단도직입적인 글쓰기로 문장의 힘을 극대화하자는 것일 뿐이다. 모두를 위해서라도 다음과 같은 문장은 피하기 바란다.

풀리처상 문장 수업

Had they done what we asked, we would not be in the position of not having the information we don't have.

그들이 우리의 요구를 받아들였다면, 우리가 지금 갖지 못한 그 정보를 갖지 못한 처지에 놓이진 않았을 것이다.

혼란스럽기 그지없는 문장이다. 이렇게 바꿔 쓰면 어떻겠는가?

If they'd followed directions, we'd have the information.

그들이 요구를 수용했다면, 우리는 지금쯤 그 정보를 얻었을 것이다.

글에 생동감을 더하는
5가지 방법

1. 행동을 묘사하라.

세상을 고정적으로 포착하지 말라. 세상을 역동적으로 묘사하라. 'be', 'look', 'appear', 'feel' 같은 동사들은 간접적으로 사물을 분류할 뿐이다. "The sky is blue(하늘은 푸르다)"와 "The sky looked blue(하늘은 푸르게 보였다)"를 보라. 반면 행동 동사는 움직임과 인과관계를 보여준다. "The lightning bolt splintered the oak toppling it into the pond(번갯불이 떡갈나무를 쪼개뜨리며 연못에 처박았다)"가 그렇다. 행동을 주어 'lightning bolt'에서 목적어 'oak'로 전달하고, 그 결과 'toppling it'을 명시적으로 표현하는 타동사를 주로 사용하라.

2. 동사를 명사로 만들지 말라.

-able, -tion, -ance 같은 접미어는 활달한 행동을 움직이지 않는 대상으로 바꿔버린다. "He broke into the house(그가 그 집에 침입했다)"라고 쓸 수 있는데 굳이 "He gained entrance into the residence"라고 쓸 이유가 있는가?

3. 능동태를 주로 사용하라.

동사의 태態는 문장에서 행동이 진행하는 방향을 결정한다. 가장 강력한 문장에서 행동은 주어에서 시작해 동사를 거쳐 목적어로 흘러간다. 가령 잭이 야구공을 쳐서 왼쪽 외야 깊숙이 보낸다면, 그 행동을 능동적으로 표현하는 방법은 "Jack hit the ball(잭이 공을 쳤다)"이다. 반면 수동적인 문장에서는 행동의 대상으로부터 문장이 시작되고,

뒤이어 동사가 쓰인다. 행위자는 행동의 중심에서 밀려난다. "The ball was hit by Jack(그 공은 잭에 의해 때려 맞았다)".

4. 허사를 최소화하라.

허사expletive는 아무런 의미도 전달하지 않으면서 문장의 한 곳을 차지하는 모든 단어를 가리킨다. 대표적인 허사는 "There are(~이 있다)", "It is(~이다)" 등이다. 허사는 공간을 낭비하고 힘을 빠뜨린다. 따라서 가능하면 허사를 사용하지 말라. "There were six ducks on the pond(연못에 오리 여섯 마리가 있었다)"보다 "Six ducks paddled across the pond(오리 여섯 마리가 연못에서 첨벙거리며 돌아다녔다)"가 낫다. "It was dawn(새벽이었다)"보다는 "Dawn broke(새벽이 밝았다)"가 좋다. "The sun rose(태양이 떠올랐다)"는 더더욱 좋다.

5. 대담하라.

겁쟁이는 사과하느라 바쁘다. 자신 있고 책임감도 있는 사람은 모호하게 말하지 않는다. 'somewhat(약간)', 'rather(다소)', 'a little bit(꽤나)' 같은 수식어는 최대한 피하라. 극장에서 당신 옆에 앉은 관객이 공연 내내 끊임없이 혼잣말을 한다면, 그는 약간 무례한 사람이 아니다. 다소 무례한 사람도, 꽤 무례한 사람도 아니다. 그냥 무례한 사람이다.

많은 것을 간결하게 말하고,
알면서도 침묵하는 사람이 되어라.

_ 집회서 32장 8절

슈퍼마켓에 가는 법

간결성은 힘을 더해주는 요인이다. 맥없이 늘어지는 군소리는 초점을 흐리고 독자가 중심 메시지에서 벗어나 한눈을 팔게 만든다. 효율적인 작가는 단어 하나하나를 중요하게 여기고, 중심점이 뚜렷이 드러날 때까지는 장황해지지 않도록 주의한다.

게티즈버그 연설을 생각해보라. 시편 23편도 좋은 예이다. 링컨과 시편 작가가 아주 멋지게 증명했듯 간결함은 말을 오랫동안 기억에 남게 하는 수단이다. 그러나 포커스를 결정하고 군더더기를 잘라내려면 냉정한 사고력과 지속적인 노력이 필요하다. 언젠가 마크 트웨인Mark Twain도 짧게 다듬을 시간이 없어 긴 편지를 보낸 일을 사과한 적이 있었다.

글쓰기는 일종의 여행이다. 어떤 여행이든 그 기간은 목적지와 일정에 따라 달라진다. 나의 부모님을 예로 들면, 두 분은 좋아하는 슈퍼마켓에 가는 최적의 경로가 무엇인지를 두고 40년 동안 다투었다. 슈퍼마켓은 항상 같은 위치에 있었다. 두 분이 합리적으로 따져보았더라면 가장 짧은 길을 찾을 수 있었을 것이다. 그저 실랑이하는 게 즐거웠기 때문에 다툼을 계속했을 뿐이다.

글쓰기는 지름길을 찾는 일보다 더 복잡하다. 목적지가 때에 따라 달라지기 때문에 매번 새로운 길을 개척해야 한다. 그러나 글쓰기에도 변하지 않는 사실이 있다. 글의 최종 목적지는 언제나 당신이 전하려는 논점이라는 사실이다. 당신이 문학가라면 그 논점을 테마라고 칭할 것이고, 당신이 이사회실이나 뉴스 편집실에서 일한다면 포커스라고 부를 것이다. 어떤 경우든 논점을 찾아야 글의 힘이 극대화된다.

목적지를 알아냈다면 목적지로 가는 길을 찾아내야 한다. 당신이 독자를 데리고 거쳐가야 하는 풍경들, 즉 일련의 하위 논제를 뜻한다. 좋은 길은 한 발을 내디딜 때마다 꾸준하게 목적지로 가까워지지, 왔던 길을 되돌아가거나 같은 곳을 맴돌지 않는다. 상황은 혼잡해지지 않으며 토박이가 알고 있는 지름길을 끝내 찾아낸다.

좋은 길의 조건을 글쓰기에 적용하라. 지름길에서 벗어나고 싶은 유혹을 느낄 때마다 스스로 경각심을 가져야 한다는 뜻이다. 요컨대 무엇이 위험한지를 안다면, 당신이 옆길로 새려고 할 때마다 내면의 도우미가 나타나 붉은 깃발을 흔들어줄 것이다.

나의 경우 부사나 형용사를 사용할 때마다 붉은 깃발이 흔들린다. 두 명사를 등위 접속사로 연결하거나 명사를 계속 나열할 때

붉은 깃발이 다시 나타난다. 그러면 나는 긴 문장을 짧은 문장으로 나누어야 하는가 생각하고, 완벽한 시제를 사용하느라 복잡해진 문장을 보며 삶이 그토록 복잡해야 하는 것인가 고민한다.

한마디로 간결함은 글을 쓸 때 복잡한 패턴보다 친숙한 패턴을 따르려는 일련의 결정에서 비롯한다. 이 결정은 누구나 배울 수 있는, 글쓰기에 꼭 필요한 요령이다.

하나의 불필요한 단어도 없이 ─────────────

> 강렬한 글을 쓰고 싶다면 간결해야 한다.
> 단어도 햇빛과 같아 응축될수록 더 깊이 파고들기 때문이다.
> _ 로버트 사우디

요점에서 벗어나지 말라

대체로 글의 힘은 포커스에서 나온다. 말은 그 자리에서 두서없이 내뱉을 수 있지만, 글로는 요점만을 전해야 한다. 글을 쓰기 전에 사색하며 관련 없는 부분을 깎아낼 시간이 있기 때문이다. 그렇게 할 때 독자도 작가가 말하고자 하는 결론에 똑같이 도달할 수 있다.

적어도 희망 사항은 그렇다. 실제로 요점만을 쓰려면 강철 같은 절제력과 치열한 정신노동이 필요하다. 논점이란 무엇인가? 그 단어나 그 구절이 당신의 이야기나 중심 주제를 어떻게 이끄는가? 글쓰기에서 강철 같은 절제력과 치열한 정신노동은 요구 사항이

퓰리처상 문장 수업

많고 까다로운 동료들이다. 많은 작가가 마감일을 맞추는 데 급급해서 이 동료들을 무시한 채 무작정 글을 쓴다. 한 신문에서 인용한 다음의 글머리를 예로 들어보자.

아칸소에서 800킬로미터 떨어진 곳에서 카지노행 관광버스 전복 사고가 발생하여 시카고 지역을 여행하던 여행자 열네 명이 사망하고 열여섯 명이 중상을 입어서 조사관들이 사고 원인을 조사하는 한편, 어제 지역 공동체에서는 사랑하는 이웃이었던 희생자들을 위한 아침 기도를 올리고 시카고 사우스사이드 교회는 슬픔으로 가득 찬 주일 예배를 드렸다.

이렇게 지나치게 자세한 글머리는 독자를 질리게 만든다. 사건의 핵심은 무엇인가? 다음과 같이 압축하면 어떨까?

어제 시카고의 한 교회에서 카지노 관광버스 사고로 열네 명의 친구와 이웃을 잃은 애도객들이 큰 슬픔에 휩싸였다.

원래의 글머리에는 다른 중요한 정보도 언급된다. 그러나 그 정보도 다음과 같이 별도의 문장으로 정리하면 깔끔할 것이다.

멤피스의 북쪽으로 38킬로미터쯤 떨어진 곳에서도 충돌 사고로 16명이 부상을 입었는데, 대부분이 노인이고 몇몇은 중상이다.

한 가지를 더 지적하면 길이가 길거나 이질적인 요소로 구성된 문장이라고 해서 모두 어수선하게 느껴지는 것은 아니다. 활기가 넘치는 방도 어수선할 수 있으며, 골방도 마찬가지이다. 다음의 예를 보자.

어린아이들의 모래놀이통에 담긴 장난감처럼 선홍색과 노란색의 용암층이 구불구불한 언덕 여기저기 튀어나와 있다.

상당히 깔끔한 문장이다. 그러나 '어린아이들의'라는 수식어가 필요할까? 모래놀이통은 일반적으로 어린아이용이 아닌가. 또 '여기저기'에 많은 의미가 담겨 있는가? '구불구불한'은 어떤가? 대부분의 언덕이 구불구불하지 않은가? 이렇게 불필요한 단어들을 제거하면 다음과 같은 문장이 남는다.

언덕에 선홍색과 노란색의 용암층이 모래놀이통에 담긴 장난감처럼 튀어나와 있다.

다른 사람이 쓴 글에서 군살을 찾아내기는 쉽지만, 당신의 글을 스스로 평가하며 논점에서 벗어난 조그만 귀염둥이들을 쫓아내기는 어렵다. 하지만 이 과정에서 감정에 휩쓸리지만 않는다면 삭제해야 할 단어들을 잘 찾아낼 수 있을 것이다. 집중력의 결여는 우리 모두를 괴롭히는 역병이다. 엄격한 작가도 때로는 느슨해지고, 경계심은 있어도 부주의해지기 마련이다. 집중력의 결여는 횡설

수설하는 문장에 슬금슬금 기어든다. 집중력은 희한하게도 가장 중요한 순간에 떨어진다.

하지만 우리는 독자를 위해서라도 사족을 제거하기 위해 끊임없이 노력해야 한다. 간단한 비망록이든 신문 기사이든 소설이든 독자는 단어의 흐름을 쉽게 받아들이기를 바란다. 작가의 첫 번째 의무는 바로 그런 글을 쓰는 것이다.

덤불에서 방향을 잃다

논점에서 벗어나 표류하면 글이 필요 이상으로 길어지고, 굵고 무시무시한 가시덤불로 변할지 모른다. 글의 밀도density도 악영향을 미칠 수 있다. 문장과 단락에 너무 많은 내용을 쑤셔 넣으면 밀도가 과도하게 증가해서 독자가 이해할 수 있는 수준을 넘어선다.

이런 위험을 피하는 기본 전략은 문장 하나에 주요 개념 하나만 담는 것이다. 물론 경험이 많은 작가는 초중등학교에서 배우는 이 격언에 절대적으로 구속받지는 않는다. 긴 나열, 감탄사, 종속절 등을 포함한 문장은 커뮤니케이션의 효과적인 수단이다. 그러나 뛰어난 작가는 자질구레한 덤불로 문장의 흐름을 방해하지 않는다.

안타깝게도 우리는 때때로 지나친 밀도를 피하려는 자연스러운 욕구와 글쓰기를 시작하자마자 모든 것을 풀어내고자 하는 강력한 충동 사이에서 고민한다. 그러나 우리가 길목에 너무 많이 쏟아버리면 그것은 장애물이 되어 독자가 앞으로 나아가는 과정을 방해한다.

기자들은 이런 실수를 수없이 저지른다. 풋볼 경기를 보도한 기사에서 발췌한 다음 단락을 예로 들어보자.

> 오리건 덕스가 이번 시즌에 더 높은 리그로 진출하기를 바라는 시끌벅적한 팬 35,118명이 모여든 홈구장 아우펜 스타디움에서 열린 개막전에서 머스그레이브 선수는 433야드 패스와 세 번의 터치다운 패스에 성공했고 3피리어드 때 직접 득점하며 아즈텍스를 상대로 42대21의 승리를 거두었다.

위 문장에서 정보는 기사 이곳저곳에 널려 있다. 이 모든 정보를 하나의 문장에 담아도 괜찮을까? 예컨대 오리건대학교의 풋볼팀 오리건 덕스가 더 높은 리그로 진출하기를 바라는 팬들의 소망은 팬들이 시끌벅적하다는 사실과 별 관계없지 않은가?

위 문장에는 적어도 열 개의 정보가 담겨 있고, 그중 일부는 극히 미미한 관계만 있다. 따라서 이 문장은 한 문장에 주요 정보 하나가 담겨 있어야 한다는 전략과는 거리가 멀다. 결국 이런 글로는 독자의 시선을 사로잡을 가능성이 무척 낮다.

군살 덜어내기

> 나는 연필보다 가위를 더 믿는다.
> _트루먼 커포티

도끼를 날카롭게 갈고 다듬어라

태평양 연안 북서부 지역에서 오래 산 사람이라면, 숙련된 벌목꾼이 전통적인 방식으로 나무를 베는 모습을 본 적이 있을 것이다. 도끼날을 땅과 평행하게 들고 나무줄기를 한 번 때린다. 그다음 도끼날을 살짝 들고 아래에서 위쪽으로 우아한 곡선을 그리며 때리면 나무줄기에서 벌목공의 도시락통만 한 쐐기가 뚝 떨어져 나온다. 이렇게 도끼질을 계속하면 나무는 벌목꾼이 정확히 원하는 방향으로 쓰러진다.

무딘 칼로 나무와 실랑이하며 부스러기를 사방에 흩뿌리는 도시의 어설픈 벌목꾼과 비교해보자. 도시의 벌목꾼은 도끼를 무작정 휘두르다 스스로 지쳐버릴지 모른다. 물론 결국에는 나무를 무너뜨릴 수 있겠지만, 나무는 아무렇게나 넘어지면서 주변을 지나가는 행인을 위협할 것이다.

숙련된 작가는 노련한 벌목꾼처럼 우아하고 능숙하게 자료를 다룬다. 그러나 쓸데없는 중복으로 글의 흐름을 가로막는 작가는 아마추어 벌목꾼처럼 사방을 들쑤시고 다닌다. 이런 작가도 목적지에 꾸역꾸역 도달할 수는 있겠지만, 도착하더라도 누구도 눈길을 주지 않는다.

중복 표현은 예측 가능한 몇 가지 형태를 보인다. 자신의 글솜씨에 자부심이 있는 작가는 그에 대한 경계심을 늦추지 않는다. 글쓰기라는 전투의 절반은 편안한 상태에 경각심을 갖고 집중력을 유지하는 일이다.

집중력 있는 작가라면 '성性에 대해 성적으로 노골적인 노래를 불러대는 래퍼'라고 표현하지 않는다. 뉴스 통신사 나이트 라이더Knight Ridder가 'random lottery(무작위 복권)'나 'random chance(무작위 확률)' 따위의 표현을 기사에 실으면 누구도 읽지 않을 것이다.

몇몇 중복 표현은 너무 자주 사용된 나머지, 작가의 부주의나 미숙함을 보여주는 증거가 되어버렸다. 나는 독자들로부터 거들먹거리는 항의 편지를 적지 않게 받았다. 당신도 그런 편지를 받고 싶지 않다면, 'reason why(이유에 대한 원인)', 'final destination(최종 목적지)', 'final resolution(최종 결정)', 'final result(최종 결과)' 같은 표현을 피해야 할 것이다.

흔하게 쓰이지는 않지만 명백하게 쓸데없는 중복도 피해야 한다. '150-room palaces gilded with golden walls(금박을 입힌 황금 벽으로 둘러싸인 빛나는 궁전)'라는 표현을 수정하지 않고 넘기는 작가가 되어서는 안 된다. 특히 형용사를 조심해야 한다. 수식을 받는 명사에 형용사의 뜻이 이미 있다면, 똑같은 말을 되풀이하는 셈이기 때문이다. 예컨대 'broad array(거대한 군세)'라는 표현은 피해야 한다. 군세는 본래 거대하기 때문이다. 'ski runs that share a common denominator(공통분모를 공유하는 스키 활주로)'나 'ethnic groups that don't even share a common alphabet(공통된 문자를 공유하지 않는 민족)'이라는 표현도 바람직하지 않다. 'share(공유하다)'에 공통된 부분이 있다는 의미가 없는 것처럼 쓰고 있지 않은가. 또 상호와 합의가 다른 개념이라는 듯 표현하는 'mutually agreed upon(상호 합의하다)'이라는 끔찍한 말도 피하기를 바란다.

중복 표현이 항상 명확히 드러나는 것은 아니다. 그러나 조금만 고민해보면 'more and more incest survivors are defying the taboo as never before(점점 더 많은 근친상간 생존자가 전례 없이 금기를 거스르고 있다)'라는 문장에서 불필요한 중복을 찾을 수 있고, 알래스카의 외딴 섬에서 일어난 화산 폭발의 'the first visual sighting(첫 번째 시각적 목격)'이라는 표현이 적합하지 않다는 것을 알 수 있다.

많은 작가가 스스로 해낼 기량이 부족한 탓인지 홀로 자립할 수 있는 동사에 기계적으로 부사를 붙인다. 'off(~해놓다)', 'up(~해버리다)', 'out(~해나가다)' 등이 빈번하게 쓰이는 사족이다. 'free space(공간을 비우다)'라고 써도 충분한데, 굳이 'free up space(공간을 비워버리다)'라고 쓴다. 또 화재가 값비싼 저택을 'swallowed up(삼켜버리다)'이라고 보도하고, 코끼리 상아를 티크 목재로 'capped off(씌워놓는다)'라고 표현한다. 또 바닷물이 썰물로 'ebb out(빠져나가고)', 가을의 일정을 'plan out(계획해나간다)'이라며 기계적으로 부사를 붙인다.

사족으로 쓰이는 부사 중에는 시간과 관련된 것이 적지 않다. 시제는 문장 전체에 영향을 미친다. 주의력이 부족한 작가들은 'formerly(전에)'나 'currently(현재)'를 불필요하게 덧붙인다. 'formerly used his helicopter to help police fight crime(전에 자신의 헬리콥터로 경찰이 범죄와 싸우는 것을 지원했던 기업인)'이나 'formerly was president and chief executive officer of Graphics Arts Center(과거 그래픽 아트 센터의 사장이자 최고경영자였던 사람)'라고 표현한다. 자신의 헬리콥터를 지원했던 기업인이자 사장이었던 사람 정도로 간단하게 묘사해도 글의 목적을 달성하는 데는 충분하다. 요컨대 'formerly'나 'currently'는 필요한 부사가 아니다.

'사장 겸 최고경영자'라는 직함은 기업계에서 기본적으로 어휘 중복이 많다는 걸 보여준다. 이는 일부에 불과하다. 유전병을 앓는 청년에 대한 기사에서 "Day by day, Brossard's muscles continue to weaken(날마다 브로사드의 근육이 계속 약해지고 있다)"이라는 문장, 새로운 푸드 뱅크를 찾는 사람들에 대한 기사에서 "Mill workers who have never before sought a dime's worth of public assistance in their lives(삶에서 이전에는 한 푼의 공적인 지원도 바란 적이 없던 공장 노동자들)"이라는 문장을 자세히 뜯어보라.

'in the past(과거에)'라는 표현도 조심해야 한다. 이 표현도 동사의 시제에 특별한 의미를 덧붙이지 않는다. 'in the past'가 다음 문장에서 어떤 역할을 하는가? "The station has often exaggerated casualty figures in the past(방송국은 과거에 사상자 수를 자주 과장하곤 했다)." "The twenty-third tourney isn't as exciting as some have been in the past(23번째 토너먼트 대회는 과거에 개최된 몇몇 대회만큼 신나지는 않다)."

한 번으로 충분하다

노련한 작가는 원고를 다듬을 때 몇몇 요소에 주목한다. 군말을 쓸데없이 연결하는 경우가 잦기 때문에 등위 접속사에 특히 신경을 기울인다. 'and(그리고)', 'or(또는)', 'for(때문에)', 'but(하지만)'이 대

퓰리처상 문장 수업

표적인 악당이다. 그중 'and'가 최악이다.

> Frankel hopes the public dialogue will move beyond
> outrage and anger.
> 프랭클은 공공 대화로 분개 그리고 분노를 넘어설 수 있기를 바
> 란다.

> The marketing department has submitted several interesting
> ideas and concepts.
> 마케팅부는 몇몇 흥미로운 아이디어 그리고 콘셉트를 제시했다.

> Proceeds will go to mass transit, intercollegiate athletics, and
> to keep and retain university faculty.
> 수익금은 대중교통 수단과 대학 간 운동 경기, 그리고 대학 교
> 수진을 지키고 유지하는 데 쓰일 것이다.

분노에는 분개가 포함되고, 분개는 분노에서 비롯한다. 또 아이
디어는 콘셉트이고, 콘셉트는 아이디어이다. 지킨다는 것은 곧 유
지한다는 것이다. 동일한 의미의 단어를 나열해서 작가가 얻게 되
는 이득은 도대체 무엇일까?

시작부터 늘어진다면
시작이 중요하다. 인간은 태생적으로 시작에 특별한 관심을 기울

인다. 출생과 결혼, 야구 시즌의 개막을 알리는 시구에 특별한 행사가 뒤따르는 이유도 여기에 있다. 그러나 '시작'이라는 표현에 독자보다 더 관심을 갖는 작가가 많다. 그 시작에 매달리느라 이어지는 행동에는 신경을 쓰지 않을 정도이다.

예컨대 당신이 "He ran toward the bow(그는 뱃머리를 향해 달렸다)"가 아니라 "He began to run toward the bow of the ship(그는 배의 뱃머리를 향해 달리기 시작했다)"이라고 표현했다고 치자. 여기서 'began to(시작했다)'는 아무런 정보를 더해주지 않는 정보이다. 'ran(달렸다)'이라는 생생한 동사만으로 독자의 관심을 사로잡기에는 충분하다.

작가가 시작을 의미하는 어구를 제쳐두고 곧장 본론으로 들어 갔다면 아래의 예들이 얼마나 더 강렬했을지 생각해보라.

Suddenly, the room began to shake.
→Suddenly, the room shook.
갑자기 방이 흔들리기 시작했다(→ 흔들렸다).

He was flying from Minneapolis to Detroit when the plane began to have engine problems and crash-landed(→ when the plane had engine problems and crash-landed) on the highway.
미니애폴리스에서 디트로이트로 날아가던 중 비행기가 엔진 문제를 일으키기 시작해(→ 일으켜서) 고속도로에 불시착했다.

풀리처상 문장 수업

We're beginning to wrestle with the new emission regulations.

→We're wrestling with the new emission regulations.

우리는 새로운 배출가스 규제를 두고 씨름하기 시작했다(→ 씨름하고 있다).

구체적인 예를 들어보자

The city currently licenses 261 taxicabs.

그 도시에는 현재 영업 허가를 받은 택시가 261대이다.

우리는 시제와 관련된 부사를 장식처럼 덧붙이곤 한다. 그러나 동사 속에는 시제가 이미 내재하기 때문에 그런 부사는 사족에 불과하다. 도시가 261대의 택시에 영업을 허가했다면, 당연히 '현재' 허가하고 있는 것이다.

"Research on obesity is at an exciting point in time." said Henry Lardy of the University of Wisconsin in Madison.

"비만에 대한 연구는 현시점으로서 시의적절하다." 위스콘신대 학교 매디슨캠퍼스의 헨리 라디가 말했다.

'point in time(현시점)'이라는 표현은 리처드 닉슨 행정부 시절 이후로 전형적인 관료적 어법이 되었다. 이 고약한 구절을 여전히 많이 사용한다. 이 구절을 써서 좋은 점은 무엇일까? 다른 식으로 바꿔 쓰지 않을 이유가 있을까?

Too bad because what running really offers is the single
most immediate and beneficial fitness paycheck on the
market.
헬스트레이닝 시장에서 단 하나의 가장 즉각적이고 유익한 효
과를 내는 운동은 달리기이다.

가장 큰 것은 하나밖에 없다. 최상급으로 수식하기를 경계하면
이런 유형의 군말을 모두 피할 수 있다.

A string quartet played various selections of classical
music.
현악 사중주단이 다양한 클래식 선별곡을 연주했다.

이 문장에서 'various(다양한)'는 어떤 유용성도 없다. 현악 사중
주단이 클래식을 연주했다면, 다양하게 연주했을 것이다. 또 현악
사중주단은 일반적으로 클래식을 연주하지 않는가?

… leaving many survivors living in virtual squalor.
많은 생존자가 사실상 불결한 상태에서 살게 되었다.

사실상 불결한 상태와 그냥 불결한 상태는 어떤 차이가 있는가?

풀리처상 문장 수업

Given the fact that there have been death threats on his life ….

그의 생명에 대한 살해 협박이 있었다는 사실을 고려하면….

살해 협박은 생명에 대한 위협이 아닌가?

… Sanchez was shot in the chest, then ran away on foot.

산체스는 가슴팍에 총을 맞고 두 발로 뛰어 도망쳤다.

두 발로 뛰지 않고 도망칠 수 있는 방법이 또 있는가? 롤러스케이트라도 타고 달아나야 하는가?

… detective Philip Marlowe becomes involved with a rich heiress ….

탐정 필립 말로는 부유한 상속녀와 연루되었다.

필립 말로였다면 가난한 상속녀는 피하라는 조언을 귀에 딱지가 앉도록 들었을 것이다[필립 말로는 미국 탐정 소설가 레이먼드 챈들러Raymond Chandler가 창조해낸 주인공-옮긴이].

… this rugged, isolated mountainous region….

이 바위투성이의 외딴 산악 지형에서….

산악 지역은 당연히 바위투성이일 수밖에 없고 대부분이 외딴 곳에 있다.

But only a pale shadow of that bill ⋯ ever made it to the floor.
그 지폐의 희미한 그림자가 바닥에 드리웠다.

그림자는 당연히 희미하지 않은가?

⋯ grass-seed farmers argued that more limits would economically damage their industry.
목초의 종자를 재배하는 농부들은 이 이상의 규제가 가해지면 그들의 산업이 경제적으로 타격을 입는다고 주장했다.

농부들이 자신의 평판이나 명예를 염려할 가능성이 있을까? 그들이 정말로 걱정하는 것은 경제적 피해라고 결론을 내려도 괜찮지 않은가?

Things quickly mushroomed.
사태는 급속히 악화되었다.

사태가 겁에 질린 채 웅크리고 있다가 때를 보고 신속하게 악화되었을 가능성도 있을까? 흠잡을 데 없이 좋은 동사에 수식어를

퓰리처상 문장 수업

붙여 동사를 모욕해서는 안 된다.

> Longtime retailer Tom Peterson, whose crewcut and
> smiling face is a familiar fixture, became the new owner
> of Stereo Super Stores on Thursday.
> 짧게 깎은 머리와 미소 띤 얼굴이 인상적인, 가게의 오랜 친숙
> 한 터줏대감 톰 피터슨이 지난 목요일 스테레오 슈퍼 스토어의
> 새로운 사장이 되었다.

당신도 한 분야에서 오랫동안 종사하면 터줏대감이 될 것이고,
터줏대감은 친숙하기 마련이다.

> … even if he and his four-legged chicken never make
> the big time, the future looks bright ahead.
> 그가 개발한 다리가 네 개 달린 닭은 지금까지 큰 성공을 거두
> 지 못하고 있지만, 앞으로 미래는 밝아 보인다.

미래는 앞날을 뜻하며 대체로 밝다. 'bright future(밝은 미래)'라
는 표현도 상투적이라고 할 수 있다.

> … that the main thrust of the program was offensive.
> 그 프로그램의 주된 취지가 모욕적이었다는 것은…

취지는 원래 주된 것이다. 포커스도 주된 것이다. 합의도, 테마도
마찬가지이다. 'main(주된)'이라는 수식어가 필요한 단어는 없다.

From his small cubbyhole office, he oversaw operations.
그는 작고 비좁은 사무실에서 작업을 감독했다.

오히려 'large cubbyhole(커다란 골방)'이라는 표현은 주목받을
만하다. 'small village(작은 마을)'나 'tiny hamlet(아주 작은 촌락)'도
불필요하게 중복된 표현은 아닐지 생각해보라.

A fiber-optic switching device interconnects huge
computers at the Supercomputing '93 conference.
1993년 슈퍼컴퓨터 콘퍼런스에서 광섬유 개폐 장치는 거대한
컴퓨터를 상호 연결했다.

'interconnect(상호 연결하다)'는 'connect(연결하다)'와 같다.
'connect(연결하다)'라는 단어로도 충분하다. 'interlink(서로 관련짓
다)'나 'intermix (서로 섞다)' 같은 단어도 조심하라.

Mount Rainier the largest volcano in the Cascade Range,
last experienced an eruption about 150 years ago.
캐스케이드 산맥에서 가장 큰 화산인 레이니어산이 마지막으로
폭발을 경험한 시기는 약 150년 전이다.

조종사들이 "It's going to get rough(기상이 험해질 것이다)"라고 말하는 대신 "We may experience slight turbulence(경미한 난기류를 겪을지도 모른다)"라고 말하는 이유가 무엇일까? 토스터기의 품질 보증서에는 왜 "Should you experience difficulty with this appliance, please return it to one of the dealers listed below(이 기기 사용에 어려움을 겪으신다면, 아래 나열한 판매점 중 한 곳으로 반품해주십시오)"라고 난해하게 적혀 있을까? 물론 이 빌어먹을 기계가 망가지면 가져오라고 직설적으로 말해야 한다는 뜻은 아니다. "Mount Rainier last erupted 150 years ago(레이니어산은 150년 전에 마지막으로 폭발했다)"라고 간결하게 쓸 수는 없었을까? 'erupt(폭발하다)'는 그 힘이 실감 나게 느껴지는 아름다운 동사이다. 굳이 'eruption(폭발)'을 'experience(경험)'한다고 표현하여 동사의 힘을 떨어뜨릴 이유가 있을까?

수식하지 않는 법

> 연주하지 않는 법을 배우는 데 평생의 시간이 걸렸다.
> _ 디지 길레스피

말하지 않는 게 더 낫다

젊은 기자였을 때 개울에서 일어난 익사 사건을 취재한 적이 있었다. 당시에 나는 개울의 물살이 너무 빨라 '가파른 수직 절벽으로 둘러싸인 큼지막한 웅덩이'가 생겼다고 표현했다. 아직도 머릿속을 맴도는 표현이다. 가파르지 않은 절벽이 있는가? 수직이라면 당연히 가파르지 않은가? 전문적으로 글을 쓰는 작가가 그처럼 노골적인 중복 표현을 사용했다는 것은 부주의나 미숙함 또는 무능함, 어쩌면 셋 모두의 증거이다.

경험이 풍부한 작가들은 자신이 신중하게 선택한 명사 하나가 부주의하게 선택한 형용사와 명사 한 쌍보다 낫다는 사실을 알고 있다. E. B. 화이트가 말했듯 "명사를 끌어내고 대신 들어갈 만한 형용사는 아직 태어나지 않았다." 그들은 'slow, casual walk(느리고 태평한 걸음)'보다는 'saunter(어슬렁거림)'를, 'bottomless pit(바닥이 없는 구덩이)'보다는 'abyss(심연)'를 선택한다. 또 'out-of-control anger(통제할 수 없는 분노)'보다는 'rage(격노)'를 선택한다. 같은 맥락에서 신중하게 고른 단어가 '절벽'이었다면, 다른 수식어가 필요하지 않았을 것이다.

그렇다고 형용사가 명사의 가치를 높여줄 가능성이 전혀 없는 것은 아니다. 빌 블런델은 수식어 활용의 달인이다. 블런델은 카우보이들이 낡은 합숙소 현관 앞 "rump-sprung chair(술 취한 엉덩이 같은 의자)"에 앉아 있다고 묘사했다. 바람을 맞으며 서 있는 키 큰 하바수파이 인디언을 "a great billowing woman in a print dress(화려한 드레스를 입고 한껏 부푼 여성)"라고 묘사했다.

아래의 문장은 블런델의 수준에 비할 바가 아니다.

The butterfly looks lost in this dry desert.

나비가 이 건조한 사막에서 길을 잃은 듯하다.

건조하지 않으면 사막이라 할 수 있는가? 'wet ocean(젖은 바다)'이나 'damp mud(축축한 진창)'이라는 말을 쓰는가?

The end result is pain without resolution ….
최종 결과는 해결책이 없는 고통이었다.

There was no similarity in the finishes, but the end result was the same Wednesday as Atlanta and Toronto won berths in the World Series.
결승전에서 유사점은 없었지만, 최종 결과는 같은 수요일에 애틀랜타 브레이브스와 토론토 블루 제이스가 월드시리즈 진출권을 따냈다는 사실이다.

결과는 당연히 최종적일 수밖에 없다.

The state's persistent drought has turned grass and forest land into parched tinderboxes.
계속된 가뭄으로 초지와 삼림지가 바싹 마른 불쏘시개처럼 변했다.

'tinder(불쏘시개)'는 내 사전에 따르면 "바짝 말라 쉽게 불이 붙는 가연성 물질"이다. 불쏘시개라면 십중팔구 'parched(바짝 마른)' 상태일 것이다.

> When their former construction business failed six years ago ….
> 6년 전 그들의 과거 건설 사업이 실패했을 때의 일이다.

사업이 실패했을 때 이미 과거의 사업이었던 것인가?

> Angela decided her house's birthday party would be open to everyone in the neighborhood as well as her personal friends.
> 앤절라는 생일 파티를 개인적인 친구들뿐 아니라 모든 이웃들과 함께 하기로 했다.

친구치고 개인적으로 아무런 관계도 없는 친구가 있을까?

> Sternberg … is not the first to challenge the standard orthodoxy regarding intelligence ….
> 지능에 대한 일반적인 통념에 처음 반론을 제기한 사람이 스턴버그가 처음은 아니다.

'orthodoxy(통념)'는 "일반 사회에 널리 통하는 개념"으로 정의

된다. 'standard(일반적인)'를 붙이지 않아도 일반적이라는 뜻이다.

> The extreme dry air of Mongolia's Gobi desert preserves
> ancient fossils extraordinarily well.
> 몽골 고비 사막의 극단적으로 건조한 공기 덕분에 고대 화석은
> 예외적인 좋은 상태로 보존되었다.

최근의 화석이라는 게 존재할까?

> The vouchers entitle panhandlers to basic necessities.
> 교환권은 노숙인들에게 기본적인 필수품을 지원해준다.

노숙인들에게 덜 기본적인 필수품을 지원해주는 교환권도 있는 모양이다. 브리 치즈나 샤르도네 포도주로 교환할 수도 있을까?

> Russians saw the election as a key milestone.
> 러시아인들은 이번 선거를 중대한 이정표로 보았다.

용서할 만한 표현이다. 우리는 무의미한 이정표에는 눈길조차 주지 않으니까.

> ··· others lingered behind ···.
> 나머지 사람들은 뒤에서 꾸물거렸다.

앞에서 꾸물거리는 사람들과 대조한 것일까?

> To NASA's surprise, the critical wiring job took less time than expected.
> 중요한 배선의 작업 시간이 NASA조차 놀랄 정도로 예측한 것보다 훨씬 덜 걸렸다.

예측된 놀라운 현상은 전혀 놀라운 일이 아닐 것이다.

출판물을 보면 이런 실수가 자주 눈에 띈다. 대부분의 작가가 모든 단어에 의문을 품는다면, 상당한 분량을 덜어내고 더 좋은 글을 쓸 수 있을 것이다. 초고를 도보로 80킬로미터를 여행하면서 짊어지고 가야 할 짐이라고 생각하라. 꼭 챙겨야 할 품목도 있겠지만, 두고 가도 되는 물건은 챙기지 않는 편이 훨씬 편할 것이다.

안 보이는 수식어

적절한 수식어는 구체적인 이미지를 떠올리게 한다. 반면 부적절한 수식어는 무의미한 추상적 관념을 불러일으킨다. 명사와 부사를 환히 빛나게 하기는커녕 어둠 속에 파묻어버린다. 'patriotic(애국적인)', 'beautiful(아름다운)', 'generous(너그러운)', 'caring(배려하는)' 등 고도로 추상적인 단어들을 활용할 때 생기는 문제이다. 이런 이유에서 글쓰기 코치들은 작가들에게 "말하지 말고 보여주라"라고 가르친다.

최악의 추상적인 수식어를 하나 꼽으면 'very(몹시)'이다. 추상

퓰리처상 문장 수업

적인 수식어는 드물게 가치가 있기도 하지만, 대부분의 경우는 없는 편이 더 낫다. 지금 당신의 모니터에 추상적인 단어가 눈에 들어온다면, 즉시 백스페이스키를 눌러라.

It all came down to some very soggy dirt.
그 모든 것이 몹시 질척이는 진흙이 되었다.

I'm very anxious to hear your reply.
나는 당신의 대답을 몹시 듣고 싶다.

당혹스러운 부사들

군더더기가 없는 탄탄한 글을 쓰기로 유명한 스티븐 킹은 《유혹하는 글쓰기》에서 그 비결을 밝혔다. 자전적인 조언을 담은 그 책에서 킹은 불필요한 부사에 대한 두려움을 감추지 않았다. 그는 글을 고쳐 쓸 때 모든 부사를 면밀하게 살피고 필수적인 부사만 남긴다고 말했다.

우리도 킹처럼 한다면 아래의 문장과 같은 실수를 범하지 않을 것이다.

The arrow entered his eye and penetrated through the back of his skull.
화살이 그의 눈을 뚫고 들어가 두개골 뒤쪽을 관통했다.

관통한다는 것은 뚫고 들어가 통과한다는 뜻이다.

Today the town is filled to capacity ….
오늘날 그 도시는 수용 가능한 인구를 꽉 채운 만원이다.

… who sat in the courtroom, which was packed to capacity with
her supporters.
그녀를 응원하는 사람들로 꽉 차서 만원이 된 법정에 앉아 있
었다.

꽉 차면 만원인 법이다. 만원이 아닌데 꽉 찰 수 있는가?

He linked them together in a nine-room Victorian
mansion as the perennial murder suspects in the classic
game "Clue."
그는 고전적인 게임 '클루'에서 살인 용의자를 찾듯, 방이 아홉
개인 빅토리아풍의 저택에 모인 그들에게 접근했다.

The two are bound together by a common thought ….
그 둘은 하나의 공통된 생각으로 묶였다.

A new coach and new players are blending together ….
새로 부임한 코치와 새로 영입한 선수들이 함께 어우러지고 있다.

218

연결되고 묶이고 어우러지면 여하튼 'together(함께)'하는 것이다. 정도의 차이는 있지만, 'gather together(함께 모이다)'와 'join together(함께 협력하다)'도 다를 바 없다.

> … and that would free up more federal old-growth timber sales for log-hungry mills ….
> 그렇게 하면, 통나무 부족에 사달리는 제재소에 연방이 소유한 오래된 목재를 판매하는 일이 더 풀릴 것이다.

> … which he already has filled up for this season.
> 이번 시즌에 그가 가득 채워놓은….

우리는 도움이 필요하지 않은 동사에 습관처럼 'up'을 덧붙인다. 'free up(풀어주다)', 'climb up(기어오르다)', 'divvy up(분배해주다)', 'divide up(나눠버리다)' 등이 대표적인 예이다.

> If these candidates persist in dodging around this issue ….
> 그 후보자들이 이 쟁점을 계속 피한다면….

'around' 역시 공간만 차지하는 불필요한 수식어이다. 무언가를 피한다면 그 주변에서 이리저리 맴도는 것이다.

> David Tuckness, a technician with Morrison First Alert

Professional Security Systems, tests out the burglar alarm
….

모리슨 퍼스트 경보 전문 보안 시스템의 기술자, 데이비드 턱니스는 도난 경보기를 시험해봤다.

　분명 턱니스는 도난 경보기를 'test out'하려고 사다리를 'climb up'했을 것이다.

덩굴처럼 확대되는 명사 ───────────────

> 그림에는 불필요한 선이, 기계에는 불필요한 부품이 없어야 하듯
> 문장에는 불필요한 단어가, 단락에는 불필요한 문장이 없어야 한다.
> _ 윌리엄 스트렁크

고양이처럼 소리 없이

'미션 크리프mission creep'는 군사 작전이 의도와 다르게 원래의 목표보다 더 확대되면서 혼란에 빠지는 현상을 가리킨다. 군사 전략가들은 '미션 크리프'를 적신호로 여긴다. 한편, 글쓰기에서 윌리엄 진서는 '덩굴처럼 확대되는 명사creeping noun'를 달갑지 않게 생각했다. 이는 독자적으로 제 역할을 하는 완벽한 명사에 다른 명사를 덧붙이는 현상을 말한다. 'crisis(위기)'에 'situation(상황)'이 붙으면 'crisis situation(위기 상황)'이다. 'weather(기상)'에 'conditions(조건)'를 합하면 'weather conditions(기상 조건)'이,

220

'sales(세일)'에 'event(행사)'가 달라붙으면 'sales event(세일 행사)'가 된다. 이렇게 탄생한 새로운 구절에 새로운 가치는 전혀 없다. '덩굴처럼 확대되는 명사'는 우사인 볼트에게 길을 건너기를 도와주겠다며 부축하는 보이스카우트처럼 그저 읽는 속도를 늦출 뿐이다.

'situation', 'event', 'condition' 같은 불필요한 명사를 없앨수 있다면, 세상에 발표된 글 중 절반은 없앨 수 있을 것이다. 문제는 이러한 중복이 고양이 발자국처럼 알아채기 힘들다는 점이다. 예컨대 야구 선수가 "battling a cold(감기와 싸우다)"라고 표현해도 되는데, "battle the effects of a cold(감기 기운과 싸우다)"라고 쓴다. "a roundup of Bloods and Crips(블러즈 앤 크립스의 일제 검거)"가 아니라 "a nationwide roundup of Bloods and Crips members(블러즈 앤 크립스 조직원의 전국적인 일제 검거)"라고 쓴다. "about finished(조사가 곧 끝난다)"를 "An investigation is nearing the completion phase(조사가 완료 단계에 가까워지고 있다)"라고 표현한다. "the woods were closed when dry(건조기에는 숲을 폐쇄한다)"가 아니라 "private forests have been closed in dry summer and fall periods(건조한 봄과 가을 시기에 사유림은 문을 닫았다)"라는 표현도 눈에 자주 띈다.

자주 쓰이는 '덩굴처럼 확대되는 명사'에 무엇이 있는지 살펴보자. 각각의 예시에서 이를 삭제하는 것만으로 글이 얼마나 간결해지는지 직접 확인하라.

activity(행위)

… and one source said the Cincinnati Reds manager faces a possible suspension for gambling activities.

한 정보통에 따르면, 신시내티 레즈 감독은 도박 행위를 이유로 출장 정지를 당할 수 있다.

concerns(걱정)

… "retirement resorts" where the emphasis is on active lifestyles but provisions are made for residents' eventual health-care concerns.

활동적인 생활 방식을 강조하지만 거주자들의 건강 관리 걱정에도 대비한 실버타운이다.

conditions(상태)

Officials are saying the combination of millions of dying trees, the seventh year of drought conditions and …

관리자들은 7년째 계속되는 가뭄 상태로 수백만 그루의 나무들이 죽어간다고 전했다.

We hiked out safely, but the second party became lost in the whiteout conditions.

우리는 안전하게 하이킹을 끝냈지만 제2조는 화이트아웃 상태 때문에 길을 잃었다.

event(사건, 행사)

Nuclear engineers fear the possibility of a meltdown event at the nuclear power plant.

핵공학자들은 핵발전소에서 노심 용융 사건이 일어날 가능성을 두려워한다.

Announcing our autumn sales event.

가을맞이 세일 행사를 발표하다.

experience(경험)

⋯ a relaxed holiday shopping experience.

여유로운 휴일 쇼핑 경험.

facilities(시설)

A canoeist gave Butler a ride to the search area from shore because there were no dock facilities nearby.

근처에 부두 시설이 없어 버틀러는 카누를 타고 해안가에서 조사 현장으로 이동했다.

field/industry/profession(분야/산업/직업)

Most American companies are paying on the average of 12 percent of their annual payroll to finance programs in the fields of health care, education, housing, and youth development ….

대부분의 미국 기업은 의료와 교육, 주택과 청년 육성 등의 분야를 지원하는 데 평균적으로 급여 총액의 12퍼센트를 투자한다.

I entered the teaching field four years ago at the age of 35.

4년 전 35세였을 때 나는 교육 분야에 입문했다.

'field'를 직업이나 직종의 명칭 뒤에 덧붙일 때는 조심해야 한다. 'journalism field(언론 분야)', 'legal field(법률 분야)', 'plumbing field(배관 분야)'가 대표적인 예이다. 'industry(산업)'나 'profession(직종)' 등 똑같은 의미로 사용된 다른 단어들도 유의해야 한다.

He's sixty years old and spent a long and productive career in the banking industry.

그는 지금 60세이고, 금융 산업에서 오랫동안 생산적인 경력을 쌓았다.

Bozzelli, a former Washington attorney, left the legal profession to become a Catholic priest.

전 워싱턴 지역 변호사이던 보첼리는 가톨릭 신부가 되려고 법조계를 떠났다.

situation(상황)

··· but apparently Carlesimo isn't sure he can be trusted in a pressure packed playoff situation.

그러나 칼리시모는 압박감이 큰 플레이오프 상황에서 자신이 신뢰를 받을 거라고 확신하지 못하는 듯하다.

Small children can often acquire hepatitis A in day-care situations.

어린아이는 시설에서 돌봄받는 상황에서 A형 간염에 감염될 가능성이 크다.

status(지위)

A soft-spoken man who achieved national celebrity status ···.

전국적인 유명인의 지위를 얻은 부드러운 연설가.

완벽해서 완료 시제라고?

유능한 작가는 가능한 한 시제를 동사로만 표현한다. 과거나 현재를 표현할 때는 언제나 단순 시제를 쓰고, 완료 시제perfect tense는 꼭 필요한 상황에만 사용한다. 독자들에게 조동사를 퍼붓지 않기 위해 간결한 시제로 문장을 재구성한다.

아래의 예시를 괄호 속의 구문으로 수정하면 더 깔끔하게 읽힐 것이다.

Goryachova has survived a criminal libel suit brought by
the mayor of Berdyansk for her reporting on the firing of
a hospital administrator who had backed(→ backed) one
of the mayor's political rivals.
고랴초바 기자는 베르댠스크의 시장이 자신의 정치적 라이벌을
지지해왔던(→ 지지했던) 병원 경영자를 해고했다고 보도했다는
이유로 그에게 명예훼손으로 고소당했지만 살아남았다.

Tom Imeson ⋯ said it has been difficult(→ it was difficult) to
get a solid vote count.
톰 이메손은 만장일치를 얻는 건 어려워왔다고(→ 어렵다고) 말
했다.

They were bouncing(→ bounced) around on the deck behind
the house, singing and dancing as if it was a stage.
그들은 집 뒤의 목재 테라스에서 이리저리 뛰고 있었고(→ 뛰었
고), 그곳이 무대인 것처럼 노래하고 춤추었다.

글을 간결하게 쓰는
5가지 방법

글에 아무런 도움을 주지 않는 요소는 글의 효과를 떨어뜨릴 뿐이다. 필요하지 않은 요소를 모두 제거하면 강렬한 글을 쓸 수 있다.

1. 모든 것에 의문을 품어라.

원고를 천천히 읽으며 머릿속으로 모든 단어와 구와 절을 하나씩 없애보라. 없어도 의미에 변화가 없다면 그 구절을 삭제하라. 요점과 관련 없을 정도로 의미가 살짝 변하는 경우에도 제거하라. 'and', 'or', 'but' 같은 접속사로 연결된 구문이라면 양쪽 단어나 구절을 유심히 살펴보라. 굳이 'color and tint(색과 색조)'라고 표현할 필요가 있는가?

2. 모든 수식어가 제 역할을 하게 하라.

문장에서 구체적인 뜻을 갖는 수식어를 사용해야 한다. 낡은 의자를 'worn(헤지다)'이라고 표현하기보다 'rump-sprung(술 취한 엉덩이 같다)'라고 표현하는 편이 낫다. 명사나 동사에 포함된 의미를 반복하는 수식어를 없애라. 누군가가 복도를 'slowly ambled(천천히 느릿하게 걷다)'라고 쓸 필요가 있는가?

3. 넘치지 말라.

한 문장에 한두 개의 요점만을 담으라. 지나치게 밀도가 높은 글은 독자를 겁먹게 하고 문장을 쓸데없이 길게 늘어뜨린다.

4. 덩굴처럼 확대되는 명사를 죽여라.

가능하면 두 명사를 합쳐서 쓰지 말라. 'sales event(세일 행사)'라는 표현을 쓰지 말라. 'sale(세일)'로 충분하다. 또 'crisis(위기)'가 'crisis situation(위기 상황)'보다 훨씬 더 급박하게 느껴진다.

5. 복잡한 시제를 피하라.

단순한 과거 시제나 현재 시제로 대부분의 글을 진행할 수 있다. 복잡한 완료 시제는 문장 속 행동을 방해한다. "He skied down the hill(그가 스키를 타고 언덕을 내려갔다)"이라고 조동사 없이 의도를 정확하게 전할 수 있는데, "He was skiing down the hill(그가 스키를 타고 언덕을 내려가고 있다)"이라고 써야 할 이유가 있을까?

6 명확성

> 좋은 산문은 창유리와 같다.
> _ 조지 오웰

탁 트인 시야

좋은 글은 하나하나의 문장이 존재하지 않는 듯 느껴진다. 깨끗한 유리창처럼 그 너머의 모습을 환히 보여줄 뿐이다. 매력적인 글이라면 독자는 순전히 읽는 즐거움 때문에 다시 읽겠지만, 어떤 문장도 다시 읽으라고 강요해서는 안 된다.

수학적 설명이 아니라 일반적인 용어로 쓰인다는 전제하에 알베르트 아인슈타인의 특수 상대성 이론은 적절하게 교육받은 독자라면 누구나 이해할 수 있다. 아인슈타인의 상대성 이론을 다룬 링컨 바넷Lincoln Barnett의 멋진 책《우주와 아인슈타인 박사The Universe and Doctor Einstein》는 평이함 그 자체이다.

작가가 독자를 혼란에 빠뜨린다면, 스스로 자료를 제대로 파악하지 못했다는 뜻이다. 그러니 독자 앞에서 글을 담대하게 발표하기 전에 더 깊이 생각하고, 자료를 더 치밀하게 분류하고 다듬을 필요가 있다.

공감할 수 있는 글 _____

> 나에게 완벽한 문체가 무엇이냐고 묻는다면,
> 백치와 광인을 제외한 모든 이가 이해할 수 있도록 써서,
> 작가와 독자가 같은 이해에 도달하는 글이라고 답하겠다.
>
> _ 대니얼 디포

독자의 시각에서

명쾌한 글쓰기를 하려면 공감empathy이 필요하다. 독자의 관점에서 대상을 볼 줄 알아야 메시지의 설득력을 높일 수 있다.

근본적으로 작가는 상징을 다루는 사람일 뿐이다. 매일 수많은 작가는 문자와 구두점으로 컴퓨터 모니터를 가득 채운다. '전송' 버튼을 누르면 그 상징이 빛의 속도로 지구 곳곳에 퍼진다.

그러나 의미는 사람에게 있지, 상징에 있지는 않다. 문자와 구두점은 제멋대로 꽥꽥대는 소리이기 때문에 그 자체로는 의미가 없다. 상징은 그 상징이 궁극적으로 가 닿는 사람의 의식과 개인적인 삶을 통해서만 의미를 가진다.

어린아이가 언어를 습득하는 과정을 생각해보라. 엄마는 고무로 된 구체를 들면서 "공"이라고 말한다. 엄마는 그 물체를 "공"이라고 말하는 소리와 반복해서 연결한다. 아이는 그 소리를 듣고 "공"

퓰리처상 문장 수업

이 구체를 뜻한다는 사실을 서서히 이해하게 된다. 이렇게 소리는 의미를 부여받고, 의미는 어린아이의 머릿속에 자리 잡는다. 소리가 물체와 관련지어질 때마다 기억이 쌓인다.

시간이 지나서 아빠가 아이에게 '축구공'을 선물한다. 모양과 감촉과 색이 다른데도 아빠는 똑같이 "공"이라고 말한다. 아이가 경험하는 삶의 반경이 넓어지면서 어떤 소리, 즉 상징에 부여된 의미도 더 확대된다. 테니스 공, 골프 공, 레킹 볼 [wrecking ball, 건물을 부수기 위해 크레인에 매달고 휘두르는 쇳덩이-옮긴이] 등에 대해서 배운다. 그리고 소리 상징(말)을 문자 상징(글)으로 대체하는 법도 익힌다. 이런 과정을 거쳐 아이는 스포츠에 관한 글을 읽는 데 필요한 상식을 갖추게 된다.

그런데 옆집 아이는 약간 다른 것을 경험한다. 그 아이도 자신의 삶에서 "공"을 일련의 사물과 연결할 것이다. 이 연결에는 공통점도, 차이점도 있을 것이다. 따라서 두 아이가 "공"이라는 동일한 상징을 맞닥뜨릴 때 보이는 내적인 반응은 미묘하게 다를 것이다.

두 아이가 비슷할수록 그들의 경험이 중첩될 가능성이 클 것이고, 그들이 어떤 상징에서 떠올리는 연상도 유사할 것이다. 우리가 매일 몇 번씩이고 마주하는 친숙한 물체의 경우, 상징의 의미가 실질적으로 똑같다. 특히 오래된 부부가 공유하는 상징은 무척 유사하고도 풍부해서 소수의 단어만으로 소통할 수 있다. 그렇기에 푸념 같은 말들로도 하루 저녁의 계획을 세울 수 있는 것이다.

그림 3은 부부의 소통을 나타낸 이미지이다. 원은 각자의 경험 전체, 즉 각자가 떠올릴 수 있는 상징을 보여준다. X는 상징을 가

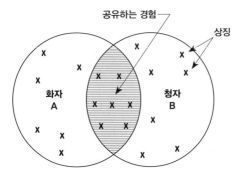

그림 3. 유사한 배경을 지닌 두 사람의 소통

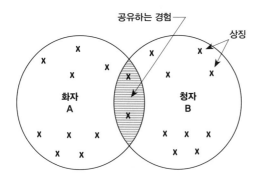

그림 4. 서로 다른 배경을 지닌 두 사람의 소통

리킨다. A가 B에게 의미를 전달한다고 치자. A가 두 원이 겹친 영역의 상징으로 메시지를 보내면 효율적인 소통이 가능하다. 청자는 화자가 의도한 대로 반응할 것이기 때문이다. 그러나 A가 그밖의 영역에 있는 상징을 선택하면 소통은 제대로 이뤄질 수 없다. 스키 선수가 스키를 전혀 모르는 사람에게 스템 크리스티stem christie나 모굴 스키mogul skiing에 대해 말하면 대화가 통하겠는가.

배경이 겹치지 않는 사람과 소통하려는 사람은 상대적으로 많은 장벽에 부딪친다. 그림 4는 이런 문제를 시각적으로 보여준다. 공통분모에 해당하는 X가 더 적기 때문에 화자가 청자에게 의미를 정확하게 전달하는 상징을 선택할 가능성이 낮아진다. 예컨대 주식 중개인과 목장주는 'ball(공)'이라는 단어를 들으면 똑같이 둥근 구를 떠올릴 것이다. 그러나 'bull(황소)'을 들었을 때의 반응은 완전히 다를 수 있다. 목장주는 실제의 소를 떠올리겠지만, 주식 중개인은 '주식 매수자'를 떠올릴 것이다. 또 SF 소설가는 'alien(이방인)'을 듣고 '외계인'을 떠올리는 반면, 이민청 관리인은 '외국인 체류자'를 떠올릴 것이다.

청자가 많아질수록 어떤 메시지가 받아들여지는 데 실패할 가능성이 치솟는다. 그림 5는 이 원칙을 잘 보여준다. 화자가 원을 추가할 때마다 겹치는 영역은 줄어든다. 다수와 의사소통할수록 겹치는 영역은 최소로 줄어들고, 원이 수천 개로 늘어나면 아주 작은 영역만 중첩된다. 소통을 연구하는 이들이 대중의 생각에 대중매체가 미치는 영향이 미미하다고 판단하는 이유가 여기에 있다.

기자라면 모두가 이 문제를 경험했을 것이다. 어떤 독자가 연락해서 기사에 대해 불평하면, 작가는 독자가 이해한 맥락을 듣고 깜짝 놀란다. 차라리 완전히 다른 이야기라고 해도 믿을 정도이다.

생각이 짧은 작가는 서로 다른 해석을 독자의 탓으로 돌리며 "그 기사는 그런 뜻이 아닙니다. 어떻게 그렇게 멍청하게 해석할 수 있습니까?"라고 대꾸할 것이다. 자연스러운 반응이다. 그러나

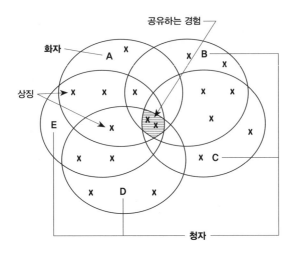

공유하는 경험

화자

A

상징

B

E

C

D

청자

그림 5. 화자 한 명과 청자 다수의 소통

그런 식의 책임 회피는 의미가 상징이 아닌 사람에게 있다는 원칙을 망각한 짓이다. 작가는 모든 독자, 적어도 대다수의 독자가 유사한 뜻으로 이해할 수 있는 상징을 선택할 의무가 있다. 달리 말하면, 공통분모에 속하는 X를 선택해야 한다.

그렇기에 우리는 세상 밖으로 나와 다른 사람들이 어떻게 살아가는지 알아야 한다. 외부와 단절된 상태로는 누구도 소통할 수 없다. 당신이 독자가 메시지를 전달받는 환경에 친숙하지 않다면, 당신이 보내는 상징을 독자가 당신의 의도대로 해석할 것이라고 어떻게 확신할 수 있겠는가.

청자가 얼마나 다르든 우리는 항상 소통을 해낼 수 있어야 한다. 모두에게 겹치는 영역은 조금씩이라도 있다. 방긋한 미소나 꽉 쥔

풀리처상 문장 수업

주먹은 어디에서도 똑같은 의미를 가진다. 또 합리적인 선에서 유사한 반응을 이끌어낼 수 있는 많은 신호와 상징이 있다. 공감 능력을 활용해 공통점을 찾아내는 것이 소통의 핵심이다.

실패한 소통

독자에게 혼란과 소외감을 주고 싶다면 가장 손쉽게 선택할 수 있는 방법은 어휘에 있다. 요컨대 독자의 세계에 속하지 않는 어휘를 사용하면 된다. 작가가 고른 단어는 그가 얼마나 공감 능력이 뛰어난지 보여주는 시금석이다.

잘못을 범하기는 쉽다. 우리는 각자의 세계와 오랜 시간 익숙한 유대를 쌓아왔기에 그 세계와 이를 표현하는 어법을 당연하게 받아들인다. 상대방과 얼굴을 맞대고 이야기할 때는 상대방의 멍한 표정을 보고 우리가 공유되지 않은 경험을 혼란스러운 언어로 묘사하고 있다는 걸 눈치챌 수 있다. 그러나 글은 그런 피드백을 거의 주지 않는다. 작가는 독자가 어렵지 않게 알아들으리라고 생각하며 자신만의 어휘를 습관적으로 내뱉는다.

Dave O'Roke smoked his first joint when he was twelve. By the time he was sixteen, he was selling marijuana and crank.
데이브 오로키가 처음 조인트를 피운 건 열두 살이었을 때다. 열여섯 살 무렵에는 마리화나와 크랭크를 팔았다.

마리화나가 '조인트'라고 불린다는 사실을 아는 독자가 있을지 모른다. 그러나 '크랭크'는 어떨까? 크랭크가 필로폰을 뜻하는 은어라는 사실은 대다수의 사람에게 생소하다. 물론 크랭크 같은 단어로 글에 현장감과 신빙성을 더해줄 수는 있다. 좋은 작가라면 그 단어를 직접적으로 정의하면서까지 그 뜻을 알고 있는 독자들을 모욕하고 싶지는 않을 것이다.

He was selling marijuana and methamphetamine. But weed and crank ….

그는 마리화나와 필로폰을 팔았다. 그러나 위드와 크랭크는 ….

친숙한 명칭을 쓰다가 뒷부분에서 은근슬쩍 은어를 집어넣는 방식을 택하지 않을까.

단백질 일일 권장량은 체중 2.2파운드 당 0.8그램이다.

그런가? 그럼 나는 얼마나 먹어야 할까? 국가에 따라 체중의 단위는 파운드가 아니라 킬로그램일 수 있다. 체중이 72킬로그램인 남성이 일일 권장량을 채우기 위해 스테이크 햄버거나 땅콩버터를 얼만큼 먹으면 된다고 말하면 어떨까? 그렇게 구체적으로 표현하면 대부분의 독자가 자신에게 필요한 양을 추론할 수 있을 것이다.

모스크바는 소비 진작을 위해 시장에 50억 루블을 풀었다.

50억 루블이면 어느 정도일까? 루블은 대부분의 독자가 알지 못하는 화폐 단위이다. 달러로 환산하면 얼마일까? 휴대폰이나 승용차 등 우리에게 친숙한 물품을 몇 개나 살 수 있을까?

느슨한 마무리

효과적으로 소통하는 작가는 독자에게 친숙한 단어로 글을 쓴다. 독자의 관점에서 생각하고 느끼고 궁금해한다. 이렇게 공감할 때 독자가 어디에서 시작해 어디로 가려고 하는지, 독자가 무엇을 알고자 하는지 감각적으로 파악할 수 있다.

그러나 우리가 자신의 관심사나 관점에 매몰되는 경우도 적지 않다. 우리가 쓴 글에 해답보다 더 많은 궁금증이 있다면 독자는 불만을 터뜨린다.

세계에서 두 번째로 큰 화물 수송기의 동굴 같은 기체에 적재 된….

우리가 세계에서 두 번째로 큰 것을 언급하면, 대부분의 독자는 가장 큰 것이 무엇인지 알고 싶지 않겠는가?

WTD 인더스트리의 신규 공장이 5월에 문을 열면 노동자 한 명당 100만 보드풋board-foot의 목재를 생산하게 될 것이다.

100만 보드풋은 단독 주택 100채를 지을 수 있는 목재량이다.

단독 주택 100채를 언급한 것은 멋진 마무리였다. 그러나 100만 보드풋이 하루, 한 주, 한 달, 일 년, 아니면 평생에 걸쳐 생산할 수 있는 양인지 명확히 언급하지 않았다.

당시 26세이던 크래머는 볼로댜에게 8개월 동안 피아노를 배웠다. '볼로댜'는 친구들이 그를 뒤에서 지칭할 때 부르는 별명이었다.

'볼로댜'가 무엇을 뜻하는 것일까? 볼로댜의 본명은 블라디미르 호로비츠인데, 그가 그 별명을 달갑게 생각하지 않은 이유는 무엇일까?

그 부지는 위치와 지형적 특징 등 많은 요인 때문에 높은 점수를 받을 만하다.

화자가 전문 용어를 남발한다고 해서 글이 무의미해지는 건 아니다. 위치가 어떤 이유에서 좋다는 것일까? 위 맥락에서 지형적 특징은 무엇을 말하는 것일까? 그 부지가 평평하다는 뜻일까?

재향 군인국 국장 에드워드 더윈스키는 공화당 후보의 유세를 돕는 동안 히스패닉을 경멸적으로 지칭한 언행을 사과했다.

퓰리처상 문장 수업

1976년 인종차별적인 농담을 했다는 이유로 사임한 농림부 장관 얼 버츠의 그림자가 어른거린다. 당시 그 농담이 무엇이었는지는 공개되지 않았다. 버츠는 아리송한 이유로 정부를 떠나야 했다.

그렇다면 더윈스키는 뭐라고 말했을까? 누군가가 사과하고 사임했을 정도로 심한 발언이었다면 독자도 알아야 하지 않을까? 발언이 너무 저속해서 공개하지 못할 정도라고 판단했다면 다른 식으로 바꿔서라도 표현해야 한다.

사실에 맥락을 부여하라

> 1그램의 구체적인 사례가 10킬로그램의 일반론보다 낫다.
> _ 헨리 제임스

무엇과 비교해서?

과거에 뉴스는 객관적인 사실을 중요한 순서대로 보도했다. 그러나 세상이 복잡해지면서 기자들은 매일 눈보라처럼 휘몰아치는 사건이 가지는 의미가 사건이 발생했다는 사실보다 훨씬 중요하다는 걸 깨달았다.

최고의 보도는 중대한 맥락을 내포한다. 이런 접근법에 따르면 좋은 뉴스는 관련성이 있는 여러 사건을 연결하여 세상을 이해하는 데 도움을 주어야 한다. 특정 시점이나 공간에서 일어난 사건을 이해하는 관점을 다른 사건에도 적용할 수 있어야 한다.

맥락은 독자가 뉴스에 압도되지 않게 한다. 이는 저널리즘 이외의 글쓰기에서도 무척 중요하다. 관련성 없는 사실을 뒤죽박죽 섞은 글을 보면 누구든 속수무책으로 혼란을 느끼기 십상이다. '언론 자유에 대한 허친스 위원회Hutchins Commission on Freedom of the Press'가 1947년 권고했듯 글이 독자에게 의미를 전달하는 맥락을 담고 있으면 이해하기가 더 쉽다.

당신도 다양한 전략으로 글에 맥락을 부여할 수 있다.

시간 맥락

사할린섬은 러시아 시베리아 해안에서 멀리 떨어진 외딴 섬이다. 어떻게 하면 사할린섬을 다룬 글에 의미를 더할 수 있을까? 오늘날 문화 부흥기를 맞은 이 섬에 어떤 변천사가 있었는지 강조하기 위해 작가는 과거를 되짚어보며 글을 시작했다.

> 역사학자들은 1800년대 차르 시대의 유형지였던 사할린섬의 환경이 시베리아 강제 노동 수용소보다도 더 혹독했다고 표현한다. 1890년 사할린섬의 군정 장관 코노비치 장군은 "재소자, 정착민, 관리자 등 모두가 이곳을 벗어나고 싶어 한다"라고 말했다.

공간 맥락

시간이 과거에서 미래로 향하는 세로축이라면, 공간은 현재를 가로지르는 가로축이다. 시간 맥락은 과거의 경험과 미래의 가능성을 비교하여 의미를 드러내는 한편, 공간 맥락은 눈앞의 사건과 다른 지역의 유사한 사건을 비교함으로써 의미를 더한다.

예컨대 재무 관리자가 신제품의 마케팅 비용에 관한 보고서를 쓴다면 자사와 경쟁사의 비용을 비교하려고 할 것이다. 패션 작가는 뉴욕과 런던과 파리에서 현재 유행하는 스타일을 비교할 것이고, 시민 운동가는 자기 지역의 공원 관리 비용을 유사한 규모의 타지역 공원 관리 비용과 비교할 것이다. 예를 들어 필로폰을 다룬 이 글은 이 마약성 각성제가 세계 전역에 얼마나 널리 퍼져 있는지 고발하고 있다.

> 필로폰 중독은 지난 30년 전부터 서구권을 괴롭힌 문제이지만, 아시아권으로 퍼진 것은 수년 전에 불과하다. 그 짧은 기간 동안 필로폰 중독 문제는 인도, 멕시코 및 제3세계의 여러 국가에서 심각한 수준에 이르렀다.

범주 맥락

같은 범주에 속하는 다른 사례를 인용하는 것도 맥락을 형성하는 좋은 기법이다. 영화 평론가들은 종종 이 기법을 사용한다. 독자에게 새로 개봉한 영화를 기존의 어떤 영화와 비교하면 좋을지 방향을 제시할 수 있기 때문이다.

> 가슴을 저릿하게 만드는 전쟁 영화를 만나볼 기회는 무척 드물다. 이번에 개봉한 〈라스트 풀 메저〉는 〈1917〉의 긴박감에 〈라

이언 일병 구하기〉의 진솔함과 감동을 더한 귀중한 전쟁 영화
이다.

많은 범주를 계량적으로 표현할 수도 있다. 더 큰 범주를 가리키
는 평균값이나 통계치를 통계학에서는 모수母數라고 부른다.

어떤 복권은 32개 주에서 전체 국민의 약 65퍼센트를 대상으로
판매된다.

바보도 이해할 수 있도록 ────────────

확실히 이해하도록 쉬운 단어로 설명할 테니 잘 듣게,
멍청한 바보 같으니라고.
_ 영화 〈프린세스 브라이드〉에서 웨슬리가 왕자에게

쉬운 단어, 간결한 문장

조너선 프랜즌Jonathan Franzen은 소설가로 입문한 초기에 한 독
자로부터 받은 편지를 회고했다. "그 편지는 내 소설에서 발췌
한 서른 개의 고급스러운 단어와 구절을 나열하는 것으로 시
작했다. 'diurnality(주행성)'이나 'antipode(대척자)' 같은 단어,
'electropointillist Santa Claus faces(전기적 점묘법으로 구사한 산타
클로스의 얼굴)' 같은 구절을 지적했다. 그러고는 독자는 내게 섬뜩
한 질문을 던졌다. '당신은 누구를 위해 글을 씁니까?' 그는 덧붙였

퓰리처상 문장 수업

다. '읽기 편한 글을 즐기려는 평범한 독자는 분명 아닌 듯합니다.'"

저런!

프랜즌이 그 당시 가독성을 시험할 수 있는 방법을 알았더라면 그런 곤란한 편지를 피할 수 있었을 것이다. 요즘 대부분의 문서 작성 프로그램에는 가독성을 판단해주는 응용 프로그램이 포함되어 있다. 구글에 'readability(가독성)'를 검색하기만 해도 열 가지 남짓의 프로그램을 찾을 수 있다. 많은 가독성 시험 프로그램에 적용된 '플레슈-킨케이드 가독성 점수Flesch-Kincaid Readability Score'는 단어나 문장의 길이 등을 기준으로 한다. 점수는 등급으로 표현된다. 플레슈-킨케이드 시험으로 판단한 이 장의 가독성은 아홉 번째로 높은 등급인 9등급을 받았다. 상당히 집중해야 이해할 수 있다는 뜻이다.

대부분의 독자는 최상위 학생 수준에서 두 등급 아래에 속한 글을 좋아한다. 따라서 이 장은 고등학교 1학년 이상의 교육을 받은 사람이라면 누구든 편하게 읽을 수 있는 수준이다.

플레슈-킨케이드 시험에서 10등급 이하로 판정받은 작가는 대체로 다양하고 폭넓은 독자층을 확보할 수 있다. 그러나 어떤 작가도 이 점수를 확인하지 않으려고 한다. 무지하기도 하고, 편견도 작용한다. 대부분의 작가는 가독성을 측정하기 쉽다는 사실을 모른다. 심지어 9등급이나 10등급에 해당하는 글을 써야 한다는 요구에 분개하기도 한다. 또 가독성 시험이 글을 단순하게 만든다고 생각하는 작가도 많다.

그들의 생각과 달리 읽기 쉽고 간결하다고 반드시 단순한 글인 것은 아니다. 명쾌하고 단도직입적인 글은 낮은 등급을 받고, 간결하고 폭넓게 이해되는 단어는 전문 용어나 까다로운 표현보다 좋은 점수를 받는다. 달리 말해, 가독성 점수는 좋은 글의 기본적인 특징을 잘 반영하고 있다.

가독성 시험을 비판하는 사람들은 등급이 높으면 고상한 접근법을 취하는 글이라고 여기는 경향이 있다. 이를테면 대학 졸업자를 대상으로 글을 쓴다면 세 번째로 높은 등급인 16등급을 목표로 해야 한다고 생각한다. 그러나 16등급이란 점수는 대학 졸업생이면 그 수준의 글을 이해할 수 있다는 것을 의미할 뿐이다. 요컨대 독자의 가독 능력이 높다고 글의 수준이 기계적으로 높아져야 할 필요는 없다. 어떤 독자가 어려운 글과 씨름할 만한 에너지와 집중력을 항상 유지할 수 있겠는가.

게다가 명쾌하고 읽기 쉬운 글을 쓰는 작가가 복잡한 주제를 다루지 못한다는 식으로 얘기하는 사람은 어디에도 없다. 〈월스트리트 저널〉도 변화무쌍한 미국 경제에 대한 일일 보도를 평균 11등급 수준으로 조절한다.

내가 지금까지 함께 일한 최고의 작가들, 전국에서 수상하고 수많은 독자의 사랑을 받는 그들도 플레슈-킨케이드 점수가 10등급 이하인 수준으로 글을 쓴다. 예컨대 퓰리처상을 수상한 톰 홀먼의 기사는 대체로 7등급이 나왔다.

물론 가독성 시험이 글의 수준을 측정하는 만능 수단은 아니다. 글쓰기는 예술이지, 과학이 아니다. 글의 효과를 기계나 수학으로 어떻게 평가할 수 있겠는가. 전혀 이해할 수 없는 글도 가독성 시험에서는 낮은 등급을 받을 수 있다. 루이스 캐럴의 《거울 나라의 앨리스》에 나오는 난센스 시 〈재버워키〉의 첫 문장 "Twas brillig and the slithy toves / Did gyre and gimble in the wabe(지 글녘 유끈한 토브들이 / 사이넘길 한쪽을 발로 빙 돌고 윙 뚫고 있었네)"도 4등급을 받았다.

가독성이 절대적으로 중요하지는 않다. 그렇다고 가독성이 무의 미하다는 뜻은 아니다.

마침표는 장식품이 아니다

지금도 신문사 보도국에서 전설처럼 전해지는 이야기가 있다. 한 풋내기 기자가 길고 복잡하기 그지없는 기사를 사회부장에게 넘겼 다. 그의 글은 서서히 달구어지다가 중간에 지루할 정도로 정신없 고 늘어지는 한두 구절을 맴돌고 결국 약하디 약한 동사를 끌고와 서는 종속절의 숲속으로 자취를 감추었다.

시가를 우적우적 씹던 사회부장(당시 사회부장은 항상 시가를 우적우 적 씹었고 책상을 주먹으로 내리쳤으며 위스키를 꿀꺽꿀꺽 마셨다)은 보도 국 전체가 뒤흔들릴 정도로 쩌렁쩌렁한 목소리로 풋내기 기자를 불러들였다. 풋내기 기자는 부장 앞에서 몸을 부들부들 떨었고, 심 술궂은 사회부장은 종이 한 장을 타자기에 끼우더니 손가락 하나 로 자판을 두드리기 시작했다. 마침내 부장이 손가락을 멈추고 무 언가로 가득 찬 종이를 풋내기 기자에게 내밀었다. 종이는 검은 점 들로 빽빽했다.

"자, 받게. 우리는 이걸 마침표라고 하지. 보도국에는 마침표가 얼마든지 있어. 원하는 만큼 쓰도록 하게. 마침표가 다 떨어지면 나를 다시 찾아오고. 내가 잔뜩 만들어줄 테니까."

이 전설적 일화에서 사회부장은 정곡을 찔렀다. 가독성을 결정하는 요인은 여럿이지만, 그중 문장의 길이는 빠지지 않는다. 〈댈러스 모닝 뉴스〉의 글쓰기 코치 폴라 라로크Paula LaRocque는 작가들에게 문장의 평균 길이를 23단어로 유지하라고 충고했다.

거듭 말하지만, 평균 길이가 그렇다는 것이다. 라로크도 인정했듯 뛰어난 작가들은 문장의 길이에 변화를 주며 긴 문장과 짧은 문장, 중간 길이의 문장을 적절히 섞어 쓴다.

짧고 강렬한 문장은 하나의 핵심 개념을 강조하는 요약형 글머리에서 특히 중요하다. 아래의 두 예문에서 한두 개의 마침표와 완전한 문장을 만드는 데 필요한 작은 수정을 더했더라면 글이 한층 더 명쾌해졌을 것이다. 한번 수정해보라.

2년 전부터 샌프란시스코의 환경 보호 단체 블루워터 네크워크가 제기한 수많은 공식적인 탄원과 항의에 힘입어 환경보호청은 1984년 이후 처음으로 차량의 연료 절약 수치를 측정하는 방법의 수정 방안을 새롭게 모색하고 있다.

지난 일요일 투표에서 푸에르토리코가 자치령 지위를 유지해야 한다는 주장이 51번째 주로 승격되어야 한다는 주장을 상대로 승리를 거두면서, 워싱턴 특별구와의 연합을 꾀하던 금세기의 가장 강력한 선거 운동을 물리쳤다.

마음속 독자와 함께 글쓰기 _____

> 문체가 작가의 아이디어와 독자의 마음 사이를 가로막는
> 장애물이 되어서는 안 된다.
>
> _ 스티브 앨런

당신이 쓰는 용어를 명확히 정의하라

명쾌한 글은 대화체 언어를 사용한다. 독자에게 깊은 인상을 주기보다는 개인적인 의견을 피력하기 위해 글을 쓰는 작가라면, 개념을 정의하느라 글을 멈춰서는 안 된다. 그러나 양심적이고 성실한 작가라면 일부 독자에게 생소한 단어를 가끔 포함할 수 있고, 이때마다 정의를 내릴 필요가 있다. 텍사스대학교에서 저널리즘을 가르치고 과학 글쓰기에 대한 고전을 저술한 디윗 레딕DeWitt Reddick의 설명에 따르면, 좋은 정의는 아래 세 조건 중 적어도 두 가지를 충족한다.

- † 정의된 개체가 속한 더 큰 범주에 대한 언급
- † 정의된 개체와 같은 범주에 속한 다른 개체와의 차이점을 설명
- † 구체적인 예시

가령 당신이 '왈라비wallaby'를 정의한다고 해보자. 당신은 왈라비가 일종의 캥거루이고, 사람들이 일반적으로 캥거루를 생각할 때 떠올리는 회적색 캥거루보다 몸집이 더 작은 편이며, 실제로는 소화전의 크기와 비슷하다고 설명할 수 있다.

언론에서 사용하는 정의는 더 간단하다. 예컨대 굴절 버스를 중간 부분이 굽어질 수 있는 버스라고 표현하면, 굴절 버스가 버스라는 큰 범주에 포함된다는 사실과 다른 버스와의 차이점까지 설명할 수 있다. 또 휴대용 키보드의 크기를 작은 병아리에 비교한다면 실례까지 동원하여 정의를 마친 셈이다.

하지만 아리송한 단어가 아무런 설명도 없이 글에 끼어드는 경우도 많다. 예컨대 배심원 선정 시 인종 고려를 금지한 연방 대법원의 결정을 다룬 보도에서 기자는 대법관 클래런스 토머스Clarence Thomas의 "그 결정이 틀림없이 무이유부기피신청peremptory strike으로 이어질 것"이라는 경고를 인용했다. 여기서 '무이유부기피신청'이란 무엇일까? 기자는 이 법률 용어의 뜻을 짐작할 만한 어떤 단서도 남기지 않았다.

레딕의 충고를 따랐더라면 독자들에게 혼란을 주지 않았을 것이다. '무이유부기피신청'을 삼단 처방법으로 정의해보자. 무이유부기피신청은 변호사가 특정 배심원을 배심원단에서 제외하는 제도로, 이때 그 이유를 명백하게 제시하지 않아도 된다. 이와 관련해서 흑인 배심원이 흑인 피고인을 판단할 수 없다며 무이유부기피신청을 한 몇몇 검사가 비난을 받은 사례가 있다. 반대로, 흑인 배심원이 백인 피고인을 판단할 수 없다며 무이유부기피신청을 한 변호사가 비난받은 적도 있었다.

좋은 예를 들라

사회의 일부 계층에서만 통용되는 용어를 피해갈 방법이 없다면,

사람들에게 친숙한 개념과 비교하는 방식으로 새로운 개념을 정의할 수 있다. 알래스카에서 좌초한 거대 유조선을 다룬 한 기사에서 해변을 새까맣게 뒤덮은 원유를 "마요네즈 같은 질감"이라고 실감나게 묘사한 경우도 있었다.

이렇게 멋진 비유를 생각해낸 그 기자는 "19핸드hand는 됨직한 클라이즈데일종種의 말"이라는 표현으로 대부분의 독자를 곤혹스럽게 만들기도 했다. '핸드'라는 단위는 말에 관심이 많은 독자에게는 별문제가 아닐 것이다. 그러나 핸드가 말의 체고를 측정하는 단위라거나 1핸드가 10센티미터에 해당한다거나 말의 체고를 잴 때 말의 앞발굽 바닥부터 기갑機甲의 윗부분까지 측정한다는 사실을 아는 독자는 거의 없다. 여기서 '기갑'이 무엇인지 아는 독자조차 많지 않다(기갑은 말의 양어깨 사이 도드라진 부분을 가리킨다). 기자가 "어깨까지 높이가 190센티미터를 넘는 클라이즈데일종의 말"이라고 표현했더라면 더 좋았을 것이다.

한 잡지사의 기고자는 코끼리의 낮은 저음에 대한 글을 무척 세심하게 썼다. 글에 따르면 연구자들은 사람의 귀로 들을 수 없는 그 소리를 테이프를 빠르게 돌리는 방식으로 탐지해냈다. 그 소리는 마치 "45아르피엠rpm의 속도로 회전하는 엘피판에서 얼룩 다람쥐가 찍찍대는 것 같았다."

한 여행 작가도 건강 관리 시설의 식당에서 파는 음식의 양이 아주 적다는 것을 "손바닥에 꼭 들어갈 만한 양"이라고 묘사했다. 누구라도 이해할 수 있는 좋은 예였다.

독자를 모독하지 않기

일반 대중을 위해 글을 쓰는 작가는 학급이 하나뿐인 작은 학교의 교사와 같다. 이 학교에서 교사는 초등학교 3학년부터 고등학교 3학년까지 모든 학생이 이해할 수 있도록 가르쳐야 한다. 마찬가지로 일반 대중 중에는 좋은 교육을 받아 지식이 풍부한 사람뿐만 아니라 똑똑하지 않은 사람도 있다. 작가는 지식인을 모독하지 않으면서도 무지한 사람에게 정보를 전달할 줄 알아야 한다.

하지만 작가는 자칫하면 양쪽 모두에게 실수를 범할 수 있다. 예컨대 대도시의 어떤 신문이 가독성 시험에서 16등급이나 18등급을 받는 복잡한 국제 소식 보도를 싣는다면, 대학 졸업생만이 그 기사를 그럭저럭 읽어낼 수 있을 것이다.

반대로 작가가 초등학교 3학년도 한숨을 내쉴 정도로 한심한 정의를 내놓는 경우도 적지 않다. 내가 일하던 편집국에서 언젠가 안개를 "지표 근처에서 형성되는 구름", 타르 볼tar ball을 "아스팔트 찌꺼기로 굳어진 원유"라고 정의한 적이 있었다. 심지어 피터 팬을 "하늘을 날 수 있는 소년"이라 설명하기도 했다.

특정 단어를 어떻게 정의할 것인가 결정하는 문제는 그렇게 녹록하지 않다. 일반 대중은 지능뿐만 아니라 지식과 관련된 여러 요인으로도 구분된다. 예컨대 아시아 사람들은 유럽이나 아메리카 사람들과 다른 문화를 공유하고, 그 반대도 마찬가지이다. 또 여성의 문화와 남성의 문화에도 차이가 있으며, 백인에게 낯설고 흑인에게는 친숙한 용어도 있다.

연령도 대중을 구분하는 한 요인이다. 젊은 독자는 네빌 체임벌린Neville Chamberlain이라는 이름을 들어본 적도 없을 것이다. 어떤 언론사가 그를 "유럽의 일부를 아돌프 히틀러에게 양도하는 조약을 맺은 뒤 '우리 시대를 위한 평화 선언'을 한 영국 총리"라고 설명했다고 해도 놀라지 않을지 모른다.

또 제2차 세계대전 전후에 태어난 베이비붐 세대의 독자들은 짐 모리슨Jim Morrison이라는 가수를 들어본 적이 없을 것이다. 당신이 그 세대의 작가라면 "1960년대를 풍미한 록 밴드 도어스The Doors의 리드 보컬" 정도로 정의할지 모른다.

실제로 제2차 세계대전을 겪은 사람이라면 체임벌린에 대한 백과사전식 설명에 모욕감을 느낄 것이다. 또 1960년대에 젊은 시절을 보낸 사람이나 현대의 많은 로큰롤 팬들은 모리슨이나 도어스에 설명이 필요하다는 사실에 모욕감을 느낄 것이다. 그럼 어떻게 해야 할까?

몇몇에게 생소하더라도 다수가 아는 용어를 사용하는 것은 효과적인 방법이다. 어떤 용어를 노골적이지 않게, 즉 간접적으로 정의하는 것이다. 체임벌린의 경우를 예로 들면 다음과 같다.

> 다음 연사는 클라크를 네빌 체임벌린과 비교했다. 그러나 클라크는 당시 조약 체결을 강경하게 반대했다는 점에서 신뢰를 잃은 영국 총리와는 달랐다. 클라크는 '투사'라는 별명에 걸맞게 히틀러에 굴복한 타협주의자와는 확실히 다른 면모를 보였다.

짐 모리슨을 간접적으로 정의하면 대략 다음과 같다.

온갖 꽃이 짐 모리슨의 무덤을 뒤덮었다. 미국인들은 1960년대 로큰롤의 상징이었던 그의 소박한 무덤 앞에 잠시 멈춰 섰다가 다시 발걸음을 떼었다.

간접적인 정의 기법은 단편 소설이나 장편 소설의 앞부분에서 등장인물과 배경에 대한 사전 정보를 은근히 보여주는 작법을 응용한 것이다. 이때 설명은 문장의 주절에 나타나지 않는 경우가 많다. 필요한 배경은 종속절, 수식어 등을 통해 이야기의 흐름에 끼어든다.

이렇게 배경이 제대로 서술되면 독자는 자신도 모르는 사이에 지식을 흡수한다. 이 조용하고 간접적인 기법은 어떤 언어권에서도 독자 모독을 피하는 비법이다.

한 번에 하나의 의미

> 사물을 명확히 보고 간단히 묘사하라.
> _ 아서 브리즈번

잘못 놓인 수식어를 찾으라

수년 전 뉴스 진행자 데이비드 브링클리David Brinkley는 대출 신청자가 제출한 것으로 추정되는 중소기업청의 서식에 관한 일화를 시청자들에게 전했다. 서식은 "indicate in Box 3A the number

퓰리처상 문장 수업

of employees broken down by sex(3A 문항에 종사자의 수를 성별에 따라 구분하여 적으시오)"라고 요구했다. 한 신청자는 "없음"이라고 답했고, 다른 한 신청자는 "알코올 의존증이 있는 직원 두 명"이라고 답했다고 한다[sex의 의미를 혼동한 것인데, 이들은 "성별에 따른 종사자의 수"를 "섹스에 문제가 있는 종사자의 수"로 잘못 이해했다—옮긴이].

이런 종류의 실수는 언어가 처음 탄생한 이래로 계속 존재했다. 언젠가 주어와 동사와 목적어로 이루어진 완벽한 문장이 생겨났을 것이다. 얼마 지나지 않아 수식어를 잘못 덧붙이면서 더 복잡한 문장이 등장했을 것이다. 이를테면 "Trog kill mammoth(혈거인이 매머드를 죽인다)"에 수식어가 붙어 "Trog kill mammoth with big spear(혈거인이 큰 창으로 매머드를 죽인다)"가 된 것처럼 그렇다.

현수 수식어dangling modifier는 작가들이 가장 빈번하게 범하는 재밌는 실수이다. 가령 당신이 "Relaxing on the veranda, a fly landed in my drink(베란다에서 쉬는데, 파리가 내 술잔에 앉았다)"라고 썼다고 치자. 여기서 'Relaxing on the veranda'는 파리를 수식할 수도, 당신을 수식할 수도 있다. 자칫하면 당신이 베란다에서 쉬고 있는 동안 파리는 살아남기 위해 헤엄쳤다는 의미로 읽힌다는 뜻이다. 'relaxing'은 잘못된 것을 수식하기 때문에 매달린, 즉 현수된 분사이다. 이 문제는 누가 쉬고 있었는지를 끼워 넣어서 해결할 수 있다. "As I relaxed on the veranda, a fly landed in my drink(내가 베란다에서 쉬고 있는 동안, 파리가 내 술잔에 앉았다)."

〈컬럼비아 저널리즘 리뷰〉의 정기 유머 칼럼 〈소문자The Lower Case〉는 전국 언론사의 헤드라인을 뒤져서 웃음거리를 찾는다. 웃음을 유발하는 요소는 현수 수식어인 경우가 많다. "Teens can't talk about sex with mom"['with mom'이 'talk'를 수식하느냐(십대들은 엄마와 함께 섹스에 대해 이야기를 나누지 않는다), 'sex'를 수식하느냐(십대들은 엄마와 함께한 섹스에 대해 말할 수 없다)에 따라 의미가 크게 달라진다—옮긴이] "Legislators hold forum on electric grid"['국회의원들은 전력망에 대한 토론회를 개최한다' 혹은 '국회의원들이 전력망 위에서 토론회를 개최한다'로 해석될 수 있다—옮긴이] 그러나 대부분의 경우 현수 수식어를 포함한 구절은 재미가 아니라 혼란을 불러일으킨다.

Former Mayor Tom Bradley suffered a stroke Thursday while recovering from heart surgery that affected his ability to move the right side of his body, doctors said.

톰 브래들리 전 시장은 목요일 뇌졸중으로 쓰러졌고, 몸의 오른쪽을 움직이는 능력에 영향을 미치는 심장 수술을 받고 회복 중이라고 의사가 말했다.

작가는 신체의 오른쪽 절반을 움직이는 능력에 영향을 주는 것이 심장 수술이 아니라 뇌졸중이라고 쓰고 싶었을 것이다.

단순한 수식어를 사용하면 이런 실수를 저지르지 않는다. 단순한 수식어는 잘못된 위치에 놓으면 금방 눈에 띄기 때문이다. 예를 들어 어떤 남성의 피부가 구릿빛이고 의자가 녹색이면, 지독한 난독증이 있는 사람만이 "The green man sat in the brunet chair(녹색의 남성이 구릿빛 의자에 앉았다)"라고 쓸 것이다.

하지만 구와 절도 수식어로 쓰인다. 위 예시에서 잘못 놓인 수

퓰리처상 문장 수업

식어 'that affected his ability to move the right side of his body(신체의 오른쪽 절반을 움직이는 능력에 영향을 주는)'는 종속절이고 'stroke(뇌졸중)'를 수식하는 형용사 역할로 쓰인 게 분명하다. 하지만 실제 문장에서는 그 직전에 쓰인 'surgery(심장 수술)'를 수식하는 것처럼 보인다.

대부분 잘못 놓인 수식어가 원인이다. 이런 실수를 피할 수 있는 두 가지 비결을 소개하면, 다음과 같다.

† 문제의 글을 소리 내어 읽어라. 소리 내지 않고 눈으로만 읽으면 우리가 의도한 대로 글을 해석하는 경향이 있다. 반면에 소리 내어 읽으면 글이 실제로 말하는 바가 귀에 들어온다.

† 구와 절에 특별한 관심을 기울여라. 특히 구와 절이 문장의 앞이나 뒤에 쓰인 경우에는 더 큰 관심이 필요하다. 모든 구와 절은 내적인 의미를 전달하는 역할 외에도 형용사나 부사로 쓰인다.

"In addition to their internal content, all clauses and phrases also act as modifiers, single units that function as adjectives or adverbs(모든 구와 절은 내적인 의미를 전달하는 역할 외에도 형용사나 부사로 쓰인다)"를 예로 들면, 'in addition to their internal content(내적인 의미를 전달하는 역할 외에도)'는 동사 'act'를 수식하는 부사로 쓰인 전치사구이다.

구나 절을 활용할 경우 그 앞뒤의 명사를 살펴보라. 그 명사가 선행사이다. 만약 그 명사가 당신이 수식하고자 하는 게 아니라면 수식어가 진짜 선행사를 수식하도록 문장을 재배치하라. 한편 구나 절이 문장 뒤에 쓰이면, 그 앞에 쓰인 명사를 점검하라. 그 명사가 당신이 의도한 선행사가 아니면, 수식어가 진짜 선행사를 수식하도록 위치를 옮겨라.

현수 수식어는 크게 두 가지 범주로 나뉜다.

1. 현수 종속절

The transfer is done with a pipette to hold the egg and special glass needles for injecting the sperm, which are washed in solution before they are used.

이식은 난자를 고정하는 피펫과 정자를 주입하기 위한 특수 유리침으로 이뤄지는데, 이를 사용하기 전에 깨끗하게 세척한다.

얼핏 읽으면 깨끗이 세척된 난자와 정자를 준비하는 듯하다. 하지만 깨끗하게 세척해야 하는 건 특수 유리침일 가능성이 높다.

Other large creditors include five local television stations that ran Tom Peterson's ads, which collectively are owed $517,672 and various suppliers.

그 밖의 대규모 채권자로 톰 피터슨의 광고를 진행했던 지역 방송국 다섯 곳과 다양한 공급 업체가 있다. 총 채무액은 51만

7672달러이다.

돈은 톰 피터슨이 아니라 지역 방송국과 다양한 공급 업체가 빌린 거라고 생각해도 괜찮을까?

> ··· a two-story wagon with a built-in iron stove, spring-cushion seats, and sleeping bunks that took eight oxen to pull.
>
> 붙박이 철제 난로, 스프링 쿠션 좌석, 끄는 데 여덟 마리의 황소를 동원해야 했던 침상을 갖춘 이층 객차.

황소는 이층 객차를 십중팔구 끌었고, 침상은 덤으로 따라왔을 것이다.

2. 현수 전치사구

> Still another member drew laughter when he asked for advice on how to rid a neglected historical building that is being eyed by a local beer brewer of bothersome birds that are roosting in the rafters.
>
> 하지만 또 다른 회원이 지역 맥주 양조업자가 눈여겨보고 있는 방치된 역사적 건물에서, 서까래에 앉아 쉬는 성가신 새들을 쫓아내는 방법에 대한 조언을 구하며 웃음을 유발했다.

자칫하면 "of bothersome birds that are roosting in the rafters(서까래에 앉아 쉬는 성가신 새들)"이라는 전치사구가 멀리 떨어진 "rid(쫓아내다)"가 아닌 "brewer(양조업자)"를 수식한다고 해석될 수 있다.

Iowa State sophomore Troy Davis became the fifth player in NCAA Division 1-A to rush for 2,000 yards in the Cyclones' 45 - 31 loss to Missouri on Saturday.
아이오와주립대학교 2학년 트로이 데이비스는 지난 토요일 사이클론이 미주리대학교에 45대 31로 패한 경기에서 전미대학체육협회 1-A 디비전 중 1,800m 이상을 달린 다섯 번째 선수가 되었다.

"in the Cyclones' 45-31 loss to Missouri on Saturday(지난 토요일 사이클론이 미주리대학교에 45대 31로 패한 경기)"란 전치사구에 방점이 찍히면, 이는 전대미문의 경기가 된다. 다섯 선수가 총 9km 이상을 뛰었다면 득점이 훨씬 더 높아야 했기 때문이다.

Despite a clean record at the state Children's Services Division, police began investigating the couple based on information from an informant.
경찰은 아동복지국에 전과가 없음에도 제보자에게 얻은 단서를 근거로 그 부부를 조사하기 시작했다.

문장을 곧이곧대로 읽으면 경찰은 아동복지국에 전과가 없다.

위에서 예로 제시된 문장들은 다양하게 해석될 수 있다. 심지어 네 가지 이상의 의미로 이해할 수 있는 문장도 눈에 띈다. 그런 문장을 쓴 작가는 어떤 구절이 또 다른 구절과도 연결될 수 있다는 사실을 망각했음이 분명하다.

주요 개념을 여러 절이나 문장으로 나누었다면 모호함을 지울 수 있었을 것이다. 마지막 예에서 작가가 의도한 바는 "The couple had a clean record at the state Children's Services Division, but police investigated them after a tip from an informant(부부는 아동복지국에 전과가 없었지만, 경찰은 제보자에게 얻은 단서를 근거로 그 부부를 조사하기 시작했다)"였을 것이다.

항상 그렇듯 명확함은 단순함에서 비롯한다.

수수께끼 같은 대명사

모호함ambiguity은 명료함을 위협하는 주된 적이다. 특히 대명사가 종종 모호함을 조장한다. 대명사는 앞서 쓰인 명사를 통해 의미를 부여받는다. 어떤 대명사의 선행사가 하나 이상이라면, 대명사가 무엇을 의미하는지 모호할 수밖에 없다. 예를 들어보자.

> Disability insurance premiums ⋯ are going sky-high for women while they are falling for men ⋯.
> 장애 보험료가 ⋯ 남성의 경우에는 떨어지는 반면, 여성의 경우에는 하늘을 찌를 듯 치솟고 있다.

제시된 번역 이외에, 여성이 남성에게 사기를 당해서 fall for 여성 보험료가 올라간 것이라 우길 수도 있다. 그러나 어떤 작가도 그런 의도에서 글을 이렇게 쓰지는 않을 것이다.

아마 다음의 문장을 쓴 작가도 외국에 장애를 가진 아이가 있다는 사실을 암시할 의도는 없었을 것이다.

··· which included their six biological children plus more than eighty others adopted from the United States and several foreign countries, many with mental or physical disabilities.

그들은 여섯 명의 생물학적인 자녀를 두고도 미국을 포함한 서너 곳의 국가에서 80명 이상의 아이를 입양했는데, 그들 중 다수가 정신이나 신체에 장애가 있었다.

이처럼 대부분의 모호한 대명사는 독자를 흥겹게 해주기는커녕 혼란에 빠뜨린다.

Dark clouds gather and a few precious raindrops dampen the dusty streets, but it isn't enough.

먹구름이 모이고 약간의 귀중한 빗방울이 먼지투성이의 길을 적시지만, 이것으로는 충분하지 않다.

무엇이 충분하지 않은가? 빗방울이나 그와 유사한 명사이겠지만, 위의 문장에서 대명사 'it(무엇)'을 대신할 만한 명사는 보이지 않는다. 'raindrops'에 상응하는 대명사는 'it'이 아니라 'they'이기 때문에 'raindrops'는 'it'의 선행사로 쓰일 수 없다. 'it'은 실제로 다루기 힘든 대명사여서, 대명사 문제의 가장 흔한 원인이기도 하다.

To be sure, a man in a ski mask with a semiautomatic weapon, trying to intimidate by terror, should expect a violent reaction. But it's hard to see shooting at a fleeing suspect as self-defense. In any case, it should be a police decision. When citizens do it, they further endanger themselves and the lives of bystanders.

물론, 반자동 소총으로 무장하고 스키용 마스크로 얼굴을 가린 채 공포심을 조장하며 겁을 주려 하던 남자는 폭력적인 대응을 예상했던 게 분명하다. 그러나 달아나는 용의자에게 총을 쏘는 건 정당방위로 보기 어렵다. 어쨌든 이것은 경찰의 결정이었다. 시민들이 그렇게 행동한다면 자신만이 아니라 행인들의 목숨까지 위태로워진다.

어떤 독자는 위 문장을 읽고 혼란에 빠진 나머지 "경찰의 결정이 대체 무엇입니까? 또 시민들은 무엇을 하고 있었던 건가요?"라고 물었다.

작가는 모니터나 종이에 실제로 적힌 것이 아니라 적혀야 할 것을 읽는 경향이 있다. 우리가 대명사 문제를 많이 겪는 이유이다. 작가는 선행사가 무엇인지 명백하게 알고 있기 때문에 사람들이 보기에는 모호한 대명사를 그 선행사와 자연스럽게 연결 짓는다.

이런 문제를 극복하는 한 가지 방법은 소리를 내며 읽는 것이다. 눈으로만 읽으면 실제의 의미가 아니라 우리가 의도한 대로 글을 해석하게 된다. 대명사를 귀로 들어야 우리는 현실로 돌아올 수 있다.

they의 사용 범위 확대

여기 문법 편집광에게는 새로운 위협거리가 생겨났다. 'they'가 검은 헬리콥터를 띄우고 암살을 계획할 뿐만 아니라, 언어에도 침투한 것이다. 게다가 아무런 관련성도 없는 곳에 끼어들어 실수도 저지른다.

더구나 'they'는 때때로 단수 선행사와 연결되어 쓰인다. 이런 못된 침략자가 많은 출판물에 가득하다. 특히 기업체나 조직의 명칭 뒤에 'they'가 불쑥 나타나며, 단수와 복수가 부적절하게 연결된다.

While the bureau is now struggling to make up for lost time, they are doing it in an atmosphere of increased gunplay between its officers and the public.
그 부서는 지금 잃어버린 시간을 만회하려고 발버둥치고 있지만, 공무원과 시민 간의 충돌은 늘어나는 분위기이다.

'the bureau'는 단수로 쓰였다. 따라서 'they'가 아니라 'it'으로 지칭되어야 마땅하다. 안타깝게도 이렇게 잘못된 맥락에 'they'를 쓰는 악마는 'their'도 똑같이 사용한다.

> The ··· Store of Knowledge reflects the public broadcasting industry's efforts to seek financial support for their radio and television stations ···.
>
> ··· 지식 저장고는 라디오와 텔레비전 방송국의 재정적 지원을 구하려는 공영방송 산업계의 노력을 반영한다.

일부 영역에서, 이 쟁점에 대한 해석이 시대의 변화에 따라 바뀌고 있다. 《에이피 스타일북AP Stylebook》에서는 여성과 남성이란 이분법적인 성별에 속하지 않는 사람, 즉 제3의 성에 속한 사람이 'they'라는 대명사를 선호하는 경우 'they'를 단수 대명사로서 그 사람을 지칭하는 것을 인정한다. 시카고대학교 출판부에서 발간한 《시카고 매뉴얼 오브 스타일Chicago Manual of Style》도 마찬가지이다. 선행사의 성별이 불분명하거나 모호할 때 두 문법서는 단수 'they'를 투박한 'his'나 'her'를 대신하는 대명사로 조심스레 인정하고 있다. 하지만 이런 경우는 여전히 상대적으로 드물며, 성별이 쟁점이 아닌 상황에서는 여전히 일치시키는 규칙이 일반적으로 적용된다.

고립된 수식어

• 질문: 다음 문장에서 문제가 있는 곳은?

Oregon Steel is experiencing a hiccup this quarter, but most believe it's not a dangerous one.

오리건 철강은 이번 분기에 곤란한 상황을 겪고 있지만, 대부분은 현재 상황이 위험하지는 않다고 믿는다.

• 답: 엄밀히 따지면 아무런 문제가 없다. 하지만 뭔가가 탐탁지 않다. 내면에 민감한 귀를 가진 독자에게 이 문장은 너무 밋밋하게 들린다. 박진감이 전혀 없다는 뜻이다. 또 천성이 회의적인 작가들도 이 문장이 증거가 요구되는 모호한 주장을 담고 있다고 생각할 것이다.

문제는 'most(대부분)'에 있다. 'most'는 'many(많은)', 'few(적은)', 'some(몇몇)' 등과 같은 기능을 한다. 이들은 상대적인 양을 나타내는 형용사이기 때문에 명사를 수식한다. 달리 말하면, 명사가 사라져서 이들만 남으면 고립된다는 뜻이다. 이처럼 고립된 수식어marooned modifier는 실체도 신뢰성도 없는 불안정한 단어이다.

"most believe(대부분은 믿는다)"라는 구절을 마주치면, 우리는 자연스럽게 "most what?(누구의 대부분?)"이라고 되물을 수밖에 없다. 대부분의 경제학자? 대부분의 장교? 대부분의 작가 지인?

고립된 수식어는 무언가 마무리가 되지 않은 듯한 느낌을 불러일으킨다. 수식어는 구체적으로 존재하는 명사와 연결되어야 한다. 수식어를 꽉 묶어주는 닻, 즉 명사가 없으면 수식어는 방향을 잃고 이리저리 표류할 수밖에 없다. 예를 들어보자.

Taking the leadership role seems to be part of the natural maturation process that has taken him from his days as a talented, if sometimes enigmatic, young player to a leader respected by most as one of the greats of the game.

리더 역할을 맡는 것은, 그가 재능은 있지만 때로는 의심스러운 시선을 받던 어린 선수에서, 경기를 주도하는 위대한 선수이자 대부분에게 존경받는 리더로 우뚝 서는 자연스러운 성장 과정의 일부인 듯하다.

The real thing is preferred by most, however.

하지만 진실한 것은 대부분에게 선택받는다.

이런 예시는 좋은 글의 전형적인 특징이라고 할 수 있는 강렬함과 적극성이 부족하다. 또 글쓴이의 신뢰성에도 의문이 제기된다. 모호한 주장에는 증거가 요구된다. 대부분이 진실한 것을 선택하고 대부분이 그를 최고의 선수로 존경한다고 대체 누가 말한 것인가?

가중되는 혼란

현수 수식어가 의도하지 않은 오해를 불러일으키는 주요 요인이 긴 하지만, 현수 수식어가 유일한 문젯거리는 아니다. 많은 작가가 모호하기 이를 데 없는 문장을 써대는 것도 부인할 수 없는 사실이다. 예컨대 다음 문장을 살펴보자.

> Van Nuys, California, man convicted of sexual assault on plane.
> 밴 나이스, 캘리포니아, 비행기에서 성폭행을 저지른 죄로 유죄 선고를 받은 남자.

여객기에서 한 여성을 성폭행한 남자에게 유죄 판결이 내려졌다고 발표하는 기자회견에서 이렇게 사건 개요를 요약한 연방 검사는 한없이 부끄러울 것이다. 더구나 입소문이 퍼져서 그 헤드라인이 전국의 기자들에게 알려진 사실까지 알게 된다면 연방 검사의 부끄러움은 한층 더 깊어질 것이다.

> Victim of attack tells parents to beware.
> 습격의 피해자는 부모들에게 조심하라고 당부한다.

이 문장은 피해자의 부모를 위해 쓴 것일까? 아니면 모든 부모를 상대로 쓴 것일까?

Which is rather remarkable since his competition included the state's Spam-carving champion, as well as a Kent man who creates life-size cake sculptures and the Outhouse Races in Spokane.

주에서 개최되는 스팸 조각 대회의 우승자뿐만 아니라, 실물 크기의 케이크 조각 대회와 옥외 화장실 달리기 대회를 스포캔에 창설한 켄트 출신의 남자가 그와 경쟁하게 된 이후로 주목할 만해졌다.

켄트 출신의 남자는 케이크 조각 대회도 만들고 옥외 화장실 달리기 대회도 창설한 걸까? 아마도 작가가 이런 의도로 문장을 쓴 건 아닌 듯하다[번역은 최대한 문법에 맞추어 번역한 것이다-옮긴이].

Mikhail Gorbachev starts writing column.

미하일 고르바초프가 칼럼을 쓰기 시작한다.

혹은 미하일 고르바초프가 글쓰기 칼럼을 시작한다.

전 소련 대통령이 글쓰기에 대한 칼럼을 쓰기 시작한다는 뜻일까? 아니면 자신이 쓰고 싶었던 분야에 대한 칼럼을 쓰기 시작한다는 뜻일까?

글을 더 명확하게 쓰는
5가지 지름길

1. 초고를 소리 내어 읽으라.

원고를 소리 내어 읽으면 귀로도 들을 수 있기 때문에 눈으로 읽을 때는 보이지 않던 혼란스럽고 모호한 문장이 명확히 드러난다.

2. 마침표의 사용을 두려워하지 말라.

글을 명쾌하게 쓰는 작가들이 쓰는 문장은 평균적으로 23단어를 넘지 않는다. 당신이 한 쪽에 몇 단어를 쓰는지 헤아려보라. 단어의 수를 문장 수로 나누면 한 문장에 사용하는 단어의 평균값을 구할 수 있다. 그 숫자가 23을 넘으면 한 쪽에 네다섯 개의 마침표를 더하고, 문장 수가 늘어난 만큼 단어를 손보라. 그 뒤에 다시 평균값을 계산해보라.

3. 당신이 즐겨 사용하는 용어를 정의하라.

낯선 단어를 골라 그 단어가 속한 더 큰 범주를 언급하고, 같은 범주에 속하는 다른 개체와의 차이점을 설명하고, 실제 예시를 제시하는 방식으로 정의해보라. 예컨대 새끼 강꼬치고기jackfish는 연어의 일종이고, 성적으로 성숙해지기 전에 매년 민물로 돌아오며, 겉모습은 성체와 똑같지만 크기가 훨씬 더 작다고 정의할 수 있다.

4. 맥락에 대해 생각하라.

역사적이고 지리적인 맥락, 혹은 범주 간의 관계를 독자에게 보여주면 이해를 도울 수 있다. 예컨대 어떤 화법畵法이 시대적으로 전후의 화법과 어떻게 다른지, 어떤 도시 계획이 다른 도시 계획과 어떻게 유사한지, 두 경찰이 등장하는 신작 영화가 다른 '버디 무비buddy movie'와 어떤 차별성이 있는지 등을 이야기할 수 있다.

5. 대명사가 대신하는 명사를 명확히 하라.

선행사가 아리송한 대명사는 문장의 의미를 모호하게 만드는 주범이다. 'it(그것)'과 'they(그것들)'는 최악의 말썽꾸러기이다. 초고에서 이런 표현을 발견할 때마다 멈추고, 그 대명사가 무엇을 대신하고 있는지 점검해보라. 대명사와 명백하게 연결된 선행사가 있는가? 두 단어의 수는 일치하는가? 만약 "The fishermen forded the streams, but it didn't make any difference in the results(낚시꾼들이 개울을 건넜지만, 그것은 결과적으로 별 차이가 없었다)" 같은 문장이 보이는가? 그렇다면 혼란스러운 대명사를 적절한 명사로 교체하라. "The fishermen forded the streams, but the new location didn't make any difference in the results(낚시꾼들은 개울을 건넜지만, 새로운 낚시터에서도 결과에 별 차이는 없었다)."

작가는 음악계에 종사하는 사람이다.

_도널드 머리

활자의 음악

축제를 함께 즐기려는 사람들이 할리스코 마을 광장에서 연주하는
마리아치 밴드 주위로 모여든다. 로스앤젤레스 사람들은 샌타모니
카 3번가 쇼핑몰에서 공연하는 재즈 공연단을 에워싼다. 옥토버페
스트에 참석한 술꾼들은 뮌헨의 한 공원에서 취주악단의 뒤를 흥
겹게 따라다닌다. 리듬이 지닌 매력은 언제 어디에서나 청중을 끌
어당긴다.

　그러나 리듬의 원초적 매력이 음악에만 존재하는 건 아니다. 우
리 눈을 즐겁게 해주는 직물 패턴에도 일종의 리듬이 있다. 귀뚜라
미의 울음소리, 파도가 해변에서 부서지는 소리, 그리고 읽고 말하
는 인간의 모든 언어에도 리듬이 숨어 있다. 단어는 그 안에 담긴
내용과 관계없이 박자라는 매력을 발산한다.

우리는 자신의 삶과 전혀 상관없는 글을 얼마나 자주 읽는가? 도시 토박이가 건조한 서부에서 자라는 산쑥에 대한 기사를 읽고, 목장 주인이 뉴욕의 임대료 규제를 다룬 글에 푹 빠진다. 서정적으로 흐르는 글은 언제나 우리를 매혹하고 우리 마음을 사로잡는다.

생명력을 지닌 글은 언제나 깊고 매력적인 리듬으로 울려 퍼진다. 윌리엄 스트렁크와 E. B 화이트는 《영어 글쓰기의 기본》에서 토머스 페인Thomas Paine의 저서 《위기The crisis》를 그 예로 들었다. 미국의 독립 전쟁을 다룬 이 책은 당시 미국에서 상업적인 목적으로 발간된 그 어떤 출판물보다 많이 팔렸다. 《위기》의 가장 서정적인 문장인 "These are the times that try men's souls(지금은 인간의 영혼을 시험하는 시대이다)"는 지금도 회자된다.

이 문장은 당김음syncopation의 훌륭한 예이다. 문장 전체는 물론이고 단어들도 t-음이 s-음과 완벽한 대조를 이루며 순환한다. 음절이 결합하며 아름다운 균형을 이룬다. 문장은 쉽게 발음되고 파도가 해변에서 부서지듯 시원한 매력을 발산한다.

그러나 페인이 만약 "How trying it is to live in these times(이 시대에 사는 게 얼마나 힘든가)" 또는 "Times like these try men's souls(지금 같은 시기는 인간의 영혼을 시험한다)"라고 썼더라면 누가 그 문장을 기억하겠는가. 하물며 "Soulwise, these are trying(영혼이란 측면에서, 지금은 힘든 시기이다)"라고 썼더라면 그야말로 최악이었을 것이다.

그 밖에도 몇몇 기억에 남는 문장을 떠올리며 리듬과 운율을 직접 확인해보라. 벤저민 프랭클린이 "The early bird gets the worm(일찍 일어나는 새가 벌레를 잡는다)"라고 쓰지 않고 "The worm is gotten by the early bird(벌레는 일찍 일어난 새에게 잡힌다)"라고 수동 구문으로 썼더라면 지금까지 유명했을까? 존 F. 케네디가 미국 국민에게 "Be selfless and patriotic(이기심을 버리고 애국하라)"라고 명령조로 말했더라면 "Ask not what your country can do for you; ask what you can do for your country(조국이 여러분을 위해 무엇을 할 수 있는지 묻지 말고, 여러분이 조국을 위해 무엇을 할 수 있는지 물어보라)"라는 말만큼 호소력이 있었을까?

스토리텔링에 대한 최신 뇌과학 연구에 따르면, 언어와 음악 사이에는 밀접한 관계가 있다. 미국인 실험 참가자 중 절반은 가사 없이 연주된 음률을 듣고 어떤 이야기를 상상했다. 중국인을 대상으로 한 실험에서도 절반까지는 아니지만 상당한 비율의 피실험자가 같은 반응을 보였다.

리듬은 명백하게 가치가 있다. 그러나 일부 편집자는 정확성과 간결성을 강조하면서 리듬은 무시하기도 한다. 가령 당신이 문장에서 적절한 위치에 적절한 소리를 담기 위해 'kid(아이)'라는 단어를 선택했는데, 편집자가 'youngster(젊은이)'로 고친다면, 그대로 넘기지 말고 바꾸지 말아야 할 이유를 설명해야 한다. 그래야 편집자가 섣불리 교정하여 문장 전체의 리듬을 망치지 않을 것이다. 물론 책임감 있는 편집자는 작가가 살린 리듬을 가능한 만큼 존중한다.

어떤 글을 쓰든 언어 감각이 부족한 편집자의 감언이설에 휩쓸리지 말라. 재밌는 리듬을 추구하려는 내적인 열망을 포기해서는 안 된다. 매혹적인 리듬을 지닌 글은 내용을 초월하는 가치를 가지기도 한다. 현재 〈월스트리트 저널〉의 기고자인 댄 닐Dan Neil은 〈로스앤젤레스 타임스〉에서 일하던 2004년 지극히 평범한 소재인 '자동차'를 다룬 글로 퓰리처상을 수상했다. 따분하고 세속적인 주제였지만 닐의 문장은 통통 튀었다. 자동차나 모터스포츠에 대한 건조한 글을 주로 읽는 자동차광들이 흠뻑 빠져들 수밖에 없었다. 다음은 닐이 롤스로이스의 육중한 차체를 비판하다가 뛰어난 주행감을 칭찬하는 논조로 넘어갈 때의 문장이다.

> Yet from the driver's seat, the Phantom is a sensational automobile. There's magic and mystery here, fistfuls of romantic motoring. I could drive it to the crack of doom.
> 하지만 운전석에 앉아보면 롤스로이스 팬텀은 환상적인 자동차로 변신한다. 그곳엔 마법과 미스터리, 그리고 운전의 낭만이 한 움큼 있다. 세상에 종말이 닥칠 때까지 운전할 수 있을 것만 같다.

퓰리처상 심사위원들이 그랬듯 당신도 이런 글이라면 세상의 종말이 닥칠 때까지 읽을 수 있을 것이다. 그의 글에는 마법적이고 미스터리한 리듬이 있다. 단어로 이런 음률을 들려준 대가로 퓰리처상을 받는 건 당연한 일이었다.

리듬의 요소 _____

균형

시인과 작사가는 일정한 운율이 형성되는 시의 기초단위인 스탠자
stanza로 작품을 쓰는 경우가 많다. 스탠자는 행行의 형태가 비슷하
고 단순한 패턴이 반복된다. 결국 리듬은 우리 기분을 좋게 해주는
일련의 패턴이 아니고 무엇이겠는가?

많은 대학생은 매력적인 행의 고전적인 예로 존 던John Donne의
시 〈벼룩〉을 든다.

Marke but this flea, and marke in this,
How little that which thou deny'st me is.
이 벼룩을 보시오, 이걸 보면,
그대의 거절이 얼마나 옹졸한 것인지 알리라.

예민한 귀를 가진 산문 작가는 비슷하게 어울리는 요소를 본능
적으로 찾는다. 미국신문편집인협회상을 받은 〈워싱턴 포스트〉의
기고자 신시아 고니를 예로 들어보자. 그녀는 로버트 케네디의 암
살자를 인터뷰한 뒤 이렇게 썼다.

Sirhan Sirhan, who wrenched aside the 1970s with the force that history gives only to political assassins, wants to go home.
시르한 시르한은 역사가 정치 암살범에게 부여하는 힘으로 1970년대를 주름잡다가 이제 고향으로 돌아가려 한다.

문장의 앞머리에 쓰인 "Sirhan Sirhan(시르한 시르한)"이 끝부분의 "wants to go home(고향으로 돌아가려 한다)"과 균형을 이룬다는 점에 주목할 필요가 있다. 두 요소의 음절의 수는 같다. 마지막 요소는 두 번째 음절에 강세를 두어, 앞선 요소의 리듬을 되풀이한다. 문장 가운데 쓰인 종속절은 양끝에 놓인 요소의 균형을 맞추는 받침대 역할을 한다.

캘러베러스 카운티에서 매년 열리는 개구리 점프 대회에 참가한 한 개구리에 대한 묘사에서도 고니의 멋진 균형 감각을 엿볼 수 있다.

Willie was a dark frog, in his way ; he was young, and exquisitely muscled, in the upper leg, where it mattered.
윌리는 나름 복병이었다. 젊었고, 점프에서 중요한 윗다리가 상당한 근육질이었다.

고니는 소리의 높낮이를 중요하게 생각한다. 통사 규칙이나 구두법, 문법을 파괴해서라도 그 효과를 끌어내려 한다. 점프 대회에 참가한 개구리 윌리를 묘사하며 고니는 리드미컬한 균형미를 위해 "muscled" 뒤에 쉼표를 찍었다. 아래의 예에서 고니가 쉼표 없이 사용하는 부사인 "expansively(여유롭게)" 대신 형용사 "expansive(여유로운)"를 쓴 것도 같은 이유이다.

Sirhan smiles, expansive, touches his chest.
시르한은 웃고, 여유로운 듯, 가슴을 쓰다듬는다.

리듬은 논증을 전개할 때도 도움이 된다. 〈보스턴 글로브〉의 칼럼니스트 엘런 굿맨Ellen Goodman은 신중하게 균형을 맞춘 절을 반복하며, 자신의 논리를 전개한다. 반복되는 리듬이 순차적인 생각을 분명히 드러낸다.

Adolescence isn't a training ground for adulthood now;
it is a holding pattern for aging youth.
이제 청소년기는 성년을 위한 훈련장이 아니다. 오히려 나이 든 청소년을 위한 정체기이다.

The person we thought we might be still challenges the person we are.
우리가 될 수 있으리라 생각했던 모습은 지금의 우리와 다르다.

소리 내어 읽으면 어떤 패턴이 귀에 들어오는가? 각 절의 구조

퓰리처상 문장 수업

는 앞에 쓰인 절과 대응한다. "the person"이라는 명사를 반복하고, "aging youth"는 형태적으로 "training ground"를 되풀이한 것이다. 두 번째 예에서 "we"와 "be"는 지휘자가 센박에서 지휘봉을 아래로 내리듯 마침표를 예고한다.

고니와 굿맨처럼 리듬을 본능적으로 찾을 줄 아는 작가의 글을 소리 내어 읽어보라. 그 글 속의 리듬에 귀를 기울이고, 음악성을 만들어내는 문장의 패턴을 연구하고, 그렇게 얻은 교훈을 당신의 글쓰기에 효과적으로 적용하는 방법을 고민해보라.

소리의 순환

진정으로 리드미컬한 글은 단어, 구, 문장의 박자는 물론이고 그 안에 담긴 소리 간에도 균형을 이룬다. 우리 뇌가 언어적 표현에서 즐거움을 느끼려면, 언어 내에 만족스러운 순환이 있어야 한다.

두운alliteration은 첫머리의 자음에서 동일한 구절을 반복하여 그런 순환을 만들어내는 방법이다. 생활 잡지 〈와인 스펙테이터Wine Spectator〉에서 값싼 샴페인을 다룬 기사인 〈Bubbly on a Budget(생활비에 맞는 샴페인)〉이 좋은 예이다. 워싱턴 주의 벌목 현장을 취재한 빌 블런델의 예도 살펴보자.

Nine miles east, Mount St. Helens rises like a white wall, its shattered summit banked in mist.
15킬로미터쯤 동쪽에는 세인트헬렌스산이 새하얀 성곽처럼 솟아 있고, 그 산산이 부서진 산머리는 안개로 에워싸여 있다.

"white wall(새하얀 성곽)"에서 치밀하게 맞춘 두운은 문장 전체에서 느슨하게 반복되는 m - 음과 대조를 이룬다. "shattered summit(산산이 부서진 산머리)"는 "white wall(새하얀 성곽)"처럼 두운을 이루면서도 두 음절의 단어를 반복한다. 마치 같은 주제를 다르게 변주한 재즈처럼 느껴지지 않는가?

잡지 〈이미지Image〉에서 발췌한 다음 문장에서도 균형 잡힌 두운을 찾을 수 있다.

Is this mere marketing hype, a faddish flash in the promotional pan?
이것은 단지 마케팅의 효과, 즉 홍보용 행사로 인한 반짝 인기에 불과한 걸까?

다음 폴 트라크트먼Paul Trachtman이 잡지 〈스미스소니언〉에 기고한 한 조각가의 작품에 대한 글이다. 이 문장에서는 "part"와 "art"의 각운이 완벽하게 중심점을 잡아준다.

Illusions and shadows, light and dark, have been part of Bontecou's art from the beginning.
환상과 그림자, 빛과 어둠은 처음부터 본테구 예술의 일부였다.

각운과 두운을 지나치게 많이 사용한다고 좋을 것은 없다. 닉슨 정부의 부통령 스피로 애그뉴Spiro Agnew는 두운을 활용하며 언론계를 "nattering nabobs of negativism(부정주의를 나불대는 권력자들)"이라 비난했지만, 이 표현은 박수를 받기는커녕 조롱거리가 되었다.

소리의 높낮이

구두법의 리듬을 간과하는 글이 의외로 많다. 톰 울프는 예외이지만, 대부분의 작가가 쉼표와 마침표를 제대로 활용하지 못한다. 대부분의 문장 부호는 일시적인 멈춤을 뜻한다. 일시적인 멈춤은 높낮이candence라고 불리는 운율의 움직임을 만들어낸다.

우리가 일반적으로 사용하는 문장 부호인 쉼표와 마침표, 줄표와 생략 부호, 느낌표와 물음표, 괄호, 쌍점(:)과 쌍반점(;) 등은 제각기 고유한 박자를 가진다. 코미디언 빅터 보거Victor Borge는 문장 부호 간의 차이를 활용한 코미디 〈음성학적 구두법phonetic punctuation〉으로 명성을 얻었다. 코미디에서 보거는 문장 부호까지 소리로 표현했다. 예를 들어 마침표는 "으악"으로, 물음표는 "끼익"으로 표현하는 식이었다.

이 코미디를 본 사람은 거의 없을 것이다. 중요한 건 보거의 코미디가 작가에게 중요한 지점을 지적했다는 사실이다. 그처럼 각 문장 부호를 마음속으로 소리 내어 읽어보라. 비유적으로 말하면 마침표는 주먹으로 책상을 내리치는 소리처럼 사무적이고 비타협적인 멈춤이다. 쉼표는 과속 방지턱을 지나갈 때처럼 천천히 올라갔다가 내려앉는 소리와 유사하다. 쌍반점은 잠깐 멈췄다가 앞으로 전진하는 소리, 줄표는 급브레이크 소리와 같다. 생략 부호는 엎질러진 꿀처럼 조용하게 줄줄 흐른다.

문장 부호는 대중음악 악단의 드럼 연주자와 같다. 드럼은 각 선율의 중심에서 리듬을 결정한다. 그 덕분에 여러 악기가 합해지며 경쾌한 음악이 된다.

리드미컬한 구조

음악과 마찬가지로 글의 리듬도 여러 차원에서 발생한다. 음악에서 기본 단위는 '마디'라고 하는 박자의 순환이다. 이 마디는 작가들이 개별 문장 안에서 만들어내는 운율과 비슷하다.

물론 악보에는 더 높은 차원의 리듬이 있다. 팝송에는 도입부와 경과부, 여러 소절로 반복되는 후렴이 있다. 재즈는 훨씬 더 복잡하게 구성되고, 때로는 어지러울 정도로 복잡한 패턴에 강한 비트가 덧씌워진다.

산문에서 리듬을 결정하는 가장 단순한 요소는 문장의 길이이다. 예민한 귀를 지닌 작가는 변화와 균형을 동시에 추구하며, 문장의 길이에 의도적으로 변화를 준다.

비슷한 길이의 문장은 구조적으로 동일한 리듬을 반복하고, 길이가 다른 문장을 따돌리기도 한다. 아래의 예는 조너선 서스킨드Jonathan Susskind가 쓴 여행기에서 발췌한 단락이다. 첫 문장은 길지만 뒤의 세 문장은 짤막하다. 짤막한 세 문장이 합해지면 긴한 문장과 균형이 맞는다.

수십 년이 지난 지금, 배선섬의 딸기 재배지가 크게 줄어서 딸기를 직접 수확할 수 있는 농장은 두 곳밖에 남지 않았다. 복숭아 나무는 모두 병으로 쓰러졌다. 밭은 잡초로 뒤덮였다. 버찌는 새들의 먹이가 되었다.

길고 나른한 문장 뒤에 더해지는 짧고 강렬한 문장은 강조점 역할을 한다. 비유해서 말하면, 점점 커지는 오케스트라 연주에서 느닷없이 울리는 심벌즈 소리와 같다. 〈뉴욕 타임스〉의 칼럼니스트 소니 클라인필드Sonny Kleinfield는 이 기법으로 2001년 세계무역센터 테러의 여파를 묘사한 적이 있다.

많은 사람이 휴대전화를 부여잡고 건물 안에 있는 친구와 친척, 사랑하는 사람들에게 걱정 말라는 말, 곧 구조될 거라는 말을 전하려고 애썼다. 그러나 통신망이 먹통이었다. 두려움은 더욱 커졌다.

단락을 마무리 짓는 키커도 구조적 리듬을 만들어내는 좋은 도구이다. 좋은 키커는 짧고 산뜻한 단어, 특히 단음절의 단어로 단락을 깔끔하게 매듭 짓는다. 편집실에서 널리 쓰이는 이론에 따르면 좋은 키커는 대체로 경자음 t나 파열음 g, d, p, k로 끝난다. 이런 단어는 댄스곡이 끝날 때처럼 센박으로 단락을 마무리하고, 독자는 궁금증에 사로잡혀 다음 단락으로 넘어갈 준비를 한다.

Conservatives complain that the Supreme Court is too

liberal. Liberals complain that it's too conservative. Both charges are inaccurate: in reality the Court is a careful political actor that arguably represents the center of gravity of American politics better than most politicians do. The real problem is not the Supreme Court's politics, but the depressing quality of its work. (Benjamin Wittes, Atlantic)

보수적인 사람들은 대법원이 지나치게 진보적이라고, 진보적인 사람들은 대법원이 지나치게 보수적이라고 불평한다. 양쪽의 비난은 모두 옳지 않다. 실제로 대법원은 대부분의 정치인보다 중립을 잘 대변하는 정치 행위자라는 게 중론이다. 진짜 문제는 대법원의 정치색이 아니라 판결의 질적인 하락이다. (벤저민 위티스, 〈애틀랜틱〉)

3의 법칙

꽃꽂이에서 반드시 지켜야 할 법칙은 짝수를 피하는 것이다. 꽃병 하나를 채울 때 장미는 한 송이로 충분하다. 두 송이는 엉성하고, 세 송이는 너무 많아 보인다. 물론 절대적인 법칙은 아니다. 꽃꽂이의 대가라면 예외적인 아름다움을 창조할 수도 있을 것이다. 어쨌든 이 법칙은 미학의 본질적인 가치를 암시한다.

글쓰기에도 유사한 법칙이 적용된다. 독자의 머릿속 귀도 셋을 선호하는 듯하다. 둘은 답답하고 넷은 부산스럽게 들린다. 셋은 딱 적당하게 느껴진다. 무엇인가를 나열할 때는 자료를 세 가지로 분

퓰리처상 문장 수업

류하는 방법을 찾아보라.

Playing games at the office used to mean working smart, dressing for success, and swimming with the sharks.
과거에 회사에서 경쟁한다는 것은 영리하게 일하고, 성공을 위해 정장을 입고, 상어처럼 위험한 사람들과 함께 일해야 한다는 걸 뜻했다.

The other three years they plant, grow, and harvest popcorn on those huge 125-acre circles that give people in airplanes something interesting to look at.
다시 3년 동안 그들은 15만 평의 널찍한 밭에 옥수수를 심고 길러서 수확할 예정인데, 이 광경은 비행기를 탄 사람들에게 멋진 구경거리가 될 것이다.

Probably not any kind of a record, but not bad for a five-year-old. No messed-up hair, no untied shoelaces, no problem.
특별히 기록할 게 있겠느냐만, 다섯 살배기치고는 나쁘지 않았다. 머리칼이 헝클어지지도 않았고, 신발 끈이 풀리지도 않았고, 딱히 문제 될 것이 없었다.

문장 형식의 변화 _____

> 글을 쉽게 쓰는 것은 우연이 아니라 기술에서 비롯한다.
> 춤추는 법을 배운 사람들이 가장 쉽게 움직이듯이.
>
> _ 알렉산더 포프

문장의 형태적 분류

여러 형태의 문장을 활용하는 능력은 글에 다양성을 더해주는 좋은 무기이다. 다양한 문장을 섞어 쓰면 독자의 관심을 끌 때 유용하다. 따라서 학교에서 배운 문장의 종류를 간단하게 복습해보는 것도 많은 작가에게 도움이 되리라 생각한다.

1. 단문 simple sentence

글의 명확성을 위해서 단문이 글을 지배해야 한다. 짧고 간단명료한 단문이 가장 좋다. 기왕이면 일관적이고 논리적으로 이야기를 이끌어가는 단문이어야 한다.

단문에는 주어와 동사가 하나 이상 있을 수 있지만, 절은 하나만 있어야 한다.

For one thing, the advantage can clearly exist.
무엇보다, 이점이 분명히 존재할 수 있다.

The wind stirs whitecaps on the brackish estuary.
강과 바람이 만나는 어귀에서 바람이 흰 물결에 일렁인다.

With his Yasser Arafat beard and an outfit that made him look more like the manager of a dinosaurian rock band than the head of a billion dollar enterprise, Knight was the quintessential high-powered Webfoot—charming, casual, absolutely no sense of self-importance.

야세르 아라파트를 떠올리게 하는 덥수룩한 수염이나 복장 탓에 연 매출 10억 달러의 대기업 회장보다 록밴드의 매니저처럼 보였던 나이트는 매력적이면서도 격식에 얽매이지 않고 거만하지도 않은 전형적인 오리건주 사람이었다.

위의 세 예문은 모두 단문이다. "advantage can(이점이)", "wind stirs(바람이)", "Knight was(나이트는)"에서 볼 수 있듯 하나의 기본 문이 존재한다.

우리는 단문의 형태에서 벗어나지 않고 주어와 동사를 무한히 덧붙일 수 있다. "We and the Browns can serve tea and eat crumpets…(우리집과 브라운네는 차를 대접하고 크럼펫을 먹고 또…)." 그러나 단문에 이런저런 요소를 덧붙일수록 단문의 간결함이라는 장점은 조금씩 사라진다.

2. 중문 compound sentence

중문은 둘 이상의 단문을 결합한 문장이다. 완전한 문장으로 기능하는 독립절은 등위 접속사(and, or, for, yet, but, nor 등)로만 연결될 수 있다. 중문이라고 반드시 복잡하지는 않다. 두 짤막한 단문을 연결하면 깔끔한 중문을 만들 수 있다.

> He opened the door, and she walked in.
> 그는 문을 열었고, 그녀가 걸어 들어왔다.

그러나 대부분의 중문은 더 복잡하다. 이럴 때는 등위 접속사 대신 쉼표를 사용하여 세 개 이상의 요소를 연속으로 나열할 수 있다. 그러면 중문도 더할 나위 없이 명료해진다.

> He walked down the long hall, slowly opened the door, and she walked in, looking like a prom queen.
> 그가 긴 복도를 따라 걷다가 문을 천천히 열자, 그녀가 무도회의 여왕처럼 입장했다.

3. 복문 complex sentence

명칭은 복문이지만, 복문이라도 다 복잡하지는 않다. 복문의 개념이 독자적으로 기능할 수 없는 종속절을 하나 이상 포함하는 문장일 뿐이다.

> Her boyfriend, Tony Weiss, who is also a server, nodded knowingly.
> 그녀의 남자친구이자 웨이터인 토니 와이스는 다 알고 있다는 듯 고개를 끄덕였다.

And when the evening was over, they said good night.

그리고 저녁 시간이 끝났을 때, 그들은 잠자리 인사를 나누었다.

"who is also a server(그녀의 남자친구이자 웨이터인)"와 "when the evening was over(저녁 시간이 끝났을 때)"는 종속절이다. 종속절을 지워버리면 "Weiss nodded"와 "they said"라는 기본문을 중심으로 한 단문만 남는다. 대부분의 경우, 복문은 조금 더 많은 짐을 싣고 있다. 그러나 좋은 복문은 많은 짐을 짊어지고도 명료하다.

When Children's Services Division workers seized Diane Whitehead's six children last month, it wasn't the first time the agency and the Aloha mother had crossed swords.

지난 달 아동복지부 직원들이 다이앤 화이트헤드의 자녀 여섯 명을 보호 명목으로 데려갔는데, 그때 아동복지부와 다이앤이 처음으로 충돌한 것은 아니다.

4. 혼문compound-complex sentence

혼문은 다른 형태의 세 문장으로 이루어진다. 주로 둘 이상의 연관된 독립절에 종속절이 더해진 형태를 띤다.

The chief factor cherished the seeds, and he later

transplanted the seedlings to the company gardens,
where they thrived until the Great Flood of 1894.

선임 관리자가 씨앗을 간직한 것이었고, 나중에 그는 회사 정
원에 묘목들을 옮겨 심었고, 그 묘목들이 1894년의 대홍수까
지 무럭무럭 자랐다.

혼문은 빠르게 읽기에 거추장스럽고 불편하다. 글을 명확히 쓰
는 작가는 혼문의 사용을 최소화하며, 혼문의 비중이 글 전체에서
10퍼센트를 넘기지 않도록 제한한다.

어쨌든 한 작품에서 문장 형태에 변화를 주면 글은 더욱 재밌어
진다. 리듬을 중시하는 작가는 상대적으로 단순한 문장에서 벗어
나 중문을 섞거나, 복문을 더해 독자가 글을 읽는 속도를 조절한
다. 또 전치사의 위치나 부사 구문을 활용하여 기본문에 새로운 구
조를 더하기도 한다.

달리 말하면, 작가는 끊임없이 문장 구조를 의식하며 글을 쓴다.
그럼으로써 앞 단락에 쓰인 문장 하나하나가 논점을 명확하게 보
여준다는 사실을 깨닫는다.

글의 속도

고속도로에서 제한 속도를 지키며 끝없이 달리다 보면 지루해지
기 마련이다. 교통 체증에 느림보처럼 움직일 때도 마찬가지이다.
시베리아 횡단 철도를 탄 사람들은 끝없는 초원 지대를 덜컹거리
며 가로지르는 하루하루에 미칠 지경이었다고 입을 모아 말한다.

퓰리처상 문장 수업

글 읽기도 일종의 여행이다. 모든 여행이 그렇듯 글에도 속도에 변화가 있어야 읽는 재미가 더해진다.

어떤 종류의 글이든 속도의 적절한 변주는 중요하다. 신문 기사 같은 설명적인 글에서 난해한 부분을 다룰 때는 속도를 늦춰야 한다. 예컨대 좋은 기자라면 시의회의 까다로운 토지 이용 규제에 대한 글을 쓸 때 담당자의 설명을 서둘러 지나치지 않을 것이다. 반면 그와 관련 없는 따분한 논제라면 '쏜살같은 단락flash-by graf'으로 빠르게 쓰는 것도 좋은 방법이다.

속도는 스토리텔링에서 특히 중요하다. 다양한 속도는 독자나 청중을 깨어 있게 해줄 뿐만 아니라 중요한 순간에 극적인 재미까지 더한다. 살인자가 피해자의 침실에 몰래 숨어들 때는 시간이 거의 멈춘다. 문이 삐걱거리고 칼이 천천히 올라간다. 피해자가 몸을 뒤척인다. 그 순간, 살인자는 얼어붙는다. 살인자는 다시, 소리가 나지 않게 천천히 침대에 다가간다.

그러나 칼이 표적에 깊이 파고들면 그때부터 이야기는 신속히 진행된다. 살인자는 피해자를 칼로 푹푹 찔러댄다. 피해자는 온몸을 뒤틀며 비명을 지른다. 문이 활짝 열리고 경보가 울린다. 살인자는 집을 빠져나와 거리로 뛰쳐나간다.

좋은 논픽션도 기승전결의 구조를 따른다. 대부분의 이야기는 '기起', 즉 이야기의 핵심 갈등을 이해하기 위해 필요한 배경지식을 설명하는 따분한 도입부로 시작한다. 그 뒤에 사건이 전개되고 주인공이 문제에 봉착하면 속도가 빨라진다. 마침내 대립하는 힘들이 충돌하며 절정에 치달으면 속도는 최고조에 달한다. 절정을 지나고 작가가 느슨한 매듭을 단단하게 묶을 때는 속도가 다시 줄어든다.

인용구의 처리

> 적절한 단어는 물론 효과적이다.
> 그러나 적시에 멈추는 것만큼 효과적인 단어는 없다.
> _ 마크 트웨인

리듬감 있게 말하라

고전 《글쓰기 생각하기》에서 윌리엄 진서는 인용구의 화자를 처음이나 끝이 아니라 자연스럽게 멈추는 곳에 두라고 말했다. 신시아 고니는 진서의 조언을 거의 종교적으로 따랐다. 닥터 수스Dr. Seuss로 알려진 시어도어 가이젤Theodor Geisel을 소개하는 글에서, 닥터 수스가 '빨리 말하기 힘든 어구' 중 하나를 직접 읽어 달라는 부탁을 받고 당황하던 반응에 설득력을 더하기 위해 이 기법을 사용했다.

"Not wearing the right glasses," Geisel says quickly, "I can't."
"눈에 맞는 안경을 쓰지 않아서," 가이젤이 서둘러 대답했다. "못 읽겠는데요."

《블랙 호크 다운Black Hawk Down》이라는 책으로 전국적인 명성을 얻은 경찰서 출입기자 출신 작가 마크 보든Mark Bowden도 똑같은 기법을 고수한다. 보든은 이 기법을 통해 폭력적인 저소득층 주택 정책 때문에 자신의 아파트에 갇힌 한 노파에 대한 이야기를 극적으로 표현한다. 보든과 노파는 어떤 사회적 안전망이 있을지에 대해 이야기를 나누었다. 보든은 제도적 장치가 감옥처럼 느껴지지 않겠느냐고 물었다. 그러자 그녀는 답했다.

> She leans forward in her chair, smiling, and reaches out to put one hand on his knee. "Honey don't you know?" she says. "This is prison."
> 그녀는 몸을 앞으로 쭉 내밀고 한 손을 그의 무릎에 살포시 올려놓았다. "기자 양반, 정말 모르겠어요?" 그녀가 미소를 지으며 말했다. "이곳이 지옥이라오."

적절히 배치된 화자는 인용문이 단락이나 글 전체의 끝부분에 쓰일 때 특히 중요하다. 키커가 "said(~라고 말했다)"라고 여운을 남겨서는 안 된다. 화자가 누군지 밝히는 문장에는 글을 끝맺을 때 필요한 단호함이 없다. 2001년 특집기사 부문에서 퓰리처상을 수상한 톰 홀먼의 〈가면 뒤의 소년〉에서 발췌한 예를 들어보자. 글의 주인공인 얼굴이 흉하게 뒤틀린 소년은 학교 행정관의 특별 대우를 거부한다. 그때가 이야기의 클라이맥스이다. 소년은 그 제안을 거부한 뒤 다른 학생들과 함께 줄을 서서 천천히 이동한다.

"I'll wait," Sam says firmly. "This is where I belong."

"저는 기다리겠습니다." 샘은 단호히 말했다. "내가 있어야 할
곳은 이곳입니다."

이번에는 클라이맥스 부분을 전통적인 방식으로 끝맺으면 어떤
느낌인지 직접 읽어보라.

"I'll wait. This is where I belong." Sam says firmly.

"저는 기다리겠습니다. 내가 있어야 할 곳은 이곳입니다." 샘은
단호히 말했다.

전치사로 박자를 맞추라

> 모든 것은 말하기 나름.
>
> _ 로버트 프로스트

가장 좋은 길

영어에서는 사물 간의 관계를 표현하는 방법을 다양하게 선택
할 수 있다. 영어는 어미가 변하는 굴절어, 즉 단어의 형태에 변
화를 주어 관계를 표현하는 언어이다. 예컨대 어떤 'roof(지붕)'가
'barn(헛간)'과 관계가 있음을 표현하기 위해 우리는 소유격을 활
용한다. 그리하여 "the barn's roof(헛간의 지붕)"이라는 표현이 만

들어진다.

영어는 배분적distributive이기도 하다. 구句의 형태에 변화를 주는 방식으로도 관계를 표현할 수 있다는 뜻이다. 이 경우에는 "the barn's roof"가 아니라 "the roof of the barn"이라고 말할 수도 있다.

작가를 꿈꾸는 당신이 이렇게 여러 방식으로 표현하는 방법을 알면 글의 리듬을 유지하는 데 도움이 된다. 또한 발음하기 어려운 복수 소유격, 이를테면 "Joneses'" 같은 표현을 피할 수 있다. 또 "of the roof of the barn"처럼 어색하게 반복되는 전치사구도 피할 수 있다.

다행스럽게도 혀가 꼬일 정도로 발음하기 힘든 문장은 글쓰기의 기본 원칙, 즉 전치사구의 반복을 피하라는 원칙을 간접적으로 보여준다. 전치사구의 반복은 지나치게 긴 길이와 단조로운 리듬으로 문장을 수렁에 빠뜨린다. 다음 문장을 소리 내어 읽어보라.

Encouraged by the murky outcome, Mr. Bloomberg authorized his campaign team to double his spending on television commercials in every market where he is currently advertising and (to) expand his campaign's field staff to more than two thousand people, strategists involved in the conversations said.

모호한 성과에 자극을 받은 블룸버그 씨가 선거운동팀에게 현재 모든 시장의 텔레비전 광고 지출을 두 배로 확대하고 현장

스태프를 2,000명 이상 증원하도록 인가했다고 회담에 참석했 던 전략가들이 말했다.

좋은 작가라면 누구든 이런 식으로 글을 써서는 안 된다고 말할 것이다. 어떤 문장도 이처럼 세 개 이상의 전치사구를 안정적으로 담아낼 수 없다.

문법을 점검하는 몇몇 컴퓨터 프로그램은 글에 쓰인 전치사 의 수를 헤아린다. 전치사가 단어 수의 15퍼센트를 차지하면, 문 제가 있는 글일 수 있다. 군살이 빠진 명확한 글에서는 전치사가 10~12퍼센트를 넘지 않는다.

달갑지 않은 전치사구는 쉽게 없앨 수 있다. 전치사의 목적어를 전 치사의 선행사로 바꾸기만 하면 된다. 이렇게 바꾸면 "찬의 이웃"을 "A neighbor of Chan"이 아니라 "Chan's neighbor"로, "휠러 지 역에 마련한 노숙자 쉼터"를 "A shelter for the homeless in the Wheeler neighborhood"가 아니라 "a Wheeler neighborhood homeless shelter"로 쓸 수 있다. 또 "텔레비전 광고비"는 "spending on television commercials"가 아니라 "television spending"이 된다. 모든 전치사구를 지우자는 게 아니다. 전치사 구를 다 삭제하고 싶은 작가는 없을 것이다. 요점은 전치사구의 수 를 한 문장에 한두 개로 제한하여 글의 리듬을 파괴하는 단조로운 느낌을 최소한으로 하자는 것이다.

묵직한 장애물

부정사는 to와 원형 동사가 결합하여 탄생하는 준동사를 가리킨다. 그런데 오래전 신문사 편집실에서 일한 편집자들은 분리 부정사split infinitive를 경계하라는 일종의 율법을 기억할 것이다. 그들은 일반적인 규칙에 따라 'to go'라고 쓸 뿐, 'to'와 'go' 사이에 부사를 끼워 넣을 엄두는 내지도 못했다. 그러나 〈스타 트렉〉 시리즈에서 "to boldly go"가 지겹게 반복되기 전부터 분리 부정사는 법칙으로 굳어졌다. 따라서 요즘에는 누구도 부정사를 한두 개의 부사로 분리했다고 밤잠을 설치지는 않는다. 이제 그 누구도 부정사 때문에 어떤 이유로든 거의 걱정하지 않는다. 안타까운 변화가 아닐 수 없다. 적잖은 부정사가 글의 흐름을 상당히 방해할 수 있기 때문이다.

문제는 부정사가 문장의 한복판에 놓인 벽돌처럼 독립적인 작은 단위라는 것이다. 따라서 부정사는 글의 흐름에 도움이 되기는커녕 이를 방해한다. 부정사가 문장 내에서 간헐적인 장애물 노릇을 하기 때문이다. 293쪽의 블룸버그 선거 유세에 관한 문장으로 돌아가보자. 여기에서 네 개의 전치사구가 글의 흐름을 거추장스럽게 늦추고 있을 뿐만 아니라, 두 개의 부정사 "to double"과 "to expand"도 고약한 방해꾼 역할을 한다.

통제를 벗어난 부정사는 어디에서든 못된 짓을 일삼는다. 예를 들어보자.

⋯ said his group wants chiropractors to continue to have

the right to authorize temporary disability payments for injured workers and to rate whether they have been permanently disabled.

… 그의 팀은 척추 지압사들이 산재 노동자에 대한 일시적인 장애 급여 여부를 판단하고 산재 노동자의 장애가 영구적인 것인지 평가하는 권한을 계속 유지하기를 바란다고 밝혔다.

The Sweet Home school board says Bible teachers may no longer go into local public schools to hand out slips seeking parents' permission for schoolchildren to skip classes to attend Christian education classes.

스위트홈 시교육 위원회의 결정에 따라 이제 성경 교사들은 아이들에게 기독교 교리 강의에 참석하기 위해 정규 강의를 건너뛰어도 좋다는 부모의 허락을 구하는 쪽지를 건네줄 목적으로 더는 지역 공립 학교를 방문하지 못한다.

부정사가 한 문장에서 많이 쓰인 듯하면, 한두 개를 다른 형식으로 바꿔 쓰면 어떨지 고려해보라.

† 종속절

"to skip classes to attend" → "to skip classes so that they can attend"

† 분사절

"to hand out slips" → "handing out slips"

물론 종속절이나 분사절을 반복하는 것도 바람직한 조언은 아니다. 결국 다양함이 핵심이다.

병렬 구조

> 단어의 놀음이 너무도 사랑스럽지 아니한가!
>
> _ 에밀리 디킨슨

연속되는 소용돌이

리듬은 대칭에서 부분적으로 비롯하며 대칭은 요소들 간 균형을 맞추는 지름길이다. 따라서 언어 감각이 뛰어난 작가들은 예컨대 두 음절 단어로 이루어진 구절로 문장을 시작하면 두 음절 단어로 이루어진 구절로 문장을 끝낸다.

밀접한 관계가 있는 요소들 간의 균형은 중요하다. 잘 설계된 건물의 창문 모양이 대체로 비슷하듯, 연이어 나타나는 문장 요소들도 마찬가지이다. 달리 말하면, 연속적으로 쓰이는 단어, 구, 절은 비슷한 구조를 갖는 게 좋다.

병렬 구조parallel construction는 바람직한 구조를 만들어내는 데 그치지 않는다. 연속되는 단어나 구는 병렬 구조, 즉 비슷한 형태를 취할 때 이해하기가 더 쉽기 때문이다. 또한 연속되는 요소들을 반복 형태로 강조할 때 더 큰 효과가 발휘된다. 아래의 부제목을 예로 들어보자.

Abortions Would Be Allowed Only in Cases of Rape, Incest, or to Save the Mother's Life.
임신 중지는 강간, 근친상간, 산모의 목숨을 살리기 위한 경우에만 허용될 것으로 보인다.

나열된 요소 중 이 마지막 요소는 참혹하게 실패했다. 완벽한 균형을 이루는 앞선 두 단어가 빚은 기대감을 무너뜨린다. 그 두 요소는 명사인데, 세 번째 요소인 "to save"는 부정사이다. 물론 이 부정사 역시 명사로 기능하지만, 명사의 형태가 아니다. 세 번째 요소와 앞선 두 요소의 균형을 맞추었다면 구절 전체가 더 맛깔나게 읽혔을 것이다.

Abortions would be allowed only in cases of rape, incest, or a threat to the mother's life.
임신 중지는 강간, 근친상간 또는 산모의 생명에 위협인 경우 허용될 것으로 보인다.

부정사가 병렬 구조에 문제를 야기하는 유일한 준동사는 아니다. 명사와 동명사가 뒤섞여 쓰인 예를 살펴보자.

The young people who are graduating with highest honors this month and next from metropolitan–area high schools dwell instead on valued friendships, on teachers who challenge and inspire, and on the getting of knowledge.

이번 달과 다음 달 수도권 지역의 고등학교를 우등으로 졸업할 예정인 청년들은 소중한 우정, 용기와 영감을 북돋우는 교사들, 지식을 습득하는 것에 대해 깊이 생각하고 있다.

이 글을 쓴 작가가 "getting(습득하는 것)"을 명사로 대체했더라면 더 좋았을 것이다. "knowledge(지식)"만으로도 충분했을 것이다. 또는 "the acquisition of knowledge(지식의 습득)"이라고 표현해도 원래의 의미를 유지할 수 있다.

나열되는 요소들은 태態도 동일해야 한다. 아래의 예는 마지막 요소에서 수동태를 사용하는 실수를 범했다.

The nation's worst oil spill spread out of control Monday as a supertanker remained impaled on rocks, wind gusts topping seventy mph forced postponement of already delayed cleanup efforts and questions were raised about the ship captain's drinking.

초대형 유조선이 바위에 좌초한 채 남아 있는 가운데, 지난 월 요일 최악의 기름 유출이 발생했고, 시속 110킬로미터에 달하는 돌풍으로 안 그래도 늦어진 복구 작업을 다시 미룰 수밖에 없었으며, 선장의 음주에 대한 의문이 제기되었다.

한편 까다로운 상황에서도 작가가 명사를 철저하게 고집하여 나열하는 데 성공한 글도 있다.

··· crime fueled by drugs, unemployment, educational failures, racism, low self-esteem among many of the young, large numbers of single-parent families living in poverty, shoddy housing, and indifferent landlords.
마약과 실업, 교육의 실패, 인종차별, 많은 젊은이의 낮은 자존감, 가난에 찌든 다수의 한부모 가정, 조악한 주택, 냉담한 임대주가 부추긴 범죄···.

〈뉴욕 타임스〉에서 우주 왕복선 컬럼비아호의 잔해가 텍사스의 내코그도치스에 떨어지는 모습을 묘사하며 나열한 문장들은 완벽하게 통제된 데다, 문장 속 리듬의 힘에서 권위마저 물씬 풍긴다.

It sounded like a freight train, like a tornado, like rolling thunder—and then a gigantic boom.
It fell from the sky in six-inch chunks and seven-foot sections of steel, ceramics, circuit boards, and who-knows-what.

퓰리처상 문장 수업

It tore holes in cedar rooftops, scorched front lawns, ripped a streetlight from its pole, and littered the parking lot behind the Masonic hall downtown. (David M. Halbfinger and Richard A. Oppel Jr., New York Times)

그것은 화물 열차처럼, 토네이도처럼, 우레 소리처럼, 그리고 엄청난 굉음처럼 들렸다.

그것은 하늘에서 15센티미터 크기의 덩어리로, 2미터 크기의 쇳덩이와 도기와 회로판으로, 그리고 알 수 없는 것들로 떨어졌다.

그것은 삼나무 옥상에 구멍을 냈고, 앞마당 잔디를 태웠으며, 가로등을 기둥에서 떨어뜨렸고, 시내에 위치한 메소닉 홀 뒤쪽의 주차장을 어지럽혔다. (데이비드 M. 핼브핑거와 리처드 A. 오펠 주니어, 〈뉴욕 타임스〉)

리듬을 만드는 법

> 낯선 지방의 뉴스 편집실에서 가장 뛰어난 작가를 알고 싶은가?
> 그럼, 입술을 움직이며 글을 쓰는 사람을 찾으라.
> _도널드 머리

다른 사람의 글에서 리듬을 찾는 일과 자신의 글을 리듬감 있게 쓰는 일은 전혀 다르다.

처음에는 초고를 소리 내어 읽으며 단어와 구절의 균형, 두운, 화자의 위치, 다양한 형태의 문장, 다양하게 쓰인 구두점이 만들어내는 멈춤의 효과를 귀로 파악하는 것도 좋은 방법이다.

예컨대 문장의 앞부분이 삼박자라면, 그 문장의 끝부분도 삼박자로 끝낼 방법이 있는가? 어떤 수식어를 더 기분 좋게 들리는 수식어로 교체할 수 있겠는가? 무려 스무 단어가 넘는 문장을 반복적으로 쓰거나 대부분의 문장에 비슷한 전치사구를 끼워 넣으며 리듬감을 죽이고 있진 않은가?

작가로서 우리가 할 수 있는 최선의 방책은 원고를 소리 내어 읽기 시작하는 것이다. 방송 작가는 귀로 듣는 시청자나 청취자를 의식해서 글을 쓴다. 그렇기 때문에 당혹스러운 방송사고를 유발할 수 있는 표현을 피하려면 쓴 구절을 실제로 들어봐야 한다는 사실을 알고 있다. 글을 소리 내어 읽는 방법은 대부분의 방송국 보도국에서 흔히 볼 수 있는 문화이다.

신문사 편집국은 그렇지 않다. 기자들은 자신의 글을 소리 내어 읽기를 죽도록 꺼려 한다. 그들이 '전송' 버튼을 누르면 곧바로 수십만 명의 독자에게 그들의 원고가 전해진다. 그럼에도 그들은 퇴고할 때 주변의 동료 두세 명에게 중얼거리는 소리를 들려주기를 망설인다.

프리랜서나 혼자 작업하며 글을 쓰는 작가라면 원고를 소리 내어 읽지 못할 이유가 더더욱 없다. 주변에 아무도 없는데도 얻게 되는 이익이 무척 큰 데다 간단하기까지 한 단계를 건너뛸 이유가 무엇인가?

어떤 장르의 글은 소리 내어 읽는 단계를 통해 눈으로 읽을 때는 거의 표면적으로 드러나지 않는 결함을 찾아낼 수 있다. 작업하는 주변에 많은 사람이 있어 글을 소리 내어 읽기가 부끄럽다면, 전화기를 들고 당신의 원고를 정보 제공자에게 읽어주는 척해보라.

읽는 것이 목적이지 공연하려는 게 아니다. 모든 음절에서 극적인 효과를 이끌어낼 필요는 없다. 영화감독 존 세일즈John Sayles는 배우가 어떤 장식도 입히지 않는 상태에서 판단해보고자 대본에 쓰인 대사를 아무런 억양도 없이 단조롭게 직접 읽기를 좋아했다.

중얼거려도 괜찮다. 속삭이는 듯한 소리로 읽어도 상관없다. 당신이 쓴 글을 귀로 들으면 좋든 싫든 당신의 글 속에 담긴 리듬이 귀에 들어올 것이다.

글에 리듬감을 더해주는
5가지 지름길

1. 높낮이를 귀담아들으라.

당신이 쓴 글을 소리 내어 읽으며 글의 흐름에 주목해보라. 막히는 데 없이, 또 어색하게 멈추거나 혀가 꼬이는 데 없이 글이 매끄럽게 흐르는가? 그렇지 않다면 문장 구조를 어떤 식으로든 바꾸어가며 글의 박자를 향상시켜보라.

2. 두운을 찾으라.

초고가 투박하다면 핵심적인 소리를 반복하는 구절을 찾아보라. "contours of the bend(굴곡의 윤곽)"를 "contours of the curve"로 바꿔 표현하는 건 어떨까? "secrets of the experienced(요령의 비밀)"가 아니라 "secrets of the savvy"는 어떤가?

3. 문장에 균형감을 주라.

"Pleasing sentences display a certain symmetry(좋은 문장은 대칭을 이룬다)." 예컨대 앞선 문장은 두 음절 단어로 시작하고, 세 음절 단어가 뒤따른다. 또 끝부분에서 두 음절 단어와 세 음절 단어가 순서대로 쓰였다.

4. 문장과 단락의 길이에 변화를 주라.

같은 길이로 반복되는 문장만큼 글 읽는 재미를 떨어뜨리는 것은 없다. 긴 문장과 짧은 문장을 섞고, 점점 짧아지거나 길어지는 문장으로 단락을 재밌게 꾸며보라. 단락의 경우도 다르지 않다. 복잡한 주장이 전개되는 단락은 12개 안팎의 문장으로 구성되지만,

핵심을 제시하는 단락은 한 문장으로 이루어질 수도 있다.

5. 강력한 한 방으로 끝내라.

단락이나 장, 또는 이야기에서 마지막 단어는 문을 세게 닫는 굉음과 같아야 한다. 마지막을 멋지게 장식하고 싶다면, 단음절이나 경음을 찾아라. 내가 이 요약의 첫 항목을 끝내며 그랬듯 당신도 'rhythm(리듬)' 대신 'beat(박자)'를 쓸 수 있겠는가? 또 'click', 'dupe', 'pit', 'dead' 같은 단어로 끝내는 방법을 생각해낼 수 있겠는가?

8 인간미

> 미스터리는 인간의 삶을 표현하는 언어를 사용하는 데 있다.
>
> _ 유도라 웰티

미국 저널리즘에서 통하는 원칙 중 하나는 "독자를 당신의 기사에 끌어들이는 것"이다. 젊은 기자들은 이 원칙을 직접 인용을 많이 활용해야 한다는 뜻으로 받아들인다. 주로 인용되는 것은 운동선수, 정치인, 기획자 및 다양한 유형의 운동가가 남긴 말이다. 그 말은 일부러 지어낸 듯 부자연스럽고 미덥지 못하며 인류애보다 이기적인 헛소리로 가득한 경우가 대다수이다.

저널리즘이 아닌 다른 형태의 논픽션이 인간미를 더 성공적으로 담아낸다. 인물 소개에 뛰어난 작가는 현실을 빼다 박은 환경에 상대방을 놓고, 성격은 어떠하며 그 성격에 따른 행동은 어떤지 보여준다. 특집기사 전문 작가의 경우 음식과 여행, 스포츠, 예술에 대한 이야기에 인간미를 넣는다.

소설가는 색이 풍부한 팔레트로 작업한다. 그들은 몇 세기 전부터 글을 쓰는 방법을 다듬고 인물에 생명력을 부여하는 강력한 기법을 개발해왔다. 지면의 한계상 여기에서 그 기법을 모두 다룰 수는 없다.

최근 뇌 연구에서 밝혀진 바에 따르면, 청중은 주인공의 감정과 의도 및 신념에 몰입한다. 뇌 과학자들은 줄거리와 등장인물 중 어느 것이 더 중요한지 다투는 해묵은 논쟁의 해답을 제시했다. "2300년 전 아리스토텔레스는 줄거리가 스토리의 서술에서 가장 중요하고 등장인물을 부차적이라고 보았다." 그 연구의 수석 연구원은 말했다. "그러나 뇌 연구의 결과에 따르면, 사람들은 등장인물의 심리를 중심으로 스토리에 접근하고 주인공의 정서에 초점을 맞춘다."

하지만 복잡하게 뒤얽힌 성격과 동기와 행동을 글로 정확히 표현하는 건 쉽지 않은 과제이다. 우리가 흔히 접하는 소설과 영화, 텔레비전 드라마의 등장인물은 완전히 인간적이기보다 생동감도 없는 따분한 사람이지 않나.

잡지의 인물 소개란부터 어린이책까지 모든 글을 섭렵한 오리건 출신 작가 래리 레너드Larry Leonard는 인간성을 표착하는 일의 어려움을 지극히 단순하게 평했다. "사람을 단어로 풀어내기는 지독하게도 어렵다."

일화

> 이야깃거리를 얻으려면 먼저 이야기해야 한다.
>
> _켄 메츨러

세상에 알려지지 않는 일화

독자를 당신의 기사에 끌어들이는 최고의 방법 중 하나는 정보 제공자와 등장인물이 무언가를 실제로 하고 있는 장면을 실감 나게 보여주는 것이다. 독자는 행동을 구체적으로 묘사한 글을 읽으며 자연스러운 환경에서 살아 움직이고 호흡하는 인물의 모습을 그려 볼 수 있다. 이런 이미지를 가장 효과적으로 만들어낼 수 있는 도구가 바로 일화anecdote이다.

효과적인 일화는 간단한 '주인공 - 갈등 - 해소'의 구조를 따라 진행된다. 즉, 주인공이 문제에 부딪치고 어떤 행동으로 그 문제를 극복하려고 한다. 결국 독자는 그 결과가 어떻게 되는지 보려고 글을 계속 읽는다.

일화를 중심으로 끌어가는 이야기는 잡지에서 흔히 볼 수 있다. 잡지 〈에스콰이어〉에서 오랫동안 사랑받은 게이 탈레세Gay Talese 의 인물 이야기는 스무 꼭지 이상의 일화를 포함하는 경우가 많았다. 일화가 다른 일화로, 또 다른 일화로 꼬리에 꼬리를 물고 이어지는 식이었다.

좋은 일화는 읽는 재미뿐만 아니라 이야기의 논점과 그 근거까지 담고 있다. 일화는 글의 중심 내용을 드러낸다. 일화는 사건을 말하기보다 보여주는 특성이 있기 때문이다. 실제로 자신에 대해 철저하게 솔직한 사람은 극히 드물기 때문에 인용문은 무언가를 감추고 있을 가능성이 크다. 한편, 행동은 진실에 가깝다. 일화는 인물의 가면을 벗기고 진실하고 인간적인 민낯을 보여준다.

물론 일화마다 질적인 면에서 정도의 차이가 있다. 그렇다면 좋은 일화의 조건은 무엇일까?

우선 짧은 것이 더 좋다. 최고의 일화는 한두 단락으로 구성된다. 실제로 일화가 네 단락을 넘는 경우는 드물다. 좋은 일화에는 재담꾼의 원칙이 적용되는 듯하다. 요컨대 펀치라인이 강렬할수록 이야기가 더 오래 기억에 남는다. 유명 코미디언 헤니 영맨Henny Youngman의 일화는 한 줄로 충분했다.

대부분의 일화는 설명하는 대목이 끝나고 일화가 시작된다는 사실을 독자에게 은근하게 알리면서 시작된다. 신호는 동화에서 "옛날 옛적에" 같은 역할을 하는, 대체로 시간과 관련된 표현이다. 예컨대 'during(~하는 동안)'은 일화가 곧 시작되리라는 걸 독자에게 알린다. 'when(~할 때)'으로 시작하는 절도 마찬가지이다. 또 누군가에 대해 이야기하는 경우 "So and so likes to recall the time when… (아무개는 그 시절을 종종 회고하곤 한다)"이라는 표현도 좋은 신호가 될 수 있다.

일화는 과거의 어느 시점에 일어난 사건을 가리킨다. 달리 말하면, 일화는 현재 시점에서 과거를 회상하는 것이다. 따라서 주변 사건들을 현재로 나타내더라도 일화 자체는 거의 언제나 과거로 표현한다.

좋은 일화는 강력한 키커로 끝나는 경우가 많다. 키커는 독자에게 이야기가 끝났음을 알려주는 펀치라인이다. 일화가 재밌다면 키커는 펀치라인이 된다. 물론 일화가 재밌든 아니든 강력한 한 방으로 끝맺어야 한다. 좋은 일화는 결코 "아무개는 말했다"라는 식으로 끝나지 않는다.

아래의 예에서 우리는 효과적인 서술의 도구로 기능하는 일화의 몇 가지 특징을 찾을 수 있다. 남아프리카의 토종 물고기 카벨주kabeljou를 향한 지역민의 강박적인 사랑을 다룬 캘빈 트릴린Calvin Trillin의 글을 예로 들어보자.

내가 남아프리카 공화국에 머물렀을 때다. 그곳에서 미국 보스턴에 사는 친구 패트리셔 수즈먼을 우연히 마주쳤다. 그녀는 케이프타운 공항의 출입국 심사원이 방문 목적을 물어보자 이렇게 대답했다고 한다. "카벨주를 먹으러 왔어요." 참고로 그녀는 요하네스버그에서 나고 자랐다.

정말 멋진 일화이다! 〈뉴요커〉에 실린 이 일화는 트릴린 특유의 기법으로 재밌게 쓰였고, 글의 논점인 '남아프리카 공화국 사람은 고향의 맛있는 생선 요리를 다시 맛보기 위해 지구 반바퀴를 날아가기도 한다'를 실증적으로 보여주었다.

〈로스앤젤레스 타임스〉의 한 칼럼에서 앤드루 맬컴Andrew Malcolm이 유명 과학자의 연구열을 칭찬한 일화를 예로 들어보자.

오래전 어느 날 이곳에서 그다지 멀지 않은 한 골짜기에서였다. 조지 마시의 부모는 아들에게 지름 10센티미터짜리 낡은 망원경을 선물했다. 그날부터 조지는 밤마다 침실 덧문을 열었다. 새 장난감을 손에 들고 지붕으로 기어올랐다. 그곳에서 조지는 태양계와 은하를 여행했다. 시간이 가는 줄 몰랐다. 자신이 한

없이 작게 느껴졌고, 동시에 훨씬 더 거대한 무엇인가와 연결되어 있다는 기묘한 감정에 사로잡혔다. 조지는 토성의 고리를, 목성의 위성이 움직이는 궤적을 관찰했다. 저 밖에서 어떤 존재가 그라나다 골짜기를 내려다보고 있을까 상상하면서.

어느덧 성장한 조지는 캘리포니아 북부의 버클리라는 행성으로 이주했다. 이제는 침실 덧문을 넘지 못할 만큼 키가 훌쩍 컸다. 그러나 캘리포니아대학교 버클리분교의 컴퓨터, 500만 달러짜리 분광계 그리고 지름 1킬로미터짜리 망원경으로 밤하늘을 살펴볼 때면, 여전히 작디작은 자신을 발견한다.

지식의 최전선에서 고군분투하는 과학자, 예컨대 위 예시처럼 다른 태양계에서 새로운 행성을 발견하려고 애쓰는 과학자를 다룰 때는 그 열정이 어디에서부터 시작되었는지 밝히는 게 거의 공식이다. 위 예에서 맬컴은 적절한 의문을 제기한 뒤 이야기에 꼭 맞는 일화를 찾아냈다.

마크 머호니Mark Mahoney가 뉴욕의 일간지 〈포스트 스타〉에 기고한 사설도 좋은 예이다.

의사는 환자를 보려고 병실에 들어갔다. 환자의 오른팔은 팔걸이 깁스가, 왼발은 천장에 매달린 줄이 받치고 있다. 머리부터 발끝까지 붕대로 칭칭 감은 환자였다.
"어떻게 하다가 이렇게 많이 다치셨습니까?" 의사가 묻는다.
"낙엽을 쓸고 있었습니다." 환자는 붕대 틈새로 보이는 작은 입구멍으로 투덜거린다.

"낙엽을 쓸다가 이렇게 많이 다쳤다고요?" 의사는 놀라서 묻는다.

"나무에서 떨어졌습니다."

웃지 마시라!

당신이 퀸스버리 주민이라면, 그래서 시청이 난데없이 낙엽을 수거하겠다고 나섰다면, 병원 침대에 누운 그 미라가 당신일 수도 있었다.

당시 초가을의 날씨가 따뜻해서 낙엽이 아직 떨어지지 않은 상황이었다. 그런데도 시청은 연간 계획에 맞춰 낙엽을 수거하려고 했고, 마크는 이 사실을 일화로 지적했다. 효과적이지 않은가? 낙엽을 쓸려다가 나무에서 떨어진 사례가 또 있었을까? 논점을 정확하게 짚는 일화가 아닐 수 없다.

이야깃거리를 얻으려면 먼저 이야기하라

물론 논픽션 작가가 일화를 지어내서는 안 된다. 달리 말해, 일화를 글로 풀어내는 능력도 괜찮은 일화를 찾는 능력이 없다면 별 소용없다는 뜻이다.

구체적인 일화를 찾는 데 천부적인 재주가 있는 작가도 있지만, 따분하고 추상적인 정보로 공책을 빼곡하게 채우는 작가도 있다. 둘의 주요한 차이점은 사람들과 대화하는 방식에서 비롯되는 듯하다. 《창의적으로 인터뷰하기creative interviewing》의 저자 켄 메츨러Ken Metzler가 말했듯 좋은 일화를 제공하는 인터뷰는 대화에 가깝다. 인터뷰 진행자는 상대방에게 많은 것을 얻는 만큼, 많은 것을 내주어야 한다. 스스로 느슨해지며 상대방의 긴장을 풀어주어야 하는 것이다. 요컨대 상대방이 자신의 삶을 시시콜콜하게 털어놓아도 괜찮다고 느낄 정도로 편안하게 대해줘야 한다. 이야깃거리를 얻으려면 먼저 이야기를 시작할 필요가 있다.

트루먼 커포티는 논픽션을 쓰기 시작했을 당시 이 기법을 재빨리 습득했다. 그가 영화배우 말론 브란도Marlon Brando를 인터뷰한 글에서 그전까지 공개되지 않았던 말론과 알코올 의존중이던 어머니 사이의 관계가 처음으로 낱낱이 밝혀졌다. 브란도의 친구들은 깜짝 놀랐고, 한 친구는 '스캔들이나 찾아다니는 못된 녀석'에게 왜 비밀을 털어놓았느냐고 묻기도 했다.

브란도는 커포티가 밤새 술을 마시게 해서 잠을 자지 못했다고, 그래서 판단력이 그만 흐려졌다고 답했다. 게다가 커포티는 대화를 주도하며 자기 삶의 사적인 비밀까지 공유했다. 브란도가 옆에서 한마디쯤 거들지 않을 수 없었다. 브란도는 결국 어머니에 대한 비밀을 털어놓았다. 물론 '그 못된 녀석'에게 이야기를 공개해도 좋다고 허락한 건 아니었지만.

당신도 동료와 친구, 친척들과 대화하며 좋은 일화를 수집할 수 있다. 당신이 묘사하고자 하는 성격이나 특징을 먼저 언급하면서 물꼬를 트라. 예컨대 "헨리에게 강박적으로 정리하는 습관이 있다고 들었어요. 정말이라고 생각하세요? 헨리에게 그런 강박증이 있다는 사실을 알고 있었나요?"라고 물으라.

그럼 헨리가 책상을 강박적으로 치우고, 어쩌면 언젠가 헨리가 야영지 주변이 지저분하다는 이유로 땔깜을 저 멀리 떨어진 곳에 놓아둔 사건을 풀어놓으며 당신에게 이야깃거리를 전해줄지 모른다.

비네트

작은 그림

간수는 두 발을 굳게 딛고, 두 팔을 들어, 표적을 겨냥하고 쏘았다. 낚싯바늘이 송어의 입에 걸리듯이 두 개의 전극 바늘이 표적에 꽂혔다. 곧이어 간수는 전기 충격 버튼을 눌렀다.

쩌직.

푸른 불꽃이 표적의 몸통을 흐르며 타다닥거리는 소리를 냈다. 표적이 재소자였다면 속절없이 고꾸라졌을 것이다.

"여러분도 전기 충격을 느꼈을 겁니다." 오리건주 교정국의 훈련 교관 웨인 에덜리는 말했다. "팔 근육이 약간 얼얼하죠?"

플리처상 문장 수업

위의 글을 읽을 때 그려지는 그림은 이미지보다 크고 장면보다는 작다. 일화 특유의 산뜻한 마무리나 내적인 이야기 구조가 있는 것도 아니다.

세라 칼린 에임스Sarah Carlin Ames는 전기 충격 총의 작동법을 특정 인물이나 사건에 대해 간단하게 묘사하는 짧은 글인 비네트vignette로 생생하게 묘사하여 독자의 관심을 사로잡는다. 비네트는 글머리만큼 글의 논점을 정확하게 포착하는 역할을 한다.

다른 예로 딕 코클Dick Cockle의 글을 살펴보자.

> 전나무 가지 위에 40킬로그램은 돼 보이는 암컷 퓨마가 엎드려 눈을 붙이며 우중충한 오후를 보내고 있었다. 사냥개의 주인 게일 컬버가 서 있는 자리에서 15미터쯤 위였다. 돌출된 바위에서 10미터쯤 떨어진 곳에 자란 나무에는 그보다 작은 퓨마가 숨어 있었다.
>
> 지친 컬버와 비에 흠뻑 젖은 두 명의 야생동물 생물학자에게 나무에 몸을 숨긴 한 쌍의 퓨마는, 발이 푹푹 빠지는 눈밭을 헤치며 두 시간 동안 추적한 노력을 보상하고도 남았다.

딕의 비네트는 독자에게 연구자와 퓨마를 소개하며 이야기를 시작한다. 논점이 너무도 분명해서 다른 설명이 필요 없을 정도이다.

어떤 비네트는 상징적 가치를 갖기도 한다. 작가가 자신의 경험과 분석력, 이해력으로 작은 것에 특별한 의미를 부여하는 경우이다. 소설가라면 이 흥미로운 상징을 전체 이야기 사이에 집어넣는다. 그리고 그 상징에서 의미를 끌어내는 역할은 예민한 독자나 평론가에게 맡긴다. 하지만 대중을 상대로 하는 기자라면 약간의 설명을 덧붙이는 지혜를 발휘하는 편이 좋다.

법이라는 전문 분야의 모호한 수렁에 빠지지 않기 위해 항상 조심하던 법원 출입기자 프레드 리슨Fred Leeson의 글은 좋은 비네트의 예이다.

데이비드 로런스 올스태드는 카펫이 깔린 통로를 천천히 걷다가 잠시 멈추고는 곧이어 작은 나무문을 옆으로 밀었다.

어떤 법정에서나 그렇듯, 연방 지방법원의 회전식 출입문도 실질적인 의미보다 상징적인 의미가 더 크다. 그 출입문을 기준으로 법정은 회랑과 구분된다. 변호사와 의뢰인과 판사는 앞쪽에, 참관인들은 뒤쪽에 앉는다.

17년 차 변호사인 올스태드(45세)는 늘 그랬듯이 이 특별한 구역으로 걸어 들어갔다. 원래대로라면 건너편 자리에 있어야 할 공격적이고 두뇌 회전이 빠른 검사, 아니 前 검사는 피고석에 앉아 있었다.

그는 이제 올스태드의 의뢰인, 즉 판결을 기다리는 형사 피고인이 되었다.

많은 비네트는 순간적으로 떠오른 사소한 이미지를 묘사한 것에 불과하다. 작가들은 글에 생기를 더하기 위해 상징보다는 비네트를 주로 활용하는 편이다. 장소나 분위기를 묘사하기 위해 글의 곳

퓰리처상 문장 수업

곳에 비네트를 활용한다. 인물의 행동이나 풍경 등을 멋지게 묘사
하면 독자는 작가의 표현력에 매료되어 이야기 속에 푹 빠져든다.

철도광 에드 임멜Ed Immel이 중국에서 기차 여행을 하며 쓴 글
은 분위기를 자아내는 좋은 비네트의 예로 손꼽힌다.

> 한밤중, 객차가 이름 없는 역으로 들어선다. 밖은 아무것도 보
> 이지 않는데 소리만 들리고, 어둠 속에서 증기기관은 살아 있는
> 동물이 된다. 에어 펌프가 기계적으로 쿵쿵, 쿵쿵, 쿵쿵거리고
> 터빈 발전기는 징징거린다. 증기기관만이 낼 수 있는 펑-쉬익
> 소리가 정적을 가득 채운다.

인용

> 나는 인용구를 싫어한다. 당신이 아는 것을 나에게 직접 말하라.
> _ 랠프 월도 에머슨

글에 인간미를 더할 수 있는 많은 방법이 있다. 그중 직접 인용
은 남용되고 있는 듯하다. 스포츠 기사나 특집기사에서 직접 인용
은 두 단락마다 하나씩 쓰일 정도이다. 무의미하고 따분한 발언을
나열하는 일은 관습이 되어버린 모양이다. 하지만 뛰어난 잡지 기
고자들은 단 하나의 인용도 없이 5,000단어 이상을 쓴다. 직접 인
용이 소모적이라는 반증이다.

물론 인용구에는 고유한 목적이 있다. 때때로 작가는 화자의 발언을 정확하게 전달해야 한다. 이때 자신만의 위트나 리듬, 절제된 표현, 색깔이나 감성을 더할 수는 없는 노릇이다.

작가들이 재미도 없는 발언을 인용하는 데는 몇 가지 이유가 있다. 논란이 많은 의견의 출처를 밝히거나 권위 있는 출처와 연결되어 의견에 신빙성을 더하기 때문이다. 또 직접 인용은 특정 의견이 존재한다는 작가의 주장을 뒷받침하는 증거, 화자의 성격을 짐작하게 하는 단서가 되기도 한다.

그러나 인용구의 효용에는 한계가 있다.

화자의 발언 중에는 인용할 만한 것이 거의 없다. 화자는 대부분 두서없이 말하고 같은 말을 되풀이한다. 게다가 그들의 발언은 진부하기 짝이 없다. 흥미롭고 권위가 있으며 파격적인 발언이 아니면 인용하지 않는 편이 더 낫다. 지루한 인용구를 나열하는 것만큼 글의 재미를 떨어뜨리는 게 또 있을까?

내가 근무했던 신문사의 예를 들어보자. "우리는 지금 매일 30만 켤레의 구두를 생산하고 있다" 혹은 "월슨강은 토요일 오전 2시경 홍수 수위인 3.5미터에 도달할 것으로 예측된다" 같은 주장처럼 논쟁적이지도, 극적이지도 않은 주장을 군이 직접 인용할 필요가 있을까? 정보 이외에 어떤 것도 알려주지 못하는 이런 인용을 정보 인용information quote이라고 부른다.

형식적인 인용pro forma quote은 더욱더 해롭다. 고루한 대변인의 예측 가능한 발언을 인용하는 경우이다. 흥미로운 인용 특유의 묘미는 형식적인 인용에서 찾아볼 수 없다. 딱딱하고 격식을 차린 경

퓰리처상 문장 수업

우가 많아 화자의 성격을 드러내지 못한다. 또 권위자의 발언은 대개 논쟁적이지 않기 때문에 단어 하나하나를 정확하게 인용할 필요도 없다.

기업계의 발언을 인용하는 글은 특히 의심스럽다. 예컨대 어떤 기업이 다른 기업을 인수할 때 인수 기업의 홍보부는 기자회견을 진행한다. 합병하는 기업과 당사자의 이름이 달라질 뿐, 거래의 내용은 예외 없이 장밋빛으로 면밀하게 포장된다.

> 인수 기업의 사장이며 투자자인 크레이그 W. 카머스는 "우리 경영팀은 이번에 새로 맺은 관계로 큰 실익을 기대하고 있다"라며 "우리는 GAC의 잠재력을 최대한 끌어냄으로써 고급 상업 인쇄물 산업에 굳건한 발판을 놓을 예정이다"라고 덧붙였다.

물론 기업계의 발언만 의심스러운 건 아니다. 정치인도 형식적인 인용의 달인이다. 정치인은 상대방에게 불쾌감을 주지 않는, 긍정 일색의 평론을 서슴없이 내놓는다. 형식적인 인용에 관해서는 경찰도 지지 않는다.

> 경찰 대변인 마크 하이드 경관은 "다친 사람이 한 명도 없고 용의자도 이미 체포되었기 때문에 무장한 용의자들을 대상으로 이루어진 작전이 성공적으로 끝났다는 믿음을 시민들에게 줄 수 있을 것"이라며 "이번 사건은 예외에 불과하고 일반적인 경우는 아니다"라고 덧붙였다.

스포츠 기사에도 고유한 공식이 있다. 인용문 수집은 스포츠 기사를 작성하는 데 기본이고, 멋진 글을 인용하는 능력은 스포츠 기자에게 필수적인 자질이다. 영화 〈19번째 남자〉에서 많은 호평을 받는 장면 중 하나는 포스트 게임을 앞둔 신인 선수가 탈의실에서 형식적인 인용을 곁들인 연설을 들으며 용기를 얻는 장면이다.

이 인용문은 이미 많은 매체를 통해 소개되었다.

> 그전까지 최고 득점 기록이 20점이었던 레이트너가 말했다. "알론조는 무척 좋은 선수야. 나는 조지타운의 경기 말고, 내 경기만 생각했지. 내가 늘 해오던 방식대로 해내고 싶었어. 득점하는 일, 그 일에만 열중하고 싶었다고."

인용하기에 좋은 말을 해주는 선수들은 이구동성 자신의 경기만을 생각하지, 상대편의 경기는 염두에 두지 않는다고 말한다. 승리한 선수가 "경기에만 집중했다", "110퍼센트까지 땀을 쏟아냈다"라고 말하는 것과 다를 바가 없다. 한편 패배한 쪽은 "완패했다", "평소의 집중력을 발휘하지 못했다"라고 기계적으로 반응한다.

이런 인용구는 대체로 당사자가 기계적으로 내뱉는 말에 불과하다.

위의 예에서 짐작할 수 있듯 때로는 아무런 인용도 하지 않는 것이 최선이다. 누군가를 20분 동안 인터뷰하고 그 정보를 1분짜리로 요약했다면, 중요한 내용을 짧은 단락으로 압축하는 것만큼이나 보람찬 작업을 해낸 것이다.

때로는 따분하거나 난해한 인용문에 유용한 정보가 있을 수 있다. 이런 경우에는 그 인용문의 일부를 수정하고 나머지를 인용하는 방법도 괜찮은 기법이다. 화자의 의도를 충분하게 반영하는 부분 인용은 독자에게 군더더기 없이 핵심을 전달하는 이로운 전략이다.

흑인의 대이주를 치밀하게 추적한 책《다른 태양의 온기The Warmth of Other Suns》로 명성을 얻고 퓰리처상을 수상한 기자 이저벨 윌커슨Isabel Wilkerson은 "곧장 친구에게 가서 그대로 전해주고 싶을 정도로 기억에 남는 말, 하지만 당신은 결코 말할 수 없고 상상조차 할 수 없는 말"이 아닌 경우에는 직접 인용을 고려하지도 말라고 말했다.

그녀는 인용을 하기 전 다음의 네 가지 기준에 부합하는지 따져보았다.

† 그 인용문이 기사의 흐름에 적합한가? 그 인용문이 기사에서 꼭 필요한 부분인가? 그 인용문을 배제하면 기사에 어떤 영향을 미치는가? 그 인용문이 기사에 매끄럽게 맞아떨어지는가?

† 그 인용문은 기사에서 그 글이 삽입된 부분에 힘과 설득력을 더해주는가, 아니면 다른 내용을 반복하는 것에 불과한가?

† 직접 인용한 글이 기자가 다른 식으로 바꿔 쓰는 것보다 나은가?

† 그 인용문은 오로지 사실만을 말하고 있는가? 그렇다면 다른 식으로 바꿔 쓰는 편이 낫다. 중요한 정보는 인용문으로 전달되어서는 안 된다.

이저벨은 "인용문은 양념과 같다"라며, "양념에는 아무런 영양가가 없다. 양념은 음식을 더 맛있게 하지만, 조심해야 써야 한다"라고 말했다.

인용의 위험

자신의 의도를 곡해하는 인용만큼 화자를 짜증 나게 하는 건 없다. 어떤 작가가 자신이 하려는 말을 당신이 했던 말인 것처럼 꾸미면 화가 치밀 것이다. 잘못된 인용은 그것이 비록 화자의 평판을 해치지 않는 경우에도 법적 제재를 받아야 할 정도로 심각한 과오이다. 이 도덕적 범죄는 "오해를 불러일으키는 사생활 침해false-light invasion of privacy"라고 불린다.

간혹 스스로 단어를 잘못 선택해 곤경에 처하는 화자는 의도가 잘못 전해졌다며 변명하기 일쑤이다. 대부분의 유명 인사는 자신의 공개적인 발언이 비난받을 때 재빠르게 발뺌하는 방법을 알고 있다. 이처럼 화자는 작가가 자신의 발언을 어떻게 인용할지 걱정하기 마련이다. 따라서 작가는 인용의 윤리를 의무적으로 지켜야 한다.

작가라면 따옴표 안에 들어가는 말을 정확히 옮기는 데 세심한 주의를 기울여야 한다. 대부분의 편집자는 어떤 발언에나 있기 마련인 사소한 말실수나 문법적 오류를 수정한다. 그 이상으로 화자의 발언에 손을 대어서는 안 된다.

그러나 작가가 화자의 발언을 순서대로 옮겨야 할 의무는 없다. 이에 대해 윌리엄 진서는 이렇게 말했다. "인용할 부분을 선택하거나 배제하고, 솎아내거나 순서를 옮기고, 좋은 문장은 결론으로 아껴두며 인용문을 마음껏 갖고 놀아라. 분명히 말하지만, 이런 작업은 정당하다. 다만, 단어를 바꾸거나 문장의 일부를 잘라내어 남은 부분의 맥락을 왜곡해서는 안 된다."

작가가 어떤 인쇄물에서 글을 인용할 때 구두법이나 문체를 그대로 유지할 필요는 없는 듯 보인다. 화자의 본래 발언을 그대로 따온 글이 아니기 때문이다. 대문자 사용, 축약어 스타일 등 인용문에서 기계적으로 보이는 특성을 반드시 따를 필요는 없다.

작가는 신중하게 인용문을 사용해야 한다. 여러 연구가 증명하듯 적잖은 기자가 자신이 존경하는 사람의 언어는 매끄럽게 다듬는 반면, 혐오하는 사람의 경우 무의미하고 어색한 주장을 담은 발언을 의도적으로 선택하는 등 개인적인 편견을 투영한다.

또 한 가지, 교육 수준이 낮은 사람들의 발언을 인용하는 경우에도 주의해야 한다. 이들의 발언을 있는 그대로 인용하면 자칫 그들의 품위를 폄훼하는 것으로 보일 수 있다. 그렇다고 그들의 발언을 자기 생각대로 바꾸는 것도 오만한 일이다.

미국신문편집인협회상을 수상한 캐럴 매케이브는 "내 생각에 미국 영어는 순수시이다. 어떻게 모두가 표준어로 말하겠는가. 그러나 내 귀에는 모두가 표준어를 구사하는 것처럼 들린다. 누가 어떻게 말을 하든 내가 표준어로 말하는 주장만큼이나 훌륭하게 들린다. 그렇다고 내가 비문법적인 문장을 그대로 인용하며 그들을 어리석어 보이게 만들려고 애쓰지는 않는다. 오히려 그들의 삶과 경험으로 빚어낸 시가 그들의 말에 담긴 리듬 속에서 흘러나오도록 노력할 따름이다"라고 말했다.

　마트 트웨인이 입증했듯 노련한 작가는 직접 인용을 성격을 묘사하는 수단으로 활용한다. 예컨대 《허클베리핀의 모험》에서 버크 그랜저포드가 허크 핀에게 "by and by, everybody's killed off an' there ain't no more feud(머지않아 모두가 죽으면 원한도 사라지는 법이야)"라고 했을 때, 우리는 날것의 인물을 느낄 수 있다.

　그러나 방언은 지독히 어려울 수 있다. 똑똑한 작가는 지역, 종족, 계급에 따라 조금씩 다른 방언의 참맛을 표현해보려 시도하지만, 결국에는 겉핥기로 끝나는 경우가 많다. 그러니까 '방언으로 글쓰기에 도전한, 공부깨나 한 작가'쯤으로 끝난다. 작가가 의식적으로 자신이 우위에 있다고 상정하고 계급이나 인종의 차이를 강조하지는 않았더라도, 자신이 그들보다 우월하다고 과시하려는 속물처럼 비칠 수 있다.

　또 훌륭한 인물의 발언을 인용할 때 피부색을 의도적으로 드러내려고 하는 작가는 없다. 블루스의 개척자였던 흑인 뮤지션 존 리 후커John Lee Hooker는 포틀랜드에서 음악을 시작한 초창기를 이렇게 회상했다.

　The blues done grabbed me, and it ain't ever let me go.
　블루스가 나를 사로잡았고, 그 뒤로 나를 놓아주지 않았다네.

　당시 음악 평론가는 후커의 발언을 〈오레고니언〉의 기고글에 그대로 옮기는 지혜를 발휘했다.

메아리 인용

어설픈 작가의 손에서는 최고의 인용문조차 원래의 매력을 잃는다. 인용문의 내용을 미리 언급하면서 인용문을 그저 메아리로 전락시키는 것보다 바보 같은 짓은 없다.

이런 잘못을 몇몇 평론가들은 '말더듬이 인용stutter quote'이라 부른다. 일반적으로는 '메아리 인용echo quote'이라는 이름으로 더 잘 알려져 있다. 메아리 인용은 농담을 할 때 펀치라인을 두서없이 날리는 것과 같다. 예를 들면,

> 엘로리아가는 요르단계곡에서 태어났다. 그의 아버지는 스페인에서 그곳으로 이주하여 집을 지었다. 엘로리아가가 태어났을 무렵, 그의 부모는 집을 하숙집으로 운영했다.
> 언젠가 엘로리아가는 당시를 회상하며 "나는 요르단계곡에 있는 바스크풍의 하숙집에서 태어나 자랐다"라고 말했다.

뉴스 매체와 잡지의 인용문은 메아리 인용인 경우가 많다. 나는 그런 글을 쓰는 작가가 바보처럼 보인다. 인용문이 실제로 필요한지 따져보지도 않고 관성적으로 인용문을 집어넣었기 때문이다. 그 결과는 다음과 같은 어색한 글이다.

> 체이니는 그 사건에 대해 걱정하며, 더 많은 피해자의 이야기를 듣고 싶어 했다.
> "더 많은 피해자가 나설 필요가 있습니다." 체이니가 말했다.

뉴저지 뉴어크 경찰청에 따르면, 뉴욕 자이언츠의 선수 라인 배커와 로런스 테일러가 약물 관련 혐의로 체포되었다. 그러나 그들의 몸에서는 어떤 약물도 검출되지 않았다. "약물은 없었습니다." 한 경찰관은 말했다.

순서가 뒤바뀐 인용

순서가 잘 짜인 글에서 독자는 인용문에 이르기 전까지 인용문을 이해하는 데 필요한 모든 정보를 얻을 수 있다. 작가가 인용문을 소개한 뒤 인용문에 관해 덧붙여 설명해야 한다면 글을 적절한 순서로 배열하지 못했다는 사실을 의미한다.

또 인용문이 괄호를 포함한다면 작가가 인용문을 분석하는 시간을 갖지 않았다는 사실을 드러내는 것이다.

성격이 서른 살에 형성된다고 주장하는 새로운 연구에 대한 보도를 예로 들어보자. 괄호를 넣음으로써 인용문의 고유한 가치를 훼손한 구체적인 사례들이다.

예컨대 나이 마흔에 느닷없이 결혼하며 직장과 거주지를 바꾼 사람은 … 약 2년 후, 당신은 (이 사건이 어떤 영향을 미쳤는지에 대해) 아무것도 말할 수 없다."

"이 (토론의) 운명은 당신이 성격을 어떻게 규정하느냐에 달려 있다."

"(긍정적인 사건이) 부정적인 경험만큼 삶에 대한 우리의 근본적인 태도에 의문을 제기하게 만들지는 않는다."

반면 글쓰기 계획이 치밀하면 생생한 인용문을 누구라도 인정할 만한 합리적인 순서에 따라 제시할 수 있다. 필드 멀로니Field Maloney가 〈뉴요커〉에 기고한 글에서 발췌한 흥미로운 구절을 예로 들어보자. 최악의 악취까지 차단한다는 억제제를 현장에서 시험해보는 공중위생 검열관들을 다룬 기사였다. 그들 중 한 명은 직접 수산 시장을 찾아간다.

> 수산 시장은 그날 휴업이었다. 그러나 비린내는 여전했다. "이 곳을 깨끗이 청소하고 호스 물로도 씻어냈지만 비린내까지 없앨 수는 없었겠죠." 앤더슨은 말했다. 그는 생선 운반대에 다가가며 덧붙여 말했다. "생선 내장이 나무판에 스며드니까요." 앤더슨은 허리를 숙여 나무판을 들여다보며 코를 킁킁대기 시작했다. 그때 수산 시장의 경비원이 다가왔다. "위생 검열을 나왔습니다. 현장 조사를 하는 중입니다." 앤더슨이 권위 있게 말했고, 경비원은 물러섰다. 앤더슨은 다시 허리를 숙이고, 몇 번이고 오랫동안 코를 킁킁대다가 말했다. "이 억제제는 효과가 괜찮군요."

출처의 공개, 그때와 지금

일반적으로 뉴스 매체와 잡지는 인용문의 출처를 밝히는 방식이

다르다. 잡지 〈타임〉에서 발췌한 직접 인용을 예로 들어보자.

"When you open a bottle of nutritional supplements,
you don't know what's inside," says Jeffrey Delafuente, a
pharmacy professor ….
"영양제를 열어도 사람들은 안에 무엇이 들어 있는지 모른다."
약학박사 제프리 델라푸엔테가 말한다.

아래의 예는 일간지 〈오레고니언〉에서 발췌한 것이다.

"Lakefront residential property on Lake Oswego is a
property valuation 'hot spot' where values are soaring,
while the value of property elsewhere in that city …
generally is stable," the county assessor said.
"오스위고호수변의 택지는 부동산 가치가 치솟는 '활황 지역'인
반면, 그 도시의 다른 지역이 지닌 부동산 가치는 전반적으로
안정적이다." 지역의 감정평가사는 말했다.

두 인용문은 어떤 분야에 대한 전문가의 의견을 인용한 글이다.
어떤 논제에 관해 다양한 의견을 모아 제시하는 보도에서 기자의
말 사이에 불쑥 등장했다가 사라지는, 카메라 앞에서 적극적인 사
람들의 말을 옮긴 것이기도 하다. 이런 인용문은 시간에 따른 서술
이며, 행위에 대한 묘사도 없다.

여기서 잡지의 인용문은 현재 시제인 반면, 신문의 인용문은 과거 시제이다. 왜 이런 차이가 있을까? 내 생각에 이런 차이는 단지 습관 때문인 것 같다. 신문은 대개 인용문을 과거 시제로 쓰는 한편 잡지는 현재 시제와 과거 시제를 적절하게 섞어서 사용한다.

〈월스트리트 저널〉 제1면의 편집을 맡았던 제임스 스튜어트James Stewart는 논픽션 쓰는 법을 알려주는 책《이야기 흐름을 따라가라Follow the Story》에서 잡지의 접근법을 옹호한다. 스튜어트는 이야기의 맥락에서 쓰이는 인용문과 기자의 질문에 대한 응답에 불과한 인용문은 구분되어야 한다고 밝혔다. 그는 전자를 '서술적 인용narrative quotation', 후자를 '동시적 인용contemporary quotation'이라 칭하며, 서술적 인용은 과거 시제로, 동시적 인용은 현재 시제로 표현하면 좋다고 덧붙였다.

이런 구분은 요즘의 잡지에서 잘 따르는 관습인 듯하다. 위 예시에서 약학박사는 영양제에 대한 개인적인 의견을 당시의 관점에서 피력하며, 일반적인 상황을 이야기한 것이다. 한편, 같은 시기 뉴욕 시장이 음주 운전을 처음 저질렀더라도 자동차를 압류할 것이라는 정책을 발표했을 때 〈타임〉은 이를 과거 시제로 표현했다.

> Giuliani explained that when an accused drunk driver is cleared in criminal court, the city may still use civil forfeiture statutes to take his car.
>
> 줄리아니 시장은 음주로 기소된 운전자가 형사 법정에서 혐의를 벗더라도 시 당국이 민사 몰수법을 적용해 음주 운전자의 자

동차를 압류할 수 있다고 설명했다.

스튜어트의 조언은 합리적으로 보인다. 역사적 맥락에서 글을 쓰면서 관련 사건에 대한 인용문을 제시할 때는 과거 시제를 사용하는 편이 낫다.

The judge stepped down from the bench and said ….
판사는 판사석에서 내려와 말했다.

인용문의 화자가 사망한 경우에도 같은 원칙을 적용한다.
그러나 어떤 인물이 인터뷰에 적극적으로 응하며 현 상황이나 실상에 대해 분명한 의견을 피력한다면 현재 시제를 사용해야 한다.

The judge says justice delayed is justice denied.
지체된 정의는 정의의 부정이라고 그 판사는 말한다.

…에 대한 질문을 받았을 때

'when asked about(~에 대한 질문을 받았을 때)'라는 표현을 불필요하게 사용하는 것은 아마추어의 전형적인 특징이다. 직접 인용은 대체로 질문에 대한 답변이기 때문에 'when asked about' 같은 문구는 실질적으로 아무 의미도 없고 글의 흐름만 방해할 뿐이다. 그야말로 백해무익이다. "Look at me, look at me!" they seem

퓰리처상 문장 수업

to be saying. "I asked a question!"("나를 봐, 나를 보라고!" 그들이 외치는 듯하다. "내가 질문을 했잖아!") 이 예처럼 이런 쓸데없는 구절을 피하려면 3인칭으로 글을 쓰는 것도 한 방법이다.

> Asked how they would vote on the recycling measure, 82 percent of the participants said they would vote yes ….
> 재활용 정책에 관해 어떻게 투표했느냐는 질문을 받았을 때 참가자의 82퍼센트는 찬성했다고 답했다.

> "We try not to be real philosophical here," he said when asked about the ramifications of the game.
> "우리는 체념하지 않으려고 합니다." 그는 그 경기의 여파에 대한 질문을 받았을 때 대답했다.

이 표현을 어떻게든 넣으려는 충동은 우스꽝스러운 결과로 이어질 수 있다. '로 대 웨이드Roe vs. Wade'는 연방 대법원에서 임신중절 문제를 다룬 사건이다. 이 사건에서 '제인 로'였던 노마 맥코비Norma McCorvey에 대한 단락을 예로 들어보자.

> Asked if she had been in love with the man who fathered her second child … she answers, laughing, "I was in love with his body."
> 둘째 아들의 생부였던 남자를 사랑했었느냐는 질문에 그녀는

웃으며 대답한다. "그 사람의 몸뚱이를 사랑했지."

Asked about his most outstanding characteristic, she
cracks, "He shot a great game of pool."
그 남자의 가장 두드러진 특징에 대한 질문에 그녀는 갈라진 목
소리로 대답한다. "포켓볼을 정말 잘 쳤지."

Asked if she still thinks she should have aborted that baby, she
says, "Absolutely," but her face has lost its tough line.
아직도 그때 그 아이를 낙태했어야 한다고 생각하느냐는 질문
에 그녀는 "물론!"이라고 대답하지만, 곧이어 경직되어 있던 그
녀의 표정이 풀린다.

반드시 기억해야 할 교훈은 글에 아무 의미도 더하지 못하는 문
구는 글의 힘을 떨어뜨릴 뿐이라는 것이다. 직접 화법을 쓰지 않고
'when asked about'을 써야 한다는 충동에 굴복할 이유가 어디
있는가?

맥코비는 둘째 아들의 생부에게 별다른 애정이 없었다. "그 사
람의 몸뚱이를 사랑했다"라고 말하며 유일하게 두드러진 특징이
"포켓볼을 잘 쳤던 것"이라고 장난스레 대답했을 정도다. 맥코비
는 여전히 그 아기를 낙태했어야 한다고 확신하지만, 당시를 기억
에 떠올리자 굳어 있던 표정이 풀린다.

어떤 인용문이 인터뷰 진행자가 상대방에게 질문하고 대답을

강요했기 때문에 탄생하는 건 사실이다. 만약 독자가 그런 인용문이 직접 건넨 질문에 대한 답변이라는 사실을 모를 가능성이 있다면, 작가는 정보를 덧붙여야 한다.

그러나 'when asked about' 같은 수동 표현을 사용하지 않고도 정보를 보충하는 방법은 여러 가지가 있다. 아래의 예는 괜찮은 방법 중 하나이다.

> Isn't this a little early in the gubernatorial campaign to flood the airwaves? Barbara Roberts' campaign will not spend a single dime on television advertising in the next two weeks.
> "Terribly early," said Skip Hinnman, the general manager at KATU ….
> 주지사 선거운동에 방송을 적극적으로 활용하기에는 아직 너무 이르지 않나? 바바라 로버츠는 향후 보름 동안 텔레비전 광고에 한 푼도 쓰지 않을 예정이다.
> 포틀랜드의 방송국 카투의 총국장 스킵 힌먼이 말한다. "끔찍할 정도로 이르지요."

대화

> 노부인이 비명을 질렀다고 말하지 말라.
> 노부인을 위협해 비명을 지르게 하라.
> _마크 트웨인

작가는 위험을 무릅쓰고 밖으로 나가 인용할 글귀를 수집한 뒤, 컴퓨터 앞으로 돌아와 전리품을 글의 곳곳에 흩뿌린다. 이런 점에서 인용문은 실제로 발생한 맥락과 동떨어져 있다. 그래서 방송에 나와 어떤 논제에 대한 자기 의견을 이야기하는 사람을 '토킹 헤드talking head'라고 부르는 것이다.

인용문과 대화dialogue는 완전히 다르다. 작가가 사람들이 이야기를 주고받는 장면을 담을 때 그 이야기의 언어는 발화된 당시의 환경이나 화자의 신분과 관계가 있다. 어떤 의미에서 대화는 인용이 아니라 전개되는 행동의 일부이다. 그리고 거의 언제나 단순한 설명보다 행동이 독자를 더 강력하게 끌어당긴다.

게이 털리즈Gay Talese는 〈미스터 배드 뉴스〉라는 인물 칼럼에서 〈뉴욕 타임스〉의 부고 작가 올던 휘트먼Alden Whitman을 소개했다. 기사는 조용한 만찬에서 휘트먼이 아내에게 정감 있는 농담을 던지는 일화로 시작한다.

"윈스턴 처칠은 당신한테 심근경색을 주었죠." 부고 작가의 부인이 이렇게 말하자 자그마한 체구에 수줍음도 많고 뿔테 안경을 끼고 파이프 담배를 문 부고 작가는 고개를 저으며 무척 부드럽게 대답했다.

"아니에요. 나한테 심근경색을 준 사람은 윈스턴 처칠이 아니에요."

마이크 와이스Mike Weiss는 캘리포니아산 포도주의 제조 과정을 다룬 일간지 〈샌프란시스코 크로니클〉 연재 글에서 독자를 뉴욕 고급 식당에서 빈티지 와인의 첫 잔을 음미하는 손님 옆자리로 데려갔다.

케이는 그 포도주를 맛보기 위해 만반의 준비를 갖추었다. 그는 와인잔을 살짝 돌렸다. 포도주는 옅은 금빛. 초여름 캘리포니아의 색이었다. 그는 혀끝으로 포도주를 조금 맛보았다.

"으음." 그가 말했다. "순하고 향이 좋군요. 맛있습니다."

이런 시작은 독자를 그 장면으로 데려가, 순간을 직접 경험하게 해준다. 작가는 핵심적인 디테일을 서술하며 대화에 장소감sense of place을 불어넣고, 대화의 일부를 정확하게 옮긴다. 독자는 그 현장에서 직접 보고 듣는 듯한 착각에 빠지기 때문에 정서적으로 반응할 가능성이 훨씬 더 커진다.

톰 홀먼은 비행 청소년을 위한 산악 캠프를 취재한 기사에서 대화를 적절하게 활용해 독자에게 강렬한 정서적 충격을 주었다. 산악 캠프는 최악의 비행 청소년들이 사회로 복귀하기 위한 마지막 기회를 얻는 곳이다. 집단 요법group therapy은 그곳에서 시행되는

여러 치료 중 중요한 부분을 차지하는데, 아래의 대화는 새로 입소
한 소년이 첫 모임에 참석했을 때 이루어진 것이다.

"너는 무섭다고 말했지. 엄마와 아빠 중 누가 더 무섭니?"
"아빠. 나를 묶어놓고 발로 차고 때렸어요. 엄마와 아빠는 나를
성적으로도 학대했어요. 엄마는 나를 담요로 묶었고, 아빠는 내
입에 양말을 쑤셔 넣기도 했어요"
"엄마가 널 어떻게 했니?"
"엄마는 나랑 성교를 했어요."
"그 말이 무슨 뜻인지 아니?"
"내가 위에 올라갔고…."
"그래서 엄마한테서 도망쳤니?"
"아니요."
"요즘에도 꿈에서 엄마가 보이니?"
"네."
"좋은 꿈이니 나쁜 꿈이니?"
"좋은 꿈…."

퓰리처상 문장 수업

글에 인간미를 불어넣는
5가지 방법

1. 이야깃거리를 얻으려면 먼저 이야기하라.

일화는 모든 논픽션에 색깔을 더하지만, 적절한 일화는 얻기가 쉽지 않다. 당신이 말하려는 요점을 먼저 이야기함으로써 물꼬를 터라. "해리가 깔끔을 떤다는 소문이 자자해요. 제 아버지도 그랬답니다. 아버지는 제가 공구를 원래 위치에서 1센티미터라도 옮기면 불같이 화를 냈습니다. 해리도 그 정도인가요?"

2. 유의미한 비네트에 주목하라.

현실 세계의 구체적인 대상만이 큰 의미를 가지는 것은 아니다. 단편적인 행동으로도 거대한 진실이 드러날 수 있다. 예컨대 낡고 찢어진 장화는 그 주인의 고단한 삶을 대변한다. 마찬가지로 그가 일과를 마치고 침상까지 절룩이며 걸어가는 모습도 그렇다.

3. 성격을 고스란히 보여주는 짤막한 이야기를 찾아라.

단순한 이야기에서는 주인공이 문제에 부딪치고 그 문제를 해결하는 내용이 거의 전부이다. 등장인물들이 일상의 문제를 어떻게 다루는지 보여주는 묘사 이외에 성격을 드러낼 방법은 없다. 등장인물의 중심 성격을 압축적으로 보여주는 일화를 찾아라.

4. 인용문의 선택에 신중하라.

직접 인용을 써야 할 때마다 다음의 세 가지 질문에 답해보라. 그 사람이 논쟁적인 주장에 권위를 더해주는가? 그 인용문이 인물의 성격을 보여주는가? 글 읽는 재미를 더

해주는가? 하나 이상의 질문에 "네"라고 대답할 수 없으면 다른 식으로 바꿔 쓰라.

5. 등장인물들이 서로 대화하게 하라.

직접 인용은 다양한 목적에서 유용하게 쓰이지만, 대화만큼 사람의 본성을 정확히 보여주는 것은 없다. 한쪽으로 물러서서 독자들에게 등장인물의 성격이 드러나는 대화를 엿들어볼 기회를 주어라.

> 따분한 주제는 없다. 따분한 작가만 있을 뿐이다.
> _ 헨리 루이 멩켄

독자를 유혹하라

내가 대학원에서 배운 생뚱맞은 공식 중 하나는 '선택 분수fraction of selection'라는 짤막한 방정식이다. 대중이 왜 어떤 매체가 전달하는 메시지를 선택하는지 그 이유를 설명하는 방정식인데, 공식은 다음과 같다.

$$\text{선택 확률} = \frac{\text{보상에 대한 기대}}{\text{요구되는 노력}}$$

주머니에서 휴대폰을 꺼내 화면 속 애플리케이션을 누르기만 하면 바로 뉴스 웹사이트에 접속할 수 있다. 종이 신문을 사서 어딘가에 자리를 잡고 앉아 읽는 것보다 훨씬 쉽다. 대부분의 독자가 그렇게 생각하기 때문에, 전통적인 대중 매체에 여전히 충성하는 독자의 수는 계속 줄어드는 추세이다. 하지만 여러 이야기를 중요도에 따라 배열하는 편집, 혹은 좋아하는 의자에 앉아 종이 신문을 읽는 익숙함과 편안함이 그 과정에서 요구되는 노력을 보상해준다고 여기는 독자들은 전통 매체를 선택한다.

선택 분수는 독자가 왜 어떤 저자를 선호하는 반면 다른 저자는 멀리하는지 이해하는 데도 도움을 준다. 가령 당신이 독자 수를 늘리고 싶다면 선택 확률을 극대화해야 한다. 선택 확률을 높이는 데는 두 가지 방법이 있다. 하나는 요구되는 노력을 줄이거나 보상 기대를 높이는 방법, 다른 하나는 양쪽 다 시도하는 방법이다.

글을 더 강렬하고 직접적이며 명쾌하게 쓰면 요구되는 노력이 줄어든다. 즐거움을 주는 이야깃거리가 더해지면 보상은 커진다. 글 속의 이야깃거리를 쿠키의 초콜릿 칩이라고 생각해보라.

〈댈러스 모닝 뉴스〉의 글쓰기 코치 폴라 라로크는 이 공식을 응용하여 독자를 숲길을 걷는 여행자로 여길 것을 가르친다. 독자는 어디로 향하는지, 그 길을 계속 따라가는 게 맞는지 모른다. 따라서 독자를 계속 유인하려면 때때로 사탕을 떨어뜨려 놓아야 한다. 독자는 사탕으로 주머니를 채우며 계속 걸어갈 것이다. 숲길이 가팔라지더라도 독자는 굽은 길 너머에 새로운 보상이 기다리고 있으리라고 기대하며 숲길을 벗어나지 않을 것이다.

작가가 독자에게 마음대로 줄 수 있는 보상은 무엇일까? 작가가 키보드를 두드려서 숲길에 흩뿌릴 수 있는 즐거움은 어떤 것일까? 물론 글을 읽으면 실질적인 보상이 따른다. 예컨대 크리스마스이

퓰리처상 문장 수업

브에 자녀에게 줄 자전거 선물을 조립하는 법이나 사촌의 해안가 별장을 찾아가는 데 필요한 지식을 얻을 수 있다. 또한 독서는 추상적인 보상도 준다. 개인적인 경험과 통찰을 공유하려는 작가의 의지도 그런 보상의 일부이다.

예컨대 11월의 화창한 어느 날 내가 공원이 내려다보이는 사무실에 앉아 이 글을 쓰고 있다고 해보자. 창밖으로는 오렌지색 덩굴성 단풍나무가 일렬로 늘어선 푸른 전나무들 앞으로 휘늘어져 있다. 찬란한 아침 햇살이 단풍나무를 내리쬐고 창을 통해 사무실 안까지 스며든다. 사무실은 생생한 가을빛으로 가득하다. 모두와 함께 나누고 싶은 즐거움이다.

평범하기 이를 데 없는 순간에 색깔을 입혀서 밝아지는 전형적인 예이다. 흑백의 배경을 울긋불긋한 색깔로 장식하는 건 알맞은 생각이다. 실제로 기자들은 예상을 벗어난 비교, 뜻밖의 수식어, 시의적절하고 세부적인 설명 등을 포괄하여 '색깔color'이라는 용어로 부른다.

알록달록한 글을 쓰려면 상당한 위험을 감수해야 한다. 직유simile는 의도한 대로 놀라움과 기쁨을 전하지 못한 채 실패하기 십상이고, 수식어는 쓸데없기 마련이며, 세부적인 설명은 지루함과 혼란을 일으킬 수 있다.

신중하고 조심스러운 작가들은 이런 위험을 두려워하기 때문에 사실과 추상적인 의견을 건조하게 나열하는 데 그친다. 물론 그렇게 글을 완성할 수 있을지 몰라도, 글 읽는 즐거움을 찾는 독자에게 찬사를 받을 가능성은 거의 없다.

이들이 놓치는 건 진실한 독자만이 아니다. 작가에게 색깔은 그 자체로 보상이다. 알록달록한 글을 쓰려는 노력이 주는 작은 선물이다. 운동선수가 자신만의 세련되고 고급스러운 움직임을 과시하듯 글쟁이는 멋지게 꾸민 표현에 자부심을 느낀다. 모든 농구 선수가 적어도 1점, 2점은 기록할 수 있을 것이다. 그러나 덩크 슛을 시도하고 성공하는 선수는 소수이다. 쉬운 레이업 슛과 멀찍이서 던지는 점프 슛에 만족하는 농구 선수처럼 글을 쓰는 작가는 잘 고른 단어가 주는 유쾌한 기분을 즐길 수 없다. 적극적으로 시도하고 우아하게 성공을 거둔다면 당신도 독자도 모두 승리자가 될 것이다.

지상에서 천국으로

> 내가 어떻게든 완수하려는 과제는 글의 힘으로
> 여러분이 듣고 느끼는 것이다. 무엇보다 두 눈으로 보는 것이다.
> 그것뿐이다. 그것이 전부이다.
> _ 조지프 콘래드

추상의 사다리

대학생용 의미론 교재 중 글쓰기에 가장 유용한 책을 꼽는다면 나는 주저 없이 언어학자 새뮤얼 이치에 하야카와의 《삶을 위한 생활 의미론》을 선택할 것이다. 나는 이 책 덕분에 단어들이 구체적인 수준부터 우주적으로 추상적인 수준까지 일종의 연속체로 존재한다는 걸 알게 되었다. 하야카와는 이런 연속체를 '추상의 사다리 ladder of abstraction'라고 칭했다.

추상의 사다리는 아주 단순한 개념이다. 그러나 그 함의가 무척 깊어, 거의 모든 종류의 글에 유용하게 적용되는 도구이다. 어디에서든 흔히 볼 수 있는 기사의 글머리를 예로 들어보자.

> 포틀랜드의 한 트럭 기사가 화요일 아침 병원에 입원했다. 세인 트존스 다리 근처에서 누군가 던진 돌이 그의 트럭 앞유리창을 뚫고 들어와 그에게 큰 부상을 입혔기 때문이다.

언뜻 보면 구체적으로 쓰인 글인 듯하다. 그러나 눈을 감고 장면을 머릿속으로 그려보라. 포틀랜드에만 적어도 1만 명의 트럭 기사가 거주하고 있을 것이다. 그런데 이 기사에서는 부상을 당한 기사의 모습에 대한 단서가 전혀 없다. "포틀랜드의 한 트럭 기사"만으로는 고유한 이미지가 머릿속에 그려지지 않는다. 한층 구체적인 정보가 없다면 시각화하기도 어렵다. 하야카와의 개념을 빌리면 추상의 사다리에서 한 명의 특정한 트럭 기사를 만날 수 있는 가장 아랫단까지 내려가야 한다.

트럭 기사의 이름을 프레드라고 해보자. 프레드에 대한 묘사는 그에 관한 정보량에 따라 달라진다. 그에 대한 모든 정보는 그와 다른 트럭 기사를 구분하는 단서가 된다. 그러니 당신은 그를 묘사하기 위해 특징을 최대한 수집해야 한다. 예컨대 덥수룩한 수염, 철테 안경, 다부진 체구, 정수리까지 벗겨진 머리 등을 언급할 수

있다. 아니면 두 다리를 약간 벌리고 좌우로 건들대며 걷는 모습이
될 수도 있다.

이런 구체적인 묘사는 프레드의 모습을 독자의 머릿속에 심어
줄 수 있다. 시각화하려면 언제나 추상의 사다리에서 가장 아랫단
까지 내려가야 한다.

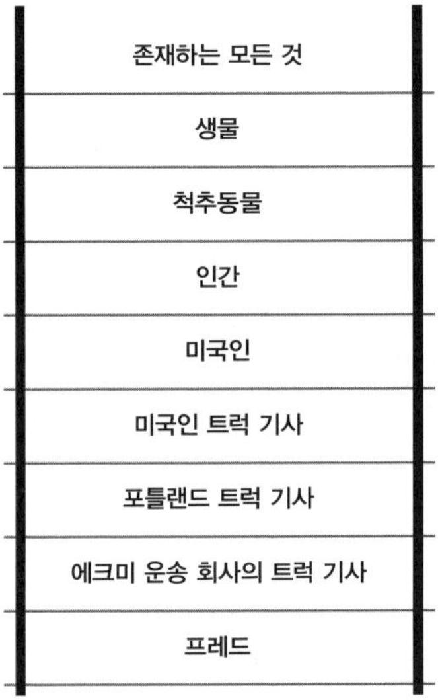

존재하는 모든 것
생물
척추동물
인간
미국인
미국인 트럭 기사
포틀랜드 트럭 기사
에크미 운송 회사의 트럭 기사
프레드

그림 6. 추상의 사다리

추상의 사다리를 올라갈수록 독자의 상상력을 자극할 확률은 줄
어든다. 윗단은 아랫단에 속한 것을 포함하는 더 큰 범주를 가리킨
다. 따라서 해당 범주의 구성원들이 공유하는 특징이 점점 줄어든다.

예컨대 프레드 단 바로 윗단인 에크미 운송 회사의 트럭 기사에 20명이 속해 있다고 해보자. 에크미에서 일하는 기사들에 대한 전반적인 정보를 언급하는 일은 그다지 어렵지 않을 것이다. 예컨대 그들이 모두 남성이라거나 오른쪽 가슴팍에 회사 로고가 새겨진 남색 작업복을 입고 있다고 말할 수 있다. 그러나 이런 묘사도 머릿속에 막연한 인상만 남길 뿐이다.

미국인 트럭 운전자를 포함하는 단까지 올라가면 범주는 상당히 넓어진다. 남자와 여자, 키가 큰 사람과 작은 사람 등이 이에 속한다. 이 범주에 드는 사람은 실질적으로 두 가지 특징만을 공유한다. 미국인이며 트럭 운전사라는 특징이다. 이런 특징은 머릿속에 흐릿한 인상조차 남기지 못한다.

기사나 다양한 형태로 쓰이는 대부분의 글도 구체성이라는 측면에서 이 정도 수준과 다르지 않다. 예컨대 교통안전에 대한 기사는 전년도에 고속도로 교통사고 사망자가 5만 명이 넘는다고 보도하고, 자폐증을 다룬 기사는 신생아 200명 중 한 명이 이런 형태의 장애로 고통을 겪는다고 보도한다. 두 보도는 수천의 사례를 언급하지만, 특정한 누군가를 구체적으로 제시하지는 않는다. 이런 기사를 읽고 독자가 머릿속에 무언가를 그리거나 듣거나 맛보거나 냄새를 맡는 일은 거의 불가능하다.

위로 갈수록 이미지는 훨씬 더 흐려진다. 척추동물의 이미지를 구체적으로 머릿속에 그려낼 사람이 있을까? 생물은 어떤가? 범주의 폭이 너무 넓다. 공통점을 찾기 힘들 지경이다.

마침내 가장 윗단, 즉 모든 존재를 포함하는 범주에 이른다. 숨도 잘 쉬어지지 않는 높이에 이르면 존재한다는 사실을 제외하고 구성원 간에 어떤 공통점도 없다. 이런 글을 읽을 때면 어떤 이미지도 그려볼 수 없다.

물론 추상의 사다리에서 높은 단에 위치하지만 유용한 지식도 많다. 이런 지식은 큰 범주에 적용될 정도로 유의미한 것이다. 일반화된 지식은 다양한 상황에서 통한다. 예컨대 아인슈타인의 'E=mc²'은 추상의 사다리 중 최상단에 위치한다. 질량이나 에너지는 추상적인 개념이어서 시각화할 수 없지만, 이 방정식은 눈에 보이는 세계에 존재하는 모든 것에 적용되기 때문에 엄청나게 유용하다.

많은 기사가 어딘가 부족하게 느껴지는 이유는 무엇일까? 추상의 사다리에서 더 큰 의미를 가지는 높이까지 오르지 못했기 때문이다. 예컨대 트럭 운전자 프레드에 대한 기사에서 사고 그 이상의 의미를 말하려고 한다면, 프레드의 사례가 트럭 운전자, 미국인, 더 나아가 인간에 대한 무엇인가를 함축하는지 설명할 수 있어야 한다.

추상적인 글은 더 큰 의미를 실질적으로 포괄하지만, 희로애락의 감정을 유발하지는 못한다. 우리 인간은 특정한 사람, 장소 및 행동에 정서적으로 반응한다. 작가가 독자의 감정을 자극하려고 한다면, 감각적으로 그와 관련한 사항을 자세히 묘사할 수 있어야 한다. 거울 뉴런mirror neuron에 대한 최근의 뇌 연구에서도 이 관계가 입증되었다. 구체적인 묘사를 통해서만 '마음 이론 뇌 신경망theory of mind network'이 발화된다. 이 신경망은 타인의 감정과 행동을 인식하고 그것을 우리 머릿속에서 그대로 재현한다.

앞선 트럭 운전자에 대한 글을 존 허시John Hersey의 논픽션《1945 히로시마》와 비교해보자. 히로시마에 투하된 원자폭탄 생존자들의 이야기를 담은 이 책은 원자폭탄의 섬광으로 시력을 상실한 군인들을 묘사한다.

> 그는 덤불에 숨어들었다. 그곳에는 이미 스무 명 정도가 쓰러져 있었고, 그들 모두가 똑같이 처참한 상태였다. 얼굴은 새까맣게 타고 눈구멍은 움푹 꺼져 휑했다. 녹아버린 눈동자에서 흘러나온 끈적한 유체가 뺨을 타고 흘러내렸다. 입은 퉁퉁 부은 데다 주변의 상처는 고름으로 뒤덮여, 입을 찻주전자의 주둥이가 들어갈 만큼도 벌리지 못했다.

허시의 묘사를 읽으면 끔찍한 이미지가 머릿속에 그려지고 속이 뒤틀린다. 인간에 대한 인간의 잔학무도함, 핵 전쟁의 위험 등 더 큰 쟁점에 대해서는 전혀 언급하지 않는다. 그러나 거울 뉴런의 작용으로 독자는 정서적으로 깊은 울림을 느끼며 보다 큰 논제를 스스로 생각하게 된다. 감정을 자극하는 구체적인 묘사는 독자의 마음을 사로잡는다. 베스트셀러와 블록버스터 영화가 성공한 이유는 대중을 웃고 울게, 또 전율하게 만들기 때문이다.

추상적이기만 한 글에서 독자 대부분은 좌절감을 느낀다. 목사가 구체적인 악한 행위는 예로 들지 않으면서 죄에 대해 지겨운 설교를 늘어놓거나 비열한 정치인이 모호한 연설을 지루하게 이어간다면, 누가 끝까지 그 자리를 지키겠는가?

또한 구체적인 묘사는 작가가 추상의 사다리를 타고 올라가 거대한 범주를 일반화하려 시도할 때 독자가 그 의도를 알아차리게 하기도 한다. 예컨대 작가는 의도한 만큼 애국심을 찬양할 수 있다. 그러나 작가가 애국자를 어떻게 정의하느냐에 따라 독자는 다르게 반응할 것이다.

결론적으로 좋은 글쓰기의 비결 중 하나는 구체적이면서도 일반적이어야 한다는 것이다. 좋은 작가가 되고 싶다면 구체적인 묘사로 독자의 정서를 사로잡고 실증적으로 일반화를 시도해야 한다. 당신이 여러 시점이나 공간에서 얻은 특정한 사례들을 한데 묶어 일반화할 수 있다면 당신의 글은 더욱더 유의미해진다.

어떤 직업에 종사하든 우리는 추상의 사다리에서 어중간하고 따분한 중간 단계에 머물러서는 안 된다. 하지만 수많은 작가가 매일 지독하게 관료적이고 따분한 작업을 반복하며 수많은 단어를 양산하지만 한 개인을 묘사하거나 그보다 더 큰 의미에 대해서는 언급하지 않는다. 그들은 천국과 지상 사이의 어딘가에 걸터앉아, 어느 쪽의 즐거움도 맛보지 못한다.

아래위로, 위아래로

좋은 작가는 추상의 사다리 사이를 민첩하게 움직이며, 한 곳에 결코 오랫동안 머물지 않는다. 한때 〈워싱턴 포스트〉에서 일했고 지금은 일리노이대학교 저널리즘 교수인 월트 해링턴Walt Harrington만큼 민첩한 작가도 없을 것이다. 월트가 〈워싱턴 포스트 매거진〉에 기고한 〈그녀의 꿈 만들기〉에서 퓰리처상 수상 시인 리타 도브Rita Dove의 창작 과정을 추적하며 추상의 사다리를 어떻게 오르내렸는지 살펴보자.

월트는 리타의 일하는 습관에 대한 일반화로 시작한다.

> 황혼 녘은 리타 도브가 일하기 좋아하는 시간이 아니다. 자정부터 새벽 5시까지, 그 수정처럼 맑은 시간대에 일하기를 훨씬 더 좋아한다. 그 시간대는 그녀가 1978년 여름 아일랜드에 살 때 당시 글을 쓰던 시간이었다. 그녀의 딸이 태어나기 전, 그녀가 발표한 것이라고는 한 줌의 시밖에 없던 젊은 시절, 즉 퓰리처상을 수상하기 전이자 미국의 국민 시인이 되기 전이었다.

이 첫 단락은 추상의 사다리에서 가장 높은 단에 속하지 않는다. 모든 인간, 심지어 모든 시인에 대해서도 전혀 언급하지 않았다. 그러나 리타 도브의 취향을 상대적으로 일반화해서 진술하는 동시에, 그녀가 퓰리처상을 받기 전까지 20년 동안 겪은 일련의 사건을 요약하는 것으로 사다리의 꽤 높은 곳에 올라섰다. 넓고 유의미한 추상적인 단어를 통해 높은 단에서 글을 시작함으로써 월트는 리타 도브가 어떤 사람이고 어떻게 시를 쓰는지에 관심을 가져야 하는 이유를 독자에게 압축적으로 전달할 수 있었다.

그러나 리타 도브의 이야기로 독자의 정서를 자극하고 싶다면, 독자가 그녀의 세계를 직접 경험할 수 있도록 추상의 사다리를 신속하게 내려와야 한다. 실제로 월트는 세 번째 단락에서 그렇게 했다.

그러나 그날 오후, 정말 오랜만에, 그녀는 새로 마련한 작업용 오두막의 책상 앞에 앉는다. 버지니아 샬러츠빌의 시골 냄새가 물씬 풍기는 교외에 위치한 집의 뒷문과 연결된, 가파른 비탈면 아래에 세워진 오두막이다. 3.5×6미터 넓이의 자그마한 오두막. 한쪽에는 절연재와 석고판이 쌓여 있고, 자연의 빛이 반짝이는 듯한 무척 작은 채광창도 있다. 벽면에 일렬로 늘어선 창문의 중간 기둥은 숲과 연못, 산과 저녁노을로 작은 풍경을 빚어낸다.

일정한 시간대의 어떤 사람, 어떤 장소를 구체적으로 묘사하며, 추상의 사다리에서 최대한 아래까지 내려왔다. 이 단락에서 독자 대부분은 그 공간에 관심을 기울이지 않을 수 없었을 것이다. 독자들은 리타 도브가 대단한 시인이라는 걸 이미 알고 있기에 시인이 혼자 글을 쓰는 공간에서 시인과 함께 시간을 보내고 싶어 한다.
이때 월트는 다시 사다리를 한두 단 정도 올라가며, 독자에게 다음과 같은 맥락을 뜬금없이 제시한다.

지난 며칠 동안, 리타는 쓰고 싶은 세 편의 시에 대해 줄곧 생각해 왔다.

그러고는 네 번째 단락에서 월트는 독자를 사로잡기 위한 미끼를 던진다. 추상의 사다리를 훌쩍 내려와 리타 도브가 시 한 편을 창작하는 일주일간의 여정에 독자를 초대하겠다는 계획을 밝힌

퓰리처상 문장 수업

다. 어떤 독자도 거부하기 힘든 매혹적인 제안이다.

　　흥미로우며 많은 것을 깨닫는 여정이 될 듯하다. 수천 번의 은
　　밀한 선택에서 비롯되고, 호흡과 심장 박동, 음률과 음보와 리
　　듬으로 표현되는 한 편의 시, 한 번의 창작 행위.

　월트는 두 단락을 쓰는 내내 추상의 사다리에서 아랫단을 떠나
지 않는다. 그는 사반세기 전의 특정한 사건을 회상한다. 당시에
그녀가 그 사건을 시로 승화하지 못했던 이유를 설명한다. 그러고
는 역시 민첩하게 사다리를 몇 단이나 훅 올라가, 리타 도브의 글
쓰기 과정을 일반화하여 언급한다.

　　리타에게도 자료 정리법이라는 게 있다. 플라스틱 폴더들이 노
　　란색, 푸른색, 붉은색, 보라색, 초록색, 분홍색, 복숭아색, 투명
　　한 색으로 구분되어 있다. 과학자나 역사학자라면 문서를 정리
　　해 보관하겠지만 리타는 초기 단계에서는 시를 주제나 제목으
　　로 분류하지 않는다. 대신 그 시가 자신에게 주는 느낌에 따라
　　분류한다.

　리타가 이번에 마무리하려는 시, 즉 25년 전에 쓰려고 했던 시
는 투명한 색의 폴더에 들어 있다. 월트는 독자들에게 곧 구체적인
상황을 경험하게 될 것이라 암시하며 긴장감을 높이고 추상의 사
다리를 살짝 올라간다. 투명한 색의 폴더에는 "완벽하고, 맑고, 순

수하며 서정적인" 시들이 보관된다. 리타의 표현을 빌리면 다음과 같다.

> "주눅을 들게 하는 폴더였다. 그 폴더에 들어갔는데 마무리된 시는 손가락으로 꼽을 정도이다."

리타가 시를 쓰기 시작한 후에도 월트의 글은 극단적으로 구체적인 것과 일반적인 것 사이를 능수능란하게 오르내린다. 예컨대 시인의 행동을 묘사할 때는 일분일초 단위로 세밀하게 추적한다.

> 2월 10일 오후 4시 30분, 작업용 오두막에서 리타는 슈라이브 풀트, 즉 키높이를 조절할 수 있는 책상 앞에 선다. 그녀가 마흔 살이 된 2년 전, 아마추어 목공예가이던 아버지가 깜짝 선물로 직접 만들어준 책상이다.

월트는 일반적인 방향으로 글을 전환할 때, 전 인류가 엮인 중대한 맥락을 끌어오기도 한다.

> 고속버스가 출발지에서 도착지까지 단숨에 이르듯이, 어떤 사람들의 마음은 A점에서 B점까지 곧장 달려간다. 그들은 우회로를 피하고 골목길과 옆길에 한눈을 팔지 않으며 앞만 보고 달릴 수 있도록 훈련된 사람들이다. 그러나 리타의 마음은 발길이 닿는 대로 빙빙 돌아가는 시냇물에 더 가깝다.

352

월터의 글은 다시 사다리를 내려가 구체적인 행동을 소개하고 ("3월 13일, 오후 4시 23분"), 다시 사다리를 오르며 더 큰 통찰을 제시한다("그러나 시가 우리 호흡과 심장 박동에 영향을 미친다는 사실을 확인할 때 우리는 깨달음을 얻는다. 이 깨달음은 물리적인 현상으로 나타난다").

자료를 통제하는 작가는 추상의 사다리를 아무 원칙 없이 오르내리지 않는다. 월트는 이야기의 전체 구조에서 단락이 위치하는 곳에 따라 사다리 중 어느 단에 있을지를 조절했다. 리타 도브의 새로운 시가 형태를 갖추기 시작하자 이야기는 클라이맥스로 치닫는다. 월트는 독자들이 순간순간의 행동에 몰입하도록 유도했다. 추상의 사다리에서 아랫단에 머무르며 구체적인 순간들을 독자에게 보여주었다. 마침내 3월 26일 새벽 1시 43분, 리타 도브는 그 시를 완성했다.

오두막에 앉은 리타의 귀에 멀리서 개가 짖는 소리가 들린다.
열린 창문 밖으로는 바람이 가볍게 살랑거린다.

창문 밖에서 불어오는 바람을 느끼며 리타 도브는 아버지가 산들바람을 '서풍zephyr'이라 표현했던 순간을 떠올린다. 그녀의 상상력이 자극을 받아 작동한 것이다. 이렇게 월트는 리타 도브의 소용돌이치는 마음이 어떻게 또 다른 시를 창작하는 돌발적인 여정으로 이어지는지 보여주며 글을 끝맺는다.

9 비유   **353**

상세하게 말하기 _____

젊은 작가들은 디테일의 중요성을 깨닫고 나서야, 디테일을 효
과적으로 활용하려면 신중한 선택이 필요하다는 사실을 이해한다.
유능한 작가들은 큰 목적을 뒷받침하는 디테일을 잘 선택한다. 예
컨대 어떤 등장인물이 강박적으로 깔끔하다는 특징을 독자에게 보
여주는 게 중요한가? 그렇다면 책상 위 세심하게 정돈된 펜과 연필
을 어떻게든 묘사해보라. 1월의 수정처럼 맑고 싸늘한 아침을 정확
히 포착할 필요가 있는가? 처마에 매달린 고드름에 반사되어 반짝
이는 햇살이 그 목적을 달성할 수 있다.

당신에게 필요한 것은 '디테일을 말하기telling detail', 즉 더 큰 무
엇을 암시하는 상세한 현실을 이야기하는 일이다. 최상의 경우 '디
테일을 말하기'는 작가가 테마에 대해 주장하려는 의견을 뒷받침
하는 상징적 역할까지 한다.

디테일을 잘 선택하면, 추상적이고 일반적인 글만 쓰는 작가가
누리지 못하는 다양한 독자의 반응을 얻을 수 있다. 추상적인 글은
정보를 주고 설득할 수 있지만, 마음 이론 뇌 신경망의 거울 뉴런
을 활성화시키지 못한다. 달리 말하면, 추상적인 글은 독자에게 슬
픔이나 공포, 행복감을 실감 나게 전달할 수 없다. 청중에게 웃거
나 울라고 열심히 재촉하는 건 무의미한 짓이다. 감정을 조작하려

는 잔재주는 쉽게 탄로 나기 마련이다.

추상적인 생각은 대뇌 피질에서 시작된다. 대뇌 피질은 우리 뇌에서 가장 고도의 활동을 담당하여 가장 늦게 진화된 부분이다. 그러나 감정은 외적 자극의 직접적인 결과로, 뇌의 중심 부분에서 발생한다. 세세한 표현으로 가득한 글은 실질적인 경험에 근접하기 때문에 실제 경험이 유발하는 감정을 끌어낼 수 있다.

내가 편집한 기사를 읽고 웃거나 울었다고 이야기하는 전화나 편지를 받을 때마다 나는 작가가 다루기 까다로운 추상의 사다리의 아랫단을 효과적으로 처리하는 일을 도왔다는 생각에 자부심을 느낀다. 세밀한 묘사로 독자의 관심을 사로잡는 것은, 작가와 독자를 잇는 가장 효과적이면서도 가장 어려운 방법이다. 이 힘든 과제만 훌륭히 해낼 수 있다면 글은 예술이 된다.

세상의 틀에서 벗어나라

내가 편집실에서 일할 때를 돌이켜보면 하루에도 열두 번씩 실망스러운 대화를 한 듯하다. 현장에서 돌아온 기자는 맞은편에 앉아 취재 내용을 전했다. 우리 대화는 대개 이랬다.

기자: 그 불쌍한 사람의 상황이 여러모로 좋지 않아요.

잭: 얼마나 안 좋은가?

기자: 혼자 살고 있습니다.

잭: 어디서?

기자: 시내 간이 숙박소에서요.

잭: 방 한 칸짜리에?

기자: 그렇다니까요.

잭: 방 상태는 어떤가?

기자: 지저분합니다.

잭: 더 정확히 말해주겠나?

기자: 냄새가 나고, 벽에도 균열이 많습니다.

잭: 어떤 냄새?

기자: 오줌 냄새…. 지린내요.

잭: 가구는 어떻던가?

기자: 모르겠어요…. 금방이라도 주저앉을 것 같았습니다.

이런 식으로 우리 대화는 계속되었다. 기자는 추상적으로 말했고 나는 구체적인 설명을 요구했다. 기자는 "정크본드junk bond로 금융계에서 한때 촉망받던 사내가 몰락해 역경에 처했다"라는 문장으로 기사를 시작해야겠다고 생각했겠지만, 나는 기자가 이렇게 글을 쓰기를 바랐다.

이제 16살인 크리스탈 빌헬름은 멀린 아파트의 7층 계단에 쪼그려 앉아, 경련을 일으키는 배 쪽으로 가느다란 무릎을 끌어안은 채 금단 현상과 싸우고 있다. 코달레인 출신의 빌헬름은 갈라진 시멘트 도로에서 한 걸음 정도 떨어진 멀린 아파트의 주민이다. 그녀는 불순한 마약이 일종의 '직업 재해'라는 사실을 안다. 갑자기 경련이 와 온몸을 부르르 떤다. 그녀는 담배 한 갑을 살 2달러가 필요하다. 그 돈을 벌려면 위층에 올라가 신발을 찾고 '데이트'를 위해 싸늘한 문밖으로 나가야 한다.

기자처럼 글을 쓰면 매일 눈사태처럼 몰려오는 나쁜 기사들에 금세 묻히고 말 것이다. 위 글인 〈한 젊은 마약 중독자의 초상〉은 줄리 설리번Julie Sullivan이 〈스포캔 스포크스맨 리뷰〉에 기고한 글로, 미국신문편집인협회에서 수상했고 디테일의 힘을 설명하려는 글쓰기 강사들이 즐겨 인용하는 고전적인 기사가 되었다.

차이는 결국 추상의 정도에 있다. 우리는 구체적인 것을 관찰하면 충동적으로 결론에 이른다. 예컨대 여덟 명의 자녀를 둔 어머니가 당신을 껴안아준다면, 당신은 그녀를 '따뜻한 사람'이라고 표현할 것이다. 또 어떤 주유소에서 직원이 "싹 다 날려버리기 전에 그 빌어먹을 엔진을 끄란 말입니다!"라고 당신에게 소리치면, 그를 '신경질적인 사람'이라고 묘사할 것이다. 한편 리놀륨 장판이 깔린 방에 철제 책상과 의자만 덩그러니 있는 장면을 보고는 '을씨년스럽다'라고 표현할 것이다.

물론 당신은 배운 대로 잘 한 것이다. 현대 교육은 귀납적 추론induc-tive reasoning에 초점을 맞춘다. 구체적인 것들로 일반화하는 일을 배운다는 뜻이다. 예컨대 학교에 입학한 무렵에는 반려견 한 마리가 달리는 모습을 관찰한다. 학교를 졸업할 때쯤에는 무리 사냥을 하는 동물들의 특질을 논의한다.

물론 이런 교육 제도가 근본적으로 잘못되었다고 말하려는 게 아니다. 우리는 유의미한 일반화를 통해 현대 문명을 이뤄냈다. 아

9 비유

인슈타인도 시내의 전차와 시계탑에 대해 생각하다가 특수 상대성 이론을 떠올린 것이다.

그러나 작가인 우리에게는 다른 임무가 있다. 종이에 창조한 세계로 독자를 끌어들이고 독자가 머리와 가슴으로 그 세계를 경험하게 하고 싶다면, 그 세계를 독자에게 정확하게 보여줄 수 있어야 한다. 당신과 독자가 같은 공간에 있으려면, 독자는 당신이 보았던 것을 보고 들었던 것을 듣고 맡았던 것을 맡아야 한다. 요컨대 경험을 일반화한 결론이 아니라 경험 자체를 독자와 공유해야 한다.

당신은 왜 방이 을씨년스럽다고 생각했는가?

디테일을 효과적으로 활용함으로써 작가로서의 영향력을 높이는 첫걸음은 끊임없는 자기 학습이다. 보고 듣는 모든 것을 곧바로 해석해서 머릿속에 집어넣지 말라. 현재를 살며 세상을 직접 경험하려고 노력해야 한다. 당신은 정서적이고 지적인 반응을 자극하는 구체적인 무언가를 의식하고 있어야 한다. 구체적인 것을 기록하고, 당신의 반응을 독자도 느낄 수 있도록 그 기록을 활용해보라.

어니스트 헤밍웨이는 말했다. "당신에게 희로애락의 정서를 느끼게 하는 것을 찾아내라. 그렇게 당신이 발견한 것을 독자도 보고 당신과 똑같이 느낄 수 있도록 명확히 글로 표현해보라."

디테일을 이용하라

특히 디테일은 분위기와 장면, 등장인물과 테마를 전개하는 데 도움이 될 수 있다.

1. 분위기 atmosphere

분위기에 대한 디테일은 어떤 환경을 조성하기 위해 특별히 선택된다. 예컨대 토마스 만Thomas Mann은 《베네치아에서의 죽음》에서 어둡고 축축한 길거리를 자세히 묘사하며 불길한 분위기를 조성해냈다.

나의 옛 동료 스펜서 하인츠Spencer Heinz가 시내의 조용한 열람실 분위기를 표현하려고 어떤 디테일을 선택했는지 살펴보자.

> 종이가 살랑살랑 흔들린다. 비가 추적추적 내리는 날에 책들이 반납되면 때로는 펄프 냄새가 풍긴다. 열람실은 깨끗하고 따뜻하다. 전체적으로 조용하지만, 자원봉사자의 의자가 삐걱대는 소리, 편하게 호흡하지 못하는 사람의 거친 숨소리, 머리칼을 빗는 소리가 간혹 들린다. 누군가 문을 열 때마다 창 가리개가 들썩거린다.

분위기에 대한 디테일이 반드시 장면 전체의 일부로만 쓰일 필요는 없다. 글 곳곳에 삽입된 디테일은 독자에게 현장감을 주며, 장편 소설이든 감사의 글이든 모든 글을 더 재밌고 생동감 넘치게 해준다. 분위기에 대한 디테일은 매섭게 추운 겨울날이나 동물원에서 맞이하는 따뜻한 오후를 짤막하게 묘사하는 데도 활용된다.

> 냉기는 장화 바닥을 뚫고 들어올 정도로 싸늘했다.

맨팔을 타고 흘러내리는 아이스크림을 들어 올리며 기린을 가리
켰다.

2. 장면scene

소설, 영화 대본, 희곡, 문학적인 논픽션 등은 궁극적으로 하나의
완결된 이야기를 구성하는 장면의 연속이다. 작가는 핵심적인 디
테일을 신중하게 조합하여 장면을 창작해낸다.《세일즈맨의 죽음》
같은 희곡에서는 부엌 식탁과 의자 세 개가 전부인 장면이 있는 반
면, 〈벤허〉 같은 영화에서 장면은 전투용 마차와 말, 흙바닥을 다진
원형 경기장 등으로 구성되어 무척 복잡할 수 있다.

데버라 바필드 베리Deborah Barfield Berry와 켈리 베넘 프렌치Kel-
ley Benham French가 2019년 〈USA 투데이〉에 기고한 다음 글은, 뿌
리를 찾아 고향으로 돌아간 한 아프리카계 미국 여성의 눈에 비친
앙골라의 수도 루안다의 모습을 묘사하고 있다.

어도비 점토adobe로 지은 낮은 오두막, 시멘트 블록으로 지탱
된 지붕을 획획 지나갔다. 그곳을 지나치자 녹슨 에어컨이 설치
되고 페인트칠이 벗겨진 고층 건물이 나타났다. 발코니에 매달
린 빨랫줄에는 형형색색의 옷이 널렸고, 도시는 사람들로 부산
스러웠지만 바빠 보이는 이는 거의 없었다. 아이들은 하얀 교복
을 입고 학교로 향했다. 인도에는 기도하는 사람, 아기를 달래
는 사람, 얌을 굽는 사람, 벽에 오줌을 누는 사람, 머리칼을 땋
은 사람, 물고기 꿰미를 들고 가는 사람이 보였다. 정류장은 사

람들로 발 디딜 틈도 없이 붐볐다.

이번에는 켄 휠러Ken Wheeler가 〈오레고니언〉에 기고한 로데오 카우보이에 대한 특집기사이다. 자동차를 타고 텍사스 페코스를 달리면 볼 수 있는 장면을 묘사하고 있다.

> 페코스는 덥고 건조하고 조용하다. 카우보이들이 머무는 모텔은 몇 송이의 칼라 백합이 유일한 색인 듯하다. 폐쇄된 주립 극장 주변에는 60센티미터까지 자란 잡초가 경비원 역할을 한다. 이제 영화를 보려면 130킬로미터쯤 떨어진 오데사까지 가야 한다. 텍사스답게 큼직한 도넛을 판매하는 마 윌슨의 주방장이자 웨이트리스는 잔돈을 거슬러줄 때마다 하얀 플라스틱 파리채를 겨드랑이에 끼워 넣는다.

독자가 이미 알고 있는 정보를 활용하면 훨씬 더 적은 디테일로도 장면을 구성할 수 있다. 프랑스 소설가 귀스타브 플로베르Gustave Flaubert는 세 개로도 충분하다고 했는데, 그 말이 얼추 맞는 듯하다. 독자 대부분은 도로변의 작은 식당에서 식사한 적이 있다. 따라서 주차장, 카운터 뒷벽의 틈새로 보이는 증기로 자욱한 주방, 당신을 '고객님'이라 칭하는 웨이트리스를 언급하는 것만으로도 독자는 그 작은 식당의 모습을 머릿속에 그려낼 수 있다.

잡지 〈배너티 페어〉의 편집자 데이비드 마골릭David Margolick은 언젠가 〈뉴욕 타임스〉에 기고한 칼럼에서 두 변호사의 허름한 사무실을 묘사할 때 이 원칙을 몸소 증명했다.

> 성에로 뒤덮인 유리문과 금박을 입힌 이름 때문인지, 딜러가 아
> 들 조너선과 함께 운영하는 브로드웨이 401번가의 사무실은 샘
> 스페이드와 마일즈 아처의 시대를 연상케 한다.
> 딜러의 구역은 모조 가죽과 리놀륨 바닥재로 꾸몄고, 명함은 문
> 앞에 테이프로 대충 붙여두었다. 눈에 보이는 털이라고는 그의
> 머리를 감싼 가발이 유일하다.

3. 등장인물

작가는 딜러의 가발을 언급함으로써 장소뿐만 아니라 인물의 특징
까지 드러냈다. 등장인물의 디테일을 활용할 때 작가는 독자가 생
각하는 보편적인 특성을 전제로 한다. 예컨대 철테 안경을 쓰고 나
비넥타이를 좋아하는 남성 등장인물을 묘사하면, 당신은 이런 특
징을 바탕으로 더 복잡한 큰 그림을 그려본다. 그 결과 이 인물이
오후에 미식축구 경기를 보며 맥주를 마실 가능성은 낮다는 합리
적인 결론을 도출할 것이다.

〈뉴욕 타임스〉의 기자 소미니 센굽타Somini Sengupta는 등장인물
에 대한 디테일을 실속 있게 활용해, 당시 라이베리아 공화국의 독
재자 찰스 테일러Charles Taylor의 세력을 포위하고 있던 반란군의
특징을 압축적으로 보여주었다.

> 그 사이 앞니 두 개가 없고 붉은 베레모에 금테 안경을 쓴 반란

군의 참모총장 셰리프 장군이 무시무시한 협박을 보내왔다.

필립 킴벌Philip Kimball은 《하베스팅 발라드Harvesting Ballads》에서 사회적 계급과 경제적 지위 및 연령대를 단 한 문장으로 명료하고 세심하게 담아내는 솜씨를 선보였다.

가느다란 줄무늬가 그려진 더블 재킷을 입은, 면도를 하지 않은 노인은 주름살이 쭈글쭈글했는데, 양 팔꿈치와 두 손으로 작은 유리잔을 감싸 쥐었다.

4. 테마

모든 디테일은 글의 목적을 정당화해야 한다. 당신은 글로 무엇을 전하려고 하는가? 그 목적을 성취하는 데 각 디테일은 어떤 역할을 하는가?

궁극적으로 이런 질문들이 글의 테마로 귀결된다. 즉, 글의 조각조각은 글의 테마를 담고 있어야 한다. 예를 들어, 나는 이 장에서 디테일을 본격적으로 설명하기 전에 "디테일에서 의미가 드러난다"라는 글의 테마를 개략적으로 제시했다. 이후 예문들은 이 주장을 뒷받침하기 위한 것이었다.

현대적 의미에서 최고의 종군 기자라고 할 만한 앤서니 샤디드Anthony Shadid는 미국의 바그다드 폭격을 취재할 때 공습이 일상을 산산조각내는 모습을 목격하며 큰 충격을 받았다. 상을 받은 그의 기사는 평범한 일상의 구체적인 면면과 급작스럽게 일어난 폭력의 끔찍한 결과를 자주 병치했다.

몇 시간 후, 35세의 일용직 노동자는 폐허로 변해버린 자신의 집을 멍하니 바라보았다. '하느님'이라 쓰인 도자기 접시가 깨지기 일보 직전의 모습으로 벽에 매달려 있었다. 집 밖의 인도에는 가전제품 상점 주인 사마드 라바이(17세)의 잘린 팔이 덩그러니 놓여 있었다.

리치 레드Rich Read는 〈오레고니언〉의 도쿄 지국장으로 재직할 당시 일본 학교를 다룬 기사에서 교육부가 내놓은 바보 같은 정책이 모든 것에 심드렁하고 상상력이 부족한 아이들을 양산했음을 입증했다. 레드의 글에는 답답하고 관료적인 일본의 교육 제도를 적나라하게 보여주는 디테일이 많다.

교육부의 시시콜콜한 요구는 책상 높이까지 규정할 정도였다. 제2차 세계대전 이후 학생들의 평균 신장이 증가함에 따라, 교육부는 책상 높이를 네 번이나 상향 조정했다.

책상 높이에 대한 교육부의 발표는 하나의 구체적인 행위이지만 한층 보편적인 사실, 즉 모든 것을 통제하려는 관료제의 폐해를 상징한다. 이런 점에서 디테일은 상징으로 기능한다고 볼 수 있다. 최고의 디테일은 어김없이 상징의 역할을 한다. 작은 것이 큰 것을 대변하고, 유형의 것이 무형의 것까지 보여준다는 뜻이다.

정서

> 작가가 눈물짓지 않는데, 어찌 독자가 눈물짓겠는가.
>
> _ 로버트 프로스트

나를 슬프게 하는 색

가장 기초적인 수준의 이야기에도 호감을 주는 인물들이 등장하여 자신들의 삶을 뒤바꾸는 복잡한 사건과 부딪친다. 이런 이야기가 깊은 공감을 일으키는 이유 중 하나는 정서를 자극하는 잠재력에 있다.

직관이 뛰어났던 특집기사 기고가 스펜서 하인츠는 감정을 쿡 찌르는 디테일로 가득한 이야깃거리를 잘 찾았다. 따라서 그의 글쓰기 기법을 탐구해보면 당신의 글에 정서적 요소를 더하는 법을 배우는 좋은 출발점이 될 것이다.

나는 스펜서의 글을 수없이 읽었지만, 매번 읽을 때마다 숨이 막힌다. 오리건에 사는 91세 노인과 그의 반려자가 58년간 거주한 집을 떠날 수밖에 없었던 사연을 취재한 기사를 예로 들어보자. 그 기사는 우리를 그 집으로 데려가 91세 노인인 해럴드 언더힐을 먼저 소개한다. 그다음 기사의 취지를 이해하는 데 필요한 배경지식을 알려주고, 곧 막을 내리게 될 평범한 일상에 대해 차분하게 이야기한다. 우리는 그 이야기의 일원이 되어, 해럴드 언더힐의 옆집에 사는 이웃이 된 듯한 기분을 느낀다.

스펜서의 기사는 정서를 자극해야 한다는 최우선 조건을 충족했다. 즉, 곤경에 처한 선량한 사람을 독자에게 소개한 것이다. 최근의 뇌 연구에서 확인할 수 있듯 우리는 생득적으로 이런 구조의 이야기를 흥미롭게 여긴다. 나이처럼 감성적인 논제를 다룰 때는 언더힐 노부부가 맞닥뜨린 상황과 유사한 사건, 이를테면 자식의 죽음, 절체절명의 위기, 통과의례, 이별, 사랑하는 사람과의 다툼 등이 항상 포함된다.

스펜서의 기사 속 생생하고 구체적인 디테일은 독자를 현장으로 데려간다. 독자는 스펜서의 감정을 읽는 데 그치지 않고 현장을 직접 경험하는 듯한 기분에 젖어 든다.

정서는 간접적으로 느낄 수 없다. 친구에게 진짜 슬프다고 이야기해보라. 친구는 같이 슬픔에 빠지기보다 지루하다며 하품을 할지도 모른다. 혹은 재밌는 이야기를 해주겠다며 운을 떼면 도리어 이야기의 재미를 망쳐버릴 수 있다. 감정의 세계에서 지도는 영토를 의미하지 않는다. 쉽게 말해, 우리가 세상에 대해 갖는 느낌은 '현실'이 아닌 것이다.

정서를 성공적으로 건드리는 작가는 독자를 곧바로 영토로 이끈다. 작가 자신의 감정을 자극했던 디테일을 독자에게 보여줌으로써 독자를 똑같은 감정으로 인도한다.

언더힐 노부부의 글에서 스펜서는 이런 디테일을 매끄럽게 나열하여 짤막한 이야기를 완성했다. 스토리를 진행하기 위해 스펜서는 캘리포니아에서 보험 설계사로 일하는 해럴드의 61세 아들 빌을 소개한다. 이때 초점은 계속 해럴드에게 맞춰지며, 그에게 삶의 즐거움을 주었던 디테일을 묘사한다.

빌은 1,025킬로미터 떨어진 곳에 있었다. 그러나 눈을 감으면 전화를 받는 아버지를 머릿속에 그릴 수 있었다. 아버지는 지팡이를 짚고 앞창 옆에 앉아 있을 게 분명했다. 어쩌면 기능성 멜빵을 입고 있을 것이다. 검은 구두를 신고 멋진 해밀턴 시계도 찼을 것 같았다.

스펜서가 시계를 언급한 의도는 분명했다. 그 시계는 아내 언더힐 패치가 남편의 50번째 생일을 기념해 선물한 것이었다. 시계에는 "패치가 해럴드에게, 48년 3월 26일"이라 새겨져 있었다.

이 시계만으로도 가슴을 뭉클하게 하기에는 충분했다. 그러나 목을 메이게 하는 이야기는 계속되었다. 해럴드에게는 허리에 문제가 있었다. 그의 아내는 과거 고관절이 부러졌다. 그들 부부는 계단을 오르내릴 수 없었다. 게다가 자식들과 멀리 떨어져 살았다. 마침내 캘리포니아에 사는 아들과 살림을 합칠 때가 된 것이다.

항상 그렇듯 사소한 디테일이 감동을 준다. 스펜서의 기사에서는 월요일에는 와플, 화요일에는 잘게 썬 쇠고기로 이어지는 해럴드의 아침 식사, 요통에도 불구하고 직접 설치한 삼나무 바닥, 못과 나사가 보관된 병이 가지런히 정돈된 지하실의 작업장, 마당을 수놓은 예쁜 꽃, 1930년대의 22달러 재산세 내역서, 시간이 덧없이 지나감에 따라 사라지고 세상을 떠나는 웃음과 친숙한 얼굴, 그리고 해럴드가 좋아하는 의자 등이 나열되었다.

해럴드와 패치가 공항에 도착했을 때 두 대의 휠체어가 그들을 기다리고 있었다는 사실도 스펜서는 빠뜨리지 않았다. 그들은 다리를 쭉 뻗을 수 있고 칸막이가 있는 특별석에 앉아 비행기를 타고 캘리포니아에 도착했다. 그곳에서는 아들 빌이 길 건너편 집에 거주하며 그들의 여생을 보살필 예정이었다.

58년이라는 시간은 노부부만이 아니라 빌에게도 떠나기에 충분한 시간이었다. 빌은 그 집에서 자랐지만 이제는 새로운 삶을 시작할 때였다. 노부부는 떠나기로 결심했고, 아버지는 아들에게 힘들게 입을 뗐다.

"우리는 이제 네게 해줄 수 있는 게 없구나."

아들은 대답했다. "아버지, 저는 아버지가 저에게 주었던 것을 돌려드리려는 것일 뿐입니다."

좋은 수식어

> 당신이 뭘 말하고 싶든 그것을 표현할 단어는 하나밖에 없다.
> 그것에 생동감을 부여하는 단어, 그것을 수식하는 하나의 형용사이다.
> _ 귀스타브 플로베르

명사와 동사에 도움이 필요할 때

유능한 작가는 자신의 의도를 명사와 동사만으로 표현해내려 한다. 예컨대 'very deep canyon(매우 깊은 골짜기)'보다는 'chasm(협곡)'으로, 'waled clumsily(어색하게 걸었다)'보다는 'stumbled(비틀거렸다)'라고 표현한다. 하지만 이런 형용사와 부사가 존재하는 나

퓰리처상 문장 수업

름의 이유가 있다. 명사와 동사에 담긴 정교한 뜻을 넘어서는 뉘앙스를 표현하려면 형용사와 부사가 필요하기도 하다.

하지만 뛰어난 작가는 수식어를 선택할 때 무척 신중하다. 수식어가 지나치면 글이 불필요하게 장식적이고 복잡해져 글의 논점까지 흐려질 수 있다는 사실을 알기 때문이다. 미사여구를 좋아하는 작가는 논점과 관련한 수식어를 사용하는 것에서 그치지 않는 반면, 절제를 아는 작가는 상황에 맞는 사례를 제시하거나 이야기를 전개하기 위해서만 수식어를 사용한다.

효과적인 형용사와 부사는 독창적이다. 몇몇 명사에 자동으로 달라붙는 수식어와는 다르다. 'spirited chase(맹렬한 추격)'와 'troubled teenager(불안한 십대)'는 기계적으로 쓰이는 명사구이다. 또 'angry mobs(성난 군중)', 'nasty cuts(흉한 상처)', 'trying times(시련의 시간)' 같은 표현도 귀에 딱지가 앉도록 들어보지 않았는가?

강렬한 수식어는 강렬한 이미지를 떠올리게 한다. 어떤 수식어가 쉽게 인지되는 물건과 연결되면, 그 물건은 독자에게 더 친숙하게 다가간다. 예를 들어보자.

⋯ she pushed a burn-scarred wooden spoon around the saucepan.

그녀는 불탄 흔적이 있는 나무 숟가락을 냄비 쪽으로 밀었다.

Pollen grains are coated, M&M-style, with recognition

proteins ….

M&M 초콜릿처럼 꽃가루가 인식 단백질막으로 씌워져 있다.

… but Dixon was pretty pleased his future wife wasn't wearing makeup. The farm isn't a face-fiddling kind of place, he explained.

딕슨은 예비 신부가 화장을 하지 않는 게 꽤나 기뻤다. 농장은 얼굴이나 만지작거리는 곳이 아니라고 그는 설명했다.

Over the road, the Phantom has all the glycerin smoothness and cathedral quiet you could hope for.

도로에서 롤스로이스 팬텀은 당신이 바라는 글리세린을 바른 듯한 부드러움과 성당 같은 정숙함을 자랑한다. (댄 닐, 〈로스앤젤레스 타임스〉)

은유의 마법

> 나는 은유를 사랑한다.
> 은유는 하나의 빵을 예상하고 있는데 두 개의 빵을 주기 때문이다.
> _ 버나드 맬러머드

색다른 빛을 띠는 은유
아리스토텔레스는 "무엇과 비교할 수 없을 정도로 가장 위대한 것은 은유의 대가가 되는 것이다"라고 말했다.

그가 은유를 이토록 극찬한 이유가 무엇일까? 은유 덕분에 세상을 색다른 관점으로 보고 창의성을 발현할 수 있기 때문일 것이다. 두 개의 동떨어진 범주를 결합하면 신비로운 현상이 발생한다. 시냅스가 지직거리면서 새로운 연결이 나타나는 것이다. 은유는 시너지 효과를 일으키며 부분의 합보다 더 큰 의미를 만들어낸다.

은유는 위대한 물리학자들이 새로운 우주 이론을 제시하는 데 사용하던 점토였다. 아인슈타인은 처음에는 기차와 시간에 대해 말하다가 나중에는 시간과 공간을 하나의 천으로 직조하는 이미지를 그려냈다. 양자전기역학의 기초를 닦은 물리학자 프리먼 다이슨Freeman Dyson은 지상에 존재하는 단순한 물건들을 응용해서 우주선을 설계했다.

은유는 문학적인 글을 쓰는 사람에게는 거의 습관적 행위이다. 많은 작가가 겉보기에는 거의 힘을 들이지 않고도 비유적인 표현을 뚝딱 만들어낸다. 언젠가 나는 헌터 톰슨Hunter Thompson이 버번위스키의 일종인 와일드 터키를 10분의 1쯤 꿀꺽 마신 후 기가 막힌 비유로 이미지들을 이어붙이는 모습을 지켜본 적이 있다. 또 노먼 메일러Norman Mailer가 뜻밖의 것들을 연속해서 제시하며 심야 토크쇼에 비유한 글을 읽었던 경험을 지금도 뚜렷이 기억한다.

메일러와 같은 작가의 정신 구조는 우리의 것과 완전히 다른 듯하다. 우리는 "A는 B와 같다"라고 생각한다. 그러나 메일러 같은 작가들은 "A는 Z와 같다"라고 글을 쓰기 때문에 우리는 느닷없이 세상을 완전히 다른 눈으로 보게 된다. 비유의 재주는 일부에게 특출나게 발달되었기 때문에 그들만이 가진 희소한 능력이라고 생각할 수 있지만, 은유적인 사고도 배우고 계발될 수 있다는 증거는 얼마든지 있다.

혜밍웨이는 《호주머니 속의 축제》에서 피츠제럴드와 함께 오픈카를 타고 스페인 시골 지역을 달리며 은유 게임을 하던 시절을 회상한다. 한쪽이 눈에 들어오는 어떤 대상을 가리키면 상대방이 그 대상을 비유적으로 표현하는 게임이었다. 지체하지 않고 비유에 성공하면 공격하는 측이 바뀌었고, 실패하면 포도주 한 잔을 벌주로 마신 뒤 다시 비유에 도전해야 했다.

우리도 비유의 능력을 개발할 수 있다. 물론 혜밍웨이나 피츠제럴드에 버금가는 수준에 이르기는 힘들겠지만, 우리의 글에 비유를 담아낼 수 있다. 비유를 얼마나 잘 하느냐에 따라 독자가 얻어갈 수 있는 경험도 달라질 것이다. 기발하고 계몽적이며 재치에 넘치는 비유는 우리가 글을 읽을 때 얻는 기본적인 즐거움 중 하나이다. 적절한 은유는 놀라움과 기쁨을 선사하며 새로운 차원의 의미를 제시한다. 게다가 더 많은 보상이 기다리고 있으리라는 확신을 줄 뿐만 아니라 글을 계속 읽어야겠다는 의욕까지 독자에게 심어준다.

기자는 특집기사에서 은유를 자제하는 경향이 있지만, 사실 딱딱한 기사에서도 은유는 효과적이다. 전설적인 기자 리처드 하딩 데이비스Richard Harding Davis는 잿빛 제복을 입은 독일군의 벨기에 진군을 "둑을 넘은 강물", "바다를 바라보는 사람들을 향해 점점 퍼져가는 안개"로 묘사했다. 남아프리카공화국의 기자 윌리엄 볼리토William Bolitho는 프랑스 연극배우 사라 베르나르Sarah Bern-hardt의 장례식을 "미술관 공연", "그녀가 기획한 야외극"이라 표현했다. 또 쿠엔틴 레이놀즈Quentin Reynolds는 독일군의 진격에 꼼짝없이 파리에 갇혀 기사를 송고할 수단을 잃어버린 기자를 "말이 없는 기수"에 비유했다.

　은유를 그저 능숙하게 활용하는 걸 넘어 자신만의 고유한 은유적인 사고방식을 개발하면 글쓰기는 물론 삶에서도 큰 보람을 느낄 수 있을 것이다. 은유적인 관점에서 세상을 인식하는 데 필요한 집중력을 갖추면 세상을 지각하는 능력이 향상되어, 주변의 디테일을 한층 진지하게 보고 듣고 맡으며 감지할 수 있다.

비유적으로 말하기

비유적인 표현은 기본적으로 네 가지 형태를 취한다. 각각의 형태는 은유의 변형이라 할 수 있다.

1. 순수한 은유pure metaphor　**어떤 대상을 다른 것으로 묘사하는 기법이다.**

A small school of salmon fishermen working, their boats below the Hawthorne Bridge.
연어 떼처럼 연어 낚시꾼들과 그들의 낚싯배들이 호손 다리 아래로 모여들었다.

2. 직유simile 두 대상을 명시적으로 비교하는 기법이다.

Skittering away like a crab from boiling water.
끓는 물에서 뛰쳐나온 게처럼 빠르게 도망쳤다.

3. 인유allusion 작가와 독자 모두에게 알려진 사람이나 사물을 언급함으로써 의미를 더하는 기법이다. 인유는 문학이나 대중 예술을 비교 대상으로 삼는 경우가 많다.

… when life stretched out like an endless American Graffiti summer ….
여름이 되면 어김없이 재방영되는 영화 〈청춘 낙서〉처럼 생명이 연장되었다.

4. 의인화personification 무생물을 생물, 특히 인간에게 고유한 무언가로 묘사하는 기법이다.

Classic double-breasted suits by the likes of Gianfranco Ferré and Yves Saint Laurent whisper of well-aged money and Republican voting records.
잔 프랑코 페레와 이브 생로랑 같은 디자이너가 만든 고전적인 더블 버튼 양복은 농익은 돈 냄새와 공화당 지지자의 느낌을 물씬 풍긴다.

투시력

순수한 은유는 어떤 대상을 다른 것으로 묘사하는 기법이다. 비유
능력을 타고난 사람은 겉보기에 별개의 것으로 보이는 두 대상을
연결하는 보이지 않는 끈을 기막히게 찾아낸다.

Manhunter… is a dark locomotive of a movie, dragging
the audience with it.
〈맨헌터〉는 관객을 이끌고 가는 어둠의 기관차 같은 영화이다.

They will be used as a benchmark to measure future growth in
the visitor industry, a sector known for tossing out statistical
banana peels.
그것은 관광 산업, 즉 통계적으로 바나나 껍질을 벗기는 산업으
로 알려진 분야의 미래 성장 가능성을 측정하는 기준으로 사용될
것이다.

Distance reduced a herd of cattle to a handful of tossed
cloves.
멀리 떨어진 한 무리의 소떼는 한 움큼의 흩뿌려진 정향T香처
럼 보였다. (애니 프라욱스, 〈애틀랜틱〉)

직유의 다양한 형태

직유는 명확히 비교하는 비유법이다. 직유는 'like(~처럼/~같이)'와 같은 단어를 흔히 사용하지만, 모든 직유에서 이 전치사가 사용되는 것은 아니다.

A police car cruises by, silent, slow, like a porpoise patrolling the deep.
경찰차가 그 옆을 조용히 천천히 지나며 순찰했다. 심해를 헤엄치는 돌고래처럼.

Vaughan chooses his words with the deliberation most people reserve for the dessert tray.
본은 신중하게 단어를 선택한다. 대부분의 사람이 디저트 접시를 담을 때 신중하듯이.

Yet, now, Hollis says, he's straighter than a free-throw line.
아직은 아니야, 홀리스가 말했다. 그때 그는 자유투 라인보다 올곧았다.

작가와 독자 잇기

인유는 작가와 독자를 이어주는 끈이다. 작가는 독자에게 친숙한 대상을 언급하며 독자가 쉽게 이해하리라 믿는다. 또 작가는 그 대상을 언급하고는 논점을 흐릴 수 있는 장황한 설명은 피하며 이야기를 이끌어간다. 그럼에도 독자는 언급된 대상뿐 아니라 작가가 말하지 않은 것에 담긴 의미, 더 나아가 작가가 독자 자신에게 보내는 신뢰까지도 알아차린다.

함축적인 인유 하나에서 수십 개의 연관된 정보를 찾을 수 있다. 그 결과, 추가적인 정보가 글에 더해지고, 종이에 쓰인 단어의 범위를 넘은 의미가 생겨난다.

물론 독자 대부분이 공감하는 인유를 활용한 경우에만 기적이 발생한다. 문학 교수가 학계에서 통용되는 글을 쓴다면 그 글은 일반 독자에게 난해할 수 있다. 다양한 계층을 독자로 삼고 싶다면 많은 배려와 신중함이 필요하다. 가장 널리 알려진 사람과 사물만이 많은 독자에게 호응을 얻을 것이다.

미국 독자의 경우 그들에게 가장 폭넓게 알려진 대상은 주로 대중문화와 관계가 있다. 따라서 폭넓은 독자층을 겨냥하는 작가는 블록버스터 영화, 베스트셀러, 텔레비전 프로그램에서 인유를 끌어온다. 요컨대 그런 작가는 소설가 바설미보다 배트맨을 더 좋아한다.

The Armada is the Double Whopper with Cheese of SUVs.
닛산의 대형 SUV 아르마다는 비유하자면 와퍼 중에서도 치즈를 추가한 더블와퍼이다.

… the reality landed with the impact of a Tyson

uppercut.

현실은 타이슨에게 어퍼컷을 맞은 듯한 충격처럼 내려앉았다.

··· he listens to his coach, Pat Foster, as if Foster were John
Houseman reading Dickens.

그는 팻 포스터 코치의 조언을 귀담아듣는다. 포스터가 디킨스
를 읽는 존 하우스먼인 것처럼[존 하우스먼은 찰스 디킨스의 소설 《크리스
마스 캐럴》이 원작인 영화 〈스크루지〉에서 스크루지 역을 맡았다-옮긴이].

말장난

언어를 사랑하는 작가는 언어를 갖고 놀기를 좋아한다. 단어를 편
안하게 생각하고 이리저리 만지작대기를 부담스러워하지 않는다.
그렇게 재치가 넘치는 말장난으로 독자의 마음을 가볍게 덜어주고
인간미를 드러낸다.

기습적인 말은 모든 유머의 어머니이다. 이중의 뜻을 지닌 표현
은 말장난에서 빠지지 않는다. 한 영화 평론가는 지역의 어떤 영화
를 형편 없다고 혹평하며 "동결 자산frozen assets이 포틀랜드Portland
에도 떨어졌다. 적잖은 사람이 영화 제작자들이 맞이하기를 바라
마지 않던 운명이었다"라고 썼다[여기에서 "동결 자산"은 처분이 금지된 자산뿐
아니라 동명의 영화를 가리키기도 한다-옮긴이].

나와 오랫동안 일한 작가 중에는 뛰어난 글솜씨에 선천적인 역
동성을 겸비한 작가가 있었다. 그녀는 말장난을 끝없이 쏟아낼 줄
알았다. 프랑크푸르트 소시지를 다룬 특집기사에서 그녀는 "핫도

그hot-dog용 소시지를 만드는 시장은 최근 가격 경쟁으로 그야말로 진흙탕의 개싸움dogfight"이 되었다며, 한 지역의 정육업자가 결국 "끝도 없는 경쟁 시장에서 살아남은, 오리건에 본사를 둔 유일한 핫도그 제조업체"가 되었다고 썼다.

물론 개dog와 핫도그hot-dog를 연결 짓는 말장난은 무수히 많다. 그러나 이미 온갖 방법으로 배배 꼬인 소재로도 기발한 말장난을 가미하면 독자를 미소짓게 할 수 있다. 유일하게 필요한 조건이 있다면, 신선한 접근이다.

"장미는 붉다"라는 진부한 표현도 때로는 옆구리를 푹 찌르는 촌철살인이 될 수 있다. 한 과학 저술가가 DNA를 조작해 이상한 색상의 꽃들을 만들어내는 연구를 다룬 칼럼에서 이 표현을 절묘하게 이용했다.

> Roses are red and violets are blue—unless biotechnology changes the hue.
> 장미는 붉고, 제비꽃은 파랗다. 생명공학이 색을 바꾸지 않는다면.

은유의 연장

한 문장에서 멈추지 않고 길게 이어질 수 있다는 것도 은유의 강력한 장점이다. 우리는 글을 쓸 때 처음의 이미지를 토대로 주제와 관련한 새로운 요소들을 추가해 나간다. 이때 은유의 연장은 다른 요소를 이해할 수 있는 하나의 틀이 되어 글 전체를 통일한다.

연장된 은유는 아무리 복잡해지더라도 소설이나 논픽션의 핵심적인 메시지를 담아낼 수 있다. 노먼 메일러가 아폴로 11호의 달 착륙에 대한 개인적인 의견을 〈라이프〉에 연속해서 게재한 칼럼을 모은 책《달을 향한 불꽃Of a Fire on the Moon》은 한 여름밤에 첨단 캠핑 장비를 잔뜩 싣고 황무지로 향하는 미국인들을 묘사한 장면으로 시작한다. 그 뒤에도 그 장면을 계속 이어가며, 기계를 좋아하는 개척자들이 미국 우주 프로그램을 창조해 나가는 모습을 그려낸다.

　많은 독자에게 사랑받은 긴 은유를 예로 들어보자.

　1970년대 스타 대열에 오른 지 얼마 지나지 않아 유성처럼 예술계에서 자취를 감춘 리 본테쿠는 펜실베이니아의 외딴 헛간에서 폭발하는 은하처럼 공중을 둥둥 떠다니는, 거대하고 신비로운 철선과 도자기 조각의 조각물을 제작하며 수십 년을 보냈다. (폴 트레치먼, 〈스미스소니언〉)

　극동極東 지방은 러시아라고 불리는 낡고 지친 증기기관차 뒤에 매달린 화물차와 같다. 이 증기기관차는 금방이라도 끊어질 듯한 철로 위를 힘겹게 오간다. 승무원들이 디젤 기관차로 교체하려고 애쓰는 와중에 화물차는 하나둘 사라진다. 승무원들은 폭동을 일으킬지 모른다. 승객들은 굶어 죽을지도 모른다. 차장은 술에 취한 기사를 기차 밖으로 던져버릴 수도 있다.
　이곳에서 철로는 실로 위험천만하다.

그러나 증기기관차가 스스로 주저앉지만 않는다면, 극동 지방은 환태평양 연안의 지역을 결집하는 구원자가 될 수 있을 것이다.

직유의 좋은 예

As if Eugenie had read Mitchell's thought, she fired a hard glance that struck him like a hurled shot glass.

유지니는 미첼의 생각을 읽은 것처럼 그를 매섭게 쏘아보았고, 그 눈빛은 그를 향해 내던져진 작은 유리잔처럼 그를 때렸다.

(애니 프라욱스, 〈뉴요커〉)

If the decision to wed was made in haste, their commitment may be as stable as a pup tent in a desert sandstorm.

결혼을 성급하게 결정한다면, 그들의 약속은 사막의 모래 폭풍에 내던져진 2인용 천막만큼이나 불안할 것이다.

Maybe it was when the cupboard knob cracked in half and crumbled in my hand, like an Egyptian relic suddenly exposed to fresh air after centuries in the tomb….

마치 무덤 속에 묻혀 있던 이집트의 유물이 햇빛에 갑자기 노출되었을 때처럼 찬장 손잡이가 둘로 툭 쪼개지며 내 손안으로 떨어졌다.

Scallions, mushrooms, magenta beets sliced thick as the heels
of shoes.

작은 양파, 버섯, 구두 뒷굽만큼 굵게 썰린 자홍색 비트.

Arnold has grown as an actor even as he has shrunk as a body
builder. More important in Hollywood, his box office appeal
has bulked up like a rhino on steroids.

아널드는 배우로 인기를 얻어감에 따라 보디빌더로서는 인기를
잃었다. 그러나 할리우드에서 더욱 중요한 흥행력은 스테로이
드를 복용한 코뿔소처럼 커졌다.

적절한 은유

Oklahoma's gusher of football crude has spilled onto the
cover of Sports Illustrated.

미식축구라는 원유를 쏟아내는 오클라호마 유정이 〈스포츠 일
러스트레이티드〉의 표지를 점령했다.

Whelan cuts to the core of the case against apples treated with
Alar···.

사과 재배의 생장 호르몬 에일라의 사용을 금지하는 소송에서
웰란은 핵심을 찔렀다[core는 사과의 과심果心을 뜻하기도 한다-옮긴이].

Homer, Alaska, tucked at the end of the North American road system, is a sort of Key West in a parka.

알래스카의 호머는 북아메리카 도로망 끝에 위치한 까닭에 파카를 걸친 플로리다의 키웨스트 같은 곳이다[카웨스트는 플로리다 서쪽 끝에 있는 섬이다-옮긴이].

기발한 인유

Days disappear like the dwindling dollars in Donald Trump's bank account.

도널드 트럼프의 예금계좌에서 달러가 줄어들 듯 하루하루가 사라졌다.

··· a policy that covers fire, theft, explosion, wind, airplanes crashing into your house, and a plague of calamities even Job couldn't imagine.

화재, 절도, 폭발, 바람, 당신의 집에 추락하는 비행기, 욥조차 상상할 수 없는 재앙의 피해를 보장하는 보험.

As stories of marriages go, John and Betty's is more like a Mel Brooks comedy than an Ingmar Bergman drama.

결혼에 대한 많은 이야기가 그렇듯이, 존과 베티의 결혼 이야기도 잉마르 베리만의 비극보다 멜 브룩스의 코미디를 닮아간다.

9 비유

비유가 실패할 때

대부분의 훌륭한 목표가 그렇듯 비유적 표현에도 위험이 따른다. 다음과 같은 경우에 비유는 실패한다.

† 억지로 딱 맞는 이미지를 만들어내려고 할 때 좋은 비유를 구성하는 요소들은 서로 놀랍도록 잘 어울린다. 심지어 뛰어난 작가가 짝지은 서로 다른 요소는 애초부터 한 짝이었던 것처럼 자연스럽게 느껴진다.

† 일관되지 않는 요소들을 결합해 이미지를 만들 때 그 결과로 얻는 은유도 혼란스러울 수밖에 없다.

† 은유가 말이 되지 않을 때 신중한 작가는 비유를 시도한 뒤에는 잠시 글쓰기를 멈추고, 두 눈을 감고 금방 묘사한 비유를 머릿속에 그려본다. 비유가 현실 세계에서 일어날 수 있는 이미지를 그려낼 때에만 그 비유는 타당한 것이 된다.

아래에 인용한 예들은 위의 조건 중 하나 이상을 충족하지 못한 실패작이다.

The spotlight will focus on more than 100 of the metropolitan area's finest young musicians.
대도시 권역의 뛰어난 젊은 음악가 중 100명 이상에게 스포트라이트가 집중될 것이다.

스포트라이트는 누군가 한 명을 선택할 수 있지만, 그 빛이 실제로 집중하는 것은 아니다. 더군다나 100명 이상에게 무엇인가가 집중되는 상황을 상상하기는 어렵다.

As he walked up the eighteenth fairway amid lingering twilight Thursday in the opening round of the 118th British Open, Wayne Stephens of Britain was in the process of chiseling his name into the tableaus of this championship and striking a blow for all those dreamers who play golf.

118회 브리티시 오픈 개막전의 목요일, 땅거미가 서서히 내리는 가운데 영국의 웨인 스티븐스는 18번 홀의 페어웨이를 걸어 올라갔다. 그는 대회 우승컵에 자신의 이름을 새겨 넣으며 골프 유망주들에게 일격을 가했다.

Salmon Task Force Members Lock Horns

프로젝트 팀 살몬salmon의 멤버들이 다투기 시작한다[다툼을 뿔이 맞물린 상태에 비유했다 – 옮긴이].

과도한 비유는 금물

가장 창의적인 비유도 적당해야 최적의 효과를 얻는다. 서너 단락마다 직유 하나를 포함하면 고기에 맛을 더해주는 조미료로 충분하다. 그 이상으로 많으면 부담스러워지기 시작한다.

The test coupe featured the six-speed manual transmission with a shifter that drops into gear like a bank vault closing. Massive anti-lock disc brakes almost twelve inches across anchor the 968 like a stake in the ground and keep on working like the Energizer Bunny even after repeated use.

시험용 쿠페형 자동차의 특징은 은행 지하 금고처럼 톱니가 절묘하게 맞물리는 변속 레버를 갖춘 6단 수동 변속기였다. 직경이 거의 30센티미터인 육중한 잠금 방지 디스크 브레이크 장치는 땅에 박힌 말뚝처럼 포르셰 968을 멈추게 하고, 반복적으로 사용된 뒤에도 에너자이저 광고의 토끼처럼 계속 작동한다.

여기서 활용된 직유는 그런대로 제 기능을 하지만, 에너자이저 광고의 토끼를 언급한 건 다소 식상하다. 직유가 하나만 쓰였더라도 독자를 다음 단락으로 이끌기엔 충분했을 것이다. 그러나 한 단락에 직유가 세 번이나 사용되어 부담스럽게 느껴진다.

초고를 거칠게 쓸 때는 창의력이 엎질러진 잉크처럼 계속 흐르게 내버려두라. 자기 검열처럼 특별한 연결과 뜻밖의 발견을 억누르는 건 없다. 상상력을 마음껏 펼쳐보라. 한 단락에 직유를 세 번이나 사용했다면 운이 좋은 것이다. 단, 걷어내야 할 것도 있기 마련이다.

퇴고할 때는 신중해야 한다. 글쓰기 코치 돈 프라이의 지적은 냉정하기 그지없다. "효과적인 퇴고는 당신의 갓난아기를 죽이는 것이다."

종탑에서 나온 박쥐처럼

영문과 학생들이 창작한 직유를 살펴보자.

The little boat gently drifted across the pond exactly the
way a bowling ball wouldn't.
볼링공이라면 흉내내지 못할 궤적을 따라, 작은 보트가 부드럽
게 연못을 가로질렀다.

McBride fell 12 stories, hitting the pavement like a Hefty Bag
filled with vegetable soup.
맥브라이드는 12층에서 떨어졌고 야채수프로 가득 채워진 쓰레
기봉투처럼 인도에 처박혔다.

From the attic came an unearthly howl. The whole scene had
an eerie, surreal quality like when you're on vacation in another
city and "Jeopardy" comes on at 7 p.m. instead of 7:30.
오싹하게 울부짖는 소리가 다락에서 들렸다. 휴가를 맞아 다른
도시에서 〈제퍼디!Jeopardy!〉 프로그램을 오후 7시 30분이 아니
라 7시에 볼 때처럼 전체적인 분위기가 으스스하고 초현실적이
었다.

Her hair glistened in the rain like nose hairs after a sneeze.

비를 맞은 그녀의 머리카락이 재채기한 후의 코털처럼 반짝거렸다.

Hailstones bounced off the pavement like maggots thrown in hot grease.

도로에 떨어진 우박이 뜨거운 기름에 떨어진 구더기처럼 튕겨 올랐다.

John and Cheryl had never met. They were like two hummingbirds that had also never met.

존과 셰릴은 만난 적이 없었다. 그들은 결코 전에는 만난 적이 없던 두 마리의 벌새와 같았다.

The thunder was scary, much like the sound of a thin sheet of metal being shaken backstage during the storm scene of a play.

천둥이 무서웠다. 연극에서 폭풍을 연출하기 위해 무대 위에서 얇은 금속판을 흔들 때 나는 소리와 비슷했다.

His thoughts were all confused and tangled up, like a pair of underpants in a dryer without Cling-Free.

유연제를 넣지 않은 건조기에 들어간 팬티처럼 그의 생각은 종잡을 수 없이 뒤죽박죽이었다.

글을 다채롭게 하는
5가지 방법

은유와 말장난 등 비유적인 표현은 우리 글에 생동감을 더한다. 비유적 표현은 독자에게 글을 읽는 보람을 주고, 작가에게도 글을 쓰는 보람을 준다.

1. 자기 자신과 교감하라.

방에 들어가거나 어떤 사람을 만나거나 어떤 사건을 목격할 때 자신이 어떻게 느끼는지 유심히 관찰해보라. 당신에게 정서적 반응을 불러일으키는 세세한 디테일에 시각과 청각, 후각과 미각을 집중해보라. 그렇게 얻은 결과를 여러 방향으로 적어두고, 가장 설득력 있는 글을 독자에게 선보여라.

2. 세 가지 디테일을 선택하라.

등장인물의 뚜렷한 특징을 보여주는 세 가지 디테일로 등장인물을 묘사하라. 코밑수염의 양 끝이 위로 올라갔는가? 둥근 철테 안경을 썼는가? 밑창이 평평한 구두를 신었는가?

3. 주제를 뒷받침하는 디테일을 찾아내라.

당신이 글로 쓰려는 것의 중심점, 즉 주제문에 대해 생각해보라. 그 주장을 뒷받침하는 좋은 증거가 될 만한 디테일이 무엇인지 자문해보라. 예컨대 높은 연봉이 스타 선수의 가치를 왜곡한다는 주장을 펼치고 싶은가? 그렇다면 큰돈과 왜곡된 가치를 실증적으로 보여주는 디테일이 무엇인가? 8만 달러짜리 허머Hummer로 교통사고를 일으키고 현장에서 도망치는 경우인가?

4. 은유 게임을 해보라.

헤밍웨이와 피츠제럴드가 스페인 시골 지역을 자동차로 여행하는 동안 고안해낸 은유 게임을 직접 해보며 비유로 귀를 단련하라. 어떤 대상을 무작위로 선택한 뒤 다른 것과 비교를 시도해보라. "저 소화전은 2등급 교통 안전원처럼 보인다." "줄무늬가 그려진 저 콘크리트 벽은 수박 먹기 대회에서 우승한 사람의 셔츠처럼 보인다."

5. 색이 중요하다.

은유와 직유 및 그 밖의 비유적 표현은 치밀하게 계획될 때 최적의 효과를 기대할 수 있다. 한 단락에 세 개의 직유를 꾸겨 넣으면 그 단락은 조롱거리가 되기 십상이다. 그렇다고 상징이 전혀 없는 글을 쓰면 무미건조한 사람이라는 놀림을 받는다. 그러므로 색을 더하고 빼면서 초고를 써보라. 서너 단락마다 하나의 비유적 표현을 포함하는 것이 일반적인 기준이다.

좋은 문체를 얻고 싶다면
어떤 것에도 영향을 주지 않는 글로 시작하라.
_ E. B. 화이트

목소리 훈련

대부분의 가수는 합창단의 일원으로 시작한다. 따라서 개인의 목소리는 다른 단원들의 목소리에 묻혀버린다. 합창 지휘자와 악보의 신호를 따르며 통일감 있는 소리에서 이탈하지 않도록 애쓴다. 또 그들은 혼자였다면 문제가 될 법한 실수가 합창단의 소리에 묻힌다는 사실에 위안을 얻는다.

대부분의 작가도 마찬가지이다. 학창 시절에는 대부분이 교사가 가르치는 기본 형태를 따라하는 데 급급하다. 나이가 듦에 따라 우리는 삶에서 맡은 역할에 부합하는 언어를 취한다. 대체로 자신이 속한 집단의 언어를 안전하게 선택한다. 예컨대 법률가는 법률 용어로 글을 쓰는 법을, 경찰관은 '경찰 말투police'로 보고서를 채우는 법을 배운다. 심지어 신문기자도 생계를 위해 출판물을 발행하는 기관의 목소리 뒤에 숨는다. 사건은 관점에 따라 다르게 보일 수 있지만, 대부분의 보도는 놀라울 정도로 비슷하다. 프리랜서로 활동하는 작가도 보이지 않는 합창단의 소리에 맞춰 노래한다.

그러나 몇몇 가수는 자기만의 소리를 내려는 열망을 따라 혼자 합창단에서 빠져나와 남들과 다른 스타일로 노래한다. 빌리 홀리데이Billie Holiday, 프랭크 시나트라Frank Sinatra, 엘라 피츠제럴드Ella Fitzgerald는 세상에 단 한 명밖에 없다.

가수의 목소리가 그렇듯 작가의 목소리도 명확히 규정하기 어렵지만, 모든 것이 어우러지며 고유의 문체를 형성한다. 차별성을 띤 어휘도 문체의 형성에 기여할 수 있다. 특정한 형태의 문장이나 구문을 선호하는 경향도 문체에 영향을 준다. 자신만의 글쓰기 방식에서 독특한 목소리가 생겨나기도 한다. 주제에 접근하는 관점, 형식을 받아들이는 정도나 태도 또한 문체를 결정하는 요인이 될 수 있다.

궁극적으로 목소리는 글에서 찾을 수 있는 작가 고유의 문체이다. 문체는 인간의 성격만큼 복잡하고 다채롭다.

자신만의 목소리를 찾기 위한 젊은 작가의 노력은 마치 기성세대에 저항한답시고 똑같은 옷을 입는 십대와 비슷하다. 선생님의 가르침에 반항하며 다른 작가의 글을 모방한다는 뜻이다. 대학생 시절 내 또래들은 톰 울프처럼 잘 쓴다는 칭찬을 듣고 싶어 했다. 그 때문에 우리의 글에는 이탤릭체, 조각난 문장, 느낌표가 넘치도록 많았다. 다른 작가의 글을 훔치고 모방하다 보면 자기만의 고유한 목소리를 개발하지 못한다는 생각을 당시에는 하지 못했다.

기자가 자신만의 목소리를 갖는다는 건 '신문 기사체'를 피해간다는 뜻이다. 무수히 많은 기사가 그 형식적인 틀에서 벗어나지 못해 따분하게 느껴진다. 법률가도 다를 바 없다. 연방 대법관 올리버 웬들 홈스Oliver Wendell Holmes처럼 웅변적인 판결문을 작성하고 싶은 법률가라면, 모든 것을 생산물 책임 면책 조항처럼 쓰는 습관부터 버려야 할 것이다.

어릿광대 옷을 입고 보라색으로 염색한다고 해서 독특한 사람이 되는 건 아니다. 젊은 작가들은 남보다 두드러지고 싶을 때 모방하기보다 과시한다. 글에 지나치게 많은 양념을 뿌리고 부사나 형용사, 부자연스러운 비유를 쏟아낸다. 이런 이유로 상대적인 절제가 독자에게 더 매력적인 인상을 줄 수 있다. 뛰어난 작가는 자신의 목소리로 글의 메시지를 묻어버리지 않는다. 너새니얼 호손Nathaniel Hawthorne은 "문체의 가장 큰 장점은 단어를 머릿속으로 완전히 흡수시킨다는 점이다"라고 말하기도 했다.

하버드대학교에서 진행된 '내러티브 저널리즘에 대한 니만 프로그램Nieman Program on Narrative Journalism'의 책임자였던 마크 크레이머Mark Kramer가 말했듯 자신감과 권위를 겸비한 이야기꾼의 목소리는 독자를 문학적인 논픽션 속으로 끌어들이는 주요 요인이다. 목소리에 담긴 권위는 어떤 사건을 해석해보려는 작가의 의지에서 비롯한다. 훌륭한 논픽션 작가들은 어떤 이야기에 대한 해석을 자신 있게 제시하며 명성을 얻었다. 명성은 펄쩍펄쩍 뛰며 두 팔을 휘젓는다고 얻을 수 있는 게 아니다.

상대에게 신뢰를 주려면 여유로워야 한다. 권위 있는 목소리를 내는 최선의 전략은 자기 자신이 되는 것이다. 다시 말해, 평소처럼 편하고 여유로운 마음을 유지하면 된다. 물론, 말은 행동보다 쉽다. 연설을 하거나 낯선 사람들로 가득한 방에서 대화를 나눌 때면 대다수가 뻣뻣해지고 평소답지 않게 격식을 따진다. 그러나 그보다 더 겁나는 일이 글쓰기이다. 나는 딱딱하고 생동감 없는 글을 쓰는 사람들에게 어깨뼈 사이의 근육에 주목해보라고 조언하곤 한다. 그 근육의 긴장을 풀 수만 있다면 글쓰기에서 받는 압박감을 떨쳐내고 자신만의 목소리를 낼 수 있을 것이다.

따라서 우리는 자꾸 이미 쓴 것을 되돌아보며 시간을 헛되이 낭비하는 대신 초고를 상대적으로 신속하게 써내려가야 한다. 구속받지 않고 여유롭게 글을 쓸 때 우리가 단어의 구속에서 벗어날 가능성도 높아진다. 당신만의 차별성이 드러나는 글을 쓰는 것이 우선이다. 그 후 퇴고 단계에서 고삐를 조이면 된다.

글을 쓸 때 편안한 마음을 가져야 자기만의 문체를 만들어낼 수 있다. 단어가 제 피부처럼 편안하게 느껴져야 한다. 키보드 앞에서 긴장하지 않고 여유롭게 글을 쓴다면, 독자는 글을 통해 당신과 교감할 수 있을 것이다. 시인이자 평론가 메리앤 무어Marianne Moore가 왜 "진정으로 즐겁게 글을 쓰는 작가만이 독자도 즐겁게 해줄 수 있다"라고 말했겠는가.

목소리의 어조

모든 글은 의미뿐만 아니라 느낌도 전달한다. 따뜻한 글이 있는 반면, 물어뜯는 것처럼 아프게 느껴지는 글도 있다. 또 딱딱한 글이나 대화하는 것처럼 느껴지는 글도 있다. 긴장감을 덜어주는 글, 화를 치밀어 오르게 하는 글, 전율을 주는 글이 있다. 냉정하고 감정이 조금도 드러나지 않아 인간미가 부족해 보이는 글도 있다.

글의 특성은 다양한 이름으로 불린다. 지금까지 그 특성이 무엇인지 명확히 규정된 적은 없지만, 기준에 따라 어느 정도까지는 호환된다. 한 기준에 따르면 목소리의 특성을 결정하는 핵심 요소는 다음과 같다.

† 분위기atmosphere　작가가 머릿속에 그린 이미지를 표현한 글에서 연상되는 환경이다. 예컨대 "blue skies and daffodils(푸른 하늘과 수선화)", "streetlights glowing dimly in fog(안개 속에서 희미하게 빛나는 가로등)".

† 선택된 어휘의 수준 level of diction　글의 격식 수준이다. 예컨대 "You can incarcerate the miscreants in a correctional institution(범법자를 교정 기관에 감금할 수 있다)" 혹은 "You can throw the crooks in jail(나쁜 놈을 감옥에 처넣을 수 있다)."

† 어조tone　글의 대략적인 느낌이다. 어조는 분위기와 어휘 수준을 어느 정도까지 포함한다. 목소리는 상대적으로 일관적이지만, 어조는 주제나 목적에 따라 달라질 수 있다. 예컨대 노동자들의 단골 술집에서 일어난 주먹다짐을 묘사할 때는 거친 말투와 직설적인 어법, 마감이 깔끔하지 않은 실내 장식, 조급한 행동에 초점을 맞출 것이다. 반면 대학 총장이 주최한 만찬에서 오가는 대화를 묘사한다면 높은 수준의 어휘에 비교적 논리적인 문장과 질

높은 가구 및 여유로운 행동에 초점을 맞춰야 할 것이다.

† 목소리 voice   단어의 쓰임과 별개로 글에서 나타나는 개인의 특성이다. 마
크 트웨인과 윈스턴 처칠의 글에는 독특한 목소리가 있었다. 뉴저널리즘
new journalism의 기수로 언론계에서 가장 독특한 목소리를 보여준 두 기자
헌터 톰슨과 톰 울프도 마찬가지였다.

지나치게 부풀려진 언어

> 단순하게 말할수록 더욱 웅변적으로 들린다.
> _ 오거스트 윌슨

목소리를 찾으려면 당신만의 글을 쓰려는 노력을 방해하는 불
안감에서 벗어나야 한다. 스스로 지도를 그려나가는 작가들의 공
통점은 여유와 자신감이다.

자신감이 없는 작가가 불안감을 드러내는 방식은 다양하다. 부자
연스러울 정도로 격식을 차린 언어도 그중 하나이다. 사회복지와
경찰, 법조계와 언론계 같은 특정 집단의 용어로 개성을 감추려는
경향도 마찬가지이다. 유행어와 은어, 상투적인 문구에 의존하는 습
관도 작가의 자신감 결여를 보여주는 명백한 증거이다. 천박한 모
방을 피하라. 그래야 당신만의 고유한 문체가 탄생할 여지가 있다.

과장된 어법

스포츠면을 펼쳤는데 당신이 좋아하는 야구선수가 "부상당했다sustainaned injury"라는 기사가 눈에 들어온다. 은행 입출금 내역서에는 "자금 유효성 정책funds availability policy"이 딸려온다. 기상 예보관은 우리에게 "약간의 강수가 예측된다some precipitation is expected"라고 말한다.

그들은 왜 당신이 좋아하는 야구선수가 '다쳤다고hurt', 당신의 수표가 24시간 동안 '처리되지 않을 거라고not clear', 또 그냥 '비가 올 거라고be going to rain' 말하지 않을까?

이상하다. 미국인들은 여유롭고 무던한 편이기 때문에 사회적 계급에 개의치 않고 낯선 사람과 쉽게 대화를 나눈다. 영국인들은 때때로 이런 소탈함에 깜짝 놀라고 꼴사납다고 생각하기도 한다.

그러나 소탈하다는 미국인도 글을 쓸 때면 어휘 수준을 높인다. 야구 경기장에서 당신 옆에 앉은 비번인 경찰은 "throw the bum out(저 놈 좀 교체해라!)"라고 끊임없이 소리친다. 그러나 다음 날 경찰복을 입고 범인을 검거한 뒤 보고서에는 "The perpetrator was attempting to gain entry to the residence when he was apprehended and incarcerated(가해자가 주거지에 무단으로 침입하려고 시도하던 중 체포되어 구금되었다)"라고 쓴다.

가식적인 격식이 학교를 존중하는 행위라는 생각이 여전히 팽배하기 때문인지 학교에서 이런 부자연스러운 언어를 배운 사람이 적지 않다. 어쩌면 글을 쓸 때 우리를 짓누르는 두려움과 긴장감은 이 딱딱한 문체에서 비롯하는지도 모르겠다. 혹은 우리가 주변에 가득한 따분하고 과장된 어법에 전염된 건 아닐까?

원인이 무엇이든 지나칠 정도로 고상한 어조는 글쓰기에서 큰 골칫거리이다. 이 어법 탓에 의미는 모호해지고 독자는 정확한 뜻을 파악하기 위해 시간을 낭비해야 한다. 잠재적 독자는 더욱더 멀리 달아난다. 작가의 진짜 성격은 고상한 언어 뒤편에 감추어지고, 와중에 딱딱한 문체로 적힌 문서는 그렇지 않아도 초조한 구직자들을 괴롭힌다.

딱딱한 글쓰기에서 벗어나려면 긴장을 풀고 당신의 진짜 모습을 투영한 목소리로 글을 써야 한다. 또 일상에서 좀처럼 쓰이지 않는 단어와 구절을 피해야 한다.

apprehensive(염려하다)

Many coastal residents are apprehensive about the first try at a plan designed to guide development.
많은 연안 지역 거주자는 개발 방향을 설계하려는 계획의 첫 시도에 대해 염려한다.

'worried(걱정하다)'로 써도 충분하다.

expenditure(지출액)

Also included was a $30,000 expenditure on the Regional Drug Initiative.
또한 지역 의약품 캠페인의 지출액인 3만 달러가 포함된다.

이 예에서 'expenditure(지출액)'라는 단어를 사용할 필요는 전혀 없다. "Also included was $30,000 for the Regional Drug Initiative(또한 지역 의약품 캠페인을 위한 3만 달러가 포함된다)." 굳이 어떤 단어를 덧붙인다면 'cost(비용)'나 'expense(경비)' 정도면 충분하다.

facility(시설)

Flames Consume Rickreall Facility
화염에 휩싸인 릭리올 시설

The former Walnut Park Fred Meyer store … will house a $7.1 million police facility.
과거 월넛 파크 프레드 메이어 매장이었던 곳에 710만 달러 규모의 경찰 시설이 들어설 것이다.

명사와 동사가 이미지를 구축하고 의사를 명확하게 전달하려면 구체적이어야 한다. 추상적인 단어를 사용할수록 간명하면서도 효과적인 글쓰기에서 더욱더 멀어진다. 극장을 'venue(장소)'라고 표현하거나 'customer(소비자)'와 'shopper(쇼핑객)', 'protester(시위자)'를 구분하지 않고 'people(사람들)'이라 표현하면 문제가 될 수 있다. 'facility(시설)'는 번지르르한 단어, 즉 관료적 냄새를 물씬 풍기는 단어인데, 사실 우리 삶에서 관료주의는 없어도 별문제가 없다. 첫 번째 예에서 'facility'는 비료 창고였고, 두 번째 예에서는 경찰서였다.

frequent / infrequent(빈번한 / 드문)

Cullivan said crack house raids infrequently resulted in
large seizures of either cocaine or cash.
코카인 밀매소를 습격해서 다량의 코카인이나 현찰을 압류하는
경우는 무척 드물다고 컬리반은 말했다.

거의 일어나지 않는다는 의미의 'seldom resulted'나 'ever
resulted'로 대체하면 어떻겠는가?

funds(자금)

Funds Sought for Disease Research
질병 연구를 위해 요구된 자금

More Funds in Sight for ··· Restoration
복원을 위해서 더 필요한 자금

머리기사를 작성하는 많은 작가는 'money(돈)'라는 단어를 몹시
싫어한다. 기회가 있을 때마다 딱딱하고 고루한 'funds'라는 단어
를 대신 사용한다. 물론 'funds(자금)'가 'money'보다 길이가 짧기
때문에 공간 제약이 있는 머리기사의 경우 이 차이가 중요할 수 있
다. 그러나 'money'라고 써야 하는 곳에 'funds'가 쓰이는 경우가

많다. 대개 'funds'는 적합한 단어가 아니다. 사전적 정의에 따르면 'fund'는 재원이나 특정한 목적을 위해 모아둔 돈 또는 자원이다. 달리 말하면, 'fund'는 지정된 돈이다. 한편 'money'는 일상의 대화에서 사용하는 단어로, 'fund'보다 더 넓은 의미를 갖는다.

gain entry (입장하다)

… someone who could take her home and scale a balcony to gain entry.

그녀를 집에 데려가서 입장시키려고 발코니를 기어오를 수 있는 사람.

"climb to the balcony to get inside(발코니를 타고 안으로 들어가다)"라고 표현하는 편이 낫다.

incarcerate (감금하다)

But continuing attention has to be paid to whether incarceration and the post-prison supervision the new guidelines also require are effective in curbing sex crimes in the long run.

그러나 감금 및 새 지침에 따른 수감 이후의 감시가 장기적으로 성범죄를 억제하는 데 효과적인지는 지속적으로 관찰해야 한다.

'incarcerate(감금하다)'라는 단어를 대체할 수 있는 단어는 많다.

402

'jail somebody(감옥에 넣다)', 'imprison him(감금하다)', 'lock him up(가두다)' 등이 가능하다.

one(사람)

> One does not have to know the difference between Louis - this or Louis - that style to fall in love with French country furniture.
> 사람은 프랑스 가구와 사랑에 빠지는 데 이 루이풍과 저 루이풍의 차이점을 알 필요가 없다.

> As one nears one of the bogs, water pools up in boot tracks ….
> 사람이 습지에 가까이 다가가자 장화로 밟고 지나간 자국에 물이 고였다.

일반적인 사람을 지칭할 때 'one(사람)'은 격식을 따지는 무척 고루한 단어이다. 첫 번째 대안은 3인칭이다. "As searchers near the bogs, water pools up in their boot tracks…(연구원이 습지에 가까이 다가가자 장화로 밟고 지나간 자국에 물이 고였다)." 다른 대안으로 2인칭 대명사를 활용해도 좋다. "You don't have to know the difference between…(당신은 ~의 차이점을 알 필요가 없다)."

prior to (~에 앞서)

How diabetics should prepare prior to pregnancy.
당뇨병 환자들은 임신에 앞서 어떻게 준비해야 하는가.

'before pregnancy(임신 전에)'라고 쓰는 편이 훨씬 더 낫다.

problematic (문제적인)

Treatment itself, and who is giving it, can be problematic.
치료법 자체, 또 누가 그 치료법을 시행하느냐가 문제적이다.

'problem(문제)'이라고 표현해도 충분하다. 'problematic(문제적인)'이라는 단어가 문제적이다("Problematic is problematic").

purchase (구입하다)

Wine stewards purchase and market wines and help diffuse the mystique of their products for customers.
포도주 담당자들은 포도주를 구입해 선보이고, 손님들에게 포도주의 신비로움을 전파하는 데 일조한다.

Voorhies said he purchased memberships for his wife and two daughters in 1984 ···.
부히스는 1984년에 아내와 두 딸을 위한 회원권을 구입했다고 말했다.

그냥 단순하게 'buy(사다)'를 쓰면 안 될 이유라도 있는가?

reside(거주하다)

> Atwell and Wallace held their first five parties ⋯ near where Wallace resides.
>
> 애트웰과 월리스는 월리스가 거주하는 곳 근처에서 다섯 번의 파티를 열었다.

거주한다? 당신이 평소에 거주하는 곳이 어디어디라고 말한 적이 언제인가? 대부분은 어디어디에서 'live(산다)'라고 말한다. 글에서도 'live'가 논리적으로 타당한 단어이다.

sustain a blow(타격을 받다)

> Irvin was taking part in the first of Tuesday's two half-hour scrimmages when he sustained a blow from ⋯ Duckworth.
>
> 어빈은 화요일에 30분씩 두 번 열리는 격투 경기 중 첫 경기에 참가하고 더크워스에게 타격을 받았다.

능동태를 사용해 "Duckworth hit him(더크워스가 그를 때렸다)"라고 쓰는 편이 더 낫다.

Hip influencers in urban centers may enthuse in it as they salve their angst in the latest hot eatery. And foodies with attitude may opine the same sentiments in their own pricey venues. But that doesn't mean gaslighters won't question its GOAT status.

도시의 힙한 인플루언서들은 소외되었다는 불안감을 달래며 핫한 레스토랑에 열광한다. 그리고 자칭 고급스러운 입맛을 가졌다는 도전적인 식도락가들은 인플루언서들과 똑같은 맛 평가를 내놓았다. 그렇다고 가스라이터들이 그 레스토랑이 역대급인가에 대해 의문을 제기하지 않을 것이라는 뜻은 아니다.

허세가 잔뜩 낀 추상적 표현, 유행어, 두서없는 문장 구조, 지나친 두운, 잘못 쓰인 사회학 용어를 덕지덕지 나열한 글 등은 '트렌드 스피크trendspeak'의 전형이다. 트렌드 스피크는 '집단 순응 사고groupthink'만큼이나 피상적이다. 어떤 작가가 체육관을 고집스레 '장소venue'라고 표현하는 건 "Dude, that was, like, awesome(아빠, 그건, 뭐랄까, 엄청났어요)"이라고 되풀이해서 말하는 십대의 표현 방식과 다를 바 없다.

트렌드 스피크는 유행과 마찬가지로 전염성을 띤다. 언젠가 유명 언론인이 임신한 한 배우의 배를 'baby bump(봉긋한 배)'라고 표현하자 할리우드에는 'baby bump'라는 말이 사방에서 보이기 시작했다. 적어도 'baby bump'는 전문 용어가 아니라, 일반인이 사용하는 평이한 단어이다. 트렌드 스피크의 가장 짜증 나는 특징 중 하나는 트렌드 스피크를 하는 사람들이 자신이 쓰는 언어의 중요성을 부풀리려고 안달한다는 데 있다. 그들은 '표현'하는 게 아니라 '인상'을 주려고 글을 쓰는 듯하다. 예컨대 한 평론가는 대안 영화 주간지에 기고한 글에서 "In Defending Your Life, his fourth directorial effort, he mocks the typical L.A. denizen's acquisitive soullessness and its concurrent obsession with a secular continuation of consciousness(그는 감독으로서 네 번째로 연출한 작품 〈영혼의 사랑〉에서 로스앤젤레스 시민의 전형적인 탐욕과 비천함, 그와 공존하는 강박과 끊이지 않는 세속적인 의식에 대한 집착을 조롱한다)"라고 썼다.

농담이 아니다. 정말 이렇게 썼다.

물론 전문 용어만으로 언어를 부풀릴 수 있는 것은 아니다. 트렌트 스피크를 사용하는 사람들은 과장된 수식어를 좋아한다. 십대가 폭스바겐을 메르세데스 벤츠 로고로 치장하듯 평범한 명사와 동사를 그렇게 과장되게 수식한다. 따라서 "Super-Promoter Bob Walsh: Catching the Tide in Mega-Events(슈퍼 프로모터 밥 월시: 메가 이벤트에서 흐름을 타다)" 같은 문구에서 볼 수 있듯 평범한 'event(이벤트)'는 'mega-event(메가 이벤트)'가 된다. 또 'empire(제국)'는 'veritable empire(진정한 제국)'가 되며, "catapulted their chain of taverns into a veritable empire(사슬처럼 늘어선 술집들이 진정한 제국을 이루었다)" 같은 문구로 탄생한다.

트렌드 스피크에서는 두운도 지나치게 중시된다. 두운은 트렌드 스피크 특유의 어법을 만들어내는 데 기여한다. 예컨대 'continuation of consciousness(의식의 연속)'라는 표현은 트렌트 스피크의 이상적인 모습에 완벽하게 맞아떨어진다. 또 다른 대안 주간지에서는 무좀의 동의어로 'feisty fungal afflictions(고약한 곰팡이균의 고통)'이라 썼다. 같은 주간지에서 록 페스티벌은 'bucolic bacchanal(시골티 나는 술잔치)'로, 젖가슴에 대한 강박은 'mammary mania(유방 열광증)'라고 표현했다.

트렌드 스피크는 그 자체로 엘리트주의적이다. 평판이 좋은 식당과 예술 영화, 슈퍼마켓 계산대에서는 좀처럼 팔리지 않는 전위적인 문학에 집착한다. 간혹 대중의 언어를 트렌디한 맥락에서 사용하며 대중을 조롱하기도 한다. 예컨대 과거에 'eatery(밥집)'는 값싸지만 훌륭한 치킨 프라이드 스테이크를 맛볼 수 있는 작은 식당을 가리켰다. 그러나 요즘 시사 주간지에 게재되는 저염식 요리 칼럼에서는 매번 서너 번씩 'eatery'를 언급하는데, 그곳에서 판매되는 가장 값싼 앙트레의 가격은 일주일치 치킨 프라이드 스테이크의 값과 똑같다.

이런 의미 변화는 철도왕이라 불리던 코닐리어스 밴더빌트Cornelius Vanderbilt가 로드아일랜드 뉴포트에 수백만 달러를 들여 호화롭게 장식한 저택을 '오두막'이라 불렀던 가식적인 습관과 크게 다르지 않다.

반복

지루하고 따분한 문체를 제외하면 모든 문체가 좋은 것이다.

_ 볼테르

매일 점심 식사로 똑같은 음식을 먹는 사람은 거의 없을 것이다. 얼룩 다람쥐밖에 없는 동물원에 관광객이 많이 가겠는가?

마찬가지로 문장마다 똑같은 단어를 쓰면서 좋은 글을 완성할 수 있다고 생각하는 작가가 얼마나 있겠는가?

직장인들은 점심 때마다 새로운 식당을 찾아 돌아다니고, 동물원에 입장한 손님들은 돌아다니며 다양한 동물을 구경한다. 새로운 자극을 원하기 때문이다. 독자도 같은 식으로 글에 반응한다.

독자는 새로운 단어를 보면 자극을 받아 머릿속에서 어떻게든 반응한다. 그 자극이 끊이지 않고 다양하게 제공되면 독자가 집중력을 계속 유지할 가능성도 높아진다.

Since his death, Francke's family has raised questions that his death may be linked to corruption in the Corrections Department….

프랑크의 죽음 이후 그의 가족은 그 죽음이 교정국의 부패와 관련 있을지도 모른다며 의문을 제기했다.

프랑크가 죽기 전에는 그의 가족이 그런 의문을 제기한 적이 없었을 것이다. 따라서 'death(죽음)'라는 단어가 불필요하게 반복되었지만, 두 번째 언급된 'death'를 'killing(살해)'으로 교체하면 된다.

··· organizers continue to attempt to line up television contracts.
조직 위원들은 텔레비전 계약을 따내려는 시도를 계속한다.

이 문장은 단어뿐만 아니라 형식까지 반복하고 있다는 문제가 있다. to 부정사 뒤에 바로 to 부정사가 이어진다. 누구나 알겠지만 분사는 거의 언제나 to 부정사를 대신할 수 있다. 따라서 "attempting to line up"이나 "to attempt lining up"이라 쓸 수 있을 것이다.

Already this year, drug investigators have seized marijuana plants worth more than all of the marijuana plants they seized in 1988.
이미 올해 마약 수사관들은 1988년에 압수한 마리화나 총량을 넘어서는 양의 마리화나를 압수했다.

'마리화나'라는 단어를 두 번이나 되풀이할 필요가 있는가? "worth more than all seized in 1988(1988년에 압수한 양을 넘어서는)"로 써도 충분하다.

But the remarks by Hershiser ⋯ seemed directed directly at the Dodgers.

그러나 허샤이저의 지적은 다저스팀을 직접 겨냥한 듯했다.

반복된 단어와 마찬가지로 중복된 구절은 애초에 불필요하다. 어떤 지적이 누군가를 겨냥한 것이라면 '직접' 겨냥한 것일 수밖에 없다.

Barbers sat idly outside barber shops, talking quietly.

이발사들이 이발소 앞에 한가하게 앉아 조용히 이야기를 나누었다.

"Barbers sat idly outside their shops(이발사들이 그들의 가게 앞에 한가하게 앉아)"라고 쓰는 편이 낫다.

They were participating in needlepoint, mosaics, latchhook, cooking, rocketry, canning, cookies, outdoor cookery, needlepoint, child development, knitting, crocheting, and child development.

그들은 바느질, 모자이크, 스킬 자수, 요리, 로켓 실험, 병조림 만들기, 과자 만들기, 야외 요리, 바느질, 아동 교육, 뜨개질, 코바늘 뜨개질, 아동 교육에 참여했다.

'바느질'이 두 번 반복된 것을 눈치 챘는가? 목록이 지루하게 이어진 나머지 작가조차 잠에 빠져버렸다.

우아한 변형

반복을 피하기 위해서 헨리 왓슨 파울러Henry Watson Fowler가 '우아한 변형elegant variation'이라 부르는 방법을 시도해볼 수 있다. 부적절한 동의어에는 누구도 현혹되지 않을 것이고, 눈을 'the white stuff(흰 것)', 체육관을 'exercise venue(운동 장소)'라고 고집스레 표현하는 작가를 계속 견뎌주는 독자는 거의 없을 것이다.

〈AP통신〉의 글쓰기 코치 잭 카폰Jack Cappon은 반복을 피하고자 이상한 단어로 교체하는 관습을 강력하게 비판했다. "어떤 단락에서는 'house(집)'으로 표현한 것을 다음 단락에서는 'edifice(건축물)'로, 다음 단락에서는 'structure(구조물)', 또 다음 단락에서는 'residence(거주지)'로 바꾼다. 이 단어들이 각각 다른 함의를 지닌다는 사실은 신경조차 쓰지 않는 것 같다."

'우아한 변형'을 추구하는 작가들은 간혹 건전한 한계를 망각하는 듯하다. 카폰이 말했듯 한 작가는 미키 마우스를 'Disney rodent(디즈니의 설치류)'라고 칭하기도 했다.

단순한 속성에 우아한 변형을 가할 때는 특히 신중해야 한다. 독립절의 주요 명사는 많은 관심을 끌기 때문이다. 따라서 현명한 작가는 그 명사를 필요 이상으로 지나치게 반복하는 일을 피한다. 한편 'said(말했다)'같이 눈에 띄지 않는 단어는 상당히 유용하다. 이런 단어의 경우 동의어를 쓰고자 하는 억지스러운 작업이 반복보

퓰리처상 문장 수업

다 더 눈살을 찌푸리게 할 수 있다.

다음 예는 억지스러운 변형이 없었다면 다채롭고 흥미진진한 묘사가 되었겠지만, 변형이 일으킨 문제를 극명하게 보여주는 예이다.

"There's nothing more American than tailgating," Jayne noted ···. "I love football," Jayne enthused ···. "There's a rush to it," she explained ···. "Lee says, 'Can't you ever do anything little?'" Jayne related ···. "I was up all night making these," Jayne quipped ···. "It's a long day," she emphasized ···. "All the more important to pick friends you like. Otherwise it's a real long day," she joked ···. "Tailgating takes a lot of preparation," she admitted ···.

"경기 전후의 야외 파티만큼 미국적인 것은 없어." 제인이 언급했다. "나는 풋볼을 좋아해." 제인이 열변을 토했다. "대단한 러시였어." 그녀가 설명했다. "그래서 하찮은 것도 할 수 없다는 거냐고 리가 묻더군." 제인이 이야기했다. "이걸 만들려고 밤을 꼬박 새웠어." 제인이 빈정댔다. "긴 하루였어." 그녀가 강조했다. "네가 좋아하는 친구들을 고르는 게 정말 중요해. 그렇지 않으면 정말 긴 하루가 될 거야." 그녀가 농담했다. "경기 전후의 야외 파티에는 많은 준비가 필요해." 그녀는 인정했다.

이 경우 우아한 변형은 지나칠 정도로 사용되었다. 'say와 said'는 900단어 분량의 글에서 각각 단 한 번씩만 쓰였다.

쉬운 영어로 말하라

"그런 연설을 하는 건 정치적 자살이 될 겁니다."
한 보좌관이 보스에게 말했다.
"저도 그렇게 생각합니다, 의원님?"
다른 보좌관이 맞장구쳤다.
"지금 이어지는 선명한 의견 표명의 하나가 될 뿐입니다."
_ 모리 브릭먼

특정 집단의 언어

기자는 편집국에서 긴 하루를 보낸 뒤 퇴근길에 즐겁게 단골 술집을 찾아간다. 등받이도 없고 팔걸이도 없는 스툴에 앉아 구석에서 깜빡거리는 텔레비전을 바라본다. 텔레비전 화면에서 탱크가 모래 언덕을 가로질러 달려간다. 그의 옆에 구부정하게 앉은 남자가 시선을 텔레비전에서 떼지 않은 채 그를 툭 치고는 묻는다. "우리 세금을 처먹는 저 탱크를 어떻게 생각하쇼?"

기자는 헛기침하며 대답한다. "군사 작전을 고려해야 할 때가 급속히 가까워지고 있는 것으로 정부가 판단 중이라고 알려져 있습니다."

기자의 새 술친구가 "정말이오!"라고 말하며 야구 모자를 뒤로 젖혀 쓴다. 그러고는 스툴에 앉아 몸을 돌려 기자를 뚫어지게 쳐다본다. "다른 새로운 소식은 없소?"

기자는 허리를 펴고 곧게 앉아 그를 똑바로 쳐다보며 말한다. "카슈미르 분쟁 지역, 그러니까 인도와 파키스탄 국경 지역에서 빈발頻發하는 힌두교도와 무슬림 간의 충돌을 염려하는 국무부가 미국 방문 경험이 있는 카슈미르 분리주의 집단의 지도자를 축출하려고 움직이기 시작했다는군요."

"저런, 이럴 수가!" 그는 카멜 담배를 깊게 빨아들였다. "짐작조차 못했군."

기자는 화제를 돌리기로 마음먹고 계속 말했다. "결의안을 지지하는 쪽은 낙태권과 가족계획 사업까지 포함하는 의료보험의 가용성이 노동조합 회원들의 가족과 직장 생활에 중대한 영향을 미칠 거라고 밝혔습니다."

새 친구가 활짝 웃으며 말했다. "잘됐네. 그렇게 될 거라고 생각했다고." 그는 스툴에서 일어나 자신의 맥주를 기자의 무릎에 천천히 붓고는 아무 일도 없었다는 듯 문밖으로 걸어 나갔다.

누가 이 술집 귀신의 짜증을 비난할 수 있겠는가? 얼굴을 마주한 대화에서 이토록 아무 의미가 없는 말을 견딜 사람은 거의 없을 것이다.

하지만 뉴스 매체는 독자, 시청자와 청취자에게 이렇게 무의미한 말을 습관적으로 쏟아버린다. 상상으로 지어낸 기자가 처음 만난 술친구의 질문에 내놓은 대답은 미국 주요 매체를 통해 실제로 배포되고, 다시 수백 곳의 지역 매체를 통해 대중에게 전달된다.

기자의 대답은 그야말로 '신문 기사체'의 전형이다. 윌리엄 진서의 표현을 빌리면 "천박한 단어, 분칠한 어구, 상투적인 문구가 뒤범벅된 것"이며 "작가가 기계적으로 사용하지 않을 수 없을 정도로 만연한 언어 형태"이다.

뉴스 보도는 'heated debates(열띤 논쟁)', 'hot pursuits(긴급 추

격)', 'stormy sessions(치열한 공방전)', 'clashing protesters(시위대 충돌)', 'trendy eateries(맛집)'에 대한 언급으로 넘쳐흐른다. 또 살인한 뒤에 자살하는 살인자는 '자살kill himself'하지 않고, 거의 언제나 '총구를 자신에게로 돌린다turn the gun on himself.'

그 결과는 재미없고 규격화된 문구이다. 톰 울프는 신문사에서 사회생활을 시작했지만 결국 신문의 관습적인 글쓰기에 저항했고, 편집실에서 자신을 짓누르던 규격화된 표현을 "따분하고 시시한 말투pale beige tone"[직역하면 '옅은 베이지색 말투'이지만 따분하고 시시한 말투라는 의미로 쓰인다─옮긴이]라고 칭하며 신랄하게 비난했다. 또 이렇게 규격화된 목소리는 독자에게 "널리 알려진 따분한 사람, 상상력이 결여된 인간, 점액질형인 냉담한 기질과 뒤틀린 성격의 기자가 여기에 있다. 그렇다고 기사를 읽지 않을 수는 없고, 매력이라고는 눈곱만큼도 없는 괴물을 제거할 방법도 없다"라고 알려줄 뿐이라고 덧붙였다.

신문 기사체는 상투적인 문구와 자동적인 수식어 이상의 것이다. 신문 기사체는 신문에만 쓰이는 독특한 언어 형태이자, 영어권 세계를 하나로 묶어주는, 일상적인 영어와는 구분되는 언어 형태이다. 머리기사와 광고뿐만 아니라 이상한 통사 구조도 일상 대화의 자연스러운 리듬과 다르다.

전형적인 신문 기사로 쓰인 문장을 예로 들어보자.

Eduardo Martinez Romero, a reputed Medellin cartel money launderer, was flown Wednesday night by U.S.

핑리처상 문장 수업

officials out of Colombia bound for the United States, an
administration official disclosed.

메데인 카르텔의 돈세탁업자로 유명한 에두아르도 마르티네스
로메로가 수요일 밤 미국 요원들에 의해 콜롬비아를 떠나 미국
행 비행기에 태워졌다고, 한 관리가 밝혔다.

이 문장이 당신에게 정상적으로 읽힌다면, 당신은 신문 기사
를 읽는 데 많은 시간을 보낸 사람이 분명하다. 일상의 대화에서
는 누군가가 "flown Wednesday night by U.S. officials out of
Colombia(수요일 밤 미국 요원들에 의해 콜롬비아를 떠나 미국행 비행기
에 태워졌다)"라고 말하지 않는다. 오히려 일반적 통사 구조와 능동
구문을 사용해 이렇게 말할 것이다.

U.S. officials flew Eduardo Martinez Romero, a reputed
Medellin cartel money launderer, out of Colombia
Wednesday night.

미국 요원들은 수요일 밤 메데인 카르텔의 돈세탁업자로 유명
한 에두아르도 마르티네스 로메로를 비행기로 콜롬비아에서 출
국시켰다.

또 신문 기사체는 구조적으로 문장 뒤에 있어야 할 구절을 앞에
두기를 좋아하고, 2~30단어로 이루어진 문장의 실제 주어를 나중
에야 드러내는 경우가 적지 않다.

In its most sweeping declaration of policy since leadership changes in June, the Communist Party acknowledged some mistakes Friday but called for vigilance against···.

6월 지도층의 교체가 발생한 이후 진행된 포괄적인 정책 발표에서 공산당은 금요일의 실수를 인정했지만 ···에 대한 경계심을 감추지 않았다.

전치사 'in'이 정보를 문장 앞에 둘 때 사용되는 유일한 전치사는 아니지만 가장 흔히 쓰이는 전치사이다. 'within(이내에)', 'between(사이에)', 'around(주위에)' 같은 전치사도 똑같은 목적에서 사용된다. 또 신문 기사에서 가장 널리 사용되는 전치사 중 하나, 'amid(~하는 중에)'는 일상 영어에서 거의 사용되지 않는다.

Amid a campaign of terror by Colombian cocaine barons, bombs exploded Sunday at nine banks, one of the blasts killing a···.

콜롬비아 코카인 조직들이 다툼을 벌이던 일요일, 아홉 곳의 은행에서 폭탄이 터졌고, 특히 한 곳의 폭발로는 사망자가···.

신문 기사의 문구에는 전치사구를 대신해 분사절도 자주 쓰인다. 이런 사소한 변화를 제외하면, 전체적인 구조는 거의 똑같다.

Bowing under intense pressure from members of their own party, House Republican leaders agreed Thursday to accept a temporary extension of the payroll tax cut, beating a hasty retreat from a showdown that Republicans increasingly saw as a threat to their election opportunities next year.

소속 당원들의 거센 압력에 굴복해 공화당 지도부는 목요일에 급여세 감세를 일시적으로 확대하는 안에 동의하며, 내년 선거에서 위협이 될 수 있는 국면에서 서둘러 벗어났다.

또 〈타임〉의 초창기 헨리 루스Henry Luce가 개척한 문체로, 거꾸로 쓰는 문장 형태는 전치사구나 분사절만큼 신문 기사의 앞머리에 자주 쓰인다.

Arrested there on an accusation of distribution of a controlled substance was Uchechi D. Loud, twenty.

그곳에서 규제 약물을 유통한 혐의로 체포된 우체치 라우드는 20세였다.

전문 용어와 지역 방언처럼 업계와 관련된 언어도 전염성을 띤다. 신문 기사체는 편집실에서 소리 없이 퍼지며 기자들을 향해 슬금슬금 다가간다. 마침내 기자들은 그런 문체를 정상적이라고 여기게 된다.

그러나 기자가 아니면 신문 기사체를 정상적이라고 생각하지 않는다. 이 이상한 전염병이 있는지도 모른다. 따라서 가식적인 신문 기사를 도무지 견딜 수 없다고, 이제는 신문 기사를 읽지 않을 거라고 친구들에게 선언하지도 않는다. 일상의 언어로 글을 쓰지 않는 작가의 글을 읽으며 아까운 시간을 축낼 이유가 있겠는가?

신문 기사체만이 아니라 다른 전문 분야의 언어도 다를 바가 없다. 세무 서식이 관료 어법으로 쓰였다고 세금을 징수하는 데 큰 도움이 되는 것은 아니다. 오히려 납세자들을 짜증 나게 할 뿐이다. 배심원들은 수수께끼 같은 경찰 보고서와 씨름하고, 학부모들은 학교에서 아이들 손에 쥐어 보낸 공문을 해독하느라 고군분투하며, 건설업자들은 건축 법규를 이해하느라 머리를 감싸 쥔다.

글말로 의사소통하고 싶다면, 독자가 가장 쉽게 이해할 수 있는 단어를 사용하고 일상의 대화에서 흔히 활용하는 문장 구조로 글을 써야 한다.

꿈에도 나타나는 신문 기사체

〈마이애미 헤럴드〉의 전 경찰 출입기자였지만 이제는 소설가로 활동하는 에드나 뷰캐넌Edna Buchanan은 《마이애미 살인 사건Miami, It's murder》에서 신문 기사에 흔히 쓰이는 구절을 나열했다.

When I finally slept I dreamed in headlines and bad newspeak: Predawn fires … hark-infested waters … steamy tropical jungles … the solid South … mean streets and densely wooded areas populated by ever-present lone gunmen, fiery Cuban, deranged Vietnam veteran, Panamanian strongman, fugitive financier, bearded dictator, slain civil rights leader, grieving widow, struggling quarterback, cocaine kingpin, drug lord, troubled youth, embattled mayor, totally destroyed by, Miami-based, bullet-riddled, high-speed chases, uncertain futures, deepening political crises sparked by massive blasts, brutal murders—badly decomposed—benign neglect and blunt trauma.

I woke up, nursing a dull headache ….

나는 마침내 잠들었고, 머리기사와 모호하고 기만적인 표현을 꿈에서 보았다. 동트기 전의 화재, 상어가 우글대는 바다, 뜨거운 열기로 자욱한 열대의 정글, 굳건한 남부, 빈민가와 어디에나 총잡이들이 있는 구역, 격정적인 쿠바인, 정상이 아닌 베트남전 참전 군인, 파나마 장사, 도피 중인 금융업자, 턱수염을 기른 독재자, 살해 당한 시민운동가, 슬픔에 잠긴 미망인, 발버둥치는 쿼터백, 코카인 조직 우두머리, 마약왕, 혼란에 빠진 젊은이들, 궁지에 몰린 시장, 완전히 파괴된, 마이애미에 기반한, 탄환 자국으로 벌집이 된, 고속 추적, 불확실한 미래, 거대한 폭발을 기점으로 심화되는 정치 위기, 잔인한 살인, 심각한 부패, 점잖은 무시, 둔기 외상.

나는 무지근한 두통을 느끼며 잠에서 깼다.

표 1. 신문 기사에서 자주 쓰이는 단어와 그 뜻

arguably (논란의 여지가 있지만)	사실이 아닐 수 있지만 사실이라 주장할 수 있을 때 사용한다.
assassins(암살범)	적어도 세 사람, 리 하비 오스월드(존 F. 케네디 암살범), 존 윌크스 부스(에이브러햄 링컨 암살범), 제임스 얼 레이(마틴 루서 킹 목사 암살범) 중 한 명이어야 한다.
brave (용감히 맞서다)	구조 요원들은 온갖 위험에 'brave(용감히 맞선다)'. 소방관들도 화재에 'brave(용감히 맞선다)'.
call for (요구하다, 촉구하다)	상원의원들이 개혁을 요구하고, 시위자들이 행동을 촉구하고, 시민들은 세금 경감을 요구할 때는 언제나 'call for'로 표현한다.
clash(충돌)	의견이 일치하지 않으면 거의 언제나 'clash(충돌)'로 끝난다.
closure(종결)	어떤 사건은 결코 'closure(종결)'되지 않거나 'closure(종결)'지어진다.
crisis (중대 국면, 위기)	드문 상황. 물론 어떤 것이 특별히 나쁘다면 'crisis situation(위기 상황)'이다.
crucial(중대한)	발전과 결과가 그렇듯 쟁점도 항상 'crucial(중대하다)'.
eleventh hour (최후의 순간)	모든 합의가 이루어지면, 그때가 'eleventh hour(최후의 순간)'이다.
escalate(확대되다)	불화나 반감이 늘어나는 것을 'escalate(확대되다)'로 표현한다.
dampen(풀이 죽다)	열의가 꺾이고 기가 죽으면 'dampen(풀이 죽다)'으로 표현한다.
embattled (궁지에 몰리다)	정치인이나 기관이 외부, 주로 언론의 비판을 받으면 'embattled(궁지에 몰린)' 것이다.
flare(폭발하다)	울화통이 폭발하듯 긴장감도 'flare(폭발한다)'.
frigid(혹독한)	구조 요원들은 'frigid temperature(혹독한 추위)'에 대담하게 맞서지, 결코 'cold temperature(차가운 추위)'에 맞서는 게 아니다.
fuel(부채질하다)	고조되는 긴장이 전쟁 가능성을 'fuel(부채질한다)'.
grim(무자비한)	고속도로 사고로 인한 사망자 수는 'be grim(무자비하다)'. 가능성도 'grim'하다고 표현한다.

hammer out (타결하다)	협상가가 타협에 이르면 'hammer out(타결하다)'으로 표현하지 'reach(이르다)'로 표현하지 않는다. 물론 타결은 항상 'eleventh hour(최후의 순간)'에 이루어진다.
historic(역사적인)	조약은 'historic(역사적)'이며, 많은 성취도 그렇다.
hunker down (입장을 고수하다)	사면초가에 빠져 'embattled(궁지에 몰린)' 정치인과 기관은 'hunker down(입장을 고수하고 있다)'.
ink(서명하다)	'embattled(궁지에 몰린)' 정치인들이 'historic(역사적인)' 조약에 'ink(서명하다)'.
launch(개시하다)	보통 사람들은 선박이나 미사일을 'launch(개시하다)'하지만, 저널리스트들은 가든파티, 국경일 기념행사, 바겐세일 기간도 'launch'한다.
marathon (바겐세일 기간)	바겐세일 기간도 가리킨다. 'marathon(마라톤)'이라 표현하는 또 다른 것은 무엇이 있을까?
massive(크나큰)	저널리즘에서는 'big(큰)'의 동의어로 쓰인다.
modest home (주택)	'stately home(대저택)'이나 'palatial mansion(호화 대저택)'에 살지 않는 모든 사람이 사는 곳이다.
narrowly averting (아슬아슬하게 피하다)	위기, 때로는 큰 위기도 'narrowly averting(아슬아슬하게 피한다)'.
pack(몰고 가다)	우리는 여행 가방을 'pack(꾸린다)'. 그러나 저널리즘에서는 'storm(폭풍우)'이 'wind(바람)'를 'pack(몰고 간다)'.
palatial mansion (호화 저택)	'mansion(대저택)'은 무조건 'palatial(호화롭고 으리으리하다)'.
plunge(곤두박질치다)	눈보라가 휘몰아치는 동안 강풍을 동반한 폭풍우가 몰려올 때 수은주는 'plunge(곤두박질친다)'. 물론 요즘 온도계에는 수은이 없다. 하지만 중요한 건 아니다.
prompt(촉발하다)	상원의원들이 개혁을 요구할 때, 'eleventh-hour agreement(최후의 순간에 이루어지는 합의)'는 'historic(역사적인)' 결단을 'prompt(촉발한다)'.
serial killers (연쇄 살인마)	암살범처럼, 'serial killers(연쇄 살인범)'도 세 살인마인 존 웨인 게이시, 헨리 리 루커스 등의 한 명과 비교된다.

signal(신호)	상원의원이 보내는 것은 'signal(신호)'이지 메시지가 아니다.
sparked(일으키다)	합의는 'narrowly averting a crisis(가까스로 위기를 피하며)' 개혁을 'sparked(일으켰다)'.
spawned(낳다)	원인은 결과를 'produce(만들어내다)'가 아니라 'spawn(낳는다)'. 예컨대 그 콘퍼런스는 역사적인 영향을 'spawned(낳았다)'.
SPRY (사회보장제도 수혜자)	미국 사회보장제도의 혜택을 누릴 수 있는 사람을 지칭하는 표현이다. 【2010년 인구 조사에 따르면 3,940명밖에 없었다-옮긴이】.
spur(자극하다)	'embattled(궁지에 몰린)' 기관 내의 행동은 개혁을 'spur(자극하다)', 'spawn(낳다)' 혹은 'prompt(촉발한다)'.
stately homes (대저택)	'palatial mansions(호화 대저택)'만큼 크지는 않다.
stunning breakthroughs (기막힌 돌파구)	'stunnning(기막힌)'은 'breakthrough(돌파구)'를 수식할 수 있는 유일한 표현이다.
threatened walkout (위협받는 동맹 파업)	'threatened walkout(위협받는 동맹 파업)'은 항상 'round-the-clock negotiation(쉬지 않고 계속되는 협상)'으로 이어진다.
trigger(유발하다)	'spur(자극하다)', 'spawn(낳다)', 'prompt(촉발하다)'를 대신해 쓰이는 표현이다.
weary negotiators (지친 협상가)	'round-the-clock negotiation(쉬지 않고 계속되는 협상)'을 끝내고 'eleventh-hour agreement(최후의 순간에 이루어지는 합의)'를 도출하려고 애쓰는 'weary negotiators(지친 협상가)'.
white stuff(흰 것)	눈을 뜻하는 표현이다.

풀리처상 문장 수업

상투적인 문구 _____

> 아담은 좋은 것을 말할 때 누구도 그보다 앞서
> 그렇게 말한 적이 없다는 사실을 알고 있는 유일한 남자였다.
>
> _ 마크 트웨인

네 말이 맞다

명사 'hack'이 있고, 그 형용사는 'hackneyed'이다. 《아메리칸 헤
리티지 사전American Heritage Dictionary》에 따르면, 'hack'은 "진부
한 글을 쓰며 돈벌이하는 사람"을 뜻하고, 'hackneyed'는 "남용
되어 격이 떨어지고 진부하고 상투적인 것"을 가리킨다.

하지만 최고의 작가조차 상투적인 문구cliché의 유혹을 받는다. 실
제로 여러 연구에서 밝혀졌듯 교육 수준이 높을수록 진부한 표현을
사용할 가능성이 높다. 더 많은 글을 읽음에 따라 글의 재미를 죽이
고 아무렇게나 남용되는 표현에 더 자주 노출되기 때문이리라.

상투적인 문구는 편집실의 골칫거리이다. 편집실의 기자들과
편집자들은 언어에 민감한 데다 사회와 관련된 직업인이어서, 최
근 유행인 표현에 유난히 취약하기 때문이다.

Maeda said the window of opportunity for securing top
candidates after Aug. 20 shrinks each year.
마에다는 8월 20일 이후로는 유력한 후보자들을 확보할 기회의
창이 매년 줄어든다고 말했다.

The task force was formed, but it was still like looking for a needle in the proverbial haystack.

태스크포스 팀이 조직되었지만 여전히 건초 더미에서 바늘을 찾고 있는 듯했다.

··· Wood said after his unsung but hungry Broncos pulled a rabbit out of their hats and scored a 63 - 58 win over defending state champion Grant ···.

우드는 자신이 응원하는 유명하지는 않지만 의욕은 충만한 브롱코스 팀이 갑자기 묘수를 생각해내며 전년도 주州우승팀 자이언트를 63대58로 물리쳤다고 말했다.

··· stardom may be just around the corner.

스타의 반열이 코앞에 있을지 모른다.

By the end of his speech, there wasn't a dry eye in the house.

그가 연설을 끝냈을 때 눈가가 촉촉해지지 않은 사람은 없었다.

Five years later, battling a raging blizzard, I crossed an 18,000 - foot pass in the Himalayas and made my way down to a remote Tibetan village.

5년 뒤, 나는 휘몰아치는 눈보라와 싸우며 히말라야에서 5.5킬로미터의 산길을 넘어 외진 티벳 마을까지 들어갔다.

The decision was greeted by a storm of protest from citizens ….

그 결정은 시민들에게 빗발치는 항의를 받았다.

그렇다고 초고에 상투적인 표현을 쓰는 걸 두려워할 필요는 없다. 당신이 형식에 얽매이지 않고 생산적인 작가로서 자신 있게 초고를 써나간다면, 비유적 표현을 쓸 때마다 고민하고 싶지 않을 것이다. 그러나 퇴고 과정에서는 가차 없어야 한다. 상투적 문구가 보일 때마다 새로운 표현을 시도할 기회로 생각하라. 예컨대 어떤 하키 선수가 "pick up the pieces(부상 후에 정상으로 돌아가다)"라고 써야 할 곳에 "pack his pucks(하키용 퍽을 챙겼다)"라 써보라. "storm of protest(빗발치는 항의)"라는 상투적 문구에서는 격렬한 시위가 당신의 머릿속에 어떤 이미지로 떠오르는지 진지하게 생각해보라. 눈보라가 휘몰아치고 울부짖으며 숨통을 짓누르거나 목을 조른다는 식으로는 표현하지 말라.

무엇보다, 독자를 깜짝 놀라게 하라.

기계적으로 사용되는 상투적 문구

Been There, Done That(해볼 건 다 해보았다)

Before his kidnapping March 16, 1985, by Islamic radicals in Beirut, Anderson, 49, had run aground in the "been there, done that" doldrums of his career at The Associated Press.

1985년 3월 16일 베이루트에서 이슬람 급진주의자들에게 납치되기 전, 앤더슨(49세)은 연합통신에서의 경력이 "해볼 것은 다 해본" 정체 상태에 있었다.

The Buzz (소문, 수군거림)

Tyler proves the media buzz around her is warranted.
타일러는 그녀를 둘러싼 수군거림이 타당하다는 걸 입증해 보인다.

Closest Friends (절친)

So they invited 600 or 700 of their closest friends and associates.
그래서 그들은 6~700명의 절친과 동료를 초대했다.

Cut to the Chase (바로 본론으로 들어가다)

Let's cut to the chase: In the debate between two men trying desperately to lower their negative ratings, who won?
바로 본론으로 들어갑시다. 부정적인 평가를 낮추려고 필사적으로 애쓰던 둘 사이의 토론에서 누가 승리했습니까?

Drop in a Bucket (새 발의 피)

The study … predicts the city's revenue shortfall will be

$2.9 million next year, a drop in the bucket compared with the $17.7 million estimated by the Office of Finance and Administration.

그 연구에 따르면 시의 세수 부족은 내년에 290만 달러일 것이라 예측된다. 재무관리청이 추정한 1,770만 달러에 비교하면 새 발의 피에 불과하다.

Famous for Fifteen Minutes (15분 동안 유명해지다)

Andy Warhol was right: Everybody's famous for 15 minutes.

누구나 15분 동안 유명해질 것이라는 앤디 워홀의 말이 옳았다.

누구나 유명해질 수 있는 시간은 15분에 불과하지만, 앤디의 이 말은 지금도 유명세를 떨지고 있다.

Get a Life (똑바로 살다)

Wake up and get a life before you die. Leave the smokers alone.

죽기 전에 정신을 차리고 똑바로 살아라. 흡연자들을 가만히 둬라.

Get Your Arms Around (관리하다, 통제하다)

But if they see a need and they can put their arms around it, like a building or computers, then they are supportive of education.

그러나 그들이 필요성을 느끼고 그것을 건물이나 컴퓨터처럼 관리할 수 있다면, 교육에 도움이 된다.

Go Figure(말도 안 되다)

"We do this (exercise) because we want our guys to find us attractive. Go figure."

"우리가 운동하는 이유가 주변 사람들에게 인기를 끌기 위해서라는 거야. 말이 된다고 생각해?"

Good News / Bad News(좋은 소식 / 나쁜 소식)

It is too early, of course, to make definitive pronouncements about the Sixers, but there was plenty of good news and some bad news to sprinkle about.

물론, 필라델피아 세븐티식서스 팀에 대해 확정적으로 발표하기에는 너무 이른 감이 있다. 그러나 간간이 뿌려진 많은 좋은 소식과 약간의 나쁜 소식이 있었다.

Good Times / Bad Times(좋은 시절 / 나쁜 시절)

For Dunning, it was the best of times and the worst of times.

더닝에게는 그때가 최고의 시기이자 최악의 시기였다.

It has been—to crib a bit from Charles Dickens—the best of times for cheats and crooks, the worst of times for honest people.

찰스 디킨스의 표현을 약간 빌리면, 사기꾼과 모리배에게는 더 없이 좋은 때였고, 정직한 사람에게는 최악의 시기였다.

상투적인 문구는 출처를 밝히더라도 신선해지지 않는다.

Hard - Earned Money (고생해서 번 돈)

… it hadn't forked over its hard-earned money to hear the sounds of musical barriers tumbling ….

음악의 경계가 무너지는 소리를 듣겠다고 고생해서 번 돈을 지불하는 사람은 없었다.

돈 버는 일은 항상 힘든 법이다. 돈을 쉽게 번다면 누가 돈에 굴복하겠는가?

Hearts and Minds (감성과 이성)

It is a case that is in the hearts and minds of Wilsonville residents who were shocked by Crawford's violent death.

그것은 크로퍼드의 횡사에 충격을 받은 윌슨빌 주민들의 감성과 이성에 있었다.

Hell Hath No Fury Like(~의 분노처럼 무서운 것은 없다)

Hell hath no fury like a reader scorned on the comics pages.

신문의 만화란에서 경멸당한 사람의 분노처럼 무서운 것은 없다.

In Your Face(도전적인, 대담한)

… the hyped-up dissonances, the cheeky, in-your-face spirit of kids on the street.

길거리 아이들의 활달한 불협화음과 까불거리고 도전적인 정신.

Inquiring Minds(탐구 정신이 있는 사람들)

So what's troubling Roseanne Barr? Inquiring minds want to know.

그래서 로잰 바를 괴롭히는 게 무엇인가? 탐구 정신이 있는 사람들은 알고자 한다.

Jump-Start(활기를 더하다)

Others say efforts to jump-start that weak economy will require further rate cuts.

다른 사람들은 그 주州의 경기에 활기를 더하고 싶다면 금리 인하가 추가로 필요할 것이라 말한다.

Lap of Luxury(호사, 사치)

That's just one example of the program that operates in the lap of luxury.

그것은 호사스럽게 운영되는 프로그램의 한 가지 사례에 불과하다.

Like, Well(뭐랄까)

The Cowboys have won five straight and are looking like, well, the Cowboys again.

댈러스 카우보이 팀이 5연승을 거두자, 뭐랄까 다시 그 팀처럼 보이기 시작한다.

… an after-shave we presume that smells like, well, a wet gun dog.

애프터 셰이빙 로션은 뭐랄까 물에 젖은 사냥개 냄새가 난다.

Little Did He/She Know/Imagine/Dream(~라고는 생각조차 못했다)

Little did he know in 1964 that he would return 30 years later as secretary of the Navy.

1964년 그는 30년 후에 해군성 장관으로 돌아오리라고는 생각조차 못했다.

문장 앞머리에 쓰이는 'little did he/she know'는 글쓰기에서 가장 나태한 장치 중 하나이다. 무언가를 성취한 사람에 대한 글에서 주로 쓰인다는 점은 익히 알고 있을 것이다.

Mantra (만트라, 주문)

He repeated what has become a mantra for him It is possible to enact a tax cut that will reduce federal revenue by $548 billion over six years ….
그는 연방 세수가 향후 6년 동안 5,480억 달러로 줄어들 것이라 예상되는 감세 법안을 제정할 수 있게 해달라는 요구를 반복했고, 그런 요구는 그의 주문이 되었다.

Mean Streets (빈민가, 위험하고 불결한 거리)

And like a lot of strangers who wander into New York's mean streets, the show is getting mugged.
뉴욕의 빈민가를 돌아다니는 많은 이방인처럼, 그 공연도 강도들의 습격을 받았다.

No-Brainer (쉬운 일)

In normal use, however, operating the top is a no-brainer—lift two latches and push a dashboard toggle to lower it.
하지만 정상적인 경우 지붕을 조작하는 건 쉬운 일이다. 두 개의 걸쇠를 풀고, 계기판 단추를 누르면 지붕이 내려온다.

For the average NBA coach, this is a no-brainer—back up the moving van again and load everybody up.

평균 수준의 NBA 코치에게, 움직이는 밴을 뒤로 밀어 모두를 태우는 건 쉬운 일이다.

Only One Thing Is Certain (한 가지만은 확실하다)

Currently, this much only is certain.

지금 시점에서 이것만은 확실하다.

옛 방송 뉴스에서 자주 쓰이던 표현인 'One thing is for sure (확실한 한 가지는)'가 변형된 구절이다. 이 표현은 진실한 생각을 방해하는 구실이 된다. 이 표현의 함의는 절대적으로 오류를 나타낸다. 어떤 상황에서든 확실한 것은 하나 이상이기 때문이다.

Or What? (아니면 뭐야?)

Boy is it weird out there or what?

얘야, 밖이 이상한 거 아니면 뭐야?

Over the Top (상식을 벗어난, 도를 넘은)

McGillivray and Zerlin once considered having the Farndale company produce a Christmas panto, but they figured such plays were so over-the-top to begin with that the parody factor would be wasted.

한때 맥길러브레이와 절린은 판데일 극단에게 크리스마스 무언극 제작을 맡기려고 했지만, 판데일의 무언극이 풍자적 요소의 낭비라고 보일 정도로 도를 넘게 파격적이라 판단했다.

Beat Path to Someone's Door(집의 문턱이 닳도록 드나들다)

Among the people who beat a path to her door were former Interior Secretary James Watt …,

집 문턱이 닳도록 부지런히 그녀의 집을 드나든 사람 중에는 전 내무장관 제임스 와트도 있었다.

Poster Boy(얼굴마담)

These days, Gilliam might even be considered a poster boy for healthful living.

요즘 길리엄 정도면 건강한 삶을 대표하는 얼굴마담이 될 수 있을 것이다.

Radar Screen(레이더 망, 관심 범위)

But Thursday he was gratified that the plan at least was on the congressional "radar screen" and had support from the Republican leadership.

목요일에 그는 그 계획이 적어도 의회의 '레이더 망'에 있고, 공화당 지도부의 지지를 받는다는 사실에 기뻤다.

Ready and Willing(당장이라도)

Now, almost three months after the operation, she is ready and willing to share her story.

수술을 받고 거의 석 달이 지난 지금, 그녀는 당장이라도 자신의 이야기를 들려주려 한다.

Reinvent(다른 모습을 보여주다, 개혁하다)

Likewise, the administration's plan to reinvent the federal government might save $108 million.

연방 정부를 개혁하려는 행정부의 계획이 순조롭게 진행되면 1억 800만 달러를 절약할 수 있을 것이다.

It's not too late to restructure the package or to reinvent the agency to make the package work.

종합 정책을 조정하고 그 정책을 시행할 기관을 개혁하기에 너무 늦은 것은 아니다.

Rocket Science(로켓 과학, 고도의 지능이 요구되는 일)

Not that those of us who work for this newspaper are all rocket scientists in the consumer-warning department.

이 신문사에서 일하는 우리가 소비자 경고 부서의 로켓 과학자인 것은 아니다.

Same Old, Same Old (예나 지금이나 똑같다)

But I'm glad I chose to come here. I've met a lot of new people. It's like starting over, and not the same old, same old.

그러나 이곳에 오기로 선택해서 다행이다. 나는 많은 사람을 만났다. 처음부터 다시 시작하는 기분이었고, 예나 지금이나 똑같지는 않았다.

Send a Message (메시지를 보내다)

China's leadership aims to send a message to the country's prodemocracy movement.

중국 지도부의 목적은 국내의 민주화 운동 조직에 메시지를 보내는 것이다.

Shot in the Arm (활력소)

Cardroom operators here say they are just offering folks a place to play a friendly hand of cards and give the local economy a shot in the arm.

도박장 운영자들은 그저 사람들이 카드놀이를 즐길 수 있는 장소를 제공하고 지역 경제에 활력소를 줄 뿐이라고 말한다.

Slings and Arrows (투석기와 화살, 신랄하기 이를 데 없는 공격)

While this battle of words is tame compared to the slings

and arrows of the past ⋯

과거의 신랄하기 이를 데 없던 공격에 비교하면, 이번 설전은
시시한 편이다.

Slippery Slope (악의 구렁텅이, 미끄러운 비탈)

But until my kids slide a little farther down the slippery
slope to Satanism, count me out of the campaign to
blackball Halloween from our October routine.

그러나 내 아이들이 악마 숭배라는 악의 구렁텅이에 빠지기 전
까지 10월의 축제에서 할로윈을 배제하려는 캠페인에서 나를
빼주기 바란다.

Step Up to the Plate (발 벗고 나서다)

This past year when marionberry growers wanted 59
cents a pound for their crop, one of the first processors
to step up to the plate was RainSweet Inc.

매리언베리 재배자들이 파운드당 59센트를 원했던 작년, 가장
먼저 발 벗고 나선 재배자 중 하나는 레인스위트 사였다.

Strutting Stuff (기량을 뽐내다)

Eight official Lassies have strutted their stuff on camera ⋯.

여덟 마리의 공식 래시가 카메라 앞에서 각자의 기량을 뽐냈다.

Take a Backseat to(뒷전으로 밀리다)

… have taken a backseat to worries about the deadly AIDS virus, she said.

치명적인 에이즈 바이러스에 대한 걱정에 …은 뒷전으로 밀려 났다.

Take… Please(~를 예로 들어보자)

Take state government for instance. Please.

주 정부를 예로 들어보자.

Tale of the Tape(가늠자)

We enjoy the peacock-primping before the gun goes off, but we can no longer believe the tale of the tape for too many victories come with an asterisk attached.

총성이 울리기 전 우리는 공작새처럼 치장하기를 즐긴다. 하지 만 많은 승리에 대한 가늠자가 중요하다는 사실을 더는 믿을 수 없다.

Terminally(극도로)

Along with roadside espresso carts, grunge turned the Northwest terminally hip.

길가에서 에스프레소를 파는 간이 매대와 더불어 그런지 록grunge 은 북서부 지역을 유행에 극도로 민감한 곳으로 만들었다.

퓰리처상 문장 수업

Think(생각해보라)

Think May to June for this spawn, though some rainbows remain silvery and with that pale hue approaching magenta in some fine examples.

5~6월에는 무지개송어가 간혹 은빛을 띠고 건강한 녀석들은 자홍색에 가까운 옅은 빛을 띠더라도, 송어의 산란을 생각해보라.

To Be or Not to Be(~일 것인가 그렇지 않을 것인가?)

To buffer or not to buffer? That is the question.

완화할 것인가 그렇지 않을 것인가? 이것이 문제이다.

《햄릿》에서 인용한 이 구절은 그야말로 닳고 닳아, 이제는 말장난으로도 식상할 정도이다. 똑똑한 작가는 셰익스피어의 구절이라면 변형해서 쓰는 것도 기피할 것이다.

User - Friendly(사용자 친화적, 사용하기 쉬운)

Many recipes call for flaming the coq au vin with cognac, but not this user-friendly version.

많은 조리법이 코코뱅에 코냑을 부어 불을 붙이라고 지시하지만, 이 방법은 사용자 친화적이지 않다.

Viable Option(가능한 선택지)

His behavior in the next few days and weeks will have

a significant effect on whether that becomes a viable option.

향후 며칠과 몇 주 내에 그의 행동은 그것이 가능한 선택지가 될 수 있을지에 중대한 영향을 미칠 것이다.

Welcome To⋯(~을 환영한다)

글을 쓰기 시작할 때 우리 시대에 가장 남용되는 서두의 원칙은 세 가지가 있다. 첫째 특이한 장면을 묘사하라, 둘째 'Welcome to(~을 환영한다)'라고 쓰라, 셋째 앞서 묘사한 장면을 추상적으로 요약하며 문장을 끝내라는 것이다.

Two middle-aged sports lay on the bank, passed out in a litter of beer bottles. Two trollers cross lines and curse each other in the middle of the lake. A teenager cuts loose with a tremendous cast and falls off the dock.
Welcome to the opening day of trout season, Deep Lake style.

두 중년 사내가 강둑에 누웠고, 주변에는 1리터짜리 맥주병들이 흩어져 있다. 낚시배 두 대가 호수 한복판에 드리워진 낚시줄을 가로지르며 서로 욕설을 내뱉는다. 한 십대는 거대한 투망을 던져 놓고 부두를 떠난다.
딥 레이크 스타일의 송어 낚시 시즌 개막일에 오신 것을 환영한다.

Went South (일을 그르쳤다, 떨어지다)

··· but the team went south against Yakima Valley with seven errors.

그 팀은 야키마 밸리 팀을 상대로 7개의 실책을 범하며 일을 그르쳤다.

A gasoline tax for improving roads went south, too.

도로 개선을 위한 휘발유세도 떨어졌다.

Work in Progress (현재 진행형인)

The election of Silvio Berlusconi might have done more harm than good to the reform movement, which remains very much a work in progress.

실비오 베를루스코니가 당선되었더라면, 현재 진행형인 개혁 운동에 도움이 되기는커녕 해를 끼쳤을 것이다.

World - Class (세계 정상급, 월드클래스)

Burnside Skate Park Is World Class and Ready for National Contests

번사이트 스케이트장은 세계 정상급으로, 국제 대회도 개최할 수 있다.

Years Young (꽃다운 나이)

She was 40 years young.

그녀는 마흔 살 꽃다운 나이다.

You've Come a Long Way, Baby (많이 컸구나!)

Exactly how far has Tobkin come? A long way, baby.

톱킨이 정확히 몇 걸음이나 걸었지? 많이 컸구나, 아이야!

당신만의 문체를 개발하는
5가지 방법

1. 말하는 대로 글을 쓰라.

당신이 쓴 글을 소리 내어 읽어보라. 당신이 평소에 말하는 것처럼 들리는가? 그렇지 않다면, 당신이 글에 쓴 어휘를 말할 때 사용하는 어휘로 바꿔보라. 얼굴을 마주한 사람을 대하는 마음으로 독자를 대하라.

2. 최악의 골칫거리, 형식적인 인용을 멀리하라.

당신의 글에서 격식을 따진 고루한 단어 세 개를 찾아내서 편한 단어로 고쳐쓰라. 'purchase(구입하다)'를 'buy(사다)'로, 'reside(거주하다)'를 'live(살다)'로, 'funds(자금)'를 'money(돈)'로, 'prior(~에 앞서)'를 'before(~전에)'로 쓰는 편이 낫다.

3. 작게 생각하라.

가장 유의미한 단어는 현실 세계에 존재하는 것을 정확히 가리킨다. 'dachshund(닥스훈트)'가 'dog(개)'보다 낫고, 'dog(개)'가 'canine(갯과 동물)'보다 낫다. 한편 유행어와 상투적 표현은 원래 단어보다 모호한 경우가 많다. 저질 글쟁이들은 'gym(체육관)' 대신 'venue(장소)'라고 쓰지만, 유능한 작가는 모호함을 최소화하고 최적의 단어를 찾아내려 애쓴다. 정확한 단어가 독자의 머릿속에 구체적인 이미지를 심어줄 수 있기 때문이다.

4. 주어로 시작하라.

긴 구절로 시작하는 문장은 신문 기사체의 냄새를 물씬 풍긴다. "Hoping to detain the worst offenders before any destructive acts could occur the law-enforcement agencies instituted a policy of checkpoints and random searches(최악의 범법자들의 파괴적인 행위를 사전 예방하고자 할 때 법집행기관에서 검문소와 임의 검색을 제도화하게 된다)." 누가 누구에게 무엇을 행하는지 알아낸 뒤 사건을 순서대로 묘사하라. "Police set up checkpoints and conducted random searches, hoping to head off violence(경찰은 검문소를 설치한 뒤 임의 검색을 실시하여 폭력을 예방할 수 있기를 바랐다)."

5. 마음껏 내달려라.

초고를 쓸 때는 상투적인 표현을 걱정하지 말라. 초고는 편한 마음으로 신속하게 써내려가도 괜찮다. 초고를 끝낸 뒤 처음으로 돌아가, 상투적인 표현을 대신할 만한 신선한 표현을 찾아내라. "needle in a haystack(사막에서 바늘 찾기)" 같은 식상한 표현 대신 이 광대한 우주에서 찾아내기 힘든 무언가를 상징하는 다른 비유를 떠올려보라. "Just another drop of oil on an asphalt parking lot(아스팔트로 포장된 주차장에서 기름 한 방울 찾기)"라는 표현은 어떤가?

예술가들 사이에 작가의 장비 ―
우리 모두가 어떻게든 사용하는 언어,
문법과 철자를 확인하는 약간의 인내심,
실수하는 인간들이 공통적으로 겪는 모험
―가 가장 가까이에 있다.
_ 존 업다이크

별것 아닌 걸로 속 태우다

공예가는 전문가로서 자부심을 담아 자신의 도구를 다룬다. 훌륭한 목수는 녹슨 톱과 무딘 드릴로 일하지 않는다. 유능한 작가는 "아마추어!"라고 욕을 먹을 만한 오류가 눈에 띄는 원고를 넘기지 않는다.

글쓰기 기법을 알면, 더 까다로운 문제를 다루는 데도 도움을 받을 수 있다. 중문과 복문의 차이를 알지 못하면 어떻게 다양한 문장을 구사할 수 있겠는가? 종속절을 분사절이나 동명사절 또는 부정사절로 바꾸는 방법을 모른다면 어떻게 더 리드미컬한 문장으로 대체할 수 있겠는가?

글쓰기 기법을 '실질적'으로 이해하는 것은 매우 중요하다. 따라서 지금부터는 전문 작가들이 공통적으로 부딪치는 문제들을 빠르게 되짚어보려 한다. 여기에서 나쁜 예로 제시되는 문장도 출판물에서 인용한 것인데, 이 예문에서 주어가 차지하는 공간은 현실 세계에서 주어가 제기하는 문제와 대략적으로 비례한다.

글쓰기 기법의 기초를 철저히 다지고 싶다면, 조지프 블루먼솔Joseph Blumenthal의 《영어 글쓰기 3200English 3200 with Writing Applications》(제4판)을 참조하기 바란다. 영어로 글쓰는 방법을 체계적으로 연습할 수 있는 책으로, 사반세기가 지난 지금도 여전히 출간되고 있다. 한 달 남짓 매일 밤 몇 분을 투자하면, 학교에서 배우지 못한 문법의 기초를 단단히 다질 수 있을 것이다.

《웹스터 뉴월드 칼리지 사전Webster's New World College Dictionary》은 대부분의 편집국에서 공식적으로 사용하는 사전으로, 철자와 의미에 대한 의문에 표준적인 답을 제시해주는 좋은 안내서이다. 서적 출판사가 선호하는 사전은 《메리엄 웹스터 칼리지 사전Merriam-Webster's Collegiate Dictionary》이다. 용례에 대한 문제, 가령 'lectern'과 'podium'의 차이, 'now'를 뜻하는 곳에 'presently'를 사용할 수 있느냐는 의문 등을 해결하는 데는 《아메리칸 헤리티지 사전》이 2008년까지 독특한 용례란을 두어 무척 유용했지만, 그 이후로는 이러한 조언을 더 이상 제공하지 않는다. 하지만 《메리엄 웹스터 영어 용례 사전Webster's Dictionary of English Usage》은 계속 출간되고 있으니 용례에 대한 의문 대부분에 답을 구할 수 있다.

'12-year-old boy'와 'a twelve-year-old boy' 중 무엇이 낫고, 당신이 사는 곳을 '246 W. 25th Street'와 '246 West Twenty-Fifth Street' 중 어느 것으로 표기해야 좋은지 알고 싶으면 인쇄 편

람stylebook에서 도움을 구할 수 있다. 인쇄 편람에는 용례('presently'가 'now'를 뜻하는가, 아니면 'a little while'을 뜻하는가?)와 구두점에 대한 원칙도 쓰여 있다. 또 인쇄 편람에서는 선거 결과부터 각 선수의 성적까지 모든 것을 표현하는 방법도 소개한다.

출판사마다 다른 인쇄 편람을 사용한다. 신문사 편집국들은 대체로《AP통신 인쇄 편람》을 기준으로 삼는다('246 W. 25th St.'). 책 원고의 경우 나는《시카고 문장 교본Chicago Manual of Style》('246 West Twenty-Fifth Street')과 미국 현대어학회Modern Language Association가 펴낸《MLA 편람MLA Handbook》('246 W. 25th Street')을 참조한다. 미국 정부 인쇄국U.S. Government Publishing Office에도 자체적인 인쇄 편람이 있으며, '이코노미스트'와 '와이어드' 같은 출판사도 다를 바가 없다. 〈뉴요커〉 같은 몇몇 잡지는 전통적인 인쇄 기준과 자체적인 고유한 규칙을 아울러서 사용한다.

당신이 글을 기고하는 출판사에 공식적인 인쇄 편람이 없거나, 출판사를 위해 글을 쓰는 게 아니라면《AP통신 인쇄 편람》을 기준으로 보라.《AP통신 인쇄 편람》은 짧고 간단하며, 온라인에서도 구할 수 있다. 물론 이 편람이 절대적인 것은 아니다. 1975년에는 AP통신과 UPI통신이 합동으로 인쇄 편람을 펴냈다. 이렇게 개정된 새로운《AP통신 인쇄 편람》은 상대적으로 늦게 출간되었음에도 미심쩍은 규칙이 상당수 포함되었다. 예컨대 관계 대명사의 사용에서 'that'과 'which'를 구분해야 한다고 주장하지만, 적잖은 편집자가 그 규칙은 제프리 초서Geoffrey Chaucer의 시대까지 거슬러 올라간다고 생각한다. 파울러 형제가 1909년 둘의 구분을 처음으로 제안했지만, 토머스 제퍼슨은 그 제안을 무시했다. 흠정역 성서King James Bible를 번역한 학자들도 마찬가지였고, 요즘 영어를 말하고 쓰는 사람들도 둘을 구분하지 않는다. 새롭게 성서를 번역하는 학자들도 마찬가지이다.

인쇄 편람들에 확실한 진실이 담겨 있다면, 모든 인쇄 편람이 거의 다르지 않을 것이다. 그러나 인쇄 편람은 많은 점에서 다른 의견을 보인다.《AP통신 인쇄 편람》에 따르면 시간을 표기할 때 '00'을 쓰지 않고, a.m.과 p.m.을 소문자로 써야 한다. 따라서 저널리스트는 '4 p.m.'이라 쓴다. 그러나《시카고 문장 교본》에서는 '00'을 그대로 두어 '4:00 p.m.'이라 쓰라고 권고한다.

《AP통신 인쇄 편람》에서는 9를 넘는 수는 숫자로 표기하라고 권하고,《MLA 편람》도 다르지 않다.《시카고 문장 교본》은 99에서 그런 변화를 준다. 또《AP통신 인쇄 편람》에는 대시(–)가 한 종류밖에 없지만,《시카고 문장 교본》에는 길이가 다르고 용법도 다른 다섯 종류의 대시가 있다.

어떤 교본을 보더라도 그 교본을 충실히 따르면 당신의 영어 표현은 일관성을 띨 것이고, 그 일관성은 새뮤얼 존슨Samuel Johnson이 편찬한《영어 사전A Dictionary of the English Language》이 수립한 영어 철자의 기준과 크게 다르지 않을 것이다. 일관성이 있으면 우리가 문법과 구두법에서 문제에 부딪칠 때마다 밑바닥부터 시작할 필요가 없기 때문에 의사 결정이 쉬워지고 단순화된다. 게다가 일관성은 글을 더욱더 예측 가능하게 하기 때문에 독자에게도 도움을 준다.

어떤 표현법을 지나치게 고집스레 고수하면 정반대의 결과가 발생하며, 독자를 당혹감에 빠뜨리는 이상한 구문을 만들어내기 십상이다.

> He also helps the river pilots to berth the ships that arrive at night, placing the multiton seagoing vessels within inches of their targets on the docks.
>
> 그는 또한 수로 안내인들이 밤에 도착하는 배들을 정박시키는 일을 돕는다. 따라서 수 톤의 외양선들은 목표 지점에서 몇 센티미터 이내로 떨어진 곳에 닻을 내릴 수 있다.

'multiton vessel(수톤의 외양선)'이 무엇일까? 작가는 'multi-ton vessel(수 톤의 외양선)'이란 뜻으로 그렇게 썼다. 그러나 이 문장을 다듬은 편집자는 《AP통신 인쇄 편람》을 충실히 따랐다. 그 편람에 따르면, 자음으로 시작되는 단어와 접두어는 하이픈으로 연결하지 않는다. 그래서 의미를 파악하기 힘든 아리송한 수톤multiton이 되었다.

어떤 표현법이 상식에 맞지 않으면, 그 표현법을 무시해야 한다. 요컨대 'multi-ton'이라 표기하여 당신이 그렇게 표기한 이유를 담은 쪽지를 편집자에게 보내야 한다.

중요한 원칙까지 무시할 수는 없겠지만, 일반적인 표현법에 지나치게 구애받지 말라. 물론 동사는 주어와 일치해야 하고, 부사가 요구되는 곳에 형용사를 써서는 안 된다. 그러나 어조와 리듬, 이야기 구조 같은 쟁점이 훨씬 더 중요하다. 글쓰기 코치라는 직업을 실질적으로 창안한 도널드 머리는 언젠가 "우리 신문은 문법 규칙을 정확히 따르고 철자도 틀린 데가 없지만 엉망진창 쓰인 이야기로 가득하다"라고 불만을 토했다.

문법

당신이 어떤 규칙을 준수하는 방법을 알아낼 때까지
그 규칙을 어기는 것은 현명하지 못한 짓이다.

_ T. S. 엘리엇

독자에게 존경을 받으려면

정치인들이 '가짜 뉴스fake news'를 판다고 언론을 공격하기 시작하기 훨씬 이전인 1990년대부터 언론인들은 자신들에 대한 신뢰도가 떨어지고 있다는 사실에 주목했다. 깜짝 놀란 언론사 경영진은 그 이유를 파악하기 위한 대규모 연구를 의뢰했다. 그 연구에서 얻은 결론 하나가 특히 충격적이었다. 그 연구에 따르면, 활자 언론의 신뢰도를 위협하는 가장 큰 원인은 "대중의 눈에 자주 띄는 넘치도록 많은 사실 관계의 오류 및 철자와 문법의 실수…"였다.

그 연구를 주도한 크리스 어번Chris Urban은 "겉보기에는 사소한 실수도 대중에게는 의심을 주는 씨앗이 된다. 철자가 틀린 단어, 잘못 사용된 아포스트로피, 뒤죽박죽인 문법 구조, 삽화에 덧붙여진 난해한 설명 글, 잘못 추가된 지도가 있을 때마다 대중의 신뢰가 떨어진다"라고 설명했다.

연구에 참여한 한 응답자는 "과거에는 신문사에서 교정을 보았다. 그런데 요즘에는 무엇을 하는지 모르겠다"라고 푸념했다.

신문사가 요즘 교정을 제대로 보지 않는 게 분명하다. 과거에는 모든 신문 기사가 조판된 후에도 엄격한 교정 절차를 거쳐야 했다. 요즘 대부분의 보도 기관에서는 퇴고 과정도 크게 줄었다. 물론 편집자 책상이 여전히 많은 출판사에 살아 있지만, 서툰 언어적 표현이 신뢰도에 제기할 위험도 여전히 존재한다. 그러나 오늘날 많은 온라인 뉴스 매체가 독자에게 즉각적으로 의견을 받고 있기 때문에 보도 기관의 신뢰가 떨어질 가능성이 더욱 커졌다. 달리 말하면, 모든 것을 바로잡아야 한다는 부담이 작가보다 교열자에게 더 크다는 뜻이다.

이 때문에 우리는 언어 표현법에서 가장 성가시고 까다로운 문제를 처리하는 데 약간의 시간만 투자하겠다고 강력하게 다짐한다.

문법의 핵심 개념

문법은 문장을 구성하는 요소가 행하는 기능과, 그 요소 간의 관계를 규정하는 규칙이다. 각 요소의 기능과 관계를 이해하려면, 문장의 구조를 뒷받침하는 핵심 개념을 파악해야 한다.

> † 주어 행위를 행하는 것. "Jack hit the ball(잭이 공을 때린다)." 문장에서 주어 역할을 하는 단어는 주격이다.

† 술어 주어가 존재하는 방식이나 하는 행동. 술어는 목적어나 수식어를 지닌 동사이다. "Jack hit the ball(잭이 공을 때린다)."

† 목적어 타동사가 쓰인 문장에서 행동을 받는 것. "Jack hit the ball(잭이 공을 때린다)."

† 기본문 문장을 구성하는 데 반드시 필요한 요소. 최소한인 경우, 주어와 술어를 뜻한다. "Jack hit(잭은 때린다)."

† 구 함께 하나로 기능하는 단어 뭉치. "Over the ball(공 너머로)", "hitting hard(강하게 때리기)".

† 절 주어와 술어를 포함하는 단어 뭉치. 그 단어 뭉치가 단독으로 존재할 수 있으면 독립절이 된다. "Jack hit the ball." 그러나 단어 뭉치가 다른 개념이 더해져야 완전한 의미를 가져서 단독으로 존재할 수 없으면 종속절이 된다. "When Jack hit the ball …(잭이 공을 때릴 때 …)."

성수 일치

글을 읽고 쓸 줄 아는 사람이면 누구나 술어는 주어와 수가 일치해야 한다는 사실을 안다. 따라서 작가라면서 "the fans is filling the arena with noise(경기장이 환풍기 소음으로 가득하다)"나 "the reason are difficult to discern(그 이유를 깨닫기는 어렵다)"이라고 쓰는 사람은 없을 것이다.

그럼에도 일치의 실수는 출판물에서 가장 흔히 발견되는 문법적 오류 중 하나이다.

The council's actions, concluding more than six hours of testimony on the matter, effectively nullifies a city hearings officer's decision ….
위원회의 조치는 그 문제에 대해 6시간 이상 진행된 증언을 결론지으며, 시 청문관의 결정을 실질적으로 파기한다.

10 Days of Abortion Protests Winds Down
열흘 전부터 계속되던 낙태 시위가 줄어들고 있다.

우리가 주어-술어의 일치에서 실수를 범하는 이유는 글을 서둘러 쓰다가 문장 끝에 도달하기도 전에 시작 부분을 잊기 때문이다. 또 다른 이유로는 문장을 쓰는 도중에 전화벨이 울려 생각의 흐름이 끊기거나, 문장의 일부를 수정하고는 수정한 부분이 기존의 부분과 일치하는지 충분히 확인하지 않기 때문이다.

글쓰기에서 발생하는 많은 유형의 문제가 그렇듯, 일치 오류를 해결하는 한 방법은 원고를 제출하기 전에 소리 내어 읽는 것이다. 주어-술어의 일치에 오류가 있으면 거의 언제나 경고음이 울린다.

그러나 출판물이 범하는 주어-술어의 일치 오류는 명백하지 않은 경우가 많다. 문장 구조 자체가 까다롭고 복잡해서 조금만 부주의해도 일치 오류를 범하기 쉽다. 특히 복수 명사를 지닌 전치사구가 단수 주어와 술어 사이에 쓰일 때 실수가 가장 잦다.

A total of five youths were arrested in both incidents ⋯.
총 다섯 명의 젊은이가 ⋯ 두 사고에서 체포되었다.

Early returns from rural areas indicated that support for the
Communists remain strong.
농촌 지역에서 투표 결과가 빨리 나왔다는 것은 공산주의자들
에 대한 지지가 여전히 강력하다는 뜻이다.

A group of neighborhood volunteers are identifying these
houses and forcing owners to fix them up or tear them down.
동네 자원봉사자들이 가가호호 방문하며, 집주인들에게 집을
수리하거나 허물라고 강요한다.

'total', 'support', 'group'은 위의 각 문장에서 단수 주어이
고, 바로 뒤에 전치사구가 뒤따른다. 이 전치사들의 목적어, 즉
'youths', 'areas', 'volunteers'는 모두 복수이다. 이 때문에 복수
동사를 잘못 사용했다.
　그 밖의 목적어-술어 문제는 작가가 어떤 명사를 복수로 인식
하지 못한 데서 비롯하는 경우가 대부분이다.

⋯ but it contains genetic material and reproduces by

division, as does bacteria.

··· 박테리아가 그렇듯, 그것도 유전 물질을 지니고 분열로 번식
한다.

Business Data Waits in Bookstore

비즈니스 데이터가 서점에 있다.

His criteria for inclusion, he acknowledges, was vague.

그는 자신의 포함 기준이 모호했다는 걸 인정한다.

'bacteria', 'data', 'criteria'는 모두 복수이다. 따라서 이어지는
동사도 복수 형태를 띠어야 한다.

《AP통신 인쇄 편람》은 'data'의 경우에 예외를 둔다. "the data
is sound(데이터가 타당하다)"에서 보듯, 'data'가 하나의 단위를 가
리키는 의미로 쓰일 때는 단수로 취급할 수 있다고 말한다. 하지만
그런 결정을 내리는 과정 자체가 골치 아플 수 있다. 따라서 조금
이라도 의심스러우면 'data'를 복수로 취급하는 편이 낫다.

'none'이 둘일 때

None of Universal's permanent sound stages, made of
concrete and steel and used for interior filming, were
destroyed.

콘크리트와 강철로 지어지고 실내 촬영에 쓰이는 유니버설의
상설 사운드 스테이지는 하나도 해체되지 않았다.

'none'은 수를 파악하기가 가장 까다로운 문장 주어일 수 있다.
'none'은 'not one'의 축약형이다. 논리적으로 생각하면, 'one'이
단수 동사를 취하듯 똑같은 이유에서 'none'도 단수 동사를 취해
야 한다. 그러나《AP통신 인쇄 편람》에서는 'none'이 'not two'나
'no amount'라는 의미를 명백히 갖는 전치사구와 함께 쓰일 때
예외를 인정한다. "None of the consultants agree on the same
approach(컨설턴트마다 접근법이 제각각이다)", "None of the taxes
have been paid(어떤 세금도 납부되지 않았다)".
　그래도 의심스러울 때는 단수 동사를 선택하는 게 좋다.

품사

각 단어와 구 및 절이 문장의 전체적인 기능에서 어떤 역할을 하는
지 정확히 파악하면 올바르게 선택할 수 있다. 달리 말하면, 단어와
구절이 문장 내에서 취하는 품사를 알아야 한다는 뜻이다.
　각 품사의 역할을 간략히 살펴보면 다음과 같다.

　† 동사　행동을 표현하는 단어. "The cattle ran frantically down the
　　 dusty street(소가 먼지로 뒤덮인 거리를 미친 듯이 달렸다)."
　　 형태가 변해 다른 기능을 행하는 동사는 준동사verbal가 되고, 이런 준동사는
　　 세 가지 기능을 한다. "Running caused the cattle to lose weight(소가 뛰어

다녀 체중이 줄었다)"처럼 동사에 -ing가 더해져 명사로 쓰이면 동명사gerund 가 된다. "Running cattle scared the children(뛰어다니는 소에게 아이들이 겁 먹었다)"처럼 동사에 -ing가 더해져 형용사로 쓰이면 분사가 된다. "To run is to risk injury(달리기는 다칠 위험이 있다)"처럼 동사가 to와 결합되어 명사로 쓰이면 부정사가 된다.

† 명사   사람, 장소, 사물을 가리키는 단어. "The cattle ran down the street (소가 거리를 달렸다)."

† 대명사   명사를 대신하는 단어. 'he', 'his', 'she', 'her', 'it', 'they' 등이다. "His cattle ran down the street(그의 소가 거리를 달렸다)." 대명사가 대신하는 명사는 대명사의 선행사antecedent이다.

† 형용사   명사를 수식하는 단어. "The frantic cattle ran down the dusty street(제정신이 아닌 소가 먼지로 뒤덮인 거리를 달렸다)."

† 부사   동사, 형용사, 다른 부사를 수식하는 단어. "The cattle ran frantically down the already dusty street(소가 이미 먼지로 뒤덮인 거리를 미친 듯이 달렸다)."

† 접속사   두 단어나 구절을 연결하는 단어. "The cattle ran frantically down the already dusty street and streamed into a park(소들이 먼지로 뒤덮인 거리를 미친 듯이 달렸고, 공원으로 줄지어 들어갔다)."

† 독립절을 연결하는 여섯 개의 등위 접속사coordinating conjunction로는 'and', 'for', 'but', 'nor', 'or', 'yet'이 있다. 종속절을 인도하는 종속 접속사subordinating conjunction에는 'because', 'unless', 'so that', 'although' 등이 있다.

† 관사　명사를 인도하는 명사. "The cattle ran frantically down the already dusty street and streamed into a park."

수식어의 혼동

단어의 기능이 단어의 형태를 결정한다. 부사와 형용사의 차이가 좋은 예이다. 대부분의 부사는 –ly로 끝나지만, 대부분의 형용사는 그렇지 않다. 그런데 이상하게도 우리는 둘을 제대로 구분하지 못한다.

　형용사는 명사를 수식한다. 대부분의 부사는 동사를 수식하며, 행동이 전개되는 방법을 설명한다. 아래의 두 예에서 작가는 형용사와 부사의 이러한 차이를 간과했다.

Roberts Moves Too Slow for Some on Measure 5.
로버츠는 재산세에 너무 늦게 대응한다.

In these races ⋯ he could run slow enough that his injuries usually wouldn't bother him.
이번 경기에서 ⋯ 그는 부상이 악화되지 않도록 천천히 달렸다.

두 예문 모두에서 'slow'는 동사, 첫 예문에서는 'move'를, 두 번째 예문에서는 'run'을 수식한다. 따라서 올바른 형태의 수식어는 'slowly'이다.

형용사와 부사의 구분이 항상 수월한 것은 아니다. 형용사나 부사를 수식하는 것은 부사이다. 이 규칙을 위반하면 다음과 같은 오류가 생긴다.

But high-skilled U.S. workers who make tractors, road-building equipment, ··· and capital goods for industry···.

그러나 트랙터, 도로 건설 장비 ···자본재를 만드는 미국의 고숙련 노동자들은···.

'high'는 형용사 'skilled'를 수식한다. 따라서 올바른 형태는 'highly skilled U.S. workers'가 되어야 한다.

"Our players feel very badly," OSU coach Ralph Miller said.

"우리 선수들이 크게 낙담했다." 오리건주립대학의 랠프 밀러 코치가 말했다.

말도 안 되는 문장이다. 밀러가 가르치는 농구 선수들의 몸 상태는 '좋았다feel superbly'. 선수들은 좋은 운동 능력을 지니고 있다. 그렇다면, 밀러 코치는 "선수들이 중요한 경기에 지고 난 뒤 '낙담했다feel bad'라고 말하고 싶었던 게 분명하다.

　이렇게 요약할 수 있다. 누군가의 몸 상태가 안 좋다거나 정서적으로 처진 상태에 있다고 말할 때는 "he feels bad(그의 상태가 별로야)"라고 해야 한다. 그러나 현실적으로는 거의 없겠지만, 누군가의 촉각이 형편없다고 말하고 싶을 때는 "he feels badly(그는 잘 못 만져)"라고 한다.

　이런 차이에서 다음과 같은 추론이 가능해진다. 'feel', 'smell', 'taste' 같은 동사와 be 동사는 종종 연결 동사linking verb로 사용된다. 이런 경우, 이 동사들은 등가성을 언급할 뿐이다. 따라서 연결 동사는 직접이든 간접이든 목적어를 취하지 않는다. 연결 동사는 방정식에서 등호처럼 기능한다. 'A=B'는 'A is like B' 혹은 'A feels like B'와 유사하다.

　연결 동사가 쓰인 문장은 어떤 행위를 묘사하는 대신 등가성을 언급하기 때문에, 방정식의 오른쪽에 쓰인 단어들, 즉 연결 동사 뒤에 쓰인 단어들은 행동을 받지 않는다. 달리 말하면, 그 단어들은 목적격 형태를 취하지 않고 주격 형태를 취한다. 수식어가 이 위치에 쓰이면 서술 형용사가 된다.

　앞서 제시한 예시문에서 'bad'는 행위자들이 행하는 어떤 것도 수식하지 않는다. 행위자들이 존재하는 상태를 묘사할 뿐이다. 따라서 'bad'는 서술 형용사이다. 결국 이때의 'bad'는 'quick'이나 'strong' 같은 단어와 똑같은 방식으로 행위자의 상태를 묘사한다.

　누구도 "Miller's players are quickly"라고 말하지 않을 것이다. "Miller's players are strongly"라고도 말하지 않을 테다. 그렇다

면 "they feel badly"라고도 말하지 않는다.

물론 랠프 밀러는 그렇게 말했고, 그래서 그런 식으로 인용될 수밖에 없었다. 그러나 직접 인용문에서도 이런 종류의 오류가 종종 나타난다. 짐작건대 농구팀 코치들이 그런 문법적 오류를 범했을 것이다. 그러나 작가인 당신도 똑같은 오류를 범한 게 발각되면 '기분이 좋지 않을 것이다feel bad'.

잘못 사용된 대명사

대명사가 잘못 쓰이는 가장 곤혹스런 경우는 격格과 관계된다. 'she'와 'her', 즉 'who'와 'whom'의 차이를 초등학교 때 머릿속에 깊이 각인한 많은 독자는 아래의 문장을 보면 불같이 화를 낸다.

Bostwick … said the office working relationship between he and Penn had broken down.
… 보스트윅은 자신과 펜의 관계를 조종하던 사무실이 파산했다고 말했다.

Jimmy DeFrates … is clear about the problems caused by the rules that come between he and his wife.
… 지미 디프레이츠는 자신과 아내가 맺은 규칙에 의해 발생한 문제에 대해 의견이 명확하다.

Brothers said it was not a good situation for either he or

Okken ….

브라더스는 자신이나 오켄에게는 좋은 상황이 아니라고 말했다

….

우리는 자신이 쓴 글을 소리내어 읽는 것만으로도 명백한 실수를 어렵지 않게 잡아낼 수 있다. 격이 잘못 사용된 대명사는 틀리게 들린다. 그러나 이에 관련된 기본적인 문법 원칙도 이해해야 한다. 'he', 'she', 'they'는 주격, 즉 문장의 주어로 쓰인다. 달리 말하면, 묘사된 행동을 시행하는 사람이나 사물을 가리킨다. "He hit the ball(그가 공을 친다)"이나 "They crushed the opposition(그들이 반대파를 진압했다)"을 보라.

목적격에는 'him', 'her', 'them'이 쓰인다. 목적격은 언급된 사람이나 사물이 행동을 받은 상황을 가리킨다. "… to knock him and Davis Love III out of the lead(그와 데이비드 러브 3세가 선두권에서 밀려나다)."

대명사가 전치사의 목적어일 때도 목적격이 사용된다. "Between him and his wife(그와 그의 아내 사이)."

'he'와 'him', 'she'와 'her' 사이의 선택을 결정짓는 규칙이 'who'와 'whom', 'whoever'와 'whomever'의 선택에도 적용된다. 즉 대명사의 격은 그 대명사가 쓰이는 절에 따라 결정된다.

"Give the prize to whoever/whomever shows up first(먼저 나타나는 사람에 상을 주라)"를 예로 들어 설명해보자. 둘 중 어느 것을 선택하겠는가? 얼핏 생각하면, whomever가 전치사 to의 목적어

인 것처럼 보이기 때문에 이를 선택할 수 있다. 그러나 "whoever /whomever shows up first"에서 주어는 무엇인가? 그렇다면 'whoever'가 옳은 선택이다.

기존 출판물에서 대명사가 잘못 사용된 예를 따져보자.

The kind of fan who opposing fans love to hate.
상대편 팬들이 기꺼이 미워하는 유형의 팬이다.

You never know who you might run into at Powell Butte Nature Park ….
당신은 파월 뷰트 국립공원에서 누구를 우연히 만나게 될지 전혀 모른다.

She had a younger sister, Elizabeth, who she quickly overshadowed ….
그녀에게는 여동생, 엘리자베스가 있고, 엘리자베스는 그녀의 빛에 빠르게 가려졌다.

첫 번째 예에서 행위의 주체는 누구이고, 그 행동을 받는 사람이 누구인가? 상대편 팬은 'the fans who love to hate(우리를 미워하는 팬)'이다. 따라서 'fans'는 절의 주어이다. 한 명의 팬은 미움이란 행동을 받는 팬이다. 따라서 그를 가리키는 대명사는 'whom'이어야 한다. 그 뒤의 두 예에서 행동을 받는 사람은 차례로 파월 뷰트 국립공원에서 우연히 만난 사람과 빛을 잃은 여동생이다. 따라서 두 경우 모두 대명사는 'whom'이 되어야 한다.

이런 문제를 해결하는 한 방법은 "Fans love to hate whom?(팬들은 누구를 기꺼이 미워하는가?)"이라는 식으로 문장을 전환해보는 것이다. 그러나 다음과 같은 문장 구조에서는 신중해야 한다.

Montana, whom coach George Seifert said wouldn't need surgery, wasn't available ….

조지 사이페르트의 말에 따르면, 몬태나에게는 수술이 필요하지 않아 ….

여기에서 자칫하면 'whom'이 'said'의 목적어, 즉 "said whom?"으로 생각할 수 있다. 그러나 'said'는 출처를 가리키는 일부일 뿐이다. "Seifert said(사이페르는 말했다)"인 것이다. 따라서 대명사는 "who wouldn't need surgery"라는 절의 주어로, 'Ioe Montana'를 가리킨다. 결론적으로, 이 예문에서는 'whom'을 'who'로 바꿔야 한다.

which와 that

관계 대명사 'that'은 중세 시대까지 거슬러 올라간다. 'which'는 그 후에 관계 대명사로 더해졌다. 그 이후 두 단어는 자유롭게 바꿔 쓰였지만, 《AP통신 인쇄 편람》을 비롯해 여러 기관에서 두 대명사를 구분해 사용하려는 시도를 멈추지 않았다.

기본적인 주장에 따르면, 제한적 관계절에는 'that', 비제한적 관계절에는 'which'를 쓰는 게 원칙이다. 하지만 제한적인 관계절은 본질적인 관계절essential clause이고, 비제한적인 관계절은 비본질적인 관계절이라 말하는 순간부터 그 구분이 더욱더 아리송해진다.

앞서 말한 주장이 무슨 뜻인지 이해하지 못해도 걱정할 것은 없다. 'that'과 'which'를 유효적절하게 사용한 듯한 셰익스피어조차 위의 원칙을 따르지 않았다.

그럼에도 요즘의 규칙을 이해하고 싶다면, 제한적(본질적) 관계절과 비제한적(비본질적) 관계절을 구분할 수 있어야 한다.

제한적 관계절은 수식하는 명사나 대명사를 같은 부류에 속한 다른 것들과 분리함으로써 의미를 제한한다. "This is the house that Jack built(이것은 잭이 지은 집이다)"라는 문장을 예로 들어보자. 제한적 관계절 "that Jack built"는 'house'를 수식한다. 따라서 그 집을 다른 집, 즉 '집'이란 부류에 속하는 다른 집과 구분함으로써 그 집의 의미를 제한한다.

제한적 관계절이 문장에 포함되면 문장 전체의 의미가 변한다. 따라서 제한적 관계절은 '본질적 관계절'이다.

Hand me the knife that's on the counter.
카운터 위에 있는 칼을 건네다오.

Check the calendar that hangs in the office.

사무실에 걸려 있는 달력을 확인해보라.

The reindeer that head south stand a better chance of survival.
남쪽으로 향하는 순록 무리는 살아남을 가능성이 더 크다.

한편 비제한적 관계절은 한 부류에 속한 모든 것에 대해 언급한다. 또 비제한적 관계절은 문장에서 배제되더라도 문장의 원래 의미가 변하지 않기 때문에 비본질적 관계절이라 칭해진다.

Switchblade knives, which were outlawed as concealed weapons in 1954, have become collector's items.
칼날이 튀어나오는 나이프는 1954년 은폐된 흉기로 불법이 되었기 때문에 수집가의 품목이 되었다.

Cheap printed wall calendars, which quickly became favored promotional items for American business, increased the demand for stock photography.
값싸게 인쇄된 벽걸이용 달력이 미국 기업에게 좋은 홍보물이 되자, 대중적인 사진의 수요가 증가했다.

Reindeer, which the Laps domesticated in the twelfth century, form a staple of the tribal diet.
순록은 라프족에 의해 12세기에 가축화되어, 그 부족의 주식이 되었다.

순전한 경험 법칙으로도 제한적 관계절과 비제한적 관계절을 구분할 수 있다. 쉼표로 관계절을 분리해서 문장의 의미가 변하지 않으면, 그 관계절은 비제한적이다. 물론 문장의 의미가 달라지면, 그 관계절은 제한적이다.

두 관계절의 차이를 이렇게 명확히 인식할 수 있으면 나머지 문제는 간단하다. 제한적 관계절을 도입할 때는 'that'을, 비제한적 관계절을 도입할 때는 'which'를 우선적으로 사용하라.

두 유형의 관계절을 구분하는 경험 법칙도 두 관계절을 선택하는 데 도움을 준다. 'which'에는 거의 언제나 쉼표가 앞서야 하고, 'that'의 경우에는 절대 쉼표가 쓰이지 않아야 한다.

where와 when

'which'와 'that'을 정확히 구분해 사용하려면, 먼저 제한적 관계절과 비제한적 관계절을 정확히 구분할 수 있어야 한다. 그러나 영어에는 'where', 'when', 'who', 'whom'과 같은 관계 대명사로 시작하는 제한적 관계절과 비제한적 관계절이 있다. 이때 어떤 대명사를 사용하느냐는 까다로운 문제가 아니다. 거의 언제나 선택은 뻔하다. 하지만 문제는 이보다 더 들어간다.

영어에서 쓰이는 어떤 관계절은 제한적이고, 어떤 관계절은 비제한적이다. 이 둘을 구분하는 유일한 방법은 구두점에 있다. 따라서 작가가 구두점을 어떻게 선택하느냐에 따라 의미가 크게 달라질 수 있다.

규칙은 간단하다. 관계절을 비제한적으로 쓰고 싶으면 관계절 앞에 쉼표를 쓰고, 제한적으로 쓰고 싶으면 쉼표를 안 쓰면 된다. 이 규칙을 지키지 않고 잘못 선택하면 문장의 의미가 달라질 수 있다. 예를 들어 설명해보자.

The protesters who denounced the president then marched up Broadway.
대통령을 비난한 시위자들은 브로드웨이를 행진했다.

이 문장의 종속절 'who denounced the president'는 제한적이다. 달리 말하면, 시위자 전부는 아니더라도 일부는 대통령을 비난했고 브로드웨이를 행진했다는 뜻이다. 반면 위의 관계절이 쉼표로 분리되면 의미가 크게 달라진다. 쉼표는 비제한적 관계절이란 신호로, 모든 시위자가 대통령을 비난하며 브로드웨이를 행진했다는 뜻이 된다.

The protesters, who denounced the president then marched up Broadway.
시위자들은 대통령을 비난하며, 브로드웨이를 행진했다.

이렇게 쉼표를 더하면 의미가 한층 명확해진다. 그러나 다음 문장에서 관계절을 비제한적으로 쓰지 않는 작가는 어리석어 보일

퓰리처상 문장 수업

수 있다.

> The ··· State Bar drops its probe of Jonathan Haub who prosecuted a migrant laborer.
> ···주 법정은 이민 노동자를 기소한 조너선 하우브의 조사를 중단시킨다.

여기에서 쟁점은 'Jonathan Haub' 단 한 명이다. 그런데도 작가가 관계절을 쉼표로 분리하지 않으면, 이 'Jonathan Haub'를 다른 'Jonathan Haub'와 구분하려고 하는 것과 같다.

헷갈리는 대명사

이런저런 이유로 우리는 대명사에 미혹된다. 그 때문에 "For Who the Bell Tolls(누구를 위하여 종을 울리나)"처럼 격이 잘못된 대명사, "Everybody held on for their lives(모두가 필사적으로 버텼다)"처럼 수가 일치하지 않는 대명사, "Each of the children were excited(모든 아이가 흥분했다)"처럼 술어가 어울리지 않는 대명사를 사용한다.

그러나 또 다른 유형의 대명사 문제는 독자의 신뢰를 잃게 할 뿐만 아니라, 글의 명확성까지 떨어뜨린다. 어떤 사진의 설명글을 예로 들어보자.

> Police and others talk to a thirteen-year-old boy after he

was held hostage briefly by a gunman who later shot his mother ….

무장 강도가 13세 소년을 잠시 인질로 잡은 뒤 어머니에게 총을 쏘았고 … 경찰 등이 그 소년과 이야기를 나누었다.

실제 사건에서 무장 강도는 'the boy'의 어머니에게 총을 쏘았다. 그러나 설명글에서는 무장 강도가 자신의 어머니에게 총을 쏜 것으로 해석될 가능성이 크다. 대명사 'his'가 'who'의 뒤에, 'who'는 'gunman'의 뒤에 쓰였기 때문에 이런 착각이 일어난다. 대명사는 수식하는 명사나 대명사의 뒤에 쓰여야 한다. 어떤 식으로든 혼동할 여지가 있으면, 명사를 반복해 쓰는 편이 낫다. "… a gunman who later shot the boy's mother."

유사한 문제가 같은 기사의 글머리에서도 발견된다.

A … police officer shot and killed a twenty-nine-year-old man Wednesday evening moments after he shot at and wounded a … woman whom he had held hostage in her home.

수요일 저녁 29세 청년이 인질로 잡은 여성에게 총을 쏘아 부상을 입힌 직후, 한 경찰관이 그를 쏘아 죽였다.

여기에서도 여인에게 부상을 입힌 사람이 경찰관이라 해석될 여지가 있다. 그렇지만 실제로는 그렇지 않았다. 따라서 작가가 중요한 명사를 반복해 썼더라면, 모든 것이 한층 명확해졌을 것이다.

A police officer shot and killed a twenty-nine-year-old man Wednesday evening moments after the man shot and wounded a woman he had held hostage in her home.

아래의 예에서도 부적절하게 사용된 대명사가 혼동을 야기한다.

… said Marine 1st Lt. Kevin Anderson of Twenty-nine Palms, Calif, who was eating some crackers with his Third Battalion inside Kuwait … when he was struck in the face … by mortar shrapnel. He could feel his shirt fill with blood and saw his sergeant spinning around after he was hit.
… 캘리포니아 트웬티나인 팜스 출신의 해병대 중위 케빈 앤더슨이 쿠웨이트에 주둔한 제3대대원들과 함께 크래커를 먹고 있을 때 … 박격포탄의 파편이 그의 얼굴을 때렸다. 그는 셔츠가 피로 척척해지는 걸 느낄 수 있었고, 타격을 받고 병장이 뒹구는 모습이 보였다.

The queen was widely reported to have attempted to persuade the duchess, the former Sarah Ferguson, to save the marriage,

but she was unsuccessful.
여왕이 공작 부인, 전 세라 퍼거슨에게 결혼 생활을 지키라고 설득한 것으로 알려졌지만 그녀는 성공하지 못했다.

누가 부상을 당했는가? 중위인가 병장인가? 또 누가 성공하지 못했는가? 여왕인가 공작 부인인가? 이번에는 대명사가 잘못된 명사 뒤에 쓰인 예이다. 'he'는 중위를 가리키는 게 분명하지만 'sergeant(병장)' 뒤에 쓰였다. 'she'는 여왕을 가리키는 게 분명하지만 'duchess(공작 부인)' 뒤에 쓰였다.
극단적인 사례로, 아예 대명사의 선행사가 없는 경우도 있다.

Jordan, a career 28.6 percent three-point shooter heading into this season, went long-range crazy Wednesday night, making six of them in the Chicago Bulls' 122-89 rout of the Portland Trail Blazers …,
이번 시즌을 시작할 때 3점 슛 성공률이 28.6퍼센트이던 조던이 수요일 저녁에는 여섯 개의 그것을 성공하며, 시카고 불스가 포틀랜드 트레일 블레이저스를 122대89로 완파하는 데 일조했다.

조던이 무엇을 했다는 것인가? 3점 슛으로 기록을 세운 듯하다. 그러나 기사는 3점 슛에 대해 전혀 언급하지 않았다. 따라서 'them'의 선행사가 없다.
요컨대 대명사를 명확히 사용하기 위한 세 가지 규칙은 이렇게 요약할 수 있다.

- † 대명사를 선행사와 인접한 곳에 쓰라.
- † 혼동을 피할 필요가 있으면 명사를 반복해 쓰라.
- † 대명사가 특정한 명사나 대명사를 분명히 가리키도록 쓰라.

수가 일치하지 않는 대명사

대명사의 선행사는 때로는 명사이고, 때로는 대명사이다. 어떤 경우이든 규칙은 똑같다. 복수 대명사는 복수 선행사를 대신하고, 단수 대명사는 단수 선행사를 대신한다는 것이다.

수의 불일치가 발생하는 공통된 경우를 요약하면 다음과 같다.

1. 단수 명사 … 복수 대명사

If the student lives at home before school starts … they can clear $3,325 after taxes.

학생이 개강 전 자택에서 지내면 … 세금을 공제한 뒤에 3,325달러를 인출할 수 있다.

… to make it look as if the person is standing … on their head …

… 물구나무를 선 사람처럼 보이려고 …

단수 명사로 표현된 사람을 가리키려면 단수 대명사를 써야 한다. 달리 말하면, 위의 예에서 대명사가 'he'나 'she', 'his'나 'her'로 쓰여야 한다는 뜻이다. 이렇게 표현하면 어색하게 느껴지는 경우가 많다. 그런 경우에는 애초부터 복수 명사를 사용하면 어색함을 피할 수 있다. "If the students live at home … they … ", "… to make it look as if the subjects are standing … on their heads …".

《AP통신 인쇄 편람》과《시카고 문장 교본》에 따르면, 자신을 남성도 여성도 아닌 제3의 성으로 생각하는 사람은 예외적으로 자신을 복수 대명사('they' 혹은 'them')로 지칭할 수 있다.

2. 복수 명사 … 단수 대명사

Women, especially holding wine glass in one hand, cocktail napkin or plate in the other hand, and niftily plucking hors d'oeuvres off a passed silver tray, all the while clutching an elegant little purse under her arm ….
한 손에는 포도주잔을, 다른 손에는 칵테일 냅킨이나 받침을 쥐고, 은제 쟁반에서 전채 요리를 우아하게 집어들면서도 겨드랑이에 앙증맞게 작은 지갑을 끼고 있는 여인들 ….

Her birthday parties went beyond most girls' wildest dreams. It was a dress-up affair with mother in a cocktail dress ….

그녀의 생일 파티는 대부분의 소녀가 상상하던 꿈을 크게 넘어섰다. 생일 파티는 칵테일 드레스를 입은 어머니와 함께하는 정장 파티였다.

복수 명사는 'them', 'they', 'their'를 대명사로 취한다. 따라서 "They were dress-up affairs with ….'가 되어야 한다.

3. Everybody, Nobody, Everyone, Anyone 등

Everybody has their favorite parts of the American dream.
누구나 각자 좋아하는 아메리칸 드림의 일부가 있다.

Nobody, they say, can return from a war zone … and remain the same person they were.
누구도 전쟁 지역에서 예전과 같은 사람으로 돌아올 수 없다 ….

… an open society in which everyone could achieve their full potential.
누구나 각자의 모든 잠재력을 달성할 수 있는 열린 사회 ….

… a form of humor anyone can make up for themselves.

11 문법

누구나 혼자 힘으로 만들어낼 수 있는 유머의 한 형태 ….

　전통적으로 'Everybody', 'Nobody', 'Everyone', 'Anyone' 등은 단수로 보았고, 따라서 단수 대명사나 'his', 'her'로 대체되었다. 하지만 영어는 끊임없이 변한다. 이제 AP통신과 시카고대학교에서 발간한 문장 교본 및 많은 영어 전문가가 이런 상황에서 성性이 특정되지 않는 단수 'they'의 제한적인 사용을 인정한다. 이때 문장을 다시 쓰면 더 나아지는 경우가 많다.

Me, Myself, I

작가 레드 스미스Red Smith의 지적에 따르면, "'myself'는 'me'를 쓰지 말라고 일찍이 배웠던 멍청이들의 피난처이다."

> The cuffs went on Bozo, with the police standing between him, and myself, and Pam Snavely's father, Henry.
> 수갑이 보조에게 채워졌고, 경찰이 그와 나, 그리고 팸 스네이블리의 아버지, 헨리 사이에 서 있었다.

　'between'은 전치사이다. 'him'은 전치사 'between'의 목적어이므로, 당연히 목적격으로 쓰였다. 'myself'는 이 문장에서 'him'과 문법적으로 똑같은 층위를 차지한다. 따라서 적절한 대명사는 목적격 대명사, 'me'이다.

동일한 유형의 오류가 여러 형태로 나타난다.

Harold Jank chain-smokes while talking about the Feb.
7 night a mudslide knocked his house, wife, and himself
into the river.
해럴드 잭은 2월 7일 밤 그의 집, 아내와 그 자신을 강으로 밀
어넣은 진흙 더미에 대해 이야기하는 동안 담배를 연속해서 피
운다.

이 기사를 쓴 기자는 레드 스미스의 조언을 받아들여 "the mud
slide knocked his house, wife, and him into the river"라고
썼어야 했다.

이 문제에 대한 논란은 그다지 크지 않다. 게다가 레드 스미스만
그렇게 말한 것도 아니다. 《아메리칸 헤리티지 사전》에서 용례를
결정하는 전문가 집단의 95퍼센트가 위의 문장과 같은 용례를 인
정하지 않았다.

'myself'는 인칭 대명사로 "I blame myself(나 자신을 탓한
다)"처럼 재귀격이나, 혹은 "She wanted to help, but I did it
myself(그녀가 도우려 했지만, 나 스스로 해냈다)"처럼 무엇인가를 강조
하고 싶을 때 추가로 더해지는 강조격으로 쓰일 수 있다. 그러나
주격이나 목적격을 사용할 수 있으면 사용해야 한다는 게 경험에
서 찾은 법칙이다.

Minsker also scoured the Internet, where he found other used-jean dealers like himself.

민스커는 인터넷을 샅샅이 뒤졌고, 자신처럼 중고 청바지를 취급하는 상인들을 찾아냈다.

이 문장에서 문제의 대명사는 " … used-jean dealers like him"이라고 쓸 수 있다. 그렇다면 "used-jean dealers like him"이라고 써야 한다.

가정법

문법에서 가정법, 직설법, 조건법의 차이만큼 미국인들을 헷갈리게 하는 것은 없다.

당신이라면 "if I were older, I might consider it(내가 더 나이 든다면 그걸 고려할지도 모르겠다)"라고 쓰겠는가, 아니면 "if I was older"라고 쓰겠는가? 아래의 예에서는 어떻게 하겠는가?

If a defendant was/were found liable for causing injury, another jury would hear a second trial to determine damages.

피고가 부상이 발생한 데 책임이 있다면, 다른 배심원단이 피해를 결정하기 위한 재심을 소집할 것이다.

당신이 첫 번째 예에서 'were'를, 두 번째 예에서 'was'를 선택하고 그렇게 선택한 이유를 안다면, 가정법과 조건법의 차이를 충분히 인지하고 있다는 뜻이다. 좀 더 재밌는 논의를 살펴보자.

그런데 두 예의 차이를 제대로 파악하지 않는 경우도 많다. 대부분의 구조에서 가정법은 직설법과 다르지 않기 때문이다. 실제로 언제 가정법과 직설법이 명확히 구분되어 쓰이는지 아는 사람도 극히 드물다. 예컨대 "So be it(알겠다)"은 가정법 구조이지만, 이 문장이 가정법이지 않을까 의문을 품는 사람도 거의 없다. 설령 그런 의문을 품는 사람도 이런 문장 구조를 이상한 영어로 생각할 것이다.

다행스럽게도 우리는 그런 미묘한 차이를 걱정할 필요가 없다. 우리가 진정한 가정법과 순전한 조건법 중 하나를 어쩔 수 없이 선택해야 하는 문장에서만 실수를 범하기 때문이다.

가정법이 현실에 반대되는 사건이나 현상을 묘사하는 방향으로 진화된 이유는, 그 사건이나 현상이 불가능하기 때문이거나 아직 일어나지 않았기 때문이다. 'were'는 현재 시제에서 'be'의 가정법 형태이다. 따라서 "If I were king of the world(내가 세계의 왕이라면)"라고 쓰인다. 또 'be'는 미래 시제에서 'be'의 가정법 형태이므로, "If he insists on cutting his own throat, then so be it(그가 자멸의 길을 고집한다면 그렇게 내버려두겠다)"라는 문장이 가능하다.

그러나 절이 'if'로 시작한다는 이유만으로, 그 절이 불가능하거나 미래의 조건을 묘사한다는 의미는 아니다. 'if'는 둘 이상의 가능한 조건 중 하나를 묘사할 수도 있다. 이런 묘사의 결과는 조건문이다. 조건문에서는 동사의 일반적인 형태, 즉 직설법 형태를 사용하면 된다. 예를 들어 설명해보겠다.

I promised to quit if the hill was higher than expected.
언덕이 예상보다 높으면 나는 그만두겠다고 약속했다.

현재 사실과 반대되는 조건을 묘사한다면 if 뒤에 were를 쓰고, 실현 가능성이 높은 것을 묘사한다면 was를 써야 한다. 한편 가정법을 사용해서는 안 되는 문장을 예로 들면 다음과 같다.

Nishida said he couldn't imagine coming back to school
for his senior year if there were no music.
니시다는 음악이 없다면 4학년까지 마치고자 학교로 돌아가는
걸 상상할 수 없다고 말했다.

니시다가 4학년에 재학 중일 때 음악을 배울 가능성은 얼마든지 있다. 따라서 작가는 애초부터 조건법을 쓰고 싶었을 것이다. 결국 올바른 형태는 "if there was no music"이다.

That stuff is important, but it isn't the whole job
description. If it was, broadcasters and sportswriters
would be regularly getting big-league managing
contracts.

　퓰리처상 문장 수업

그것은 중요하지만 완전한 직무 설명서는 아니다. 그 문서에 쓰인 대로라면, 방송 진행자와 스포츠 담당 기자는 주기적으로 빅리그 매니저가 될 것이다.

그것은 완전한 직무 설명서가 아니기 때문에 사실과 다른 것을 이야기하는 문장이다. 따라서 이런 상황을 말할 때는 'If it were …'라고 가정법이 쓰인다.

People treated me as if I was invisible ….

사람들은 나를 보이지 않는 … 것처럼 대했다.

그러나 이 문장을 쓴 사람은 보이지 않는 투명 인간이 아니었다. 따라서 이 경우에도 가정법이 필요하다. "as if I were invisible …"이라고 써야 한다.

구두법

나는 이야기가 … 문단 나누기,
심지어 구두법으로도 망가질 수 있다고 믿는다.
헨리 제임스는 세미콜론의 마법사이고,
헤밍웨이는 문단 나누기에서 타의 추종을 불허한다.
_ 트루먼 커포티

글의 도로 표지판인 문장 부호

문장 부호는 글의 도로 표지판이다. 달리 말하면, 글로 쓰인 생각의 흐름을 명확히 전달하는 주요 방법 중 하나이다. 부주의하게 놓인 쉼표가 문장 전체의 의미를 바꿔놓을 수 있다. 따라서 작가가 구두법을 주의해 쓰면 의미의 미묘한 차이를 전달할 수 있다. 그러나 문장 부호는 물리적 크기가 작기 때문인지 그 크기만큼 간과되는 경우가 적지 않다.

작가들이 상대적으로 자주 저지르는 실수를 예로 들어보자.

No, I never had one, particular John Keating, but I had a few teachers who were inspirations to me ….
아니다. 나에게 존 키팅 같은 특별한 선생은 없었지만 … 영감을 준 적잖은 선생님이 있었다.

수식어가 이어질 때 쉼표가 필요할까? 무척 까다로운 문제이지만 쉽게 해결하는 방법이 있다. 쉼표가 'and'를 대신하는 것이란 사실을 기억하면 된다. 누구도 "one and particular John Keating"이라고 말하지 않을 것이다. 따라서 이곳에는 쉼표가 필요하지 않다.

George Douglas looked out to the gently rolling grass-covered land from the window of his home on Sauvie Island ….

조지 더글러스는 소비섬의 집 창문을 통해 풀로 뒤덮이고 완만하게 둥근 땅을 바라보았다.

그러나 "gently rolling and grass-covered land"라고도 쓸 수 있다. 따라서 "gently rolling, grass-covered land"라고 쓰는 편이 더 낫다.

If it costs money it's an uphill battle to win it.
그것에 돈이 든다면 승리하기는 힘들다.

종속절이 문두에 쓰이면 쉼표로 주절과 분리하도록 한다. "If it costs money, it's an uphill battle to win it."

… the judge could order that the six sentences be served consecutively meaning that Rogers wouldn't be able to even apply for parole in his lifetime.
판사는 로저스에게 평생 가석방조차 신청할 수 없다는 의미에서 여섯 번의 형기를 연이어 복역해야 한다는 명령을 내렸다.

분사절을 쉼표로 분리해야 한다. "the six sentences be served consecutively, meaning that …." 다음과 같은 유사한 구조에도 똑같은 규칙을 적용하라.

He invited the whole cast, including the stagehands.

그는 무대 담당자들을 포함해 출연자 전부를 초대했다.

The jalopy sat at the curb, billowing smoke.

그 고물 자동차는 연석에 서서 연기를 뿜어냈다.

Running down the sideline, he looked back over his shoulder.

그는 사이드라인을 따라 달리며 어깨 너머로 뒤를 돌아보았다.

연결끈

제임스 조이스가 《율리시스》에서 그랬듯 당신도 의식의 흐름을 재현하고 싶다면, 행을 바꾸지 않고 문장을 연이어 쓰는 방법을 선택할 수 있다. 그 밖의 다른 그럴듯한 방법을 생각해내기는 어렵다.

기본적인 규칙은 아주 간단하다. 독립절은 쉼표로 이어질 수 없다는 것이다. 따라서 다음과 같은 글은 바람직하지 않다.

"Daniel and I were very close, we shared a wicked sense of humor," Pumela Peacock said.

"대니얼과 나는 무척 가까웠고, 우리는 짓궂은 유머 감각을 공유했어." 푸멜라 피콕이 말했다.

이 구절의 첫 부분, 즉 "Daniel and I"로 시작되는 절은 독립절이다. 달리 말하면, 그 절은 그 자체로 완전한 생각을 표현하고 있어, 분리된 절로서 단독으로 존재할 수 있다는 뜻이다. 두 번째 절, "we shared a wicked sense of humor"도 마찬가지이다. 쉼표가 두 절을 부적절하게 연결한다는 사실에서, 무종지문run-on sentences (쉼표로 연결된 독립절)이 쉼표 연결comma splice, 즉 쉼표 오류comma fault로도 알려진 이유가 설명된다.

쉼표 오류는 다양한 방법으로 해결할 수 있다. 가장 확실한 방법은 두 절을 분리된 문장으로 취급하여 첫 문장은 마침표로 끝내고 뒷 문장을 대문자로 시작하는 것이다.

물론 밀접하게 관련된 절들은 세미콜론, 대시, 생략 부호로 연결할 수도 있다.

> I was at home; she wasn't
>
> I was at home — she wasn't.
>
> I was at home … she wasn't,
>
> 나는 집에 있었고 그녀는 아니었다.

어떤 이유인지 몰라도 많은 작가가 간접 인용에서 무종지문을 사용하는 경향을 보인다. 따라서 다른 사람의 글을 인용할 때 특별히 주의해야 하지만, 다른 경우에도 구두법의 사용에 신중해야 한다.

> It didn't squawk at all, it was really quiet.
>
> 그것은 좀처럼 큰소리로 불평하지 않았고 정말 조용했다.

This wasn't the thrill of victory, it was the relief of not causing defeat.

그것은 승리의 전율이 아니었고, 패배를 부르지 않았다는 안도감이었다.

세미콜론

세미콜론의 사용을 최소화하고, 다음과 같이 명확히 정해진 두 상황에서만 사용하라.

1. 연속적으로 요소를 나열하는 데 쉼표를 추가로 써야 할 때

The victims included John Jones, an auto mechanic from Gresham; Sally Johnson, a Beaverton brain surgeon; and Helen Ing, a Hood River mountain-bike designer.

피해자 중에는 그레섬 출신의 자동차 정비공인 존 존스, 비버턴의 신경외과의사인 샐리 존슨, 후드강 산악 자전거 설계자인 헬렌 잉이 있었다.

2. 밀접한 관계에 있는 두 독립절을 연결하고 싶을 때

The United States remains its No. 1 customer; Japan is second.

미국은 여전히 그곳의 제일 고객이고, 일본이 그 다음이다.

아래의 장황하게 긴 예에서 보듯, 정상적으로 나열되는 독립절을 분리할 때는 세미콜론을 사용하면 안 된다.

They may have ground a few gears in the process; they may have lost once to Atlanta; they may have staged a circus of absurdity one night in Dallas; the newly acquired Shawn Kemp may have been little more than a vaguely curious sideshow; but they're up there and smiling, from Steve Smith after getting knocked to the floor to assistant coach Pippen over there at courtside in a sling—even if this isn't quite the summit because it's well, the East.

그들은 그 과정에서 적잖은 사람을 크게 짜증나게 했을지 모르고, 언젠가는 애틀랜타에 패했을지도 모르며, 어느 날 밤에는 댈러스에서 터무니없는 곡예를 벌였을지 모르고, 새롭게 영입한 숀 켐프도 그저 막연한 흥밋거리에 불과했을지 모르지만, 아직 정상에 있지 않더라도—바닥에 쓰러진 스티브 스미스부터, 팔걸이 붕대에 팔을 걸고 사이드라인에 있던 부코치 피펜까지 그들은 그곳에서 미소를 짓고 있었다. 동부 리그는 순조롭기 때문이다.

이런 상황에서는 쉼표도 그 역할을 제대로 해낼 수 있다. 작가가 세미콜론을 어쩔 수 없이 사용한 듯한 다른 상황에서도 쉼표가 제 역할을 해낼 수 있다. 예컨대 다음과 같은 구조에서는 굳이 세미콜론을 사용할 필요가 없다.

> They came from the people who didn't have to walk around crack addicts on the sidewalk; from people who hadn't seen their friends get shot and killed.
>
> 그들은 인도에서 코카인 중독자들과 어울릴 필요가 없던 사람들, 친구들이 총에 맞아 죽는 모습을 본 적이 없는 사람들이었다.

번거로운 하이픈

문장 부호에서, 복수複數의 단어로 구성된 수식어를 하이픈으로 언제 연결하느냐는 문제보다 큰 골칫거리는 없다. 이 점에서 작가와 편집자는 쌍둥이처럼 의견이 일치한다.

기본적인 법칙은 간단하다. 복합 수식어가 하나의 단위로 기능하며 명사를 집단적으로 수식하면, 수식어를 구성하는 단어들은 하이픈으로 연결된다는 법칙이다. 따라서 'a hard-driving fullback(정력적인 풀백)', 'a blue-green couch(청록색 침상)'가 가능하다.

경험적으로 보면, 복합어를 구성하는 개별적인 요소들이 분리될 때 복합어의 의미가 변하면 하이픈을 사용한다. 예컨대 'hard fullback'이나 'driving fullback'이라 말할 수 없지만, 'blue couch'라고는 말할 수 있다. 그러나 그 의미가 'blue-green couch'에 함축된 의미는 아니다.

간단하지 않은가? 그러나 여기까지는 하이픈 이야기의 작은 부분에 불과하다. 위에서 언급한 하이픈 사용 법칙에는 예외가 차고 도 넘친다. 특히 단순히 연달아 쓰이며 문제의 명사를 독자적으로 수식하는 수식어와 복합 수식어를 구분할 수 있어야 한다. 정상적인 작가라면, 'deep, dark woods'에 하이픈을 굳이 사용하지 않을 것이다.

수식어와 뒤에 오는 단어 간의 관계도 신중하게 분석해야 한다. 예컨대 'dirty white horse'에서 'dirty'는 'white'와 함께 복합어를 구성하기보다는 'white horse'를 수식한다고 분석하는 게 낫다. 따라서 'dirty-white horse'가 아니라, 'white and dirty horse'이다.

복합어를 구성하는 한 요소가 -ly로 끝나는 경우에는 《AP통신 인쇄 편람》과 《시카고 문장 교본》도 하이픈을 생략하라고 권한다. 당연한 말이겠지만, 부사형 어미를 지닌 수식어가 뒤에 오는 수식어와 연결되어야 한다는 것은 상식이며, 부사형 어미는 독자에게 그런 상식을 알려주는 신호이다. 따라서 'closely watched trains'이지, 'closely-watched trains'는 아니다.

고유명사에도 하이픈을 쓰지 않는다. 따라서 'the Dred Scott decision'[드레드 스콧 판결, 흑인 노예 드레드 스콧이 자유주州로 이주한 것을 이유로 해방을 요구했지만 1857년 최고 재판소는 노예는 소유물이지 시민이 아니라고 각하한 판결—옮긴이] 에서는 하이픈이 사용되지 않는다. 관례적으로 함께 사용되는 복합 수식어에서도 하이픈은 쓰이지 않는다. 따라서 'high school dance'와 'civil rights leader'에서 보듯, 'high school'과 'civil rights'에는 하이픈이 없다.

게다가 적잖은 교열 담당자가 이런 예외를 폭넓게 적용하며, 하이픈이 명백히 필요하지 않은 복합어에서는 하이픈을 전혀 사용하지 않는다. 이 원칙을 따르면, 'criminal justice system(형사 사법 시스템)'이 된다. 그러나 'man-eating shark(식인 상어)'의 경우에는 여전히 하이픈이 사용된다.

철자

> 상상력이 부족한 사람이나 한 단어의 철자는 하나밖에 없다고 생각한다.
>
> _ 앤드루 잭슨

헛소리 이해하기

내 어머니는 철자를 정확히 모르는 단어가 없었다. 하지만 나는 철자법이 엉망진창이었다.

내가 박사 과정에서 받은 수업들을 마무리짓고 학위 논문을 쓸 만한 자격이 있는지를 평가하는 예비 시험을 치렀을 때, 한 교수가 내 답안지에 점수를 매긴 뒤 "통과할 자격이 있다고 생각함. 그러나 철자법이 윌 로저스를 떠올림"이라고 덧붙였다.

1930년대의 서민적인 유머 작가로, 재미를 위해 글의 일부를 소리 나는 대로 썼던 윌 로저스Will Rogers와 비교되는 건 그야말로 굴욕이었다. 나는 어머니에게 어떻게 '걸어 다니는 사전'이 되었느냐고 물었다. 어머니는 학교에서 배운 규칙을 따랐을 뿐이라고 대답했다. 규칙이라니! 무슨 규칙? 나는 학교에서 철자 규칙에 대해 배운 기억이 전혀 없었다.

하지만 어머니는 당시에도 몇몇 규칙을 기억했고, 두 가지 규칙을 나에게 알려주었다. 그때 처음으로 나는 'judgment(판단)'의 철자에서 g 뒤에 e가 없는 이유, 또 'spaghetti'의 철자에 t가 두 개인 이유를 이해했다.

그 이후로 나는 사전에서 찾은 단어들을 공책에 기록하기 시작했고, 매일 밤 잠자리에서 그 공책을 다시 읽었다. 얼마 후에는 누군가에게 노먼 루이스Norman Lewis의 《더 나은 철자를 위한 20일 Twenty Days to Better Spelling》을 소개받았다. 이 작은 학습서가 내 삶을 바꿨다. 나는 매일 약간의 시간을 투자해 그 책의 연습 문제를 충실히 풀었다. 놀랍게도 철자에도 규칙이 있었다!

그때까지 나는 철자를 완벽하게 구사한 적이 없었다. 그러나 루이스의 책을 공부하며 상당한 성과를 거두었다. 그전까지는 같은 단어도 몇 번이고 사전을 찾아봐야 했지만, 그 이후로는 단어의 철자를 확인하느라 사전을 참조하던 시간을 적잖이 절약하게 되었고, 철자법 때문에 당혹스런 지경에 빠지는 경우도 크게 줄었다. 컴퓨터 맞춤법 점검 프로그램이 만들어진 이후에도 나는 애초부터 철자를 정확히 썼기 때문에 많은 시간을 절약할 수 있었다.

게다가 맞춤법 점검 프로그램이 모든 잘못을 잡아내지는 못한다. 예컨대 표준과 다른 철자들이 맞춤법 프로그램에서는 인정되지만, 내 눈을 짜증 나게 한다. 또 손으로 쓴 쪽지와 어구에는 전혀 도움이 되지 않는다.

The entrants from California cancelled.

캘리포니아 출신의 참가자들은 취소되었다.

… which will have its liquor license cancelled on July 1.

그것의 주류 판매 허가를 7월 1일에 취소시킬 ….

위의 예에서 보듯이 'cancelled'라 끊임없이 쓰이지만, 선호되는 철자는 'canceled'이다. "접미어를 덧붙일 때 마지막 음절에 강세가 주어지는 경우에만 어근의 마지막 자음을 중복한다"라는 간단한 규칙만 기억하면 이런 오류 및 그 밖의 많은 멍청한 실수를 피할 수 있다.

이 규칙을 더 명확히 이해하기 위해 두 가지 예를 들어보자.

'cancel'부터 시작해보자. 강세는 첫 음절에 있다. 따라서 발음기호가 "CAN-cel"로 표기된다. 두 번째 음절에 강세를 두고 발음하면 그 음절을 'cell(세포)'처럼 발음하게 될 것이다.

그러나 'cancel'을 "can-CELL"로 발음하지 않기 때문에, 접미어 -ed를 덧붙일 때 마지막 자음 l을 중복하지 않는다. 따라서 올바른 철자는 'canceled'이지, 'cancelled'가 아니다.

'offer'의 경우도 마찬가지이다. 이 단어에서도 강세는 첫 음절에 있어, 발음 기호가 "OFF-er"이지, "off-ER"가 아니다. 따라서 접미어가 더해질 때 마지막 자음이 중복되지 않기에, 올바른 철자는 'offered'이지 'offerred'가 아니다. open("OH-pen" → opening)과 worship("WHIR-ship"→worshiped)도 마찬가지이다.

한편 'occur'는 마지막 음절에 강세가 있어, 발음 기호는 "oh-CUR"가 된다. 첫 음절에 강세가 있는 'ochre(황토색)'와 다르다. 따라서 정확한 철자는 'occurred'이다. 똑같은 규칙이 'begin("be-GIN" → beginning)'에도 적용된다. 'referred', 'deterred', 'concurred'도 마찬가지이다.

그렇다고 이 규칙이 절대적이지는 않다. 《웹스터 뉴월드 칼리지 사전Webster's New World College Dictionary》을 비롯해 일부 사전에서는 'kidnapped'와 'programmed'라는 철자가 더 낫다고 규정한다. 그러나 이 사전들에서는 이런 철자를 선호하는 단자음 단어를 줄지어 나열한다. 게다가 영국인들은 이 규칙을 전혀 따르지 않는다. 따라서 영국 사전만이 아니라, 영국식 철자법을 선택한 〈뉴요커〉 같은 미국 출판물에서도 'travelled'는 완벽하게 맞는 철자이다. 그러나 대체로 이 규칙은 훌륭한 기준이 된다.

따라서 아래의 예는 조금만 주의를 기울였다면 피해갈 수 있었을 오류이다.

> … joked with him, ate with him, travelled with him.
> … 그와 농담을 나누고, 그와 함께 먹으며 그와 함께 여행했다.

'travel'은 "tra-VELL"로 발음하지 않는다. 따라서 올바른 철자는 'traveled'이다.

··· the red blinking light from the Bligh Reef buoy
signalled danger.

··· 블라이트 리프 부표에서 깜빡이는 붉은 등이 위험 신호를 보
냈다.

'signal'의 발음은 "SIG-nal"이지, "sig-NAL"이 아니다. 따라서
올바른 철자는 'signaled'이다.

두 가지 요령

* 문제: 'noticeable'일까, 'noticable'일까?
* 규칙: /s/로 발음되는 c+e로 끝나는 단어인가? 그렇다면 접미어
  가 더해질 때 e가 유지된다.

c는 치찰음 /s/로 발음될 때 '연음soft, 軟音'이다. 따라서 'censored'
와 'service'에서 c는 연음이다. 한편 'conceit'에서 첫 번째 c는
경음hard이고, 두 번째 c는 연음이다. 'notice'에서 c는 연음이
다. 따라서 'noticeable'이 된다. 'serviceable', 'embraceable',
'pronounceable'에서도 c는 연음이다.

'pronouncement', 'placement', 'enforcement'에서 보듯, 똑
같은 규칙이 다른 접미어에도 적용된다.

* 문제: 'changeable'일까, 'changable'일까?
* 규칙: 연음 g+e로 끝나는 단어인가? 그렇다면 접미어가 더해질

퓰리처상 문장 수업

때 e가 유지된다.

g는 'junior'와 'junket'에서 j로 발음될 때 연음이다. 따라서 'general', 'gypsum', 'gyration'에서 g는 연음이고, 'gas', 'guts', 'glory'에서 g는 경음이다.

'change'에서 g는 연음이다. 따라서 'changeable'이 된다. 'manage(→ management)'와 'marriage(→ marriageable)'도 마찬가지이다.

g 앞에 d가 있을 때, 연음 g 뒤의 e는 -ment 앞에서 탈락한다. 따라서 'judgement'로 잘못 쓰이는 경우가 많지만 'judgment'가 올바른 철자이다. 'acknowledgment'도 마찬가지이다.

혼란이 창궐하는 복합어

대부분의 언어에서 그렇듯 영어에서도 분리된 단어들이 일상적으로 연결되어 사용되며 하나로 결합하는 경우가 점점 늘어나고 있다. 처음에는 하이픈으로 이어지지만 나중에는 한 단어로 합쳐지는 것이다. 그러나 이 과정을 합리적으로 지배하는 명확한 규칙은 없다.

게다가 대부분의 사전에서도 그런 단어의 표기가 일치하지 않는다. 과거에 독립적이던 단어들을 이제 하이픈으로 연결하거나 하나의 단어로 인정할 때가 되었다고 선언하려는 사전 편찬자들이 있는 반면, 그런 조치를 단행하려면 아직 10년이나 20년은 지켜봐야 한다고 신중하게 처신하는 사전 편찬자들도 있다. 예컨대 대부분의 신문사 편집국에서 공식 사전으로 군림하는《웹스터 뉴월드 칼리지 사전》은 'offramp(출구 차선)'를 한 단어로 취급하지만, 온라인판《메리엄 웹스터 칼리지 사전》은 그 단어를 'off-ramp'로 표기한다.

우리는 자신이 선호하는 사전이나《시카고 문장 교본》에 나열된 긴 목록을 암기하는 것으로 충분하다.《웹스터 뉴월드 칼리지 사전》을 기준으로 가장 흔하게 잘못 표기되는 복합어의 예를 보자.

Double check the principal and interest you're paying now ….
당신이 지금 지불하고 있는 원금과 이자를 재확인하라 ….

올바른 표기는 'double-check'이다.

It was a thankyou letter.
이것은 감사 편지였다.

올바른 철자는 하이픈이 사용된 'thank-you letter'이다. 하지만 내가 사용하는 온라인 사전에서는 'thankyou'도 대안적 철자로 인정한다. 이런 것에 신경 쓰지 않아도 괜찮다. 어떤 경우에든, 당신이 선호하는 철자를 받아들이면 된다.

The Blazers got down only six of twenty-five shots in

the second period and, suddenly, it was a ballgame.

블레이저스 팀은 제2피리어드에서 25번이나 슛을 시도했지만 6번밖에 성공하지 못했다. 갑자기 야구 경기가 되어버린 것이다.

스포츠 담당 기자들은 'ball'과 'game'을 묶어서 보며, 한 단어로 생각하는 경향이 짙다. 그러나 실제로는 그렇지 않다.

No question about it, when you take those tests and wear that badge and sign up for a career in policework, you're going to see some crazy things.

당신이 시험을 치른 뒤 배지를 착용하고 경찰 사무직을 신청하면 비정상적인 현상을 경험하게 되리라는 데는 의문의 여지가 없다.

여기에서 경찰 사무가 'policework'로 쓰였지만, 실제로는 하나의 단어가 아니다.

검색하고 찾아보라

오래전, 〈오레고니언〉은 오리건주의 유진이란 대학 도시에 새로 설치된 도로 표시판에 대한 특집기사를 실었다. 그중에는 "BUSSES ONLY(버스 전용)"란 표시판이 있었다.

특집기사는 "A kiss is still a kiss, but a bus is definitely not a buss(키스는 언제나 키스이지만 버스는 결코 버스가 아니다)"로 시작되

었다. 누구나 예측했겠지만, 이 기사는 길거리에서 흔히 눈에 띄는 키스에 대한 조롱으로 이어졌고, 그런 표지판을 설치한 업체의 사과가 뒤따랐다.

재밌지 않은가? 〈오레고니언〉의 한 독자가 지적했듯 유일한 문제는 원칙적으로 'bus'의 복수는 'buses'이지만 'busses'도 대부분의 사전에서 인정된다는 것이다.

게다가 나이가 지긋한 독자들은 여전히 'busses'가 맞다고 생각한다. 실제로 한 독자는 "나는 1930년대에 엄격한 초등학교를 다닐 때 이런 복수 형태를 사용하라고 배웠기 때문에 단순화된 형태인 'buses'를 지금도 수준 이하의 영어로 생각한다"라고 불평하기도 했다.

그러나 우리는 글을 쓸 때 이런 점을 의식하고 있어야 한다. 따라서 당신이 다른 사람의 철자에 의문을 제기하려면, 또 당신 자신의 철자에 조금이라도 의문이 있다면, 해당 단어의 철자를 반드시 사전에서 확인해야 한다.

뱀 규칙

어떤 바보라도 규칙을 만들 수 있고, 모든 바보가 그 규칙에 솔깃할 것이다.
_ 헨리 데이비드 소로

프리랜서 글쓰기 코치, 돈 프라이는 언젠가 중서부의 한 신문사를 방문했을 때 목격한 사건을 들려주었다. 당시 편집국은 지난 일요일판에 싣지 않은 한 사진에 대해 토론하고 있었다. 한 편집자가 그런 결정을 내린 이유를 설명했다.

"그 사진이 배제된 이유는 도마뱀 규칙 때문입니다."

"아닙니다. 뱀 규칙 때문이었습니다." 다른 편집자가 말했다.

"아닙니다. 파충류 규칙 때문이었습니다." 또 다른 편집자가 말했다.

명칭에 대한 다툼이 있었지만, 세 편집자 모두 신문사에 일요판의 1면에는 뱀을 떠올리게 하는 사진을 금한다는 오래된 규칙이 있다는 데는 동의했다.

프라이는 그 규칙의 역사를 조사하기 시작했고, 그 규칙이 1924년까지 거슬러 올라간다는 사실을 알아냈다. 그때 신문사 소유자가 신문에서 뱀 사진을 보고, 기분이 상한 데서 그 규칙이 탄생했다. 그 사진은 일요판에 실렸는데, 일요일은 예민한 감성을 지닌 사람이 신문을 읽을 가능성이 가장 높은 날이었다. 이런 이유에서 '뱀 규칙snake rule'이 생겨났다.

대부분의 출판사에는 고유한 뱀 규칙이 있다. 그런 뱀 규칙의 기원은 모호한 경우가 많다. 그래서 권위자가 아무런 근거도 없이 어떤 의견을 제시하면, 그 의견이 무비판적으로 전해진다. 하지만 어떤 메시지가 입에서 입으로 전달되면 왜곡되기 십상이다. 따라서 새롭게 수정된 뱀 규칙이 만들어지면, 누구도 원래의 기원을 번거롭게 조사하거나 찾아보려 하지 않기 때문에 왜곡된 뱀 규칙이 수 세대 아래로 전해져 내려온다.

이제부터라도 이런 끈적한 독사 같은 금기를 떨쳐내야 한다. 이런 금기는 창의력을 마비시키고, 작가와 편집자 사이의 불필요한 마찰을 야기하며 시간을 낭비하게 만든다. 따라서 모든 것에 의문을 품고, 아무런 근거 없이 제기되는 글쓰기 법칙은 받아들이지 않아야 한다.

뱀 규칙 1: 직접 인용문은 분리된 단락으로 써야 한다.

이 규칙은 어디에서 온 것일까? 대화를 표현할 때 저널리스트들이 각 화자의 말을 분리된 단락으로 표현하는 것은 사실이다. 그러나 분리된 단락이 직접 인용과 무슨 관계가 있을까?

엄격히 말하면, 직접 인용을 분리된 단락으로 표현해야 한다고 규정한 규칙은 없다. 강조의 목적에서 그렇게 표현할 수는 있다. 그러나 인용문이 앞의 글과 자연스럽게 이어지면, 같은 단락에 쓰는 편이 낫다.

Brady leaned into the bar, cranked his head to the right, and spied the bartender twelve stools down. "Bring me a beer and a shot," he bellowed. "I'm not a patient man."
브래디는 카운터에 기대 앉은 채 고개를 오른쪽으로 돌렸다. 바텐더가 12개의 스툴을 내리는 모습이 보였다. 그는 크게 소리쳤다. "맥주랑 위스키 한 잔씩, 빨랑. 난 기다리는 걸 싫어하네."

퓰리처상 문장 수업

뱀 규칙 2: 'and'나 'but'으로 문장을 시작해서는 안 된다.

대체 누가 이렇게 말하는가? 'and'와 'but'은 'or', 'yet', 'for' 등과 같은 등위 접속사이다. 그 어떤 것으로도 문장을 시작해도 상관없다.

하지만 글쓰기 세계에는 정반대의 규칙이 널리 퍼져 있다. 편집자에게서 작가로 수세대 동안 전해진 규칙이지만, 어떤 글쓰기 권위자도 이 규칙을 절대적인 것이라 말하지 않는다.

물론 문장을 시작할 때 'and'와 'but'을 지나치게 남용하는 것도 문제일 수 있다. 따라서 원고를 마지막으로 읽을 때 이렇게 문두에 놓인 접속사를 지워내는 과정을 거치면 된다. 삭제하더라도 문장의 의미에 아무런 변화가 없으면, 삭제하는 게 최선의 방책이다.

뱀 규칙 3: 분리 부정사를 사용하지 말라.

'분리 부정사'라는 것이 영어에 존재한다는 생각은 19세기 말에야 표면화되었다. 《웹스터 영어 용례 사전》에 따르면, 분리 부정사의 사용 금지에는 "어떤 합리적 근거도 없다."

일반인들도 분리 부정사의 사용에 별다른 저항이 없다. 〈스타 트렉〉에서 커크 선장과 피카드 선장은 '문법적으로' 별다른 이의를 제기하지 않고, "to boldly go(대담하게 가라)"라는 임무를 받아들였다.

게다가 《웹스터 영어 용례 사전》은 "분리 부정사를 억지로 피하면 오히려 더 나쁜 글을 쓰기 십상이라는 것이 20세기에 동의된 의견"이라고 결론지었다.

뱀 규칙 4: 전치사로 문장을 끝내서는 안 된다.

전치사, 즉 현수 전치사로 문장을 끝내지 말라는 뱀 규칙은 내가 젊었을 때 사라지기 시작해서, 한동안 빈사 상태에 있었다. 바람직한 변화였다. 때로는 전치사로 문장을 끝내는 게 더 좋은 경우도 있다. 대화체에서는 "She was the first actress he offered the part to(그녀는 그가 그 배역을 제안한 첫 여배우였다)"가 "She was the first actress to whom he offered the part"보다 낫다.

한편 전치사가 문장을 산뜻하게 끝내는 키커로 기능하지 못하는 것이 일반적이다. 따라서 현수 전치사를 피하면 좋지만, "He offered the part to her first" 같은 고루한 대안적 표현도 피하는 편이 낫다.

뱀 규칙 5: 출처는 직접 인용의 끝에 두어야 한다.

이 규칙은 편집자의 머릿속에서만 존재한다. 물론 그 편집자는 선배 편집자에게 이런 규칙을 배웠을 것이다. 직접 인용문의 출처는 가장 자연스런 위치에 두면 된다. 출처를 문장 끝에 두면, 강력한 인용문도 문미에 놓인 출처로 인해 힘이 빠지는 경우가 적지 않다. 오히려 출처가 문두에 쓰일 때 강력한 효과를 발휘하는 경우가 더 많다. 인용된 글의 마지막 단어가 문장이나 단락 혹은 기사 전체를 마무리짓는 키커로 기능할 수 있기 때문이다.

그러나 출처는 인용문에서 자연스럽게 처음 숨이 멈추는 곳에 놓는 게 운율적으로 가장 바람직하다.

"We stopped their running game," he said, "and we shut down their passing, too."

"우리는 그들의 달리기 경주를 중단시켰다." 그가 말했다. "그리고 우리는 그들이 지나가는 길을 차단했다."

하지만 출처를 인용문에서 자연스레 처음 숨이 멈추는 곳에 둔다는 것은 인용문에서 그런 곳이 어디인지 합리적으로 찾아야 한다는 뜻이다. 예컨대 "Four score," he said, "and seven years ago …" ("80", 그가 말했다. "그리고 7년 전")라는 이상한 구조는 피해야 한다.

뱀 규칙 6: 동사구를 분리하지 말라.

내가 이 규칙을 지키느라 얼마나 많은 시간을 허비했던가! 글쓰기를 시작한 초기에, 조동사와 본동사를 떼어놓으면 안 된다고 누군가에게 들었다. 그래서 편집할 때마다 완벽한 문장을 연결시키는 게 내 의무라고 생각한 까닭에, 조동사와 본동사를 분리하지 않고 하나하나의 문장을 써내려가려 애썼다.

따라서 "was slowly swimming(천천히 수영했다)"은 "was swimming slowly"가 되었고, "should have been immediately apparent(즉각 밝혀져야 했다)"는 "should have been apparent immediately"가 되었다.

이렇게 바꿔 쓴다고 큰 피해는 없었지만, 편집자들은 작가가 의도한 리듬을 해치지 않도록 주의해야 했다.

그러나 다른 편집자가 그랬듯, 나도 문장론적인 측면에서 무의미한 이 규칙을 충실히 따랐다.

예컨대 나는 "will today introduce a next-generation microprocessor(오늘 차세대 마이크로프로세서를 도입할 것이다)"를 "will introduce today a next-generation microprocessor"로 바꾸었다. 또 "had carefully studied nicotine(신중하게 니코틴을 연구했다)"을 "had studied carefully nicotine"으로 바꾸는 데도 망설이지 않았다.

뱀 규칙이 뱀 언어가 된 셈이었다.

뱀 규칙 7: 인용문은 세 단락마다 사용하라.

이 규칙은 지금도 신문과 잡지에서 흔히 확인할 수 있다. 주로 신문과 잡지에서 지나치게 기계적으로 인용하는 경향을 보인다. 뱀 규칙만큼 신문과 잡지의 글을 따분하게 만드는 것은 거의 없다. 그렇다고 좋은 인용문이 좋지 않다는 말은 아니다. 그러나 모든 기사에 몇 단락마다 누군가를 인용해야 한다는 규칙을 편집국은 대체 무슨 근거로 만든 것일까?

뱀 규칙 8: 눈으로 '보고see', 손으로 '느끼는feel' 것이므로,
두 동사를 결코 다른 식으로 사용해서는 안 된다.

"I feel as though I should go(내가 가야만 할 것 같다)", "I see what you mean(당신이 뜻하는 바를 알겠다)"이 미국 영어에 부합한다는 사실을 무시하는 규칙이다. 뱀 규칙이 누구나 일상생활에서 흔히 사용하는 올바른 말과 글을 무시한다는 점이 이상하지 않은가?

뱀 규칙은 심지어 권위 있는 사전의 정의마저 무시한다.《웹스터 뉴월드 칼리지 사전》은 'feel'을 "분석되지 않는 이유, 또는 정서적인 이유로 생각하거나 믿는 행위"로 정의한다.

철자와 문법을 개선하는
5가지 지름길

1. 기본문을 찾아내라.

문장을 구성하는 데 반드시 필요한 요소인 주어와 술어, 즉 기본문을 찾아내면 많은 문법 문제에 답할 수 있다. 우선적으로, 술어는 주어와 수가 일치해야 한다. "The number of burglaries in the neighborhood has declined this year(우리 동네의 빈집털이 범죄가 올해 줄었다)"는 기본문 "number has declined"가 핵심이다. 이런 이유에서 동사는 복수 'have declined'가 아니라, 단수 'has declined'가 된다. 그러나 "Burglaries have declined this year"의 경우에는 기본문이 "burglaries have declined"이므로 동사도 달라진다.

2. 앞에 쓰인 종속절 뒤에는 쉼표를 사용하고, 종속절이 뒤에 쓰이면 쉼표를 생략하라.

종속절이 문장 앞에 쓰이면 종속절을 쉼표로 분리한다. "If she shows up early, she'll just have to wait(그녀가 일찍 도착하면 기다려야만 할 것이다)." 그러나 종속절이 문장 뒤에 쓰이면 두 절을 쉼표로 분리할 필요가 없다. "She'll just have to wait if she shows up early."

3. 재귀 대명사를 아껴라.

일반 대명사를 사용해도 괜찮다면 'myself', 'yourself', 'himself', 'themselves' 같은 재귀 대명사를 사용하지 말라. "Fred and I volunteered(프레드와 내가 지원했다)"라고 쓸 수 있다면, "Fred and myself volunteered"라고 쓰지 말라. 또 "He gave the assignment to Fred and me(그가 프레드와 나에게 과제를 주었다)"라고 쓸 수 있다면, "He gave the assignment to Fred and myself"라고 쓰지 말라.

4. 가능하면 수식어를 분리해 사용하라.

"the third largest crowd"인가, "the third-largest crowd"인가? 수식어들이 독자적으로 사용될 수 있다면, 하이픈으로 연결할 필요가 없다. 수식어들이 하나의 단어로 쓰인다면, 하이픈이 필요하다. 작가가 말하려는 것은 'third crowd'도 아니고, 'largest crowd'도 아니다. 그러므로 "the third-largest crowd(세 번째로 큰 군중)"이 되어야 한다.

5. 강세에 귀를 기울여라.

마지막 음절에 강세가 있다면, 접미어를 더할 때 마지막 자음을 중복하라. 'occur'는 "oc-CUR"로 발음된다. 그러므로 'occurred'가 올바른 철자이다. 그러나 'offer'는 "OFF-er"로 발음된다. 그러므로 올바른 철자는 'offered'이다. 'cancel'(→ canceled), 'open'(→ opening), 'worship'(→ worshiped), 'travel'(→ traveled) 등과 같은 단어도 마찬가지이다.

> 인생은 짧은데, 배우고 익히는 데는 오랜 시간이 걸린다.
>
> _ 제프리 초서

글쓰기를 습관화하라

삶의 목표를 어떻게 설정하느냐에 따라, 글쓰기의 목표가 달라진다. 따라서 삶의 목표가 변하면, 글쓰기의 목표도 달라질 수 있다. 우리는 모든 경우에 걸맞은 글쓰기를 습득할 수 없다.

매일 키보드를 두드리는 수많은 손이 대량으로 찍어내는 글에는 문학적 야망이 담긴 글이 거의 없다. 그 작가들은 누군가가 자신의 글을 이해하고, 그에 따라 행동하기를 바랄 뿐이다. 대다수에게 글쓰기는 목적을 위한 수단이다.

대부분의 글이 기능에 치우친다고 해서 글의 중요성이 줄어들지는 않는다. 오늘날 손으로만 글을 쓰는 사람은 거의 없고, 얼굴을 마주 보고 나누는 대화도 점점 줄어들고 있다. 단순 노동이 정신노동으로 바뀌면, 또 일상적으로 접촉하던 사람이 멀어지면 글쓰기의 중요성이 확대된다. 이제 우리는 휴대폰을 만지작대며 많은 시간을 보내지만, 여전히 대다수가 깨어 있는 시간에는 보고서와 책자를 정리하고 이메일을 전송한다. 블로그를 관리하고 온라인으로 거래하면서 상당한 시간을 보내기도 한다. 휴대폰에는 문자를 작성해 발송하는 기능까지 있다.

그 결과 간단명료하고 힘있게 글을 쓸 줄 아는 사람, 즉 글로 사람들의 관심을 사로잡을 줄 아는 작가는 거의 모든 분야에서 절대적으로 유리하다. 이를테면 새로운 시스템의 타당성을 설득력 있게 입증하는 제안서를 제출한 엔지니어는 설계 경연 대회에서 우승할 것이고, 영업부 직원이 최고의 마케팅 계획서를 쓴다면 승진 기회를 얻을 것이다. 또 시민이 설득력 있는 편지를 쓴다면, 집 앞의 길이 포장될 것이다.

글쓰기를 그저 평범한 도구가 아니라 인간이 가진 가장 소중한 도구 중 하나로 생각할 필요가 있다. 모든 중요한 도구를 다룰 때 그렇듯 우리는 글쓰기라는 도구의 질적인 개선을 위해 투자해야 한다.

내 아버지는 직업 군인이었다. 따라서 화기火器는 아버지가 상상할 수 있는 가장 소중한 도구 중 하나였다. 아버지는 오리 사냥꾼이기도 했다. 내가 어렸을 때 아버지는 가끔 이른 아침에 나를 데리고 오리 사냥을 나섰다. 내가 대학에 진학하자, 아버지는 나에게 멋진 산탄총을 선물로 주었다. 아버지는 장군이 아니라 준위에 불과했지만, 그 반자동 산탄총을 고를 때 품질을 무엇보다 중요하게 생각했다. 아버지는 산탄총을 나에게 선물하며 "소중히 다루거라. 그럼 네 아들에게 물려줄 수 있을 게다"라고 말했다. 나는 그 가르침을 충실히 따랐던 것 같다. 아직도 12구경 산탄총은 본래의 멋진 자태를 그대로 간직하고 있다. 키보드에서 하루를 힘들게 보낸 뒤 나는 그 총을 사격장에 들고 가 클레이 표적을 향해 쏘아댄다. 표적을 정확히 맞출 때마다 글쓰기에서 생긴 불만과 좌절이 한 줄기 연기 속으로 기분 좋게 사라진다.

글쓰기를 도구로 사용하려면 글을 쓰는 과정이 철저해야 한다. 괜찮은 아이디어를 착안하고 포커스를 찾은 후 정보를 효과적으로 수집하고 취합한 자료를 체계적으로 정리한 뒤 초고를 신속하게 써내려가는 방법을 터득했다면, 아버지가 나에게 선물로 주었던 산탄총처럼 평생 쓸 수 있는 유용한 무기를 확보한 것이다.

물론 나는 그 산탄총을 애지중지 다루었다. 아버지는 병기부대에서 근무했고, 병기를 거의 병적으로 관리했다. 아버지는 이 성실성을 나에게 고스란히 물려주었다. 그래서 나는 사격장에서 집에 돌아오면 곧바로 산탄총을 분해한 뒤 총열을 분말로 닦아낸다. 내가 구할 수 있는 최고의 총기 기름으로 총열을 바르는 데 쓴다.

글을 전문적으로 쓰지 않는 비전문가이지만 글을 존중하고 공경하는 사람이 많다. 전업 작가 못지않게 글을 사랑하는 독자들에게 나는 지금도 주기적으로 편지를 받는다. 그들은 좋은 글을 읽으면 기록해둔다. 상투적 표현이나 혼란스러운 문장, 혹은 불분명한 생각을 보면 그런 문제를 방치한 편집자들에게 불만을 쏟아낸다.

이 지속적인 대화에 참여할 때 글쓰기 능력도 향상된다. 나는 이

퓰리처상 문장 수업

책의 곳곳에 글쓰기 능력 향상에 도움을 주는 자료들을 소개했고, '작가를 위한 도서 목록'을 추가로 덧붙여두었다. 그러나 글쓰기 능력을 높이는 최고의 안내자는 그런 물리적 자료가 아니다. 언어와 글쓰기 과정에 대한 끊임없는 호기심이 가장 중요하다.

글쓰기 능력의 향상은 분석적인 읽기에서 시작해야 한다. 이 책은 당신이 동경하는 작가의 글에서 무언가를 배울 수 있도록 매뉴얼을 제공할 뿐이다. 허세를 부리는 문학가만을 본보기로 삼을 필요는 없다. 어떤 작가도 상관없다. 그 작가의 감화력과 명확성, 리듬과 색에 대해 분석함으로써 교훈을 얻을 수 있다. 나는 플라이 낚시를 좋아하는 낚시꾼이다. 그래서 낚시 전문 작가인 존 기러치John Gierach를 무척 좋아한다. 그는 나를 소리 내어 웃게 만든다. 나는 웃음이 나오는 구절을 다시 읽으며 리듬을 음미하고 추상화의 수준과 문장 형태를 분석한다. 기러치는 독특한 목소리를 가진 작가이다. 실로 매력적으로 보이는 자기 비하적이며 삐딱한 그의 페르소나는 지금도 내 정신을 번쩍 깨운다.

몇몇 온라인 사이트도 글쓰기 대화를 지속하는 데 도움이 된다. 특히 '글쓰기 동호회Writing Cooperative' 같은 사이트는 글쓰기에 대해 얼굴을 마주 보고 피드백을 주고받지는 못하지만, 그런대로 작가 모임을 대체할 수 있는 공간이다. 구글에 "작가 모임"이라고 검색하면, 내가 거주하는 퓨젓사운드의 작은 섬을 가운데에 두고 40킬로미터 반경 내에서만 거의 50곳이 나온다. 따라서 나는 '서시애틀 작가 모임', '작가에 대한 글쓰기', 또 이름만을 기준으로 보면 가장 마음에 들었고 가까운 터코마에 있는 '닥치고 글이나

써!' 중에 하나를 선택했다.

이 책의 후속편《스토리크래프트》의 제목에서 짐작할 수 있듯이 나는 이야기식으로 풀어쓰는 논픽션에 관심이 많다. 따라서 재키 바나신스키Jacqui Banaszynski가 하버드대학교 내러티브 프로그램의 공식 블로그 '니만 스토리보드Nieman Storyboard'에 게재하는 글을 손꼽아 기다린다. 오랜 친구이자 동료인 재키는 기존의 가설에 이의를 제기하며, 글쓰기 분야에서 주목할 만한 새로운 가능성을 나에게 알려준다. 그의 글을 읽을 때마다 나는 긴장을 늦출 수 없다. 재키처럼 특집기사로 퓰리처상을 수상한 레인 디그레고리Lane DeGregory와 〈탬파베이 타임스〉의 편집자 마리아 카리요Maria Carrillo는 주기적으로 팟캐스트를 업로드하는 논픽션 블로그 '라이트레인WriteLane'의 핵심 인물이다. 또 다른 오랜 친구 크리스토퍼 칩 스캔런Christopher Chip Scanlan은 기자들을 위한 평생 학교인 포인터연구소Poynter Institute의 글쓰기 전용 블로그 '내 어깨 위의 칩 Chip on My Shoulder' [상징적으로는 '불만의 씨앗'을 뜻한다─옮긴이]의 실질적인 운영자이다. 이 웹사이트를 방문해서 '받은 편지함에 넣고 싶은 칩 Chip in Your In Box'을 신청하면 기사를 작성하는 기법에 대한 주간 뉴스레터를 받아볼 수 있다.

지금까지 언급한 사람들이 당신의 글쓰기를 숙련된 수준으로 이끌지 못한다면, 누구도 그 역할을 해낼 수 없다.

글쓰기와 어법을 집중적으로 다룬 책들도 참고할 수 있다. 침대 옆의 탁자에 그런 책 하나를 두는 것도 명확하고 활기찬 글을 쓰는 좋은 방법이다. 내가 최근에 잠자리에서 가장 재밌게 읽은 책은 미국 영어의 역사를 다룬 《빌 브라이슨 발칙한 영어 산책》, 린 트러스의 《먹고, 쏘고, 튄다》, 스티븐 킹의 《유혹하는 글쓰기》이다.

좋은 글을 중요하게 생각하는 사람이라면 좋은 글을 쓰는 데 충분한 시간을 투자할 가능성이 크다. 예컨대 글의 가치를 존중하는 경영자라면 신상품 출시를 연구하는 데 거의 모든 시간을 허비하다가, 제안서는 하루 이틀 만에 성급하게 작성하여 직원들을 혼란에 빠뜨리거나 이사진을 설득하는 데 실패하는 실수를 범하지 않을 것이다. 오히려 테마를 정한 뒤 제안서의 윤곽을 잡고 자료를 정리하여 초고를 수월하게 쓰고, 초고를 쉽게 읽히도록 다듬는 데 적정한 시간을 확보함으로써 목적 달성에 유용한 도구를 만들어 갈 것이다.

글을 존중하는 마음은 자신의 글쓰기 능력을 향상시키는 일종의 습관을 유지하는 데도 도움이 된다. 자신이 쓴 글을 소리 내어 읽으며 리듬을 느껴보고, 의미가 명확히 와 닿는지 들어보라. 친구와 동료, 글쓰기 모임의 회원에게 당신의 초고를 건네주며, 공치사는 접어두고 조금이라도 어색한 곳, 예컨대 불완전해 보이는 생각, 불필요하거나 적절하지 않은 듯한 단어, 다시 읽게 만드는 문장 등에 밑줄을 그어 달라고 부탁해보라. 정직한 독자는 당신의 글이 타인의 마음을 얼마나 잘 움직일 수 있는지 측정할 수 있는 유일한 잣대이며 당신을 진정으로 사랑하는 사람이다. 두 사람이 한 작품을 두고 똑같이 반응할 수는 없지만, 모든 독자가 어떤 부분에서 멈칫하고 문제를 제기하면 그 부분은 수정할 필요가 있다.

글을 쓰는 삶에 익숙해져라

글쓰기의 신화 중 하나는 아마추어에서 프로로 성장하는 과정이 마치 스턴트맨 에벌 크니벌Evel Knievel이 오토바이를 타고 그랜드 캐니언을 횡단하는 일과 유사하다는 것이다. 숙련된 수준이나 전문가적 수준에 이르려면 작가라는 목표를 향한 계속되는 노력이 필요하다.

전문적인 글쓰기 세계에 살짝 발을 담그는 방법은 많다. 그렇게 시도한 작은 경험이 흥미로웠다면, 글을 쓰는 삶에 천천히 더 깊이 들어가 보라.

물론 작가의 세계에 하루라도 빨리 뛰어들어 당면한 목표를 충족하고자 하는 사람도 있을 것이다. PC가 대중화되기 시작했을 때 아마추어 무선 애호가이던 내 동생은 원시적인 데스크톱 컴퓨터에서 얻은 결과를 무선 신호로 번역하는 장치를 개발했다. 그 무선 신호는 멀리 떨어진 곳에서 유사한 장치로 해독되어 컴퓨터 모니터에 띄워졌다. 내친김에 동생은 당시에는 획기적이던 그 장치를 조립할 수 있는 세트까지 고안해냈고, 내 도움을 받아 아마추어 무선 잡지에 이 조립용 세트를 소개하는 글을 썼다. 글은 조립용 세트를 팔겠다는 애초의 목표를 달성하는 데 충분한 역할을 해냈고, 그 뒤 동생은 본업으로 되돌아갔다. 내가 아는 한 동생에게는 전업 작가가 되겠다는 꿈이 전혀 없었다.

전업 작가가 되겠다는 야망이 없더라도 규칙적인 글쓰기를 철저히 습관화해야 한다. 규칙적으로 글을 쓰지 않으면 크든 작든 작가로서의 경력을 쌓기는 불가능하다. 나는 힘들고 많은 시간을 들여야 하는 본업에 충실하면서도 매일 아침 8시부터 9시까지 내 서재의 책상에 앉았다. 그렇게 2년 동안 하루에 한 시간씩 투자하며 약 700잔의 커피를 마셨고, 뒤창 밖 공원에서 나뭇잎이 떨어지는 모습을 두 번씩이나 지켜본 끝에 이 책을 써냈다.

전문 작가로서의 삶을 시작하더라도 작게 출발하라. 나는 대학에서 강의할 때 잡지사에 글을 기고하는 법을 가르쳤다. 그래서 학기마다 학생들에게 실제로 출판하겠다는 목적으로 어떤 글을 쓰고 어떻게 마케팅할 것인지 계획을 세워 보라는 과제를 주었다. 대다수의 학생이 전국적인 일류 잡지, 예컨대 〈뉴요커〉나 〈트래블+레저〉에 원고를 보내겠다는 야심을 불태웠다. 또 〈애틀랜틱 먼슬리〉와 〈글래머〉도 괜찮을지 물었다. 하지만 비행 학교의 첫 수업을 겨우 끝낸 학생에게 누가 보잉 747의 운전대를 맡기겠는가?

평균적으로 절반 정도의 학생만 잡지사에 글을 기고하는 데 성공한다. 수업료를 보충할 정도의 원고료를 받는 학생은 소수에 불과하다. 그러나 그들은 약 2만 곳의 전문 출판사를 알아내는 것으로서 출판의 세계와 접촉하게 된다. 출판사들은 미국에 존재하는 무수한 직업과 취미를 다루고, 그 대부분은 《라이터스 마켓Writer's Market》 같은 안내서에서 찾을 수 있다. 학생들은 거기에서 자신의 취미를 돋우는 잡지사를 발견하면, 작가용 지침과 견본용 원고를 요청한다. 그리고 목표로 삼은 잡지에 게재된 원고의 길이, 어조와 문체, 선호하는 논제를 분석하고, 프리랜서에게 어떻게 원고를 받는지에 대해서도 조사한다. 그들은 전문적인 문의 편지를 쓰는 방법과 자신의 아이디어에 대한 편집자의 반응을 해석하는 방법에 대해서도 알게 된다. 그 결과 학생들은 안경과 뜨개질, 경주용 모터보트와 윈드서핑, 조랑말 사육, 유기농 등에 대해 잡지에 글을 기고하려던 원래의 순수한 마음을 잃어버린다. 출판 시장은 보이지 않을 정도로 어둡게만 보이지만, 잡지사는 원고료라는 명목으로 돈을 준다. 더구나 그들이 기존 출판물에 글을 게재한 경력자라는 사실을 입증하는 증거까지 제공한다. 그 증거는 더 큰 시장에 문을 두드려 성공할 가능성을 높일 수 있다.

이렇게까지 할 시간적 여유가 없다고 생각할지 모른다. 그러나 나는 과거에 즐겨 찾던 글쓰기 블로그에서 시작한 대화를 통해 분주한 삶에서도 규칙적으로 글을 쓰는 방법에 대해 배웠다. 아르헨티나에서 태어났지만 휴스턴에서 연구원으로 활동하는 생물학자 아나 마리아 로드리게스Ana Maria Rodriguez는 글을 꾸준히 포스팅했다. 마침내 아나 마리아는 과학 잡지에 글을 게재하기 시작했고, 보스턴과학박물관이 후원하는 '우편물을 통한 과학 증진 프로그램'에도 지원했다. 아이들이 과학 실험을 실시한 뒤 보고서를 아나에게 보내면, 아나가 적절한 평가와 조언을 더해 답장해주는 프로그램이었다. 이때 그녀는 아이들을 대상으로 과학에 대한 글을 쓰고 싶다는 생각을 하게 되었다. 그러나 집에 어린 자식들도 있었음에도 아이들을 위해 글을 쓸 시간이 거의 없었다.

그녀는 한 게시글에서 이렇게 썼다. "작게 시작하기로 마음먹었다. 아이들을 위해 과학에 대한 짤막한 글을 쓰기로 결심했다. 그리하여 매달 300~800단어 사이의 괜찮은 글을 한 편씩 쓸 수 있었다. 때로는 두 달이 걸리기도 했다. 성인용 글보다 짧았지만, 쓰기가 더 쉽지는 않았다. 그러나 내가 할애할 수 있는 시간을 고려하면 짧은 글을 쓰는 편이 더 나았다."

아나 마리아는 그 글들을 서너 곳의 잡지사에 게재해보려고 시도했지만 번번이 거절당했다. 그러나 〈슈퍼 사이언스Super-Science〉와 〈예스 매그Yes Mag〉 등 여러 청소년 잡지에 실리기 시작했고 마침내 50편 이상의 원고를 게재할 수 있었다. 아나 마리아는 아이들보다 2시간 먼저 일어났다. 그 덕분에 누구에게도 방해받지 않고 글을 읽고 쓸 수 있었다. 또 아이들을 위한 글쓰기 강의를 온라인으로 수강하며, 숙련된 수준에 오르려 애썼다.

그녀는 당시를 회상하며 이렇게 말했다. "처음에는 내 글이 어떻게 달라지는지 알 수 없었다. 하지만 몇 해가 지나자, 내 글이 점점 좋아졌고, 수정할 필요성도 줄어들었다. 언젠가 3~4년 동안 알고 지낸 한 편집자가 내가 묻지도 않았는데 내 글이 한결 좋아졌다고 말해주었을 때 나는 책상에 앉아 한껏 울었다."

당신도 이와 비슷한 길을 걷고 싶다면, 소설가와 시인, 수필가와 저널리스트 등 온갖 유형의 작가에게 영감을 주는 여러 강연회에 직접 참석해 그 내용을 들어보라. 저명한 강연자는 대체로 관중을 즐겁게 해주는 능력이 뛰어난 반면, 출판 대리인은 출판과 직결된 현실적인 방법에 대한 조언을 전해준다. 몇몇 강연회에서는 추가적인 비용을 지불하면 원고를 전문가가 평가해주기도 한다.

글쓰기 워크숍은 본업을 유지하며 글쓰기 기법을 체계적으로 학습하기에 좋은 방법이다. 언젠가 나는 헤이스택 여름 프로그램에서 일주일 동안 강연한 적이 있다. 그 프로그램은 그림처럼 아름다운 오리건의 해안 도시에서 열린 글쓰기 워크숍이었다. 내가 강의한 '내러티브 저널리즘narrative journalism'은 저술 범위를 확대하고 싶은 전문 작가들이 주로 등록할 것이라 예상했다. 그러나 교사와 변호사, 공학자 등 휴가를 이용해 취미로 글쓰기 기법을 배우려는 아마추어 작가가 더 많았다. 그들은 하루의 강의를 듣고 나면, 그날 저녁에 읽어야 할 과제를 들고 해변을 찾아갔다.

작가 마을과 글쓰기 공동체는 교착 상태에 빠진 작가들에게 조용한 공간, 숲속의 작은 오두막이나 한적한 산장을 제공한다. 그곳에서 그들은 한눈팔지 않고 모니터에 정신을 집중할 수 있다. 또 저녁에는 비슷한 생각을 지닌 사람들과 함께 모여 대화하며 식사한다. 하지만 워크숍과 달리 공동체 모임은 경쟁을 통해 선별된 작가들, 즉 그런대로 경험이 있는 작가들을 위한 공간이며 참가자가 몫을 지불하는 대신 보조금으로 운영되는 경우가 많다.

작가 및 저작 프로그램 협회Association of Writers and Writing Program, AWP의 웹사이트는 많은 프로그램을 제공한다. AWP가 온라인으로 제공하는 '강연회 및 협회 편람Directory of Conferences & Centers'에는 강연회 유형, 장르, 지역 등을 중심으로 검색할 수 있는 수많은 곳이 수록되어 있다. 심지어 장학금을 주는 프로그램이 있는지도 검색할 수 있다.

당신의 글쓰기 능력을 향상시키고 싶을 때 추가로 도움을 줄 수 있는 곳도 부족하지 않다.

직업적으로 글을 쓰는 세계에 익숙해지기 시작하면 편집자들과 첫 만남을 갖게 된다. 편집자는 작가로 성공하려는 사람에게 무척 중요하다. 오래전 내가 〈오레고니언〉의 일요판 잡지 〈노스웨스트Northwest〉의 편집자로 채용되었을 때 특별한 경험으로 알게 된 소중한 교훈이다.

〈노스웨스트〉는 당시 45만 부가 배포되던 〈오레고니언〉의 일요판에 업혀 배포되었고, 그 지역에서 가장 높은 원고료를 지불했다. 어설픈 아마추어 작가부터 전국적인 명성을 지닌 전문 작가에 이르기까지 많은 사람으로부터 매주 200건 이상의 문의를 받았다. 당시 풋내기 편집자이던 나는, 미국에서 손꼽히는 잡지들에 원고를 싣는 기존 작가들과 함께 일해야 한다는 부담에 겁나지 않을 수 없었다.

그러나 진짜 전문가들과 일하는 건 정말 편했다. 그들은 마감일을 지켰고 사소한 문제로 투덜거리는 법이 없었다. 그들은 편집자의 말을 무작정 따르지도 않았다. 가령 편집자가 수정을 요구해도 그 수정이 잘못된 것이면 곧바로 반박했다. 그러나 표현의 수정은 까다롭게 따지지 않았다. 분량을 이유로 원고를 줄여달라고 부탁하면, 그들은 눈 하나 깜빡하지 않고 원고의 일부를 덜어냈다. 내가 좋아하던 한 작가는 수정을 요구하면, 요구 사항을 하나씩 점검하며 원고를 고쳤고, 그렇게 바꾼 이유를 짤막하게 설명한 쪽지까지 보내주었다.

나는 그들과 함께 일하며 진정한 프로는 충실히 기록하고 개인용 일정표에 계획을 써둔다는 걸 알게 되었다. 그들은 수표를 즉시 현금으로 바꾸고, 때맞추어 적절한 과세 정보를 보내주었다. 한마디로 그들은 체계적이고 바른 삶을 사는 사람들이었다. 따라서 우리가 표지 기사와 주요 기사를 그렇게 안정된 단골 기고자들에게 의뢰하는 건 당연한 결과였다. 게다가 그들은 우리 잡지의 성격을 완전히 파악하고 있었기 때문에 폭넓은 지역 독자의 눈높이에 맞는 글을 쓸 수 있다. 그들 중 일부는 우리 잡지에 글을 실은 경력을 발판으로 삼아, 전국적인 작가로 발돋움하기도 했다.

〈노스웨스트〉에서 일하는 동안, 나는 편집자가 원고를 걸러내는 문지기 역할뿐만 아니라 교사 역할까지 해야 한다는 걸 배웠다. 〈노스웨스트〉의 편집자들은 잡지에 걸맞은 글쓰기를 모르는 작가들과 일해야 했고, 지역의 프리랜서 작가들은 잡지가 선호하는 방식으로 이야기를 진행하는 방법도 제대로 몰랐다. 그럼에도 모든 편집자는 어떻게든 작가에게 숙련된 수준에 올라서는 과정을 밟을 수 있는 기회를 제공하려 애쓴다. 적어도 작가는 자신이 보낸 최종 원고와 출판본을 한 단어씩 비교해볼 수 있다. 편집자가 무엇을 바꾸었고 그 결과는 어떠한가? 어떤 부분이 잘려 나갔는가? 무엇이 사라지고, 무엇이 더해졌는가?

글을 잘 쓰는 비결은 계속 공부하고 배우는 것이다. 글쓰기를 부업으로 삼더라도 마찬가지이다. 작은 개선이 축적될 때 숙련된 수준에 올라설 수 있다. 나는 40년 동안 플라이낚시를 한 끝에야 낚싯줄을 던지는 법, 낚싯바늘을 선택하는 법, 약삭빠른 송어의 습관 등 무언가에 대해 매 시즌 배웠다는 사실을 깨달았다. 글쓰기도 다를 바가 없다. 누구도 평생 다 익히지 못할 정도로 배워야 할 것이 많다. 끊임없는 학습만이 해법이다.

더 깊이 들어가라

이제야 글쓰기 세계에 살짝 발을 담갔거나, 어쩌면 허리 깊이까지 힘차게 뛰어들어 프리랜서로서 잡지사에 몇 편의 글을 기고했거나, 두세 편의 단편 소설을 출간 계약했을 수도 있다. 물은 맑고 괜찮아 보이기에 글쓰기 세계에 더 깊이 들어가겠다고 결심한다. 그럼 다음 단계로 무엇을 해야 할까?

물론 당신이 직업적으로 어떤 종류의 삶을 계획하고, 얼마나 오랫동안 그 삶을 지속할 것이며, 현재 어느 정도의 자격을 갖추었는지에 따라, 또 그 밖에도 많은 변수에 따라 대답이 달라진다. 가령 당신이 고등학교 졸업반이고 소설가가 되고 싶다면, 세 자녀를 기른 뒤 육아에 대한 전문적인 글을 쓰려는 어머니와는 선택 방향이 다를 수밖에 없다.

저널리즘을 가르치며 오랜 시간을 보낸 까닭에 나는 논픽션 작가들에게 널리 알려진 교육 프로그램에 상대적으로 더 친숙하다. 많은 대학교와 지역 전문 대학이 저널리즘에 대한 다양한 강의, 예컨대 방송 원고 쓰기, 광고와 홍보, 전문 분야의 글쓰기 등에 대한 강의를 제공한다. 물론 저널리즘에 관련된 학위 프로그램을 진행하는 국가 공인 기관도 100곳이 넘는다. 저널리즘 학교에 다니고 싶다면 찾는 일은 조금도 어렵지 않다.

작가가 되려면 저널리즘 학교를 다니는 게 좋을까, 아니면 리버럴 아츠 칼리지liberal arts college [기초적인 인문과학과 자연과학을 가르치는 학부 중심 대학—옮긴이]를 다니는 게 나을까? 이에 대해서는 오래전부터 뜨거운 논쟁이 있었다. 당신이 글을 쓰고 싶고 대학 진학을 고려 중이라면 걱정하지 말라. 물론 기초 학문의 가치를 높이 평가하는 사람이라면, 당신에게 생각하는 법을 가르치는 리버럴 아츠 칼리지의 커리큘럼 전체가 작가로서의 삶에 대한 최적의 준비 과정이라 주장할 것이다. 그러나 좋은 저널리즘 학교에서 그런 교육을 받을 수 없다는 주장은 거짓에 불과하다. 공인된 저널리즘 학교는 리버럴 아츠 칼리지의 커리큘럼을 거의 포함하고 있기 때문이다. 요즘에는 저널리즘 전공자가 전통적인 리버럴 아츠 칼리지의 재학생보다 더 다양한 교육을 받는다. 물론 교육의 질은 학교에 따라 다르다. 그러나 작가가 되는 데 유리한 교육을 받겠다고, 리버럴 아츠 칼리지와 일반 대학교의 전공학과를 두고 크게 고민할 것은 없다.

오히려 학교의 교수진을 눈여겨봐야 한다. 노스웨스턴대학교와 미주리대학교의 저널리즘 학교는 최고의 온라인 편집국, 잡지와 신문사, 방송 매체에서 작가나 편집자로서 눈부신 경력을 쌓은 교수진을 자랑한다. 예컨대 내가 오늘 어떤 저널리즘 학교를 선택해야 한다면, 학교 홍보물이나 온라인을 통해 교수진의 이력을 가장 먼저 확인할 것이다. 글쓰기를 가르치는 교수들이 어디에서 일했고, 어떤 글을 썼거나 편집했는가? 그러고는 구글과 렉시스넥시스LexisNexis에서 그들의 이름을 검색한다. 그들은 최근 어떤 글을 썼는가?

나라면 소설가나 시인 혹은 단편 소설가가 되기 위한 교육을 받고자 계획할 때도 똑같은 원칙을 적용할 것이다. 효과가 입증된 전문가 프로그램을 찾아보라. AWP의 웹사이트는 각 주州에서 제공되는 학부 수준의 창의적 글쓰기 프로그램을 소개하며, 그 프로그램에 대한 냉정한 조언과 평가도 알려준다. 당신에게 흥미로운 프로그램을 찾아내면, 내가 저널리즘 학교의 교수들을 조사하듯 그 프로그램의 강사진을 조사해보라.

당신이 학부에서 어떤 교육을 받든 수많은 대학 졸업자를 면접해본 경험이 있는 누군가에게 얻은 정보를 정리하면 다음과 같다. 대학에 다닐 때는 대부분이 강의와 과제 및 성적에 대해 걱정하며 시간을 보낸다. 그러나 내가 당신을 인터뷰하게 되면, 당신이 어떻게 생각하고, 어떻게 자료를 조사하며 어떻게 글을 쓰느냐에 관심을 두기 마련이다. 따라서 당신에게 자료를 어떻게 정리하고, 포커스를 어떻게 찾아내며, 초고를 어떻게 쓰겠느냐고 물을 것이다. 또 평생 중요한 사건들을 추적하며 마감일을 엄격히 지킬 만한 열정이 있을지도 눈여겨볼 것이다. 또한 제임스 조이스 작품의 연구자가 《율리시스》를 분석하듯이, 당신이 여기저기에 기고한 짤막한 글도 읽을 것이다.

대학에서 좋은 학점을 받을수록 인터뷰를 통과하는 데 유리하다. 그러나 최근 나는 한 퓰리처상 수상자에게 대학 학점은 그다지 중요하지 않은 듯하다는 말을 들었다. 하기야 얼마 전 내가 우연히 만난 옛 동창생은 학창 시절에 글을 쓰고 대학 신문을 편집하는 데 온 시간을 쏟았기 때문에 학사 경고를 밥 먹듯 받았지만, 한 대도시의 일간지에서 예술 담당 기자로 오랫동안 활약하며 눈부신 경력을 쌓은 뒤 최근에 퇴직하는 명예를 누렸다.

글을 쓰고 글쓰기에 대해 배울 기회를 놓치지 말라. 기자가 되고 싶다면 대학에 입학한 첫 학기의 첫날 대학 신문사를 찾아가 가입

신청을 하라. 대학 잡지사를 위해 일하거나 지역 일간지에서 스포츠 통신원으로 일하겠다고 제안해보라. 픽션을 쓰고 싶다면 대학 출판부의 문학 담당자들을 찾아가 교류하거나 문학 전문 잡지 같은 곳에 단편 소설을 보내라. 장편 소설을 쓰기 시작한 뒤, 지역의 괜찮은 작가에게 당신의 원고를 읽고 평가해준다면 집안일을 돕거나 잔디를 깎아주겠다고 제안해보라.

나이가 더 들면 전업으로 글을 쓰는 길을 모색하게 될 수 있다. 현실적인 삶을 어느 정도 경험했다는 사실이 그런 결정을 내리는 데 도움이 된다. 나이가 들면 당신이 무엇에 관심이 있고, 당신의 글재주가 어느 수준에 있는지 객관적으로 파악할 가능성도 그만큼 높아지기 때문이다.

많은 사람이 처음에는 조심스럽게 시작하지만 프리랜서로서 일거리를 점점 많이 맡게 되면 자신감에 충만해져서 어느 날 본업을 내팽개친다. 또는 신문이나 잡지에 기고한 글을 인상적인 수준까지 쌓아둔 뒤 그 두툼한 자료를 근거로 삼아 전업 작가로서의 삶을 시작하는 사람도 적지 않다. 그러나 오늘날의 글쓰기 세계에서 직장인들에게 제공되는 교육 기회는 일일이 열거할 수 없을 정도로 많다.

만약 당신이 어떻게든 돈의 굴레와 가족으로부터 벗어나 2~3년쯤 휴가를 가질 수 있다면, 저널리즘이나 창의적 논픽션, 홍보와 광고 등 도전해볼 만한 다양한 전문 분야를 가르치는 석사 학위 프로그램에 도전해보는 것도 좋다.

예컨대 뉴욕 컬럼비아대학교의 저널리즘 대학원 석사 과정은

퓰리처상 문장 수업

출판 저널리즘에 중점을 두고, 학생들에게 세계에서 가장 큰 미디어 시장의 현실을 온몸으로 경험할 기회를 제공한다. 학부에서 저널리즘을 이미 공부하여 관련 학위를 받은, 기초적인 강의들을 이미 수강한 사람이라면 굳이 컬럼비아대학교를 선택하지 않을 것이다. 그러나 역사를 학부에서 전공했고, 사회에 진출해서 만족할 만한 성과를 거두지 못한 데다 신문이나 잡지 혹은 온라인 매체에 글을 쓰고 싶은 강렬한 욕망을 여전히 포기하지 못한 사람에게는 컬럼비아대학교의 프로그램이 상당한 도움을 줄 수 있다.

비슷한 프로그램을 제공하는 곳은 많다. 오리건대학교는 '문학적 저널리즘literary journalism'이라고도 일컬어지는 내러티브 저널리즘을 전공하려는 학생들에게 석사 과정 프로그램을 제공한다. MIT와 존스홉킨스대학교를 비롯한 몇몇 대학교에서는 과학적 글쓰기를 배우려는 학생들에게 석사 과정 프로그램을 제공한다. 과학기술, 비즈니스, 의학 등 특정한 전문 분야의 글쓰기를 가르치는 석사 프로그램도 있다.

창의적 글쓰기에 대한 프로그램도 많다. 그 목록은 AWP에서 쉽게 구할 수 있다. 아이오와의 '작가 워크숍Writers' Workshop'은 19세기부터 시작한 데다 지금까지 12명의 졸업생이 퓰리처상을 수상한 까닭에 픽션과 시 등 창의적 논픽션 학위 프로그램의 원조로 여겨진다. 한편 서부 해안 쪽에서 가장 성공한 석사 학위 과정은 '스탠퍼드 창의적 글쓰기 프로그램Stanford Creative Writing Program'으로 여겨진다. 1972년에 퓰리처상을 수상한 월리스 스테그너Wallace Stegner가 개설한 이 프로그램이 배출한 대표적인 작가로는 켄

키지Ken Kesey와 스콧 터로Scott Turow가 있다.

하지만 어떤 직장에서든 중견에 이르면 대부분이 정신없이 바빠져, 휴직까지 하면서 석사 학위 프로그램에 전념하기가 불가능해진다. 그럼에도 글쓰기 직업에 대한 관심은 계속 커진다. 여기에서 대면 수업을 최소화한 원격 수업low-residency으로 진행되는 '글쓰기 관련 석사 프로그램'이 성장하는 이유가 설명되는 듯하다. 노스캐롤라이나 애슈빌 외곽에 있는 워런윌슨칼리지는 미국에서 가장 오래전부터 원격 수업을 진행해왔다. 그 대학의 혁신적인 운영 방식에 영감을 받아, 비슷한 프로그램을 진행하는 대학이 이제는 미국 전역에 서른 곳이 넘는다. 워런윌슨의 커리큘럼 전체는 대체로 4학기 동안 운영된다. 6개월마다 학생들은 캠퍼스에 모여 열흘 동안 대면 수업을 받고, 워크숍에 참가한다. 이때 전문 작가들이 멘토 역할을 하며, 학생들이 다음 학기의 수업 계획을 짜는 일을 돕는다. 그 뒤 학생들은 집에 돌아가, 새로운 과제에 대해 주당 최소 25시간 동안 강의를 듣고, 각자의 멘토에게 3주마다 보고서를 제출해 피드백을 받는다.

원격으로 진행되는 창의적 글쓰기 프로그램은 이제 버몬트의 베닝컨칼리지부터 로스앤젤레스의 안티오크대학교에 이르기까지 미국 어디에나 존재한다. 볼티모어의 가우처칼리지는 논픽션 부문에 대한 석사 프로그램을 원격으로 제공한다. 이 프로그램은 영문학과에서 흔히 다루는 회고록과 개인적인 에세이를 수업 자료로 삼지만 신문과 잡지도 활용하며, 인물 소개와 전기뿐만 아니라 여행과 자연과 과학 같은 전통적인 분야도 다룬다. 교수진에는 존 맥피John McPhee, 수전 올리언Susan Orlean, 톰 프렌치Tom French 같은 문학적 저널리즘의 대가들이 있다.

공동 전선을 펼치라

글쓰기에서 숙련된 수준에 도달하려면, 경영자나 극작가, 과학 저술가나 신문기자 등 누구라도 똑같은 언덕과 계곡을 무수히 건너는 먼 길을 떠나야 한다.

　수년 전 나는 내러티브 논픽션 작가들을 위한 워크숍에 강사로 참여할 기회가 있어, 당시 미국 공영 라디오National Public Radio에서 '이 미국인의 삶'이란 프로그램을 기획하고 진행하던 아이러 글래스Ira Glass의 강연장을 찾아갔다. 때마침 글래스는 라디오 제어반 앞에 서서 음악과 인터뷰 테이프를 틀라는 신호를 보내며, 그의 프로그램을 안내하는 스토리텔링의 원칙에 대해 강의하고 있었다. 그 원칙은 내가 출판물의 서사적 스토리에 대해 강의할 때 제시하는 원칙과 조금도 다르지 않았다.

　우리는 작가들이 여러 장르에서 성공을 거두는 세계에 지금 살고 있다. 짐 린치Jim Lynch는 편집국에서 내 품을 떠나 첫 소설《가장 높은 조수The Highest Tide》를 썼고 엄청난 찬사를 받았다. 그 후로도 린치는 소설가로서 오랫동안 성공적인 삶을 꾸려갔고, 지금까지 그의 이름으로 13종의 소설을 발표했다.

　〈필라델피아 인콰이어러〉에서 오랫동안 경찰 출입 기자로 활약한 마크 보든은 자신의 취재 구역을 범죄 사건이 일어나는 현장으로만 보지 않았다. 따라서 그는 탁월한 취재 능력과 실적을 보였고, 그 때문에 1993년 미국의 소말리아 무력 개입 실패를 연재 형식으로 다루자고 편집자들을 설득할 수 있었다. 보든은 그 기사를 치밀하게 썼고 〈인콰이어러〉의 편집자들은 인터넷에 그 기사를 과감히 공개하며 전국적인 이목을 끌었다. 곧이어 보든은 그 사건을 책으로 쓰는 계약을 맺었다. 그 결과로 탄생한 책《블랙 호크 다운》은 리들리 스콧Ridley Scott 감독에 의해 영화로 제작되어 미국 전역에서 개봉되었다. 보든의 뛰어난 글솜씨와 스토리텔링은 기존의 모든 경계를 무시했다. 신문에서 온라인으로, 다시 책이라는 형태의 출판물로, 더 나아가 영화로 뛰어들었다. 보든 자신은 〈애틀랜틱〉으로 자리를 옮겨 여전히 전국적인 기자로 활동하며, 지금까지 12종 이상의 논픽션을 발표했다.

내 평생의 친구이자 낚시 동반자로, 워싱턴대학교에서 많은 학생에게 카피라이팅을 가르쳤던 고故 래리 보언Larry Bowen은 자신의 전문 분야가 실제로는 "더 나은 판매를 위한 스토리텔링"에 불과하다고 말했다.

장르를 불문하고 성공한 거의 모든 작가로부터 우리가 흔히 듣는 조언이 있다. 일련의 기법을 배운 뒤 그 기법을 도약대로 삼아 한 단계씩 올라가다 보면 어느덧 숙련된 경지에 이르게 된다는 것이다. 언젠가 어떤 뛰어난 편집자, 아니 스타 기자가 여덟 살에 동네 소식지를 등사기로 인쇄했다는 글을 읽었을 때 나는 터무니없다는 생각밖에 들지 않았다. 내가 저널리즘과 처음 만난 것은 대학교 3학년 때였다.

글쓰기를 시작하는 연령은 조금도 중요하지 않다. 노먼 매클린

Norman Maclean은 시카고대학교 교수직을 퇴직한 뒤에야 첫 소설 《흐르는 강물처럼》을 발표했다. 그의 마지막 저작《젊은이들과 화재Young Men and Fire》는 내가 다른 책에서 본 적 없는 혁신적인 구조로 짜인 논픽션 작품이었다. 매클린은 80대에 들어서도 작품 활동을 멈추지 않았다.

내가 9장에 인용한 리타 도브에 대한 인물 기사를 파격적으로 쓴 월트 해링턴은 동료 작가들에게 이렇게 조언했다. "절대 똑같은 식으로 글을 쓰지 말라. 기계적으로 반복되는 것은 신선미가 떨어지기 마련이다." 월트는 그 조언을 직접 표본으로 보여주었다. 그가 〈워싱턴 포스트 매거진〉에 쓴 인물 소개는 하나하나가 달랐다. 항상 새로운 접근법으로 새로운 인물의 내면까지 깊이 파고들었다.

물론 매번 똑같은 식으로 글을 쓰지 않는다고 성공이 보장되지는 않는다. 새로운 시도에는 항상 위험이 뒤따른다. 처음 스키를 타는 사람은 넘어질 수밖에 없다.

그러나 뛰어난 산악인이 되고 싶다면, 필연적으로 겪어야 할 한두 번의 작은 사고를 두려워해서는 안 된다. 글쓰기에서 가장 큰 장애물은 실패에 대한 두려움이다. 그 때문에 닳고 닳은 식상한 방법에 의지하게 된다. 언론계에도 새로운 것을 결코 시도하지 않고, 매년 하루도 빠짐없이 일어나는 새로운 사건을 정형화된 틀에 끼워 넣으며 자리를 보전하려는 기자가 적지 않다. 작가도 새하얀 컴퓨터 모니터 앞에 앉을 때마다 실패의 두려움을 떨치지 못하고, 기존의 식상한 글쓰기 방식과 타협한다. 그렇게 소심하게 쓰인 글도 출판되거나 방송되고, 온라인으로 유포될 수 있다. 그 대가로 수표를 받고 계약금과 저작권료를 받을 수 있다. 그러나 그런 삶은 결코 진정한 작가로서의 삶이 아닐 것이다.

그렇다고 글이 항상 독자를 깜짝 놀라게 할 정도로 새로운 방식으로 쓰여야 하는 것은 아니다. 정형화된 틀을 벗어나야 하는 것도 아니다. 효과적이고 효율적인 글쓰기 기법을 배운 작가라면 리듬과 색으로 가득하고 인간적인 냄새가 물씬 풍기며 독자에게 큰 충격을 주는 글을 얼마든지 써낼 수 있다. 수공예 가구를 만드는 일은 준비 단계부터 위압감을 줄 수 있다. 그러나 무엇을 어떻게 해야 하는지 알고 나면, 손에 익은 드릴을 능숙하게 사용할 수 있다. 어쩌면 예술 작품에 버금가는 가구를 만들어낼 수 있다. 글쓰기라고 다르지 않다.

글쓰기의 숙련된 수준은 꽁꽁 감추어진 미스터리가 아니라, 한 단계씩 차근차근 정복해가는 '기술craft'이다.

감사
의
글

2019년 포틀랜드의 한 고급 식당에서 저녁 식사를 함께하는 영광을 허락한 시카고대학 출판부의 선임 편집자, 메리 로라에게 특별히 감사하고 싶다. 음식도 맛있었지만, 내가 글쓰기에 대해 쓴 첫 책의 복간을 제안했을 때 메리는 진심으로 귀담아들어 주었다.

감사하게도 메리는 《스토리크래프트》의 개정에만 관심이 있는 게 아니었다. 그때 메리는 나에게 《글쓰기 코치》의 저작권을 되찾을 수 있겠느냐고 물었고, 나는 노력해보겠다고 대답했다. 내 저작권 대리인, 리자 도순 앤 어소시에이츠의 케이틀린 블래스델이 곧바로 그 작업에 뛰어들었다. 케이틀린은 성공적으로 저작권을 회수하며, 이 책이 시카고대학교 출판부에서 《워드크래프트》라는 이름으로 출간될 수 있는 길을 열어주었다.

내 친구 빌 블런델의 《특집기사 쓰는 법》에서 많은 것을 배웠다.

좋은 글을 쓰려면 글머리를 어떻게 시작해야 하고, 이 책에서 다룬 쟁점들이 결국에는 '워드크래프트'에 속한다는 사실을 배웠다. 윌리엄 진서의 《글쓰기 생각하기》도 나에게 많은 영감을 주었다. 〈워싱턴 포스트 매거진〉의 작가이자 일리노이대학교에서 글쓰기를 가르친 월트 해링턴은 나에게 특별히 너그러운 친구이자 멘토였다. 글쓰기 코치로 활동 중인 두 친구, 돈 프라이와 포인터 연구소의 로이 피터 클라크도 신문을 비롯한 글의 세계에서 글쓰기 코치라는 개념을 정립하는 데 큰 역할을 했다는 점에 감사를 받아야 마땅하다. 그들이 함께 쓴 《미디어 플랫폼에서 함께 일하는 편집자와 작가Editors and Writers Working Together across Media Platforms》는 공동 편집을 위한 거의 완벽한 안내서이다. 포인터 연구소에서 글쓰기 프로그램을 한때 운영했던 칩 스캔런도 포인터 연구소가 앞장서서 지향했던 글쓰기 기법을 개선하는 데 지원을 아끼지 않은 충직한 동료였다.

도널드 머리는 글쓰기 과정의 중요성을 환기하는 데 큰 역할을 했고, 밥 베이커는 기자의 삶으로 글쓰기 과정을 설명했다. 그들의 저작은 내가 글을 쓰고 편집하며 코칭하는 방법을 바꿔놓았다. 돈과 밥이 지금까지 생존해 있었다면 한걸음에 달려가 고맙다는 말을 전했을 것이다.

내러티브 저널리즘 공동체에서 활동하는 동료들에게도 많은 빚이 있다. 존 프랭클린의 《스토리 쓰기Writing for Story》는 기사를 어떻게 써야 하는지 우리 모두에게 잘 보여주었다. 재키 바나신스키, 브루스 드실바, 톰 프렌치, 고 켄 퍼슨, 앤 헐, 마크 크레이머, 존 맥피, 수전 올리언, 배리 시걸, 스튜어트 워너도 모두 나에게 영감을 주었다. 그 밖에도 많은 논픽션 작가가 역피라미드형 보도에만 저널리즘의 창의성이 있는 것은 아니라는 사실을 보여주었다.

〈오레고니언〉에서 나와 오랜 세월을 동고동락했고, 퓰리처상을 수상한 세 작가에게도 특별히 감사하고 싶다. 이제 〈로스앤젤레스 타임스〉에서 전국적인 문제를 다루는 기자로 활동하는 리치 리드는 기자가 글쓰기 과정을 통제하면 냉정하고 생산적이며 통찰력 있는 글을 쓸 수 있다는 사실을 끊임없이 입증해주었다. 지금도 여전히 〈오레고니언〉을 지키고 있는 톰 홀먼 주니어의 특집기사에서는 인간미가 짙게 느껴졌다. 광고계로 이직한 뒤에도 뛰어난 성과를 보여준 줄리 설리번은 감성적인 글로, "작가가 눈물짓지 않으면 독자가 눈물짓지 않는다"라는 로버트 프로스트의 말을 증명해보였다.

내 논점을 설명하려고 짤막하게 인용한 글을 잡지와 책, 칼럼과 사설 등에 쓴 작가와 기자에게도 감사하고 싶다. 그들 대다수가 〈오레고니언〉의 옛 동료들로, 수십 년 동안 내 트집 잡기를 묵묵히 견뎌주었다. 당신이 힘들여 쓴 글을 수정하고 고치는 사람만큼 자존심을 긁는 사람이 또 있겠는가. 나를 죽이고 싶었을 충동을 억눌렀을 그들 모두에게 고맙다는 말을 전하고 싶다.

30년 이상 내 곁을 지켜준 소중한 반쪽, 캐런 올바우에게는 아무리 감사하다고 말해도 부족하다. 캐런의 변함없는 지지가 없었다면 내 원대한 계획은 일찌감치 꺾이고 말았을 것이다.

고맙소, 부인! 상투적인 표현을 용서해주기 바라오. 하지만 이번 경우에는 이 말만큼 진실에 가까운 말은 없는 것 같소. 당신이 없었다면 나는 정말 이 일을 해낼 수 없었을 것이오!

내러티브 저널리즘narrative journalism 치밀하게 조사된 정확한 정보를 기초로 한 창조적 논픽션. 스토리텔링 기법을 사용해서 사건을 이야기하는 방식으로 보도하는 저널리즘.

논제topic 글에서 다루어지는 주제로, 그 글에서 설명하려는 것을 가리킨다.

말하지 말고, 보여주라show, don't tell 독자가 작가의 해석이나 요약 혹은 묘사보다, 사색과 감각 및 행동과 느낌을 통해 이야기를 이해하도록 유도하는 글쓰기 기법.

병렬 구조parallel construction 단어나 구절이 동일한 형태로 쓰였다는 뜻이다. 예컨대 어떤 구절에 'of'가 있으면 다른 구절에도 'of'가 있어야 한다.

비네트vignette 특정 인물이나 사건에 대해 간단하게 묘사하는 짧은 글.

상세하기 말하기telling detail 작가의 묘사를 독자가 잘 볼see 수 있도록 도움을 주는 단어나 구절을 가리킨다. 어떤 의미에서, 작가들에게 요구하는 "말하지 말고, 보여주라show, don't tell"에 해당하는 용어이기도 하다.

선택 분수fraction of selection　매스 커뮤니케이션 전문가 윌버 슈람Wilbur Schramm 이 개발한 것으로, 독자가 어떤 형태의 대중 매체를 선택하는가를 결정하는 공식이다.

스토리story　이 책에서는 모든 글이 기본적으로 '리포트'나 '스토리'로 구분된다고 말한다. 저널리스트는 자신이 쓰는 거의 모든 글을 '스토리'라 칭하지만, 리포트가 주로 '정보'를 전달할 목적에서 구조화된다면 스토리는 주로 '경험'을 재현할 목적에서 구조화된다고 정의된다. 이런 이유에서, 스토리의 기본적인 구성 요소는 주제가 아니라 장면이다.

스토리텔링storytelling　실제 사건이나 허구적 사건을 단어와 소리와 이미지로 묘사하는 기술.

신호어signal word　교통 표지판처럼, 뒤이어 어떤 문장이 이어질지 짐작하게 해주는 단어나 구절.

연결어transition　아이디어들을 연결해주는 단어나 구절. 연결어는 하나의 단락 내에서, 혹은 단락과 단락 사이에 쓰일 수 있다.

장소감sense of place　주로 물질적 공간이나 배경을 의미하는 객관적 실체를 의미하지만, 인간의 경험과 의미라는 주관성이 더해지는 개념이다.

주제subject　논제가 글에서 다루어지는 구체적인 개념이라면 주제는 더 넓은 맥락에서 사용되는 개념이다.

첫머리hook　혹은 단락의 첫머리. 주로 첫 문장으로, 독자의 관심을 사로잡아 글을 계속 읽도록 유도하는 역할을 한다.

추상의 사다리ladder of abstraction　생각과 언어적 표현이 구체적인 단계에서 추상적인 단계로 발전하는 과정을 묘사하고 규정하는 데 사용되는 개념.

키커kicker　기사를 마무리짓는, 통렬하면서도 예상을 벗어난 구절.

테마theme　글로 풀어내며 전하려는 중심적인 메시지.

펀치 라인punch line　농담에서 핵심이 되는 결정적인 구절.

포커스focus   글에서 중점을 두어야 할 것. 즉 글의 주제, 테마, 지배적 개념, 주안점을 가리킨다.

플레슈-킨케이드 가독성 점수Flesch–Kincaid Readability Score   영어로 쓰인 구절의 난이도를 측정한다는 목적에서 고안된 가독성 시험법. 점수는 0점부터 100점까지 주어지고 점수가 낮을수록 난이도가 높다. 이 책에서 언급된 9등급이면 평이한 영어로, 13~15세가 이해할 수 있는 정도의 글이다.

글쓰기, 보도, 언어 능력에 관한 책

Baker, Bob. *Newsthinking: The Secret of Making Your Facts Fall into Place*. Boston: Allyn and Bacon, 2001.

Berner, Thomas. *Language Skills for Journalists*. Eugene, OR: Wipf and Stock, 2003.

Bernstein, Theodore. *The Careful Writer: A Modern Guide to English Usage*. New York: Simon and Schuster, 1995.

Blumenthal, Joseph. *English 3200, with Writing Applications: A Programmed Course in Gram- mar and Usage*. New York: Heinle and Heinle, 1994.

Blundell, William E. *The Art and Craft of Feature Writing*. New York: Plume, 1988. Brady, John. The Craft of Interviewing.

New York: Random House, 1977.

Burroway, Janet. *Writing Fiction*. 10th edition. Chicago: University of Chicago Press, 2019.

(국내판: 재닛 버로웨이, 문지혁 역,《라이팅 픽션》, 위즈덤하우스, 2020)

Clark, Roy Peter. *The Art of X-Ray Reading: How the Secrets of 25 Great Works of Literature Will Improve Your Writing*. New York: Little Brown, 2016.

Clark, Roy Peter. *Writing Tools: 50 Essential Strategies for Every Writer*. New York: Little Brown, 2006.

Conover, Ted. *Immersion: A Writer's Guide to Going Deep*. Chicago: University of Chicago Press, 2016.

Egri, Lajos. *The Art of Dramatic Writing*. New York: Simon and Schuster, 1972.

(국내판: 라요스 에그리, 김성호 외 역,《극작의 기술》, 비즈앤비즈, 2021)

Fedler, Fred, John Bender, Lucinda Davenport, and Michael Drager. *Reporting for the Media*. Oxford: Oxford University Press, 2004.

Field, Syd. Screenplay: *The Foundations of Screenwriting*. New York: Bantam Dell, 2005.

(국내판: 사이드 필드, 유지나 역,《시나리오란 무엇인가》, 민음사, 2017)

Fisher, Lionel. *The Craft of Corporate Journalism*. Oceanside, WA: Lionel Fisher, 2009.

Franklin, Jon. *Writing for Story*. New York: Mentor Books/New

American Library, 1986.

Gardner, John. *The Art of Fiction: Notes on Craft for Young Writers*. New York: Vintage Books, 1991.

(국내판: 존 가드너, 황유원 역, 《소설의 기술》, 교유서가, 2018)

Gerard, Philip. *Creative Nonfiction: Researching and Crafting Stories of Real Life*. 2nd edition. Long Grove, IL: Waveland, 2017.

Harrington, Walt. *Intimate Journalism: The Art and Craft of Reporting on Everyday Life*. Thousand Oaks, CA: Sage, 1997.

King, Stephen. *On Writing: A Memoir of the Craft*. New York: Scribner, 2010.

(국내판: 스티븐 킹, 김진준 역, 《유혹하는 글쓰기》, 김영사, 2017)

Kramer, Mark, and Wendy Call, eds. *Telling True Stories: A Nonfiction Writers' Guide*. New York: Plume, 2007.

(국내판: 마크 크레이머, 웬디 콜, 최서현 역, 《진짜 이야기를 쓰다》, 알렙, 2019)

Lanson, Gerald, and Mitchell Stephens. *Writing and Reporting the News*. New York: Oxford University Press, 1994.

Lewis, Norman. *Twenty Days to Better Spelling*. New York: Signet, 1989.

Macauley, Robie, and George Lanning. *Technique in Fiction. 2nd edition*. New York: St. Martin's, 1987.

(국내판: 로버트 맥키, 고영범 외 역, 《Story : 시나리오 어떻게 쓸 것인가》, 민음인, 2002)

McKee, Robert. *Story: Substance, Structure, Style, and the Principles of Screenwriting.* New York: HarperCollins, 1997.

Metzler, Ken. *Creative Interviewing.* Boston: Allyn and Bacon, 1997.

Murray, Donald. *Writing for Your Readers.* Portsmouth, NH: Heinemann, 2000.

Murray, Donald. *Writing to Deadline.* Chester, CT: Globe Pequot, 1983.

Phillips, Larry, ed. *Ernest Hemingway on Writing.* New York: Scribner, 2004.

Rhodes, Richard. *How to Write.* New York: HarperCollins, 1995.

Rich, Carole. *Writing and Reporting the News: A Coaching Method.* Boston: Cengage Learn- ing, 2016.

Scanlan, Christopher. *Reporting and Writing: Basics for the Twenty-First Century.* Oxford: Ox- ford University Press, 1999.

Stewart, James. *Follow the Story.* New York: Touchstone, 1998.

Strunk, William, and E. B. White. *The Elements of Style.* San Luis Obispo, CA: Spectrum Ink Publishing, 2017.
(국내판: 윌리엄 스트렁크, 김지양 외 역, 《영어 글쓰기의 기본》, 인간희극, 2007)

Wolfe, Tom. *The New Journalism.* New York: Picador, 1975.

Zinsser, William. *On Writing Well.* New York: HarperCollins, 2006.
(국내판: 윌리엄 진서, 이한중 역, 《글쓰기 생각쓰기》, 돌베개, 2007)

훌륭한 글들

The Best American Essays. Boston and New York: Houghton Mifflin, Harcourt. Annual pub-lication.

The Best American Short Stories. Boston and New York: Hough-ton Mifflin, Harcourt. Annual publication.

Clark, Roy Peter, and Christopher Scanlan, eds. *Best Newspaper Writing: A Collection of ASNE Prizewinners.* New York: Bed-ford St. Martins, 2005.

Furman, Laura, ed. *The O. Henry Prize Stories.* New York: Vintage Anchor. Annual publica-tion.

Henderson, Bill, and the Pushcart Prize Editors, eds. *The Push-cart Prize: Best of the Small Presses.* Wainscott, NY: Pushcart Press. Annual publication.

Kerrane, Kevin, and Ben Yagoda, eds. *The Art of Fact: A Histori-cal Anthology of Literary Journalism.* New York: Touchstone, 1998.

Klement, Alice, and Carolyn Matalene. *Telling Stories, Taking Risks.* Belmont, CA: Wads-worth, 1998.

Sims, Norman, and Mark Kramer, eds. *Literary Journalism: A New Collection of the Best Ameri-can Nonfiction.* New York: Ballantine, 1995.

Snyder, Louis, and Richard B. Morris, eds. *A Treasury of Great Reporting.* New York: Simon and Schuster, 1975.

문체지침

Associated Press Stylebook and Briefing on Media Law 2019. New
York: Associated Press, 2019.

Chicago Manual of Style. 17th edition. Chicago: University of
Chicago Press, 2017.

MLA Handbook. 8th edition. New York: Modern Language Asso-
ciation, 2016.

작가를 위한 온라인 교육 프로그램

ACEJMC Accredited Programs. All 117 university journalism
programs accredited by the American Council on Education
in Journalism and Mass Communication, listed by state and
including all degree programs, with contact information.

Association of Writers & Writing Programs. The most compre-
hensive guide to creative- writing degree programs (graduate
and undergraduate), writing conventions, workshops, camps,
and colonies, as well as publications of interest to writers.

글을 더 잘 쓰려면

글을 더 잘 쓰려면 어떻게 해야 할까?

글을 쓰려는 사람들이 흔히 제기하는 질문이다. 그러나 이 질문이 지극히 모호하다고 지적한다면, 질문한 사람이 머쓱할 것이고, 대체 무엇이 모호한다는 것인지 어리둥절할지도 모르겠다. '글'이라는 단어의 중의성에서 비롯되는 모호성이다. 전체적인 스토리를 재밌고 조직적으로 구성하고 싶다는 뜻인가? 우리 대부분이 배운 용어로 말하면, 기 - 승 - 전 - 결을 그럴 듯하게 짜맞추고 싶다는 뜻인가? 아니면 그런 이야기 구성은 당연한 것이고, 문장 하나하나를 더 명확하고 간결하게 쓰고 싶다는 뜻인가?

이 책은 후자의 질문에 구체적인 답을 제시하지만, 스토리를 구성하는 보편적이고 기본적인 원칙에도 소홀하지 않았다. 예컨대 어떤 글을 쓰려면, 스토리와 관련된 '아이디어'를 어떻게 정리하고, 그렇게 정리된 아이디어를 바탕으로 자료를 어떻게 수집해야 하는가? 구체적으로는 어떤 책과 기록을 읽고, 누구에게 조언을 구해야 하는가? 이런 의문에 대한 답을 이 책에서 찾을 수 있다. 자료를 수집한 뒤에는 이야기의 전반적인 틀을 어떻게 구조화하고, 이른바 '초고'는 어떻게 써야 하는가에 대한 조언도 이 책에 담겨 있다.

글쓰기에서 대부분의 문제는 글쓰기 과정의 바로 전 단계에서 비롯된다. 초고를 쓰는 데 곤란을 겪는다면 자료를 어떻게 정리했는가를 돌이켜보고, 자료가 글을 쓰기에 적합한 형태를 띠지 않는다면 정보와 자료를 어떻게 수집했는지 다시 생각해보며, 자료 수집이 제대로 진행되지 않으면 원래의 아이디어를 점검해보라는 것이 문제 해결의 정답이다.

여기까지는 대부분의 글쓰기 책에 있는 것이다. 이 책의 최대 장점은 수정, 즉 '퇴고'에 있다. 이 책에서 말하는 다듬기는 이야기의 흐름을 적절하게 조정하는 시도가 아니라, 그야말로 문장을 매끄럽게 다듬는 과정polishing이다. 더 나아가, 이야기를 시작하는 첫 문장을 어떻게 써야 하는가에 대한 조언도 게을리하지 않는다. 퇴고를 위한 전제조건은 "조금의 빈틈도 허용하지 않겠다는 마음가짐"으로 초고를 꼼꼼하게 읽어야 한다는 것이다. 작가 자신이 독자가 되어야 한다. 상투적인 표현을 찾아내고, 미심쩍은 철자까지 점검해야 한다. 모호하고 막연하며 밋밋한 단어는 정확하고 역동적인 단어로 교체한다. 단어와 철자를 점검하는 데 그치지 않고, 문법적인 부분, 예컨대 수동태와 대명사의 사용에 대한 오류를 지적하며 명확한 글쓰기가 어떤 것인지를 보여준다. 궁극적으로는 논점을 간결하면서도 명확하게 쓰는 법을 안내하며, 추상적인 규칙을 제시하는 데 그치지 않고, 실제로 출판물에서 사용된 예를 구체적으로 제시하며 설명하기 때문에 훨씬 더 설득력 있게 와 닿는다.

따라서 이 책에는 영어 원문과 그 번역이 함께 실린 곳이 곳곳에 눈에 띈다. 바꿔 말하면, 이 책을 통해 우리는 우리말로 글을 명쾌하고 간결하게 쓰는 법만이 아니라, 영어로 명확하고 문법적으로 오류가 없는 글을 쓰는 법까지 배울 수 있다.

끝으로, 이 책에서 쓰인 글쓰기에 관련된 용어들을 책 뒤에 정리해두었다. 책을 읽는 데 조금이나마 도움이 되기를 바란다.

충주에서
강주헌

풀리처상 문장 수업